*Nichts von dir soll übrig bleiben*

Die Hexe Anna Weinhag aus Baden

| | |
|---|---|
| Titelbild: | The Miriam and Ira D. Wallach Division of Art, Prints and Photographs: Picture Collection, The New York Public Library. (1913). *German Women, Seventeenth Century*. Retrieved from http://digitalcollections.nypl.org/items/510d47e0-e006-a3d9-e040-e00a18064a99 |
| Titel: | *Nichts von dir soll übrig bleiben* |
| Untertitel: | Die Hexe Anna Weinhag aus Baden |
| Autorin: | Dagmar Rumpf |
| Herstellung: | verlag regionalkultur |
| Satz: | Daniela Waßmer, vr |
| Umschlaggestaltung: | Daniela Waßmer, vr |
| Endkorrektorat: | Ann-Kathrin Schwarz, vr |

ISBN 978-3-95505-205-8

Bibliografische Information der Deutschen Bibliothek:
Die Deutsche Bibliothek verzeichnet diese Publikation in der Deutschen Nationalbibliografie; detaillierte Daten sind im Internet über http://dnb.de abrufbar.

Diese Publikation ist entsprechend den Frankfurter Forderungen auf alterungsbeständigem und säurefreiem Papier (TCF nach ISO 9706) gedruckt.


2. Auflage

**verlag regionalkultur**
Heidelberg • Ubstadt-Weiher • Speyer • Stuttgart • Basel
*Korrespondenzadresse:*
Bahnhofstraße 2 • 76698 Ubstadt-Weiher
*Tel.* 07251 36703-0 • *Fax* 07251 36703-29
*E-Mail* kontakt@verlag-regionalkultur.de
*Internet* www.verlag-regionalkultur.de

Dagmar Rumpf

# *Nichts von dir soll übrig bleiben*

## Die Hexe Anna Weinhag aus Baden

verlag regionalkultur

# Prolog

## 1636

### I

Anna Weinhag saß – oder vielmehr lag – auf mehrere Kissen gestützt und halb darin versunken auf einem Ruhebett in der Stube. Martin, ihr Sohn, hatte sie wie jeden Morgen aus der Schlafkammer herübergetragen und sie so gebettet, dass sie von ihrem Platz aus fast das ganze Zimmer und durch die offene Tür einen Teil der angrenzenden Küche überblicken konnte. Es war ihm wichtig, dass sie nicht einsam in ihrer Kammer blieb, sondern Anteil am Familienleben nehmen konnte, dass sie, wie er sagte „unter die Leute kommt". Erst wenn er sich überzeugt hatte, dass seine gebrechliche Mutter bequem auf der Bank gelagert war, verabschiedete er sich mit einem sanften Händedruck von ihr, gab seiner Frau einen Kuss auf die Wange, strich seinen Kindern übers Haar und begab sich entweder in seine Offizin oder, was in letzter Zeit immer häufiger vorkam, weil kaum Arbeit da war, zum Frühschoppen in den *Bocksberg*.

Anna verbrachte beinahe jeden Tag auf diese Weise zusammengekauert in der Wohnstube. Von Zeit zu Zeit schob sie sich mühsam ein wenig in die Höhe, um durch das Fenster zu schauen. Jedes Mal verzog sich ihr Gesicht vor Schmerz. Hatte sie es geschafft, atmete sie tief ein und saß dann für eine kurze Zeit beinahe aufrecht, bevor der gemarterte Körper wieder in sich zusammensackte. Wie sie so dalag, wirkte sie hilflos und zerbrechlich, doch strahlte sie trotz ihres hinfälligen Leibs die Würde einer Patrizierin aus. Auch wenn sie das Haus nicht mehr verließ, legte sie Wert auf ein anständiges Äußeres. Jeden Morgen legte ihr die Enkeltochter Rock und Mieder an, steckte die Ärmel fest, hüllte Anna dann in einen weiten Mantel, kämmte und flocht ihr langes, ergrautes Haar und steckte es kunstvoll unter eine Haube. Annas Kleidung war schlicht, aber stets sauber und ordentlich.

Annas Blick schweifte durch das Zimmer, in dem ihr jeder Winkel seit ihrer Kindheit vertraut war. Es war eine ihrer frühesten Erinnerungen, als sie mit den Großeltern, den Eltern und dem Bruder aus Gernsbach kommend in das seit Jahren verwaiste Haus in der Badener Unterstadt eingezogen war. Sie konnte sich noch genau erinnern, wie sie der Mutter half, die Tücher von den Möbeln zu ziehen und wie der aufgewirbelte Staub im Licht der Sonne glitzerte, die durch die zum Lüften weit geöffneten Fenster hereinfiel. Die fröhliche Betriebsamkeit der Erwachsenen und der Eifer, mit dem die Mutter das alte Haus wieder mit Leben füllte, hatten sich tief in ihr Gedächtnis eingegraben. Damals schien ihr das große Haus prächtig wie ein Schloss. Anders als die meisten Häuser in der Stadt, die noch in der traditionellen Fachwerkbauweise errichtet waren und allenfalls auf steinernen Sockeln standen, war es ganz aus Stein und hatte ein Ziegeldach. Den hohen Giebel schmückten zierliche Voluten und kleine Obelisken. Blickfang der in einem warmen Erdton verputzten Fassade war ein eleganter Eckerker mit hübschen Butzenglasfenstern, den eine massive steinerne Säule vom Boden abstützte. Im Erdgeschoss des fünf Stockwerke hohen Gebäudes befand sich die Gewürzhandlung mit Lager, Offizin und Verkaufsraum, die schon Annas Urgroßvater betrieben hatte. Kunden traten durch eine hohe Tür von der Hauptgasse her ein oder kauften die Ware direkt am großen Ladenfenster. Zu den Wohnräumen in den oberen Stockwerken gelangte man durch einen Eingang in einer Seitengasse, der etwas erhöht und über Treppenstufen erreichbar war. Dieses Hauptportal war mit fein kannelierten Säulen und einem Schmuckgiebel hübsch dekoriert. Im Giebelfeld war das Familienwappen zu sehen, eine kunstvolle Steinmetzarbeit, die der Großvater einst von einem namhaften Steinmetzen der Straßburger Münsterbauhütte hatte fertigen lassen, nachdem die Familie zu einem gewissen Wohlstand gekommen war. Wenn man das Haus betrat, gelangte man zuerst in einen weiten Flur, der in einem Ausgang zur Gartenseite hin endete. In diesem Stockwerk befanden sich verschiedene Lager- und Vorratsräume sowie eine Kammer für den Knecht. Je eine hölzerne Treppe führte hinab in den Laden und hinauf in die Beletage. Hier waren die „gute Stube“ mit ihrer Erkernische, die Küche, das Schlafzimmer des Hausherrn und seiner Frau sowie eine Kammer für die Großeltern, die sie selbst nun bewohnte. Im darüber liegenden Geschoss, das bereits in der Dachschräge lag, befanden sich weitere Zimmer, die je nach Bedarf verwendet wurden. Ihr Sohn Martin hatte in den ersten Jahren seiner Ehe hier gewohnt, bis, ja, bis sie und ihr Mann das Schlafzimmer im Hauptgeschoss geräumt hatten. Unterm Dach waren der Speicher, den kaum einer jemals betrat, und die Kammer der Magd.

Jahre später, als sie mit ihrem Mann Hans das Hauswesen übernommen hatte, hatten sie noch einmal gründlich investiert und vieles erneuert. Jetzt war alles in die Jahre gekommen, doch es fehlte an Geld für größere Reparaturen, selbst in der „guten Stube". An den Fenstern waren einige Butzenscheiben zerbrochen, teilweise fehlten die Bleifassungen, so dass es bei schlechtem Wetter hereinregnete. Der Eckerker, der ihr als Kind so gefallen hatte, hatte sich bedenklich gesenkt, und Risse durchzogen die Wand. Die kostbare Eichenholzvertäfelung war wurmstichig, und auch am Mobiliar zeigten sich deutliche Spuren des Alters.

Als Kind hatte sich Anna stundenlang damit beschäftigt, wundersame Wesen in der Maserung der Holzvertäfelung zu sehen. Jetzt reichte ihre Sehkraft dazu nicht mehr aus; auf einem Auge war Anna blind, an Stelle des Augapfels klaffte eine hässliche, blutunterlaufene Wunde, die sie meistens mit einer Augenklappe bedeckte. Und ihr gesundes Auge war im Laufe des Alters zu schwach geworden. Dennoch konnte sich Anna noch jedes Detail ausmalen, und ein Lächeln umspielte ihre Mundwinkel.

Margaretha trat herein. Die älteste Enkeltochter hatte es sich zur Gewohnheit gemacht, sich jeden Morgen mit einer Handarbeit zur Großmutter zu gesellen, sobald sie das Kleinvieh versorgt hatte. Sie schüttelte die Kissen auf und lagerte die alte Frau wieder bequem. Anna nickte ihr dankbar zu. Es rührte sie, dass das Mädchen ihr gegenüber so unbefangen war, dass sie insbesondere keinen Abscheu vor ihrem gebrechlichen Körper mit seinen vielen, entstellenden Wundmalen zeigte, die wahrhaftig kein schöner Anblick waren. Meistens war es Margaretha, die Anna morgens ankleidete, die sie wusch und ihr half, wenn sie ihre Notdurft verrichten musste. Jetzt setzte sie sich im Schneidersitz zu ihren Füßen auf den Boden und begann eine Flickarbeit. Anna beobachtete sie schweigend; flink setzten die Finger Stich um Stich. Früher hatte sie selbst ebenso dagesessen und ähnlich behände die Nadel geführt. Mit ihren zittrigen und zerquetschten Händen war sie dazu schon lange nicht mehr in der Lage. Sie hatte immer ein fröhliches Lied auf den Lippen gehabt; Margaretha hingegen war für ihre 13 Jahre viel zu ernst. Sie war kaum fünf Jahre alt gewesen, als sie ihre Eltern verlor. Der Schwarze Tod hatte sie geholt, der seinerzeit in Straßburg grassierte. Unbeschreibliche Zustände herrschten damals in der Stadt. Sie war übervoll gewesen mit Flüchtlingen, die hinter den Stadtmauern Schutz vor einer entfesselten Soldateska gesucht hatten – oder die ihres Glaubens wegen verfolgt waren, so wie sie selbst und ihre Familie. Die Stadt hatte die vielen Menschen kaum fassen können, die Lebensmittel waren knapp und teuer geworden, die hygienischen Zustände katastrophal. In den Straßen häufte sich der Kot, bestialischer Gestank verpestete die Luft. Der Tod hielt reiche Ernte. Innerhalb weniger Tage waren zuerst Susanna, ihre Tochter, und dann Wilhelm, ihr Schwiegersohn, dahingestorben. Damals endeten die glücklichen Kindertage Margarethas mit einem Schlag, und das Mädchen wurde, viel zu jung noch, mit dem rauen Leben konfrontiert. Früh musste sie die Verantwortung für die drei jüngeren Brüder übernehmen, selbst nachdem sie alle in der Familie des Onkels Aufnahme gefunden hatten. Die Tante war mit fünf eigenen Kindern genug beschäftigt und nahm die Waisen eher aus Christenpflicht denn aus Zuneigung in ihrem Haushalt auf. Wie sollte sie in den schweren Zeiten vier weitere hungrige Münder stopfen? Anna wurde weh ums Herz, wenn sie an die schreckliche Zeit damals zurückdachte.

Margaretha riss ihre Großmutter aus ihren trüben Gedanken, ehe diese sich ihrer ganz bemächtigen konnten.

„Frag mich was“, forderte sie sie auf, und Anna willigte nur allzu gerne ein. Die Enkelin war so wissbegierig wie sie selbst einst gewesen war. Anna war gerne bereit, ihren Wissensdurst zu stillen. Dem Kind dieses und jenes beizubringen, bereitete ihr Freude und gab ihr das Gefühl, nicht ganz unnütz zu sein. Außerdem vergaß sie darüber für eine Weile ihre Schmerzen. Konnte sie aufgrund ihrer Gebrechlichkeit im Haushalt nicht mehr mithelfen, so war doch ihr Gedächtnis noch so gut wie eh und je.

Anna überlegte kurz, dann fragte sie: „Ein Bauer hat ein Feld von zwei Joch und drei Vierteln, eines mit zwei Vierteln und ein drittes, kleineres Ackerstück von 60 Ruten. Wie viel Land besitzt er insgesamt?“

Margaretha legte die Stirn in Falten und rechnete. Als sie sich des Ergebnisses sicher war, sagte sie: „Drei Joch und zweieinhalb Viertel."

„Richtig! Das war anscheinend zu leicht für dich. Ich muss mir eine schwerere Aufgabe ausdenken. Ein Wirt schenkt an einem Abend 46 Schoppen Wein aus, am anderen Abend 28, am dritten Abend 54. Von jedem ausgeschenkten Ohm hat er vier Maß an Steuern abzuliefern. Wie hoch ist die Steuer?"

Wieder legte Margaretha die Stirn in Falten und rechnete angestrengt nach. Dann sagte sie strahlend: „Es sind genau zwei Ohm, also muss er acht Maß Wein bezahlen."

„Prima", lobte Anna. „Mir scheint, das Rechnen macht dir keine Mühe. Aber weißt du auch dein Sprüchlein noch, das wir letztes Mal gelernt haben?"

Margaretha nickte eifrig. „Wir haben das fünfte Gebot behandelt, ‚Du sollst nicht töten'."

„Was ist das?"

„Wir sollen Gott fürchten und lieben, dass wir unserm Nächsten an seinem Leibe keinen Schaden noch Leid tun, sondern ihm helfen und fördern in allen Lebensnöten", sagte Margaretha ohne zu stocken.

„Und nun das sechste Gebot", forderte sie ihre Großmutter auf, „wie lautet das?"

„Du sollst nicht ehebrechen. Das ist: Wir sollen Gott fürchten und lieben, dass wir keusch und züchtig leben in Worten und Werken und ein jeglicher sein Gemahl lieben und ehren."

„Warte", rief Margaretha und sprang zu einem kleinen Wandbrett, wo sie ihr Wachstäfelchen mit dem Griffel verwahrte. Als sie sich mit ihrem Schreibwerkzeug wieder zu Annas Füßen niedergesetzt hatte, begann die Großmutter, langsam Wort für Wort zu diktieren, und Margaretha mühte sich, die Worte in das Wachs zu ritzen. Den Griffel zu halten bereitete ihr deutlich mehr Mühe als die Nadel zu führen, aber sie war mit Feuereifer bei der Sache. Immer wieder bat sie die Großmutter, ihr einzelne Wörter zu buchstabieren, und diese freute sich über den Fleiß ihrer Enkelin.

Nebenan hantierte Euphrosina, die Schwiegertochter und Margarethas Tante, in der Küche am Herd. Sie war nervös. Annas Anwesenheit verursachte ihr Unbehagen; seit die Schwiegermutter wieder im Hause lebte, kam es ihr vor, als läge ein Schatten über der Familie. Euphrosina wich ihr aus, nicht nur, weil der Anblick der hinfälligen Frau ihr unangenehm war, weil sie es kaum ertrug, ihr in das Gesicht zu sehen, das durch das blinde, vernarbte Auge entsetzlich entstellt war. Anna strahlte etwas aus, das ihr unheimlich war, ohne dass sie es hätte konkretisieren können. War es ihr Blick, der trotz der beeinträchtigten Sehkraft noch fest und unbeirrbar war? War es ihre bei aller Gebrechlichkeit stolze Beherrschtheit? Was, wenn in den alten Geschichten doch ein Körnchen Wahrheit steckte und Anna mit dem Teufel im Bunde stand? Zwei, drei Mal hatte Euphrosina versucht, mit ihrem Mann Martin über ihr Unbehagen zu reden, in der vagen Hoffnung, dass er sie von Annas Anwesenheit erlöse, doch der hatte sie jedes Mal streng zurecht gewiesen.

„Mutter ist vom Vorwurf der Hexerei freigesprochen, das weißt du so gut wie ich. Außerdem ist für sie zu sorgen nicht nur meine selbstverständliche Pflicht als Sohn, sondern entspringt meiner tief empfundenen Liebe zu ihr, der ich so vieles verdanke."

„Sie ist deine Stiefmutter", wagte Euphrosina einzuwenden.

„Gerade deshalb", unterbrach Martin sie in scharfem Ton und fügte streng hinzu: „‚Du sollst deinen Vater und deine Mutter ehren' ist ein Gebot auch in der katholischen Kirche." Euphrosina biss sich auf die Lippen. Gerne hätte sie etwas erwidert, doch sie zog es vor, ihren Mann nicht weiter zu reizen, und schwieg.

Dass sich Margaretha um die Großmutter kümmerte, war Euphrosina einerseits recht, denn so blieb ihr diese Arbeit weitgehend erspart, und das Mädchen hatte eine Aufgabe. Andererseits gefiel es ihr gar nicht, wenn Anna das Kind, wie jetzt, in verschiedenen Disziplinen unterwies. Sie selbst verstand nichts davon, aber sie hatte das unbestimmte Gefühl, dass etwas falsch daran sei. Wozu musste ein Mädchen rechnen und schreiben können? Das weckte nur Begehrlichkeiten nach Zielen, die es ohnehin nie erreichen würde, und letztendlich würde das Kind nur unglücklich werden. Besser, man wusste nicht alles, zumal als Frau. Sie war sich sicher, dass ihr Mann gerade das an ihr schätzte, dass sie sich niemals in seine geschäftlichen Angelegenheiten einmischte und ihm stattdessen sein Heim in Ordnung hielt und den Haushalt gut verwaltete.

Am meisten störte sie jedoch, wenn Anna Verse aus der Heiligen Schrift zitierte und erklärte. Hatte nicht der Priester bei der Christenlehre wiederholt gedroht, dass es Anmaßung und Sünde sei, wenn Laien den tieferen Sinn der Schrift zu ergründen suchten? Dass nach des Allmächtigen Wille nur der Geistliche Stand in der Lage sei, den rechten Wert des Wortes zu erkennen und das unwissende Volk zu Gott zu führen? Wie oft hatte er in drastischen Worten dargelegt, auf welche Irrwege es führe, wenn Unwissende sich herausnähmen, Gottes Wort zu deuten, ja dass gar Verdammnis und Fegefeuer drohten! Und gerade Anna sollte das am besten wissen – ihr Hochmut hatte sie schon einmal zu Fall gebracht!

Auch jetzt vernahm Euphrosina mit äußerstem Missfallen die Worte, die aus der Wohnstube in die Küche drangen. Mit Mühe unterdrückte sie ihren Ärger und konnte doch nicht verhindern, dass sie fahrig und unkonzentriert war. Verflucht sei diese Alte, die sie so verunsicherte! Mit wachsendem Zorn rührte sie im Kessel, in dem ein dicker Gemüsebrei köchelte. Der Topf, der an einem Haken über dem offenen Feuer hing, geriet bedenklich ins Schwanken. Euphrosina bemerkte das Missgeschick und versuchte, ihn anzuhalten, doch dadurch schwappte der Gemüsebrei erst recht über den Rand. Er ergoss sich über das offene Feuer und verdampfte zischend. Auch einige Stücke Fleisch, Reste des Osterbratens, die dem Gemüse etwas Würze hätten verleihen sollen, fielen in die Flammen. Euphrosina schlug sich mit der Hand auf den Mund, um einen deftigen Fluch zu vermeiden, und versuchte dann, das kostbare Fleisch zu retten. Doch es war bereits zu spät. Schon breitete sich der unverkennbare ekelerregende Gestank von verbranntem Fleisch in der ganzen Küche aus und zog in Schwaden in die angrenzenden Räume.

In der Stube stöhnte Anna laut auf. Ein Beben erfasste ihren ganzen Körper, sie bäumte sich auf, beugte sich vornüber und erbrach sich mehrmals unter heftigen Krämpfen, bis sie zuletzt keuchend in sich zusammensank und ohnmächtig liegen blieb. Schon beim ersten Stöhnen war Margaretha, die eben noch in ihre Schreibarbeit vertieft gewesen war, aufgesprungen und der Großmutter zu Hilfe geeilt.

„Schnell, schnell", rief sie der Mutter zu, „bring kaltes Wasser!" Euphrosina, aufrichtig erschrocken, eilte mit einem Schapf Brunnenwassers in die Kammer. Margarethe netzte einen Zipfel ihres Rocks und betupfte Stirn und Hände der Kranken. Eindringlich sprach sie auf sie ein, schüttelte sie sanft an den Schultern. Euphrosina schickte unterdes nach Martin, der seinen Schoppen in der Wirtschaft stehen ließ und in höchster Sorge nach Hause eilte. Eben als er die Kammer betrat, hob seine Mutter die Lider. Doch ihr Blick war leer, sie schien die Menschen um sich nicht mehr zu erkennen. Sosehr Margaretha und Martin sich auch bemühten, sie konnten nicht in ihr Bewusstsein dringen. Annas Mund öffnete sich, doch es war nicht zu verstehen, ob sie etwas sagte. Martin trug seine Mutter in die Schlafkammer, und Margaretha wachte bei ihr ohne Pause. Anna erholte sich nicht mehr. Am zweiten Tag nach dem Zusammenbruch bekam sie starkes Fieber, am dritten Tag verlor sie das Bewusstsein.

Acht Tage später starb Anna Weinhag.

Margaretha hatte bis zuletzt an ihrem Krankenlager gesessen. Kurz vor dem Ende hatte Euphrosina einen Jesuitenpater gerufen, der der Sterbenden die letzte Ölung spendete. Anna merkte von alledem nichts mehr. Wäre sie noch bei Bewusstsein gewesen, sie hätte die Annahme der letzten Ölung – zumal von einem Jesuiten – vehement verweigert, so wie sie zu keinem Zeitpunkt ihres Lebens ein katholisches Sakrament empfangen noch je einen katholischen Gottesdienst besucht hatte.

Es war eine kleine Gemeinde, die Anna die letzte Ehre erwies. Die meisten ihrer früheren Weggefährten waren nicht mehr am Leben oder hatten Baden verlassen, seit Markgraf Wilhelm 1622 die Herrschaft erlangt und das Land mit strenger Hand zum Katholizismus zurückgeführt hatte. Die wenigen, die noch in der Stadt wohnten, führten ein zurückgezogenes, unauffälliges Leben und zeigten sich nur noch selten auf den Straßen.

Anna fand ihre letzte Ruhestätte im Grab ihres Mannes, der ihr drei Jahre im Tod vorausgegangen war. Der Pater, der die Sterbesakramente gespendet hatte, nahm auch die Beerdigung vor. Er hielt eine kleine Ansprache, die einige der Anwesenden zu Tränen rührte, die die meisten aber mit unergründlichen Mienen anhörten. Er vergaß nicht zu betonen, dass nun eine verirrte Seele im letzten Augenblick den Weg zum Heil gefunden habe. Als der Jesuit ans Grab trat und den Sarg mit geweihtem

Wasser besprengte, stieg Bitterkeit in Martin auf. Niemals hätte seine Mutter es gewollt, dass sie nach katholischem Ritus begraben wird, doch der Katholizismus war nun die offizielle Konfession im Land, und auch Martin und seine Familie bekannten sich offiziell dazu. Wollten sie sich nicht verdächtig machen, blieb ihnen gar keine andere Wahl, als Anna auf diese Weise zur letzten Ruhe zu betten. Er tröstete sich damit, dass zumindest ein Wunsch seiner Mutter erfüllt wurde: nämlich in heimatlicher Erde bei ihrem Mann zu ruhen, ganz in der Nähe der Spitalkirche, mit der sie so viel verband.

## II

Seit Maria Salome Aschmann geborene Welsinger von Wachenhofen Baden im Spätjahr 1628 überstürzt verlassen hatte, vertrat der Steinbacher Amtmann Karl Haug dort ihre Interessen. Regelmäßig informierte Haug Maria Salome brieflich über den Stand ihrer Angelegenheiten, und stets teilte er ihr auch die Neuigkeiten aus ihrer Vaterstadt mit. Sie freute sich immer über diese Berichte aus der Heimat, die sie seit damals nicht wieder besucht hatte, der sie sich aber noch immer verbunden fühlte. Sie machte es sich auf einem mit Leder gepolsterten Armstuhl bequem und faltete das Schreiben gespannt auseinander. Sie überflog die übliche Anredeformel, um schnell zum Hauptinhalt zu kommen.

„Am 2. April wurde Anna Weinhag von den irdischen Leiden erlöst. Ob sie in die ewige Seligkeit eingeht, vermögen wir Menschen nicht zu beurteilen. Ich nehme an, Ihr erinnert Euch an sie. Ich meinerseits konnte nie vergessen, was sie damals während der großen Hexenverfolgung durchlitten hat. Gerade ich kann ermessen, wie schlimm die Qualen gewesen sein müssen, saß ich doch seinerzeit den Prozessen in meinem eigenen Amtsbezirk bei."

Maria Salome Aschmann las den Abschnitt wieder und wieder. Eine unbestimmte Traurigkeit ergriff ihr Herz. Irritiert registrierte sie, wie nahe ihr dieser Tod ging. Sicher, Anna Weinhag und sie waren sich in ihrer Jugend immer wieder begegnet. Sie waren nicht ausgesprochen Freundinnen gewesen, doch mochten sie einander durchaus gern. Beide entstammten sie wohlhabenden, einflussreichen Familien. Maria Salome hatte Anna immer für ihre lebendige, unbefangene Art bewundert, mit der sie jedes Herz mühelos für sich einnahm. Wie oft hatte sie sich gewünscht, ebenso selbstsicher wie Anna zu sein! Später jedoch hatten sich ihre Wege getrennt, insbesondere als sich Anna mehr und mehr einem radikalen Protestantismus verschrieb. Sie hingegen war katholisch getauft und der heiligen römischen Kirche zeitlebens treu geblieben. Somit war Anna kein Umgang mehr für sie gewesen. Dennoch hatte sie aus der Distanz mit einer gewissen Neugierde Annas Lebensweg verfolgt, abgestoßen und fasziniert zugleich von der Kompromisslosigkeit, mit der jene sich bis zur Selbstaufgabe für ihre Sache einsetzte.

Später, nach den schrecklichen Ereignissen des Jahres 1628, hatte sie es sich verwehrt, länger über Anna und die Geschehnisse nachzudenken. Wie sonst hätte sie sich in ihr eigenes, hartes Schicksal finden können, ohne zu zerbrechen? Sie war vertrieben aus ihrem Vaterland, hatte keinen Zugriff mehr auf ihr Vermögen, und das wenige, was sie in die Fremde hatte retten können, war 1633 beim Überfall der Schweden auf Freiburg verloren gegangen. Jetzt lebte sie mittellos und auf Almosen angewiesen in Kenzingen von der Großmut entfernter Verwandter, die ihr in ihrem Haus ein bescheidenes Kämmerchen überlassen hatten. Welch ein Unterschied zu dem Wohlstand, den sie in glücklicheren Tagen in ihrem Schlösschen Wachenhofen in Oosscheuern bei Baden hatte genießen dürfen.

Nachdem Maria Salome Haugs Brief gelesen hatte, ging ihr Annas Tod tagelang nicht mehr aus dem Sinn. Wie ein schrecklicher Alptraum kehrten all die längst verdrängten Erinnerungen wieder zurück. Anna, ja, Anna war auch im Moment der größten Bedrängnis standhaft geblieben, sie selbst aber … Und plötzlich wusste Maria Salome, was sie zu tun hatte, um die Schmach zu tilgen, die sie seit Jahren quälte.

# Anna Weinhag

## 1607–1620

### I

In der Gaststube der Wirtschaft *Zum Spieß* war es an diesem Donnerstagnachmittag im April des Jahres 1607 ungewöhnlich voll. Fast jeder Platz an den zwölf schweren Eichentischen war belegt, doch noch immer drängten neue Gäste herein, so dass die bereits Anwesenden immer enger auf den abgewetzten und bereits etwas altersschwachen Holzbänken zusammenrücken mussten. Die Luft in dem niedrigen und für so viele Menschen deutlich zu kleinen Raum war stickig und verbraucht. Der schwere Geruch feuchter Mäntel vermengte sich mit dem säuerlichen Aroma zweitklassigen Weins. Hin und wieder riss jemand eines der kleinen Fensterchen auf, die hinaus zur Gasse gingen. Dann schwappte ein Schwall klarer, frischer Frühjahrsluft herein. Aber meistens warf einer der dem geöffneten Fenster zunächst Sitzenden es schon nach wenigen Minuten unter lautem Schimpfen wieder zu, weil es ihm kalt ins Genick zog oder er den Schnupfen fürchtete. Geschickt balancierten die Wirtsleute schwere, mit Wein oder Most randvoll gefüllte Krüge durch das Gedränge, um ihre Gäste zu bedienen. Sie hatten alle Hände voll zu tun, die vielen durstigen Kehlen zu versorgen. Eigentlich hätte es in Haus, Hof und Garten oder in den Werkstätten Arbeit genug gegeben, doch heute trieb die Neugierde die Menschen ins Gasthaus.

Am Nachmittag nämlich hatten Obervogt Philipp Wolff von Fleckenstein und Untervogt Eusebius Drach sowohl eine Delegation der evangelischen als auch der katholischen Einwohner der Stadt Baden vorgeladen, um nach Mitteln und Wegen zu suchen, die permanenten Auseinandersetzungen zwischen den Parteien zu beenden. Der *Spieß* war der Treffpunkt der Protestanten, die jetzt gespannt auf die Rückkehr ihrer Abordnung warteten.

Endlich öffnete sich die Tür zum Gastraum, und Apotheker Adam Kastner, Bürgermeister Samuel Fortenbach, Altbürgermeister Martin Schaller und Ratsherr Hans Ott betraten den Gastraum. Sofort verstummten alle Gespräche, die bis eben noch den Raum erfüllt hatten. Die Eintretenden grüßten freundlich und setzten sich an den Stammtisch, wo man ihnen bereitwillig Platz machte. Spießwirt Jonas Haug stellte einen weiteren Krug Wein auf den Tisch und setzte sich dann ebenfalls zu der Runde.

„Erzählt, was hat die Besprechung ergeben? Haben sie den Wixenhauser, dieses Schandmaul, gehörig zurecht gewiesen?"

Kastner schenkte sich einen Becher voll Weins und nahm einen kräftigen Schluck. „Wixenhauser hat sich natürlich darauf berufen, dass die katholische Religion nach wie vor das offizielle Bekenntnis in der Markgrafschaft sei. Aber Vogt von Fleckenstein hat ihm unmissverständlich klargemacht, dass ihn dies keineswegs dazu berechtigt, Schmähreden gegen uns Protestanten zu führen. Wenn er weiter Zwietracht säe, drohte er ihm Turmstrafe an, wie es sich für Unruhestifter gehört."

„Da wird ihm der Spott wohl vergehen!"

„Habt ihr dem Fleckenstein und dem Drach erzählt, wie er uns immer unter der Tür seines Hauses abpasst und uns mit Schimpfworten überschüttet, wenn wir an seinem Haus vorbei die Schlossstaffeln hinaufsteigen zum Gottesdienst in der neuen Kapelle?"

„Fleckenstein wollte Wort für Wort wissen, auf welche Weise Wixenhauser uns verspottet. Als wir berichteten, dass er uns schmähte, wir hätten ja nicht einmal eine Kirche, sondern nur Winkelpredigten in einer Tanzstube, wurde er fuchsteufelswild. Richtig laut ist er geworden und hat geschrien, wie er, Wixenhauser, dazu käme, die Kapelle im Schloss als Tanzstube zu verunglimpfen. Alle im Raum waren ob dieses Ausbruchs wirklich erschrocken, und sogar die Kapläne der Stiftskirche mussten zugeben, dass dies ungebührliche Reden waren."

„Wo wir schon beim Thema ‚Kapelle' waren, war die Gelegenheit günstig, das Gespräch auf das seit Jahren währende Problem zu lenken, dass es uns Evangelischen an einer geeigneten Kirche mangelt", ergänzte Ott den Bericht seines Vorredners.

„Wir haben klargemacht, dass die Kapelle im Neuen Schloss zwar würdig und schön ist, doch für unsere Gemeinde, die sich von Tag zu Tag vermehrt, viel zu eng und klein." Die Umstehenden nickten beifällig.

„An Ostern hat kaum der dritte Teil der Menschen, die zur Predigt kamen, einen Platz gefunden!", rief einer dazwischen.

„Richtig", nahm Ott den Faden wieder auf. „Die Katholischen hingegen haben mit der Stifts- und mit der Spitalkirche gleich zwei große Gotteshäuser, die sie ja doch nicht zu füllen vermögen. So haben wir zu bedenken gegeben, ob man uns nicht wieder die Spitalkirche einräumen könnte, so wie dies früher schon einmal war, als alles noch glücklich gestanden und kein Teil den anderen der Religion halber beschwert oder angefochten hat."

„Da wird dem Canonicus Häusler aber Angst geworden sein!"

„Nun, der Eberhard Häusler ist ein kluger Mann. Er hat wohl begriffen, dass er auf Dauer nicht beide Kirchen für die Katholischen wird retten können. Und da ist ihm die Hauptkirche natürlich lieber als die Spitalkirche. Er hat wissen lassen, dass er es gerne sähe und wohl leiden wolle, wenn uns Evangelischen geholfen und die Sache wieder wie früher zu Ruhe und gutem Frieden gerichtet würde."

Ungläubig starrte das Publikum Hans Ott an, der listig schmunzelte. Unruhe breitete sich aus. Unsicher schauten sich die Menschen an. „Ja, bedeutet das …"

„Nichts bedeutet das", fiel Bürgermeister Fortenbach dem Fragenden unwillig ins Wort, „auch wenn wir uns das wünschen. Der Stiftsherr ist nicht befugt, etwas zu bewilligen oder zu verwehren. Die Vögte haben sich den Vorschlag angehört, und sich – Hans, du hast es so gut wie ich gehört – dagegen ausgesprochen. Ihr alle wisst, dass Markgraf Georg Friedrich an das Wort gebunden ist, das er seinerzeit dem Kaiser gegeben hat, nämlich in religiösen Dingen in der Markgrafschaft nichts zu verändern."

„Aber wenn doch der Kaplan selbst …"

„Er hat nicht zu bestimmen! Nur der Markgraf selbst könnte es, und der wird nichts tun, was den Unwillen des Kaisers heraufbeschwört und seine Herrschaft gefährdet. Dazu ist sein Stand hier in der Markgrafschaft viel zu unsicher. Jederzeit könnte er abgesetzt werden, zumal sein Widersacher, Prinz Wilhelm, in letzter Zeit massiv beim Kaiser gegen ihn vorgeht und das Erbe seines Vaters Eduard Fortunat fordert."

„Der vorige Markgraf, Gott hab ihn selig, hat sich doch auch nicht darob bekümmert. Bei ihm waren wir fast am Ziel, doch dann hat es Gott gefallen, ihn zu sich zu rufen. Noch einen Monat vor seinem Tod hat er uns einen eigenen evangelischen Pfarrer und eine Kirche versprochen. Doch Georg Friedrich will davon nichts wissen. Wie viele Bittschreiben haben wir schon an ihn gesandt!"

„Man müsste persönlich mit dem Markgrafen reden. Er muss doch Verständnis haben, er ist doch selbst evangelisch!"

„Noch nie waren wir so nah am Ziel!"

„Es ist an der Zeit, Nägel mit Köpfen zu machen und uns nicht immer weiter vertrösten zu lassen."

Aufgeregt redeten jetzt alle durcheinander, bis Fortenbach donnerte: „Schluss jetzt mit dieser nutzlosen Diskussion. Geht nach Hause, Leute. Ungeduld hat selten gefruchtet. Eines Tages wird unsere gerechte Sache siegen, doch wenn ihr es übers Knie brechen wollt, schadet es mehr als es nützt!"

Damit nahm Fortenbach seinen Hut und verließ das Lokal. Betreten blickten die anderen ihm nach. Dann folgten sie seinem Beispiel und gingen einer nach dem anderen ebenfalls nach Hause.

Als Hans Weinhag aus dem *Spieß* nach Hause kam, erwartete Anna, seine Gattin, ihn bereits ungeduldig. Kaum hatte sie die Tür in den Angeln gehört, war sie aus der Kammer gelaufen und erwartete ihren Ehemann nun mit geröteten Wangen am Treppenabsatz, die zweijährige Tochter Susanna auf der Hüfte tragend. Wie schön die junge Frau aussah mit ihrem kräftigen blonden Haar, das in weichen Wellen über ihre Schulter fiel. Im Haus verzichtete Anna meist auf eine Haube und trug ihr Haar offen und ungebändigt, gerade so, wie sie selbst sich niemals zähmen ließe. Ihre lebhaften Augen funkelten vor unverhohlener Neugierde. Am liebsten wäre sie am Nachmittag mit in den *Spieß* gegangen, aber das geziemte sich natürlich nicht für eine verheiratete Frau und junge Mutter. Einmal mehr war es ihr schwer gefallen, sich an die Konventionen zu halten.

Hans war, mehrere Treppenstufen gleichzeitig nehmend, in wenigen Schritten bei ihr. Er fasste sie an den Hüften und zog sie an sich, um ihr einen Kuss zu geben. Die kleine Susanna quietschte vergnügt, aber ihre Mutter entwand sich der Umarmung. Sie fasste Hans am Handgelenk und zog ihn in die Wohnstube. „Erzähl schon, wie ist die Unterredung verlaufen?", drängte sie.

„Ach, es war nichts Besonderes", wiegelte Hans ab und kostete es noch ein wenig aus, Anna zappeln zu lassen. Er liebte ihr jugendliches Ungestüm.

„Komm schon, sag!", flehte sie.

„Naja, Wixenhauser hat wohl seine verdiente Abreibung bekommen."

„Und sonst – nichts?"

„Ja, doch, die unseren haben wieder einmal auf das Problem hingewiesen, dass die Kapelle im Schloss für die evangelische Gemeinde zu klein sei."

„Und? Wie waren die Reaktionen? Lass dir doch nicht alles aus der Nase ziehen!"

Hans lachte, wurde aber sogleich wieder ernst.

„Eberhard Häusler signalisierte, dass er nichts einwenden würde, wenn wir die Spitalkirche für unsere Gottesdienste nutzten."

„Ausgerechnet der Häusler?" Anna staunte. Dann strahlte sie. „Dann ist doch alles geritzt!"

„Nein, mein Kind, so einfach ist das nicht. Die Vögte haben nicht zugestimmt."

Doch Anna wollte davon nichts hören.

„Jaja, das weiß man schon: Sie können nicht, weil sie an die Weisungen des Markgrafen gebunden sind, und der Markgraf kann nicht, weil er an den Eid dem Kaiser gegenüber gebunden ist. Aber was hat das schon zu bedeuten, das sind Formalitäten!"

Anna glühte jetzt vor Eifer.

„Was könnte schon passieren, wenn wir uns die Kirche einfach nehmen? Wenn selbst Häusler uns geradezu einlädt, was kann dann noch schiefgehen?"

„Der Markgraf wäre erzürnt, würde uns womöglich seine weitere Unterstützung versagen ..."

„Das wird nicht geschehen! Wir sind eines Glaubens, warum sollte er uns zürnen! Zudem: Wir brauchen seine Unterstützung nicht eher als er die unsere! Und wenn er uns zu sich zitiert, dann haben wir endlich die lang ersehnte Gelegenheit, ihm unsere Sorgen persönlich ans Herz zu legen."

Hans erinnerte sich an die Worte seines Tischnachbarn in der Gaststube, dass schon viel zu viele folgenlose Bittschreiben gesandt worden seien. Er wurde nachdenklich. Vielleicht hatte jener, hatte Anna ja Recht? Womöglich war es wirklich Zeit, Tatsachen zu schaffen?

Als Anna Hans' Schwanken bemerkte, fügte sie mit Heftigkeit hinzu: „Und haben wir nicht eigentlich sogar das Recht auf eine Kirche? Wir zahlen genauso wie die Papisten unsere Steuern und erfüllen unsere Bürgerpflichten. Dabei hoffen wir seit Jahren vergeblich auf einen eigenen Pfarrer und ein eigenes Gotteshaus. Wir waren schon so lange geduldig! Früher, zu Zeiten unserer Eltern, konnten Katholiken und Protestanten sich doch auch einigen. Ich will nicht verstehen, warum dies jetzt nicht mehr möglich sein sollte?"

Fast flehentlich ergriff Anna Hans' Hände. „Wir sind viele und werden immer mehr. Wir haben Macht, wer sollte sich uns entgegen stellen? Ich predige ja gar nicht Gewalt. Lasst uns einfach ganz friedlich einen Sonntagsgottesdienst in der Spitalkirche feiern. Wir nehmen niemandem etwas weg, denn die Katholiken haben nach wie vor die Stiftskirche und sind auf die Spitalkirche gar nicht angewiesen."

Matt erwiderte Hans: „Und, was meinst du, soll ich nun tun?"

Anna straffte sich: „Geh zu unseren Freunden und sag ihnen, dass wir am Sonntag unseren Gottesdienst nicht im Neuen Schloss, sondern in der Spitalkirche feiern werden!"

Anna liebte Hans sehr. Sie liebte ihn, weil er ihr Freiräume gab, die sie als Frau eigentlich nicht erwarten durfte. Sie liebte ihn, weil er ihren Rat suchte und schätzte. Doch ab und zu hätte sie sich einen entscheidungsfreudigeren und tatkräftigeren Mann gewünscht. Auch jetzt hatte sie wieder dieses Gefühl, dass sie die Dinge in die Hand nehmen musste, damit diese eine sich bietende günstige Gelegenheit nicht ungenutzt blieb. Zwar hatte Hans ihr tatsächlich versprochen, die Angelegenheit mit den Glaubensbrüdern zu besprechen, doch vermisste sie den Eifer, der ihr in dieser Sache notwendig schien.

Jeden Samstag Nachmittag, wenn die Arbeit der Woche getan war und der Sonntag nahte, trafen sich die Ehefrauen der evangelischen Handwerksmeister des Viertels, um sich gemeinsam auf den Tag des Herrn vorzubereiten. Obwohl Anna die jüngste in diesem Kreis war, war sie es, die den zwanglosen Zusammenkünften Struktur und Richtung gab.

Nicht, dass sie sich in diese Aufgabe drängte, doch die anderen ließen sich gerne von ihren Ideen leiten und von ihrem Eifer mitreißen. Zudem entstammte Anna einer der ältesten evangelischen Familien des Ortes. Ihr Vater und Großvater gehörten zu denjenigen, die anno 1580, als Markgraf Philipp II. das Land mit strenger Hand rekatholisierte, das Exil bevorzugten, anstatt sich dem verlangten katholischen Glaubensbekenntnis zu unterwerfen. Allein dies gab Anna eine natürliche Autorität gegenüber den anderen Frauen. Und nicht zuletzt war sie die einzige, die des Lesens mächtig war, so dass ihr ganz automatisch die Funktion der Vorleserin zufiel.

Üblicherweise begannen die Frauen mit einem Dankgebet und einem Lied. Dann las Anna einen Text aus der Bibel, aus Luthers Katechismus oder aus Martin Mollers eben erst erschienener Praxis Evangeliorum vor, den sie dann gemeinsam besprachen. Oft wandte sich das Gesprächsthema danach recht schnell den Alltagssorgen der Frauen zu, und man gab sich gegenseitig Rat und christlichen Trost. Heute aber lenkte Anna das Gespräch in eine andere Richtung.

„Unsere evangelische Gemeinde wächst beinahe täglich, und die Zahl derer, die noch in dem abergläubischen Sauerteig des Papsttums stecken, wird immer geringer. Doch wie viel mehr Menschen könnten Anteil an den Verheißungen des heiligen Evangeliums haben, wenn wir nur eine Stätte hätten, wo wir uns zu Gottes Lob und Preis würdig versammeln könnten. In der Unterredung mit den Vögten am Donnerstag gab Gott uns einen Fingerzeig, indem der katholische Pfarrherr Häusler selbst die Spitalkirche ins Spiel brachte. Es ist unsere Christenpflicht, dieses Angebot nicht auszuschlagen! Andernfalls wären wir verantwortlich dafür, dass vielen Unglückseligen der Weg zum Heil verwehrt bleibt. Unsere Männer zaudern, weil sie glauben politische Rücksichten nehmen zu müssen. Wenn ihr heute nach Hause geht, dann redet mit ihnen und überzeugt sie. Überzeugt auch eure Freunde und Nachbarn. Seid wie die Apostel, die Gottes Botschaft verbreitet haben. Gott selbst hat uns eingeladen, morgen sein Lob in der Spitalkirche zu singen. Vertrauen wir ihm und lassen wir unser kleinmütiges Zaudern! Der Herr wird uns führen und leiten, wenn wir nur auf ihn vertrauen."

Anna wusste, dass ihre Worte nicht ohne Folge bleiben würden.

Der Sonntag, es war der 19. April 1607, brach mit strahlend schönem Frühlingswetter an. Anna hatte die ganze Nacht vor Aufregung kaum geschlafen. Schon mit den ersten Sonnenstrahlen stand sie auf. Sie weckte zuerst ihren Stiefsohn Martin, dem heute eine ganz besondere Aufgabe zukommen sollte: der Junge sollte dem Pfarrer entgegengehen, der allsonntäglich den beschwerlichen Weg über den Schwarzwald von Gernsbach auf sich nahm, um seinen Schäfchen in der Stadt Baden Gottes Segen zu erteilen. Martin sollte die Kunde überbringen, dass die evangelischen Christen Badens ihren Pfarrer an diesem denkwürdigen Sonntag nicht in der Schlosskapelle, sondern in der Spitalkirche erwarteten.

Anna schaute ihm lange nach, als er sich in vollem Bewusstsein des ihm anvertrauten gewichtigen Auftrags mit feierlichem Ernst aufmachte. Wie groß und verständig der Junge mit seinen elf Jahren doch schon war! Eine Welle tief empfundener Zuneigung durchfloss Anna.

Martin war Annas Stiefsohn, doch sie liebte ihn als wäre er ihr eigenes Kind. Sie kannte ihn, seit er ein Säugling war, denn ihre Familien hatten in unmittelbarer Nachbarschaft zueinander gewohnt. Da es in ihrer Familie keine kleinen Kinder gab, war Anna als junges Mädchen oft zu den Weinhags hinübergegangen, um der jungen Mutter, Hans' erster Frau Jakobe, zur Hand zu gehen und die Kinderpflege zu erlernen. Als Jakobe bei der Geburt ihres zweiten Kindes starb, war Martin erst drei Jahre alt. Wie selbstverständlich hatte die junge Anna, damals gerade siebzehn, Jakobes Rolle im Haushalt von Hans Weinhag übernommen. Der kleine Martin liebte sie abgöttisch und folgte ihr auf Schritt und Tritt. Und auch Hans fand bald Gefallen an dem quirligen Geschöpf, das immer ein Lied auf den Lippen trug und dem keine Aufgabe zu schwer zu sein schien. Sie lenkte ihn von seiner Trauer ab und gab ihm Kraft und neuen Lebensmut. In ihrer Gegenwart lösten sich alle Sorgen und Probleme auf. Er konnte sich auch nicht verhehlen, dass sie ihn körperlich anzog. Sie war wie eine frische Blüte, die nur darauf wartete, gepflückt zu werden. Es bedurfte großer Anstrengung, diese Gefühle zu beherrschen. Denn Anna war nicht nur das Nachbarskind, sondern auch die Tochter eines Kaufmanns und ehemaligen Bürgermeisters. Er, Hans, war nur ein Handwerksmeister, wenn auch ein recht erfolgreicher. Es war schon viel, dass ihr Vater beide Augen zudrückte, während seine einzige

Tochter in einem Seilerhaushalt ein- und ausging. Eine Beziehung mit ihr einzugehen, stand für Hans außer jeder Diskussion.

Umso mehr stürzte es ihn in Gewissensnöte, als er realisierte, dass Anna seine Zuneigung offenbar erwiderte. Sie zeigte ihre Gefühle völlig unbefangen, ja sie forderte von ihm geradezu das Geständnis heraus, sie ebenfalls zu lieben.

Anna hatte sich längst entschieden. Sie wollte Hans Weinhags Ehefrau werden.

Noch Jahre später wunderte sich Hans insgeheim, wie klug sie alles eingefädelt hatte und wie problemlos letztlich alles gegangen war. Im Jahr 1603, an Annas 21. Geburtstag, läuteten für sie die Hochzeitsglocken.

Lange nach der Heirat fragte Hans seinen Schwiegervater in einem vertraulichen Moment einmal, ob er sich nicht eigentlich einen standesgemäßeren Ehepartner für seine einzige Tochter gewünscht hätte. Martin Schaller, Annas Vater, lächelte nur gutmütig. Er, Hans, habe ja inzwischen sicher selbst ausreichend Gelegenheit gehabt zu erfahren, wie schwer es sei, Anna einen Herzenswunsch abzuschlagen. Und wenn nicht, würde er es sicher noch oft erleben. Wie Recht er doch behalten sollte!

Nachdem Martin sich auf den Weg gemacht hatte, legte sich Anna ihren Sonntagsstaat an und zog auch ihrem Töchterchen Susanna das feinste Kleidchen an, das es besaß. Als auch Hans bereit war, machte sich die Familie in festlicher Stimmung auf den Weg zum Gottesdienst. Anna jubilierte: Heute würde sie ihr Weg nicht den steilen Bockberg hinauf in die Oberstadt und zum Neuen Schloss führen, sondern von ihrem Haus am Ooser Tor durch die gesamte Hauptgasse zum Gernsbacher Tor am anderen Ende der Stadt. Wixenhauser, dachte sie mit heimlichem Vergnügen, würde heute vergeblich auf sie warten, um seinen Unrat über ihnen auszuschütten. Sofort verbot sie sich jedoch jede Häme.

Aus allen Winkeln und Gassen strömten andere Protestanten herbei. Als Anna der zahlreichen Menschen gewahr wurde, nahm sie ergriffen Hans' Arm. „Siehst du, Hans, so viele sind gekommen! Du hättest keine Bedenken zu haben brauchen." Auch in Hans wuchs die Zuversicht, und er schritt kräftiger aus. An der Einmündung der Steingasse in die Hauptgasse erhielt der Zug der Evangelischen weiteren Zuwachs durch all diejenigen, die noch nicht im Bilde gewesen waren und zunächst wie gewohnt zur Schlosskapelle hatten hinaufsteigen wollen. Ein am Fuße der Schlossstaffeln eigens aufgestellter Posten hatte ihnen den Weg in die Spitalkirche gewiesen. Einer Prozession gleich strebten nun alle voll gespannter Erwartung dorthin. Anna war sehr aufgeregt, was sie dort erwarten würde. Würde der Plan aufgehen, würden sich die Evangelischen ohne Widerstand der katholischen Einwohner der Spitalkirche bemächtigen können?

Ihr Herz tat einen Sprung, als sie sah, dass das Portal weit offen stand und die ersten der ihren vollkommen unbehelligt in die Kirche strömten. Nur einige wenige Katholiken hatten sich eingefunden und beobachteten die Aktion ohne jede Feindseligkeit. In einigen Gesichtern glaubte Anna sogar freundliche Zustimmung zu erkennen. Als Anna am Arm ihres Mannes über die Türschwelle trat, erfasste sie feierliche Ergriffenheit. Sie konnte sich kaum mehr daran erinnern, wann sie zum letzten Mal in einer richtigen Kirche einem Gottesdienst beigewohnt hatte. Es war wohl in ihrer Kindheit im Gernsbacher Exil gewesen.

Sie nahmen Platz und warteten auf den Pfarrer. Anna sah sich um und erblickte viele vertraute Gesichter. Allerdings fehlten auch manche aus der protestantischen Gemeinde. Sie hatten wohl nicht den Mut gehabt, sich an der Inbesitznahme der Spitalkirche zu beteiligen. Der Bürgermeister Samuel Fortenbach und fast alle evangelischen Rats- und Gerichtsmitglieder waren ebenfalls zur Kirche gekommen, wagten aber erst einzutreten als sie sahen, dass alles ohne Tumult und Aufruhr vonstatten ging. Ihre Gesichter verrieten große Anspannung. Die beiden Vögte hingegen blieben in gebührendem Abstand draußen stehen. Ohnehin nahmen sie nie am Gemeindegottesdienst teil, sondern besuchten die Gottesdienste der Hofangehörigen in der Hofkapelle. Sie betrachteten es jedoch als ihre Pflicht, sich in der Nähe zu halten, um notfalls für Ruhe und Ordnung zu sorgen. Die Erleichterung darüber, dass ihr Eingreifen nicht nötig wurde, war ihnen anzusehen.

Die wartenden Menschen unterhielten sich flüsternd. Annas Banknachbarin erzählte mit erregter Stimme, dass die Tür weit offen gestanden habe, als die ersten der ihren angekommen seien. Das könne nur der Stiftsherr Häusler veranlasst haben, der – ganz ungewöhnlich – um sechs Uhr morgens noch eine katholische Messe gelesen und anschließend offenbar den Mesner beauftragt habe, die Kircheninstrumente in sicheren Verwahr zu nehmen. Anna reckte den Kopf. Richtig, sie konnte keinerlei liturgische Gegenstände entdecken, es fehlten die Altarschellen, die Osterkerze und der Tabernakel.

„Wie anders denn als Einladung könnte man all dieses verstehen? Nur Gott kann diesen Sinneswandel bei Häusler zuwege gebracht haben!"

In diesem Moment ging ein Raunen durch die wartende Menge: Begleitet von Martin Weinhag und dessen bestem Freund, Wilhelm Gutterer, betrat Pfarrer Markus Gräter die Kirche. Diejenigen, die der Tür am nächsten saßen, hoben zum Eingangslied an. Immer mehr Stimmen fielen ein, und schließlich sang die ganze Gemeinde voll Inbrunst Luthers „Ein feste Burg ist unser Gott", während der Pfarrer zum Altar schritt, so, als ob er schon immer in diesem Gotteshaus gepredigt hätte.

Markus Gräter war ein mitreißender Redner und hielt eine zu Herzen gehende Predigt. Er dankte Gott, dass die Gemeinde in so großer Zahl in einem so würdigen Gotteshause zusammenkommen durfte. Schmunzelnd gestand er, dass besonders er sich über die Spitalkirche freute, die ihm den beschwerlichen Weg zu seiner Gemeinde um die letzte anstrengende Steigung hinauf zum Schloss verkürzte: Gräter litt seit Jahren an der Gicht und zog seinen rechten Fuß nach; das Treppensteigen fiel ihm deshalb besonders schwer. In beredten Worten schilderte er dann dem gebannten Publikum noch einmal den Werdegang der evangelischen Gemeinde Badens, wie sich die Reformation unter der Bevölkerung zunächst allgemein durchgesetzt hatte, bis Markgraf Philipp II. sie gewaltsam unterdrückte, wie viele aus der Gemeinde ihre Existenz verloren und zur Emigration gezwungen waren, weil sie ihren Glauben nicht verleugnen wollten, und wie sie erst zurückkehren konnten, nachdem der evangelische Markgraf Ernst Friedrich das Zepter in die Hand genommen hatte. Er schilderte die Hoffnung, die viele damals hegten, dass nämlich der evangelische Glaube nun allgemein eingeführt werde, und dass sich diese Hoffnung leider bis heute nicht erfüllt habe.

In all der Zeit hätten die Brüder und Schwestern ihr Schicksal mit christlicher Geduld getragen und sich auch nicht beirren lassen, als ihre Widersacher sie öffentlich schmähten und lästerten, so wie Jakobus schrieb: „Achtet es eitel Freude, wenn ihr in mancherlei Anfechtung fallet, und wisset, dass euer Glaube, so er rechtschaffen ist, Geduld wirket. Die Geduld aber soll feste bleiben bis ans Ende, auf dass ihr seid vollkommen und ganz und keinen Mangel habet." In diesem Sinne rief er die Gemeinde auf, die Langmut gerade jetzt nicht fahren zu lassen, wo sie sich ihrem Ziel einen Schritt näher wähnte. „Lassen wir uns nicht hinreißen, Unrechtes zu tun oder uns fremden Besitz anzueignen, denn wir wollen dereinst reinen Herzens vor unseren Richter treten. Tun wir nicht unserem Nächsten das an, was wir selbst durch ihn erlitten haben. Ihr werdet sehen, dass ihr durch euer gutes Beispiel viel mehr Menschen zum wahren Glauben verführt, als wenn ihr sie mit Gewalt dazu zwinget."

Nachdenklich verließ Anna die Kirche. Steckte eine leise Kritik in der Predigt des Pfarrers, dass sie zu ungeduldig gewesen war? War es falsch, in die Spitalkirche einzudringen? Doch dann wischte sie die Zweifel beiseite. Wenn es stimmte, was ihre Banknachbarin erzählt hatte, hatte ihnen der Stiftsherr Häusler die Kirche ja ganz freiwillig überlassen. Und schließlich war es zu keinerlei Tumult und Handgreiflichkeiten gekommen, sondern alles war in bestem Frieden abgegangen. Nein, sie konnte mit dem Verlauf des Tages zufrieden sein.

Noch am selben Nachmittag verfassten die Evangelischen eine Supplik an den Markgrafen. Darin entschuldigten sie sich wortreich für ihre Eigenmächtigkeit und begründeten diese mit der günstigen Gelegenheit, die sie, weil dies wohl nur Gottes Wille zu Wege gebracht habe, schwerlich hätten ausschlagen können. Das Schreiben gipfelte in der untertänigsten Bitte, ihnen die Spitalkirche von nun an zu lassen und sie nicht mit Schimpf und Schande wiederum daraus zu vertreiben.

Markgraf Georg Friedrich nahm die Nachricht von der Besetzung der Spitalkirche bei weitem nicht so günstig auf, wie dies die Protestanten Badens erhofft hatten. In der Feste Karlsburg in Durlach konnte er seinen Zorn nicht verbergen, als er die Bittschrift zu Ende gelesen hatte: „So stehe ich nun vor aller Welt als Gauch da, der nicht in der Lage ist, seiner eigenen Religion den Weg zu ebnen, so dass die Untertanen sich selbst helfen müssen! Dabei täte ich nichts lieber, als dem Protestantismus endlich zum Durchbruch zu verhelfen!" Grimmig wandte er sich dem

Kirchenratsdirektor Johann Georg Kienlin zu, der den Wutausbruch des Markgrafen mit betroffener Miene verfolgte.

„Allein Ihr sagtet mir doch immer, es müsse erst der rechte Zeitpunkt kommen und subtilere Maßnahmen seien nach wie vor das Mittel der Wahl, um zum Ziel zu gelangen."

Kienlin räusperte sich. „In der Tat habe ich Euch stets zur Behutsamkeit ermahnt, was die Religionsangelegenheiten in der Oberen Markgrafschaft betrifft, und dazu stehe ich auch jetzt noch. Wohin Unbesonnenheit führt, zeigt sich doch gerade jetzt: Mit ihrem vorschnellen Akt haben sich die Evangelischen in Baden einen Bärendienst erwiesen und letztlich nur ihren Widersachern in die Hände gespielt; denn die Papisten werden genau beobachten, wie Ihr auf diese offenkundige Provokation reagiert. Eigentlich bleibt Euch gar keine andere Wahl, als sie aufs Schärfste zu verurteilen, wollt Ihr nicht dem Gegner Argumente liefern, Ihr hättet Euer Wort gegenüber dem Kaiser gebrochen. Ganz abgesehen natürlich davon, dass eine solche Eigenmächtigkeit gegenüber dem Landesfürsten per se schon nicht ungestraft bleiben kann. Euer Zorn ist diesbezüglich ganz berechtigt. Doch bedenkt, dass gar zu harte Strafen der Sache eher schaden. Es gilt nun, klug zu deliberieren und wie ein Salomon zu handeln. Denn andererseits", Kienlin legte die Stirn in Falten, „andererseits könntet Ihr auch Profit aus der Sache ziehen, wenn Ihr sie geschickt zu nutzen wisst."

Georg Friedrich blickte seinen Kirchenrat fragend an.

„Ihr könntet die Protestanten in Baden pro forma maßregeln und Euch ansonsten ihren offenkundigen religiösen Eifer zu Nutze machen. So wäret am Ende nicht Ihr es, der mutwillig die religiösen Verhältnisse in der Oberen Markgrafschaft verändert hätte, sondern das Volk. Und wer sollte Euch dies zum Vorwurf machen, nachdem ihr alle Formalien eingehalten habt?"

„Und was ratet Ihr mir zu tun?"

„Verfasst ein Schreiben, in dem Ihr die Einnahme der Spitalkirche offiziell verurteilt. Befehlt den Protestanten, dass sie die Predigt künftigen Sonntag ja nicht darinnen, sondern an dem Ort, an den sie bisher gegangen sind, hören sollen. Zeigt ihnen, dass Ihr ihren Ungehorsam mit nicht wenig Befremden aufgenommen habt. Doch zitiert gleichzeitig alle, die vornehmlich zu diesem Werk geholfen haben, in die Karlsburg, um ihre Argumente anzuhören – und Eure Schlüsse daraus zu ziehen."

## II

Anna brachte eben die Kinder zu Bett, als es an der Haustüre klopfte. Sie horchte auf; welch später Gast mochte dies sein? Sie hörte, wie die Magd das Geschirr, das sie gerade spülte, geräuschvoll in die Spülschüssel zurückgleiten ließ und die Treppe hinunterlief, um die Tür zu öffnen. Ein kurzer Wortwechsel drang nach oben. Anna erkannte sofort die markante, leicht heisere Stimme des Gerichtsdieners. Schon eilte die Magd die Stiege wieder hinauf; die Stubentür quietschte in den Angeln. Kein Zweifel, die Magd holte Hans, der sich wie gewöhnlich am Abend in der Stube noch ein wenig der Buchhaltung widmete. Welch wichtige Nachricht mochte der Büttel überbringen, die er dem Hausherren nur persönlich mitteilen wollte? Anna vernahm die schweren Schritte ihres Mannes auf den Stufen; sie spitzte die Ohren, hörte Wortfetzen eines Gesprächs, die sie jedoch nicht verstand.

„Mama, du bist nicht bei der Sache“, murrte Martin und zog Anna ungeduldig am Ärmel.

„Du hast recht, lieber Martin“, entschuldigte sich Anna und wandte sich wieder ihren Kindern zu. Rasch sprach sie mit ihnen das Abendgebet zu Ende, dann deckte sie die Kinder in ihren Betten zu und beeilte sich, zu ihrem Mann zu gehen, der mittlerweile wieder im Wohnzimmer war. Anna fand Hans mit gesenktem Kopf am Tisch sitzend und erschrak. Waren es so schlechte Nachrichten, die der Büttel überbracht hatte? Doch dann blickte Hans unsicher lächelnd auf und schaute seine Frau mit einem Ausdruck an, den sie nicht recht deuten konnte. Anna meinte, ein wenig Bangigkeit darin zu lesen, aber auch ein Fünkchen Entschlossenheit.

„Der Markgraf hat alle, die an der Besetzung der Spitalkirche maßgeblich beteiligt waren, auf kommenden Freitag in die markgräfliche Kanzlei auf die Karlsburg zitiert.“ Anna sog die Luft durch die Zähne.

„Alle? Nicht nur den Bürgermeister oder die Vögte?“

Hans schüttelte den Kopf.

„Dann muss es dem Markgrafen tatsächlich sehr wichtig sein. Ob das gut ist oder schlecht?“

Hans zuckte unsicher mit den Schultern; er hatte sich diese Frage selbst schon gestellt. Da nahm Anna Hans’ Kopf zwischen ihre Hände, lächelte und küsste ihn zärtlich auf die Stirn.

„Wie dem auch sei, wir machen das Beste daraus. Nun bist du also Botschafter unserer gerechten Sache. Ich weiß, dass du dieses Amt mit Gottes Hilfe und der Unterstützung unserer Freunde zum Besten erfüllen wirst."

Am Morgen des 30. April brach Hans Weinhag zusammen mit Untervogt Eusebius Drach, Verwalter Jakob Baltz, Apotheker Adam Kastner, Bürgermeister Samuel Fortenbach, Waldmeister Hans Häusler, Ratsmitglied Hans Ott und seinem Schwiegervater, dem Altbürgermeister Martin Schaller, nach Durlach auf, um sich, wie es in dem Vorladungsschreiben hieß, vor dem Markgrafen für ihre Eigenmächtigkeit zu verantworten. Anna sah ihrem Mann nach, bis die kleine Delegation durch das Ooser Tor ritt und ihren Blicken entschwand. Welch schmuckes Bild er abgab, wie er da in aufrechter Haltung auf seinem Ross saß. Er trug beinahe kniehohe Stiefel aus weichem rotem Leder, aus denen die mit einer hübschen Schleife gebundenen, blütenweißen Wickelgamaschen gerade noch so hervorschauten. Eine weite Kniebundhose bedeckte die Oberschenkel, darüber fielen die Schöße eines langen Rockes. Akzente setzte ein Filzhut mit breiter Krempe und Feder. Es erfüllte Anna mit Stolz, dass ihr Ehemann zusammen mit den vornehmsten Bürgern der Stadt zu einer solch wichtigen Aufgabe wie der Verteidigung ihrer Religion vor den Landesherren berufen war. Und sie erwartete mit Ungeduld seine Rückkehr.

Voller Hoffnung war die Delegation losgeritten, verunsichert kehrte sie drei Tage später aus Durlach zurück. Nachdem Hans sich von den Strapazen des Ritts ein wenig erholt, die Reisekleidung abgelegt und sich frisch gemacht hatte, setzte er sich in die Stube, wo Anna ihn bereits neugierig erwartete. Sie ließen sich bei einem Glas Wein am Tische nieder, Anna auf der Bank, Hans ihr gegenüber auf einem Stuhl mit zierlich gedrechselten Beinen und geschnitzter Rückenlehne. Anna hielt die Hände ihres Mannes auf dem Tisch mit den ihren umschlossen. Während Hans ausführlich von der Audienz beim Markgrafen berichtete, hörte sie konzentriert und mit großen Augen zu.

„Das Schloss in Durlach steht mitten in der Stadt. Es ist schon äußerlich ein ehrfurchtgebietendes Gebäude, mit trutzigen Mauern und Türmen, und man kann sich ihm nur mit Respekt nähern. Uns war durchaus ein wenig bange, als wir auf das große und gut bewachte Hauptportal zugingen. Nachdem wir den Wachsoldaten unser Woher und unser Anliegen berichtet und uns mit dem Zitationsschreiben ausgewiesen hatten, übermittelten diese unsere Ankunft an einen Kammerjunker, der uns in Empfang nahm und durch den prächtigen Innenhof zu einem Gebäude rechter Hand geleitete, worinnen sich die Kanzlei befindet. Unsere Pferde übernahm unterdessen ein junger Stallbursche. In einem Vorraum hieß man uns vorerst zu warten. Die Zeit wurde uns ziemlich lang, denn wir wagten nicht, uns zu setzen, obgleich die Wände entlang hier und da ein Stuhl stand. Unsere Füße begannen schon zu schmerzen, da ließ uns der Kanzleiassistent endlich eintreten.

Wieder hieß es warten, bis endlich sich die Tür öffnete, die derjenigen, durch die wir eingetreten waren, gegenüberliegt. Vier Beamte betraten den Raum, wir verneigten uns nach Vorschrift. Es handelte sich um Kanzler Dr. Johann Peter Breitenacker sowie die drei geistlichen Räte Johann Georg Kienlin, Anton Mylius und Georg Felderus. Die Herren ließen sich an einem schweren Tisch aus dunkler Eiche nieder, und der Kanzleiassistent verlas der Reihe nach unsere Namen. Als unsere Vollzähligkeit festgestellt war, durften auch wir uns endlich setzen, den Beamten gegenüber auf der rückwärtigen Seite des Raums. Dr. Breitenacker verlas noch einmal das Zitationsschreiben, dann richtete er sich an uns und wiederholte mit strengem Blick und ernsten Worten, dass der Markgraf sehr verstimmt sei, es aber als seine landesväterliche Pflicht erachte, den Untertanen in allen ihren Belangen eifrig zuzuhören und sich zu informieren. Deshalb sollten wir nun ohne Scheu unsere Argumente darlegen. Und so berichteten wir der Reihe nach, wie wir teils schon seit vielen Jahren der evangelischen Religion anhängen, unsere Kinder treuherzig in diesem Glauben erziehen und so sich die Zahl der Evangelischen in der Stadt stetig vermehrt, dass jedoch die Katholischen, obwohl in der Minderzahl, sich weiterhin frech über uns erheben, weil sie das Gesetz auf ihrer Seite wähnen. Wir haben mit Nachdruck erklärt, dass es uns unmöglich sei, diesem Zustand weiter zuzuwarten, und dass der Stadt Zwietracht drohe, wenn keine Abhilfe gefunden werde. Wir haben unterstrichen, dass wir ja gar nicht die Stiftskirche beanspruchen, sondern uns mit der kleinen Spitalkirche vor den Toren der Stadt bescheiden, und wiederholt, dass die Stiftsherren selbst keine Einwände dagegen geäußert haben, da ihnen als vernünftigen Leuten am allgemeinen Frieden in der Stadt gelegen sei – eben all die Argumente, die du ja kennst und die wir wieder und wieder besprochen hatten.

Hie und da stellten der Kanzler oder die geistlichen Räte Gegenfragen oder äußerten Einwände, und sie waren in ihrem Verhör sehr spitzfindig und scharf, so dass wir ziemlich ins Schwitzen kamen. Der Kanzleidiener notierte alles, und zuletzt hat man uns entlassen, uns jedoch auf den anderen Tag erneut in die Karlsburg befohlen, um den Entscheid des Markgrafen zu empfangen. Das hieß also eine weitere Nacht in einem kostspieligen Gasthof verbringen und ein teures Abendbrot verzehren, von dem ich doch kaum einen Bissen genießen konnte, weil mir die ganze Geschichte so sehr zu Herzen ging. Ich war mir plötzlich gar nicht mehr sicher, ob wir unser Anliegen gut verteidigt hatten oder nicht. Die ganze Nacht grübelte ich, und mir fielen noch so viele gute Argumente ein, die vorzubringen wir versäumt hatten. Die Szenen des Tages wollten mir einfach nicht aus dem Sinn gehen. Den Freunden ging es wohl ebenso, und so machten wir uns am anderen Morgen nach einem schnellen Frühstück ziemlich übernächtigt und mit bangen Herzen ein weiteres Mal auf den bekannten Weg zur Karlsburg. Wieder mussten wir lange warten, bis wir vorgelassen wurden. Als wir dann endlich in der Kanzlei standen, hatte man eine besondere Überraschung für uns parat: nicht nur Kanzler und Räte betraten den Raum, sondern eine weitere Person: der Markgraf höchstpersönlich. Augenblicklich neigten wir uns voller Demut tief zur Erde. Der Markgraf nahm auf einem erhöhten Stuhl Platz, der am Tag zuvor leer geblieben war, und der Kanzler hob an, uns den Entscheid vorzulesen. Zu unserer aller Enttäuschung blieb der Markgraf bei seiner Verfügung, uns die Spitalkirche nicht zu lassen, aus Ursachen, die hinlänglich bekannt seien. Während Dr. Breitenacker das knappe Dekret verlas, hatte ich für einen kurzen Moment die Gelegenheit, den Markgrafen zu beobachten. Ich stand zuhinterst in der Reihe der unseren und mithin dem Blickfeld Georg Friedrichs ein wenig entrückt. In seinem Gesicht war keinerlei Regung zu erkennen. Als der Kanzler geendet hatte, nickte er uns lediglich kurz zu. Ich kam nicht umhin mich zu fragen, ob ihm das Anliegen seiner Brüder und Schwestern im Glauben tatsächlich so gleichgültig sei wie es den Anschein hatte, doch rief ich mich sofort zur Ordnung. Es steht mir ja nicht zu, das Gemüt unseres gnädigsten Fürsten und Herrn ergründen zu wollen. Die ganze Sache dauerte kaum eine viertel Stunde, da verließ der Markgraf auch schon den Raum, zusammen mit den hohen Herren Räten und dem Kanzler. Wir hingegen blieben bestürzt zurück. Wir konnten gar nicht recht begreifen, wie uns geschehen war. War dies wirklich eine komplette Absage? Hatte kein einziges unserer wohl überlegten Argumente verfangen? Fassungslos schauten wir einander an, und keiner wagte, das ungläubige Schweigen zu brechen. Da erst bemerkten wir, dass einer der hohen Herren noch im Raume war, nämlich Kirchenrat Kienlin. Als er sich räusperte und seine Stimme erhob, erschraken wir fast. Doch sprach er nun in einem ganz anderen, weniger formalen Ton zu uns. Er deutete es uns als große Gnade, dass der Markgraf persönlich der kleinen Unterredung – ja, genau so formulierte er es – beigewohnt habe. Er erklärte uns, dass der Markgraf nicht anders handeln könne, da am Reichhofrat in Wien ein Prozess gegen ihn anhängig sei, in dem man ihn bezichtige, den dem Kaiser gegebenen Revers gebrochen zu haben. Das hatten wir nicht gewusst, und das erklärt natürlich manches. Triebfeder dieses Prozesses, so fuhr Kienlin fort, sei Herzog Maximilian von Bayern, der Wortführer der Katholiken im Reich. Überall im Land lauschten seine Spitzel. Nichts würde dem Bayern mehr in die Hände spielen, als dass mit Markgraf Georg Friedrich ein wichtiger Repräsentant des Protestantismus an Einfluss verlöre und sich somit die Gewichtung im Reich zugunsten der Katholischen veränderte. Deshalb müsse man bei allem mit äußerster Vorsicht vorgehen. Doch er ermunterte uns ausdrücklich, in unserem Glaubenseifer nicht nachzulassen und durch das gute Beispiel, Überzeugungsarbeit, Widerlegung der katholischen Irrtümer und freundliche Unterweisung immer mehr Irrgläubige zum evangelischen Glauben zu führen. Vertraulich deutete er an, dass wir uns sicher sein könnten, den Markgrafen stets auf unserer Seite zu haben. Er werde uns gegen alle Anfeindungen schützen und geeignete Mittel finden, uns zu fördern. So werde er beispielsweise keinen Papisten auf freigewordene Stellen präsentieren. Auf diese Weise würden die Evangelischen immer einflussreicher in der Stadt, für den Gegner es gleichzeitig immer schwerer, auf einer Rückkehr zu den alten Verhältnissen zu beharren. Kienlin entließ uns mit freundlichen Worten der Ermunterung und des Trostes.

Wir traten den Heimweg an, nicht wissend, ob wir hoffen oder bangen sollten. Und nun sitze ich hier bei dir und bin froh, fürs erste die ganze Politik hinter mir zu lassen."

Hans schloss seinen Bericht und blickte zu Anna hinüber. Ihre Augen leuchteten. Sollte er ehrlich sein, so hatte er genau dieses gehofft, und es überraschte ihn nicht: Nie würde er es erleben, dass seine Frau niedergeschlagen oder verzagt sei.

„So war eure Reise nach Durlach also ein Erfolg!", hob sie denn auch an, und fuhr mit Enthusiasmus in der Stimme fort: „Der Markgraf hat euch persönlich empfangen und uns auf diese Weise seine Wertschätzung ausgedrückt. Eine größere Gnade hätte uns nicht zuteil werden können. Und es geschah sicher mit seinem Wissen und Willen, dass Kienlin noch bei euch geblieben ist. Über den Mittelsmann – denn anders wäre es nicht möglich gewesen – ließ er uns mitteilen, dass es in seinem Sinne sei, wenn wir weiterhin unser Möglichstes für die Verbreitung der evangelischen Religion tun, und uns gleichzeitig vor versteckten Gefahren warnen. Nun wissen wir also, was wir zu tun haben!"

## III

Anna hatte einen festen Plan, wie sie den markgräflichen Auftrag erfüllen könnte. Das ihr zur Verfügung stehende Mittel waren die Hauskreise, die sie und andere evangelische Frauen all samstäglich abhielten. Von nun an würde sie auch katholische Frauen dazu einladen, wenn der Zeitpunkt dazu günstig wäre. Und tatsächlich sollte sich schon bald die erste Gelegenheit bieten.

Wenige Tage nach Hans' Rückkehr aus Durlach ereignete sich ein tragisches Unglück in der Stadt. Es hatte mehrere Tage lang ungewöhnlich heftig geregnet. Das ansonsten harmlose Flüsschen Oos war stark angeschwollen und führte allerlei Treibgut mit sich. Vom Hauptstrom zweigte am Ortseingang der Mühlenkanal ab, der direkt vor der Stadtmauer und an dieser entlang floss und dessen Wasser die Mühlräder der beiden Stadtmühlen antrieb. Der Müller der Inneren Mühle, Hans Bernhard Geiger, war gerade damit beschäftigt, das frisch gemahlene Mehl in Säcke zu füllen, als ihn ein krachendes Geräusch aufschreckte. Der Mahlstein, eben noch in vollem Gange, blieb abrupt stehen. Geiger wusste sofort, was passiert war: Ein Stück Treibholz hatte sich im Mühlrad verfangen. Das kam immer wieder vor und bedeutete eine ärgerliche Unterbrechung der Arbeit. Unwillig legte er die Mehlschaufel zur Seite. In der Stadtmauer gab es einen winzigen Durchlass, der es ihm erlaubte, direkt von der Mühle zum Kanal zu gelangen, ohne den Umweg über eines der Stadttore nehmen zu müssen. Durch diesen Durchlass schlüpfte Geiger auch jetzt hinaus und erkannte sofort den armdicken Ast, der sich im Mühlrad verkeilt hatte und seinen Gang blockierte. Ein Holzsteg, so schmal, dass man kaum die Füße nebeneinander setzen konnte, führte auf der Außenseite der Stadtmauer über dem jetzt wild tosenden und schäumenden Wasser vom Durchlass in wenigen Metern zum Rad. Bei strömendem Regen und peitschendem Wind war der Weg heikel, und der Müller balancierte mit äußerster Vorsicht hinüber. Er versuchte, den Ast zu lösen, doch er bewegte sich keinen Zoll, so sehr Geiger auch riss und zerrte. Weil die Kraft seiner Arme nicht ausreichte, nahm der Müller ein Bein zu Hilfe. Plötzlich glitt er auf dem rutschigen Holzsteg aus. Vielleicht hätte er sich noch fangen können, doch durch den unvermittelten Ruck löste sich im selben Moment der Ast und das Mühlrad begann sich wieder zu drehen. Geiger, den Ast noch in den Händen, wurde ins Wasser gezogen. Das Mühlrad erfasste ihn und drückte ihn nach unten. Er hatte keine Chance. Erst Tage später wurde seine Leiche bei Badenscheuern angeschwemmt. Hans Bernhard Geiger hinterließ eine Frau und fünf minderjährige Kinder.

Das Unglück berührte die Einwohner der Stadt gleich welcher Konfession. Beim Müller waren sie alle Kunden gewesen, jeder kannte ihn. Zahlreich fanden sie sich bei der Witwe ein, um ihr Beileid zu bekunden. Auch Anna Weinhag machte der Trauernden ihre Aufwartung, nicht nur, weil sie Nachbarn waren, sondern in dem aufrichtigen Bedürfnis, ihr aus christlichem Mitleid Trost zu spenden.

„Gott hat Euren Mann gerufen, aber Ihr seid nicht allein. Vertraut auf den allmächtigen Vater, und er wird Euch trösten." Anna lächelte Veronika Geiger aufmunternd zu.

„Wenn Ihr von der Barmherzigkeit des Herrn erfahren wollt und es Euch nach Seinem Wort dürstet, dann lade ich Euch zu unseren Andachten ein, die wir, ein kleiner Kreis gläubiger Handwerkersfrauen, jeden Samstagmittag halten. Ihr seid uns herzlich willkommen."

Anna wusste, dass Veronika Geiger katholisch getauft war. Umso mehr freute sie sich, als die Witwe einige Wochen nach dem tragischen Tod ihres Mannes tatsächlich eines Samstags an ihrer Haustüre klopfte. Das Samenkörnchen, das Anna seinerzeit gepflanzt hatte, begann offenbar zu keimen, und sie würde alles tun, um das zarte Pflänzchen zum Blühen zu bringen.

Veronika Geiger kam zunächst unregelmäßig, dann immer öfter zu dem wöchentlichen Hauskreis. In der Gesellschaft der Frauen schien sie sich wohlzufühlen und tatsächlich ein wenig über ihren Schmerz hinwegzukommen. Dankbar nahm sie die tröstenden Worte des Evangeliums an, nicht weniger dankbar auch die tätige Hilfe der Frauen, die ihr manche Last des Alltags abnahmen, die seit dem Tod des Ehemannes allein auf ihren Schultern ruhte. Eines Tages wagte Anna den Schritt, sie zu fragen, ob sie sich nicht offiziell zum evangelischen Glauben bekennen wolle. Veronika zögerte zunächst, brachte diesen und jenen Einwand vor, dass sie, seit Kindestagen katholisch, sich mit den evangelischen Gepflogenheiten nicht auskenne und dass ihre katholischen Verwandten diesen Schritt missbilligen würden. Aber Anna zerstreute klug alle Bedenken, und schließlich willigte Veronika ein.

Im Rahmen eines Sonntagsgottesdiensts wurde das neue Gemeindemitglied willkommen geheißen. In einer zu Herzen gehenden Predigt zeichnete Pfarrer Gräter den Lebensweg der Konvertitin nach, der von manchem Schicksalsschlag, zuletzt dem Tod des geliebten Ehegatten, überschattet gewesen war, aber am Ende zur Gemeinschaft der wahren Christen geführt habe. Dann wandte er sich direkt an Veronika Geiger und fragte sie, ob sie bereit sei, dem katholischen Glauben für immer abzuschwören und mit Herz, Seele und allen Sinnen den evangelischen zu leben. Veronika Geiger antwortete mit einem Satz, den sie zuvor mit dem Pfarrer einstudiert hatte: „Jeder Einzelne in dieser Kapelle sei mein Zeuge, dass es mich verlangt, Teil der stetig wachsenden evangelischen Familie zu werden. Ich will ein treues Mitglied dieser wahren, christlichen Gemeinschaft sein, und ich schwöre ab den Irrlehren der katholischen Kirche. Mein bisheriges Leben lasse ich hinter mir.“ Anschließend sprach die gesamte Gemeinde das Glaubensbekenntnis, dann ergriff noch einmal der Pfarrer das Wort. Ohne Anna Weinhag namentlich zu nennen, lobte Gräter die helfende Hand, die ein

„mitfühlendes Mitglied aus der Gemeinde gereicht habe, um einem von Verzweiflung gedrückten Menschen aufzuhelfen". Er schloss mit der Aufforderung an alle Gemeindeglieder, diesem Vorbild nachzueifern, um die verirrten Seelen der Papisten vor der Verdammnis zu retten. Alle wussten, wem das Lob galt. Anna fühlte sich stolz und überglücklich.

Die erfolgreiche Missionierung Veronika Geigers beflügelte Anna Weinhag. Eines Tages wurde Anna auf dem Marktplatz ungewollt Zeugin eines Gesprächs zwischen einer Krämerin und einer Kundin. Diese erregte sich lauthals über die Rohheit ihres Ehemannes.

„Gestern hat er mir wieder das Essen vor die Füße geworfen und mich eine liederliche Hausfrau geschimpft. Wäre ich nicht eilends zur Stube hinaus gesprungen, er hätte mir wohl noch den Teller an den Kopf geworfen. Besoffen war er mal wieder, der Dreckskerl, wie so oft. Eigentlich sollte ich überhaupt nicht hier um Lebensmittel anstehen; soll der hohe Herr sich sein Essen doch selbst besorgen. Und das Schlimmste ist: Jeden Sonntag rennt er in die Messe, beichtet seine Schandtaten und der Pfaff erteilt ihm die Absolution. Ja, so einfach ist das bei uns Katholiken: Da kann man werktags liederlich und böse sein, und am Feiertag richtet's der Priester wieder. Und ich, ich hab das Nachsehen." Anna kannte die Frau. Es war Katharina Kist, die Frau des Wagnermeisters Klaus Kist. Die ganze Stadt wusste, wie schlecht es um die Ehe der beiden stand. Wenn man an ihrem Haus in der Oberstadt vorbeiging, konnte man sie oft bis in die Gasse hinaus zanken hören. Der Mann war ein schlechter Hausvater, der sich weder um seine Frau noch um seine Kinder kümmerte und stattdessen dem Alkohol zusprach. Kein Wunder, dass die Kisten-Käth frühzeitig verblüht war. Ihr Gesicht war verhärmt, sie vernachlässigte ihr Äußeres und hatte über die Grobheiten ihres Mannes mit der Zeit selbst verlernt, was der Anstand gebietet. Ihre ganze Erscheinung spiegelte ihr trostloses Leben wieder.

Normalerweise hätte Anna sich nicht in ein Gespräch eingemischt, wäre eher einige Schritte zurückgetreten, um nicht indiskret zu erscheinen. Doch als sie die Kisten-Käth so offen über ihre Religion schelten hörte, konnte sie nicht anders, als einzuhaken.

„Nur durch Gottes Gnade kann ein Mensch Vergebung erlangen. Wer anderes sagt, der irrt oder lügt." Irritiert fuhr die Angesprochene herum. Sie war im Begriff, etwas Grobes zu entgegnen, doch Annas freundliches Lächeln ließ sie verstummen. So kniff sie nur den Mund zusammen, schüttelte unwillig den Kopf und wollte sich wieder der Marktfrau zuwenden.

Doch Anna ging in die Offensive. „Der Mensch ist ein sündiges Wesen und nicht in der Lage, seine Schuld zu erkennen oder gar abzugelten. Christus ist um unserer Sünden willen geschlagen und hat sie allein gebüßt. Auf ihn sollen wir bauen."

„Seid Ihr ein Pfaff, dass Ihr hier Predigten haltet?", fragte Katharina Kist unwirsch.

„Nein", antwortete Anna freundlich, „nur eine einfältige Sünderin, die ihre Hoffnung auf Gott setzt und nicht auf die Kirche. Und die möchte, dass auch andere nicht länger der falschen Medizin vertrauen."

„Soso", erwiderte Katharina Kist, mit schnippischer Stimme, aber mit unverhohlener Neugier im Blick.

Die Chance erkennend, streckte Anna ihr die Hand entgegen. „Gerne erzähle ich Euch mehr. Wenn Ihr Lust habt, so kommt am Samstag zu unserem Hauskreis. Ich bin Anna Weinhag, die Frau des Seilers, ich wohne beim Ooser Tor."

Katharina Kist kam tatsächlich. Eines Samstags stand sie vor der Tür und bat leicht verlegen, die Hausherrin sprechen zu dürfen. Anna Weinhag erkannte sie kaum wieder: Katharina Kist hatte ihr bestes Kleid an, die Haare ordentlich unter einer Haube versteckt, ihre Augen blickten erwartungsvoll. Anna hieß die unerwartete Besucherin freundlich willkommen und führte sie in die Stube, wo die anderen Frauen bereits versammelt waren. Diese wechselten erschrockene Blicke, als sie erkannten, wer da kam. Die derbe Kisten-Käth passte so gar nicht zu ihrem Kreis! Doch Anna war so voller Enthusiasmus, als sie den neuen Gast vorstellte, dass die anderen keinen Widerspruch wagten und sich vielmehr ihrer Vorbehalte schämten. Anna lebte wahre, christliche Nächstenliebe. Hatte nicht auch Jesus alle Menschen gleich geachtet und sich besonders derer angenommen, die angefeindet und ausgeschlossen waren? Sollten und wollten sie als rechte Christen nicht diesem Beispiel nacheifern? Dennoch, es blieb ein Unbehagen, wenn Katharina anwesend war, und nicht wenige der Frauen waren froh über die Tage, an denen sie nicht kam.

Auch Katharina trat nach einigen Wochen zur evangelischen Konfession über. Anna freute sich aufrichtig. Doch der Verdacht stand unausgesprochen im Raum, dass die Kisten-Käth diesen Schritt nur getan habe, um ihrem Mann eins auszuwischen.

## IV

Wie jeden Abend schaute Anna Weinhag vor dem Zubettgehen noch einmal nach ihren schlafenden Kindern. Anna betrachtete die vom Kerzenlicht sanft beleuchteten Köpfchen in ihren Kissen, und ein Gefühl tiefer Dankbarkeit überkam sie. Wie glücklich sie doch war! Sie hatte einen Mann, den sie liebte und der sie respektierte. Sie hatte zwei gesunde und brave Kinder. Ihre kleine Familie hatte durch ihres Mannes Arbeit als Seiler ein gutes Auskommen, und in der Stadt und insbesondere der evangelischen Gemeinde genossen sie hohes Ansehen. Anna strich den Kindern zärtlich über die Haare, dann verließ sie auf leisen Sohlen die Kammer.

Sie wollte eben die Türe schließen, als Hans mit ernstem Blick zu ihr eilte. Anna erschrak. „Was ist, stimmt etwas mit Vater nicht?“, fragte sie mit bangem Herzen. Annas Vater Martin Schaller war seit über einem Jahr kränkelnd. Er litt am Wechselfieber. Heftige Fieberanfälle, die ihn zuletzt alle zwei Tage heimgesucht hatten, hatten ihn stark ausgezehrt. Obwohl er, ärztlichem Rat vertrauend, sich mehrfach dem Aderlass unterzogen hatte, um die Säfte des Körpers wieder ins Gleichgewicht zu bringen, war er zuletzt sehr schwach geworden.

„Dein Vater liegt im Sterben, die Magd schickt nach dir. Gehe schnell zu ihm.“

Annas Herz begann zu rasen. Eilends stürzte sie die Treppe hinab, warf sich einen Überhang um, nahm eine Laterne und hastete die wenigen Meter von ihrem eigenen zu ihrem Elternhaus. Dort erwartete die Magd sie bereits. Sie geleitete Anna ins Krankenzimmer. Der beißende Geruch von säuerlichem Schweiß verschlug ihr fast den Atem. Annas Vater lag wach, aber von starken Schmerzen benommen auf seinem Krankenlager. Heftiger Schüttelfrost ließ den ausgezehrten Körper beständig zittern. Anna erkannte den hoffnungslosen Zustand mit einem Blick. Martin

Schaller richtete seine Augen auf seine Tochter und versuchte mühsam zu lächeln. Er war nicht in der Lage zu sprechen. Anna setzte sich an sein Bett, strich ihm liebevoll übers Haar und griff nach seiner Hand. Die Fingernägel waren blau unterlaufen. Anna wollte mit ihrem Vater reden, aber sie fand keine Worte. Was sollte sie auch sagen, ohne ihn ihre Trauer spüren zu lassen? Eine Weile saß sie stumm da und kämpfte mit den Tränen. Erinnerungen stiegen in ihr hoch, Erinnerungen an viele glückliche Stunden, die sie gemeinsam verbracht hatten. Als Kind war es das schönste für sie gewesen, beim Vater im Laden zu sein. Die Mixtur der verschiedenen Aromen roch sie noch immer gerne. Sie hatte an allen Gewürzen schnuppern dürfen, und jeder Duft hatte sie in eine Traumwelt entführt: da waren die kräftig würzige Muskatblüte, der durchdringende Wermut, das süßliche Anisium oder der liebliche Koriandersamen. Ihr Vater hatte ihr von allen erzählen können, woher sie kamen und wofür sie nützen. Wie gerne hatte sie ihm zugehört! Und wie oft hatten sie gemeinsam über dem Globus gesessen und sich vorgestellt, in all die Länder zu reisen, aus denen die Gewürze kamen.

Damals war ihr noch nicht klar gewesen, wie teuer manche Gewürze waren. Ihr kam ein Vorfall in den Sinn, als sie einmal aus Versehen das kostbare Safran verschüttet hatte. Trotzdem war ihr Vater ihr nicht böse gewesen. Er hatte sie nur ernsthaft ermahnt, in Zukunft achtsamer auf wertvolle Dinge zu sein. Das hatte sie sich zu Herzen genommen! Als sie älter geworden waren, hatte der Vater seine Kinder zur Straßburger Johannis-Messe mitgenommen. Für Anna war es das erste Mal gewesen, dass sie aus dem kleinen Baden herauskam. Allein die Überquerung des Rheins war ein Ereignis für sie gewesen, getrübt nur durch die Myriaden von Mücken, die eine wahrhaftige Plage waren. Nie zuvor hatte Anna einen so gewaltigen Strom gesehen. Die Brücke schien ihr kein Ende zu nehmen. Sie hatte aufgeatmet, als sie heil das andere Ufer erreicht hatten. Mehr als einmal hatte sie gefürchtet, über die Planken in die Fluten zu stürzen. Nie würde sie ihr Staunen vergessen, als man in Straßburg angekommen war. So prächtige Häuser, so viele Menschen, so zahlreiche Läden mit Waren hatte sie ihr Lebtag noch nicht gesehen. Und erst die riesige Messe, auf der der Vater seine Waren einkaufte. Anna erinnerte sich, dass sie gar nicht gewusst hatte, wohin sie zuerst schauen sollte. Als sie das Münster entdeckt hatte, hatte es ihr fast den Atem verschlagen. Sie hatte den Kopf weit in den Nacken legen müssen, um die Spitze des Turmes sehen zu können, der bis in die Wolken reichte. Als sie das Schiff betraten, hatte sie ganz fest des Vaters Hand gehalten, aus lauter Angst, verloren zu gehen – und weil sie Zweifel gehabt hatte, dass die schlanken Pfeiler und die durchbrochenen Wände auch wirklich halten. Ein so weitläufiges, hohes Gebäude hatte sie noch nie gesehen. Sie war aus dem Staunen gar nicht herausgekommen. Bei einem Kunstschreiner am Münsterplatz hatte ihr der Vater dann ein Schmuckkästchen gekauft, das sie noch immer als teure Erinnerung in Ehren hielt. Auf dem Deckel war das Münster als hübsche Einlegearbeit zu sehen. Später verwahrte sie darin ihren Brautschmuck.

Ihr Vater hatte seiner Tochter das Rechnen beigebracht, indem sie den Kunden das Wechselgeld hatte ausgeben dürfen. Er hatte sie in seine Bücher schauen lassen, riesige, ledergebundene Folianten, die sie unglaublich beeindruckt hatten. Daraus hatte sie nach und nach auch das Lesen gelernt, aber nicht nur das. Sie hatte gelernt, wie man wirtschaftlich haushält und ein Geschäft organisiert: etwas, das ihr jetzt in der Handlung ihres Mannes zu Gute kam. Der väterliche Krämerladen war für Anna die beste Schule des Lebens gewesen, und der Vater der beste Lehrer, den sie je gehabt hatte. Aber nicht nur das Lesen und Schreiben hatte sie bei ihm gelernt, sondern auch die Fähigkeit, Falsch von Richtig zu unterscheiden und ihren Standpunkt zu vertreten. Anna konnte sich nicht erinnern, ihren Vater jemals in einem Urteil schwankend erlebt zu haben, immer war er klaren Prinzipien gefolgt. Selbst in Not und Verfolgung hatte er nie die Zuversicht verloren. Darin war er ihr zum leuchtenden Vorbild geworden.

Martin Schaller, Altbürgermeister, ehemaliger Waldmeister, Ratsmitglied und angesehener Kaufmann, starb 1608 in seinem fünfzigsten Lebensjahr. Er wurde unter großer Anteilnahme der gesamten Bevölkerung im Grab der Ehefrau und seiner vier bereits im Kindesalter verstorbenen Söhne und Töchter beigesetzt.

Die evangelische Gemeinde hatte einen ihrer vehementesten Streiter für die gemeinsame Sache verloren.

Die Erde auf Martin Schallers Grab war noch frisch, da traf die Familie ein zweiter schwerer Schlag: Annas jüngerer Bruder Georg, der einzige überlebende Sohn und Nachfolger des Vaters in der Gewürzhandlung, hatte sich beim Holzmachen mit der Axt am Schienbein verletzt. Georg hatte die Angelegenheit zunächst nicht ernst genommen: Der Hieb war nicht tief, und es bereitete Georg keine Mühe, aus eigener Kraft nach Hause zu gehen und die Verletzung zu versorgen. Doch die Wunde infizierte sich. Nach wenigen Tagen war das verletzte Bein so dick geschwollen, dass Georg das Gehen unmöglich wurde. Das Fleisch verfärbte sich bis über das Knie schwarz, stinkender Eiter quoll aus der Wunde. Der eilends alarmierte Chirurg sah nur noch die Möglichkeit der Amputation.

Georg saß auf einem Armstuhl in der Stube, das verletzte Bein auf einem Schemel. Ihm war entsetzlich schlecht, aus Furcht vor der bevorstehenden Tortur, sicherlich, mehr noch aber von den Unmengen Alkohol, den ihm die Magd in den vorigen Stunden nach und nach eingeflößt hatte – stets in kleinen Mengen, so dass er ihn bei sich behalten konnte. Sieben kräftige Männer hielten sich bereit, darunter Hans Weinhag. Die Magd und Anna standen mit einer Bütte parat, für das Blut und das amputierte Bein.

Der Chirurg betrat den Raum. Bei seinem Anblick brach Georg kalter Schweiß aus. Im Dämmer seines Rausches drang die Angst vor dem, was ihm bevorstand, übermächtig in sein Bewusstsein. Er stöhnte und machte Anstalten zu fliehen, doch schon packten ihn sechs Männer an den Armen, je drei zu jeder Seite. Der siebte kniete sich mit dem Chirurgen auf den Boden und hielt das verletzte Bein fest, das durch die Wundinfektion nahezu gelähmt war. Zuerst band der Chirurg den Oberschenkel mit einem Riemen ab. Er drillte das Band so fest er konnte zu. Georg zitterte, doch er ließ die Prozedur über sich ergehen. Der Alkohol tat seine Wirkung, und das Bein war ohnehin fast gefühllos. Nachdem er einen Moment gewartet und sich überzeugt hatte, dass die Blutzirkulation zum Stillstand gekommen war, entnahm der Chirurg seiner Tasche ein Beißholz und steckte es dem Patienten zwischen die Zähne. Dann ergriff er ohne weiteren Verzug ein scharfes Messer und setzte mit einer geschwinden Bewegung eine Hand breit oberhalb der Wunde einen einzigen Schnitt durch das Fleisch bis auf den Knochen.

Keine Frage, der Chirurg verstand sein Handwerk. Georg brüllte auf, das Beißholz fiel zu Boden. Er tobte und bäumte sich auf, doch die Männer zwangen ihn mit all ihren Kräften zurück in den Stuhl. Der Chirurg nahm die Knochensäge und begann, mit gleichmäßigen Bewegungen das Schienbein durchzusägen, als würde er Brennholz zerkleinern. Georgs Brüllen schwoll an zum Crescento, es klang wie das eines Ochsen beim Schlachten. Anna zitterte, Tränen rannen ihre Wangen herab. Sie wollte sich die Ohren zuhalten, doch sie mahnte sich mit aller Kraft zur Ruhe und konzentrierte sich auf ihre Aufgabe, die Bütte so zu halten, dass das Blut ihres Bruders hineinfloss.

Irgendwann ließ Georgs Energie nach, er wimmerte nur noch und verstummte schließlich ganz. Er hatte das Bewusstsein verloren. Neben Anna klatschte das abgetrennte Bein in den Bottich mit dem Blut. Anna wurde schlecht. Sie schaffte es gerade noch ins Freie und erbrach sich über dem Misthaufen.

Die Amputation rettete Georgs Leben nicht. Sein Körper war bereits überflutet mit den Erregern des Wundstarrkrampfes. Zwei Tage nach der Operation fand man ihn in unmenschlich verdrehter Haltung und mit verzerrten Gesichtszügen im Bett vor. In der folgenden Nacht starb er.

Georg Schaller war noch unverheiratet gewesen und hatte keine Kinder hinterlassen. Anna Weinhag wurde somit Erbin der gesamten Verlassenschaft einschließlich des Hauses in der Hauptgasse beim herrschaftlichen Kornspeicher samt Kaufmannsladen und allen noch vorrätigen Waren. Abzüglich einiger weniger bestehender Forderungen an das Erbe war dies ein beachtliches Vermögen. Einige Wochen nach Georgs Tod wurde ihre Erbberechtigung amtlich festgestellt und durch den Stadtschreiber protokolliert.

In den Tagen danach war Anna ungewöhnlich still und in sich gekehrt. Sie war unschlüssig, was mit dem ererbten Besitz geschehen sollte. Sie könnte alles verkaufen und den Ertrag in das Geschäft ihres Mannes stecken, der damit seine Seilerei ausbauen und vielleicht noch einen oder zwei Gesellen annehmen könnte. Doch ihr Herz hing an ihrem Elternhaus mit der Gewürzhandlung und an all den Erinnerungen, die damit verbunden waren. Der Gedanke war verlockend, das eigene, vergleichsweise bescheidene Heim gegen das großzügige Stadtpalais ihrer Eltern einzutauschen. Und noch kühner die Idee, die Gewürzhandlung weiterzuführen. Doch würde Hans dem zustimmen? Ihr Mann war ein zwar tüchtiger und erfolgreicher Seilermeister, aber kein Kaufmann. Wäre er willens und fähig, sich in ein gänzlich neues Metier einzuarbeiten? Sie selbst traute sich das Geschäft durchaus zu, hatte sie doch in ihrem Vater einen hervorragenden Lehrmeister gehabt. Doch natürlich konnte sie ohne die Zustimmung ihres Ehemannes nichts unternehmen.

Je länger Anna grübelte, desto sicherer wusste sie, dass sie es Hans zumindest vorschlagen wollte.

„Hans?", setzte Anna beim nächsten Abendessen vorsichtig an. Hans hob den Kopf und schmunzelte. Es kannte diesen halb bittenden, halb fordernden Tonfall. Er wusste, dass Annas tagelanges Grübeln nun ein Ende und sie einen Entschluss gefasst hatte – und dass es schwer werden würde, dagegen anzukommen.

„Na, mein Weibchen, was hast du dir ausgedacht?", fragte er also neckend zurück. „Lass mich raten: Du willst Martin an die Lateinschule schicken, damit ein Gelehrter aus ihm wird. Oder, nein, du willst die Stube vergrößern, damit du den Hauskreis erweitern und noch mehr Frauen bekehren kannst! Oder, noch besser, du hast die Lösung des Problems, wie wir unseren Markgrafen dazu bringen, die evangelische Konfession zum offiziellen Bekenntnis in der Markgrafschaft zu machen."

Anna musste lachen. „Nein, die große Politik war es nicht, was mich in den letzten Tagen bewegt hat. Da traue ich mir kein Urteil zu! Aber eine größere Stube, das wäre schon was." Geschickt griff Anna den Faden auf. „Und ich hätte da sogar eine Lösung", ergänzte sie vielsagend.

Hans blickte Anna neugierig an. „Wir könnten die Küche aufgeben und die Wand einreißen, dann gäbe es halt nichts mehr zu essen. Aber wie heißt es doch so schön ‚Der Mensch lebt nicht vom Brot allein' …"

„Naja", meinte Anna, „das wäre wohl keine so gute Idee. Aber", ihre Stimme wurde ernster, „es gäbe eine sehr naheliegende Lösung: Das Haus meiner Eltern steht leer, ein Jammer für dieses schöne Gebäude. Es ist ein bisschen in die Jahre gekommen, aber es würde uns sehr viel mehr Platz bieten als unser kleines Handwerkerhäuschen. Ich weiß, dass du daran hängst, schließlich hast du es dir mit deiner Hände Arbeit erwirtschaftet …" Hans schaute sie gerührt an. Das also hatte sie die letzten Tage umgetrieben.

„Liebe, gute Anna", sagte er zärtlich. „So viel liegt mir nicht an dieser kleinen Hütte, als dass ich nicht die Vorteile sehen würde, die ein größeres und besser gelegenes Haus bietet. Ehrlich gesagt, habe ich selbst schon daran gedacht umzuziehen. Aber es ist dein Erbe, und ich wollte nicht gierig erscheinen oder gar eitel. Denn natürlich ist ein so großes Gebäude eines bescheidenen Handwerkers wie mir nicht ganz angemessen …"

„Eines Handwerkers vielleicht nicht, eines Kaufmanns schon", platzte Anna heraus.

„Aber ich bin doch gar kein …"

Plötzlich begriff Hans.

„Anna, denkst du etwa, ich könnte die Gewürzhandlung übernehmen? Das ist …, ich kann …, Anna, ich bin Seiler, ich habe keine Ahnung vom Handel! Naja, zumindest nicht allzu viel. Ja, ich verkaufe meine Seile selber, aber das ist nur das halbe Geschäft. Ich wüsste gar nicht, wo ich die Ware einkaufen soll, wenn ich sie nicht selber herstelle. Und Gewürze … Das ist doch etwas völlig anderes, damit kenne ich mich überhaupt nicht aus! Wer sollte bei einem Krämer einkaufen, der über seine eigenen Produkte nicht Bescheid weiß?"

„Du bist zu bescheiden, Hans! Du bist kein schlichter Handwerker, du bist Meister! Als solcher hast du gelernt zu rechnen und sorgfältig zu wirtschaften, du kennst dich aus mit Buchführung und mit der Leitung eines Geschäfts. Und du weißt mit Kunden umzugehen. Das alles sind Kenntnisse, die dir auch als Kaufmann zugute kämen. Und was den Sachverstand betrifft: ich weiß von meinem Vater her sehr vieles und könnte dir am Anfang helfen, und bald wirst du selbst genügend Wissen erworben haben. Man wächst mit seinen Aufgaben. Du bist fleißig und klug. Hans, ich weiß, dass du dich sehr schnell einarbeiten würdest."

Diese letzten Worte schmeichelten Hans sehr. Dennoch blieben seine Zweifel. „So einfach geht das nicht, Anna. Der Markgraf müsste sein Einverständnis erteilen, dass ein Handwerker in den Kaufmannsstand wechselt."

„Ich wüsste nicht, warum er seine Zustimmung nicht geben sollte. Es wäre ja kein zusätzlicher Laden, sondern nur die Fortführung eines bereits bestehenden! Bitte, Hans, denk darüber nach! Es wäre eine Schande, das etablierte Geschäft meines Vaters aufzugeben. Gott wird uns seinen

Segen dazu geben und uns beistehen, denn er liebt die Tüchtigen." Es war schwer, sich nicht von Annas Enthusiasmus anstecken zu lassen. Hans nahm zärtlich Annas Hand.

„Mein Liebes, deine Zuversicht ehrt dich. Aber du wirst verstehen, dass ich eine solche Entscheidung nicht an einem Tag treffen kann. Gib mir ein paar Tage Bedenkzeit." Anna nahm Hans' Kopf zwischen ihre Hände, zog ihn zu sich heran und gab ihm einen Kuss.

„Natürlich!" Sie wusste, dass sie ihren Willen bekommen würde. Nun war es an Hans, zu grübeln. Anna ließ ihm Zeit und drang nicht weiter in ihn, doch wann immer es ihr passend erschien, lächelte sie ihn aufmunternd an, streichelte verständnisvoll über seinen Arm oder gab ihm überraschend einen Kuss. Nach einer Woche, beim Abendessen, legte Hans seufzend das Messer zur Seite, mit dem er sich soeben eine ansehnliche Portion Schmalz auf sein Brot geschmiert hatte, den forschenden Blick Annas nicht länger ertragend.

„Gut, schreiben wir also ein Gesuch an den Fürsten. Wenn es Gottes Wille ist, wird der Markgraf zustimmen, wenn nicht, so nehmen wir es als seine Weisung, uns mit dem zu bescheiden, was wir haben." Anna lächelte ihren Ehemann glücklich an. „Es wird funktionieren, glaube es mir!"

Sowohl Anna als auch Hans waren des Schreibens mächtig, doch eine so wichtige Supplik musste allen formalen Ansprüchen genügen und in einer schönen Kunstschrift abgefasst sein. Deshalb nahmen sie die Dienste des Stadtschreibers in Anspruch, der ihr Anliegen in gedrechselten Worten formulierte.

„Sehr gut verfasst." Anna war zufrieden, nachdem der Schreiber den Entwurf vorgelesen hatte. „Nur eines gefällt mir noch nicht. Können wir im zweiten Absatz nicht schreiben: ‚deshalb ergeht an Ihro fürstliche Gnaden ergebenste Bitte des Hans Weinhag, verbürgerten Seilers dahier, und der Anna geborene Schallerin, seiner Ehefrau, ihnen beiden die Erlaubnis zur Ausübung des obengenannten Geschäfts zu erteilen.'? Schließlich werde ich meinen Mann tatkräftig unterstützen." Anna tätschelte liebevoll Hans' Arm, der seine Frau überrascht ansah. Eine Frau trat normalerweise nicht offiziell als Teilhaberin in Erscheinung, auch wenn er genügend Fälle kannte, wo das Glück einer Firma von der Fähigkeit der Frau abhing. Anna war immer wieder für eine Überraschung gut. Aber im Grunde hatte sie Recht, und nicht zuletzt kam die Gewürzhandlung von ihrer Familie, warum sollte sie sich da zurücknehmen.

„Ich kann alles schreiben, was Ihr von mir verlangt", versicherte der Stadtschreiber mit galantem Lächeln. „Die Zahlung bleibt ja dieselbe. Wenn also der Herr ebenfalls der Meinung ist …?" Hans nickte geschlagen, und Anna strahlte übers ganze Gesicht. Der Schreiber korrigierte den entsprechenden Satz, dann entließ er Anna und Hans und hieß sie am nächsten Tag wiederkommen, um die Reinschrift zu unterzeichnen.

Als auch dies geschehen war, faltete der Schreiber den Brief kunstvoll zusammen, versiegelte ihn und versicherte, ihn mit dem nächsten Boten nach Durlach zu senden.

Es folgten Wochen gespannten Wartens. Der Stadtschreiber hatte sie darauf hingewiesen, dass eine Antwort bis zu mehrere Monate dauern könne, doch mit jedem Tag, der verging, fiel es Anna schwerer, untätig abzuwarten. Um die Zeit nicht nutzlos verstreichen zu lassen, gewöhnte sie es sich an, Hans jeden Abend mit einem neuen Gewürz, seiner Herkunft, seiner Eigenart und seiner Wirkung vertraut zu machen. Auch wenn Hans sich der Sache nach wie vor nicht ganz sicher war, so fand er diese abendlichen Lehrstunden doch immerhin recht unterhaltsam und gab gerne den interessierten Schüler seiner Frau. Annas Beflissenheit amüsierte ihn, er fand sie reizend, wie sie mit vor Eifer roten Backen und mit großem Ernst jedes noch so kleine Detail ihres jeweiligen Themas erklärte. Gleichzeitig bewunderte er sie aufrichtig für ihr profundes Wissen. Eigentlich, dachte er bei sich, müsse er sich mit einer so tüchtigen und klugen Frau an seiner Seite tatsächlich keine Gedanken machen.

Einmal wöchentlich verhandelte der Hofrat in der Durlacher Karlsburg die Petitionen der Untertanen. Als siebte Eingabe dieses Tages verlas der Kanzleiassistent die Bittschrift des Hans Weinhag, Seilermeister zu Baden, und der Anna geborene Schaller, seiner Ehefrau. Schon wollte Kanzler Dr. Johann Peter Breitenacker routinemäßig anordnen, den Leumund des Antragsstellers und das Bedürfnis des Publikums nach einer Gewürzhandlung zu überprüfen, um schnell zur nächsten Petition überzugehen, da stutzte er; der Name Weinhag kam ihm bekannt vor. Gehörte nicht der protestantischen Delegation, die vor eineinhalb Jahren wegen der

Besetzung der Spitalkirche in der Kanzlei verhört wurde, ein Weinhag an? Breitenacker nahm den Kanzleiassistenten zur Seite, wechselte einige leise Worte mit ihm und fand seine Erinnerung bestätigt. Laut sagte er:

„Soweit uns bekannt ist, ist der Bittsteller ein aufrechter Streiter für den evangelischen Glauben. In diesem Falle ist seinem Gesuch stattzugeben, unabhängig davon, ob bereits andere, ähnliche Kaufmannsläden in Baden bestehen oder nicht. Der Markgraf wünscht, den Protestantismus zu fördern und zu stützen, wo immer es ohne Verletzung des dem Kaiser gegebenen Versprechens möglich ist. Ein adäquates Mittel ist es, die wirtschaftlichen Belange der evangelischen Einwohnerschaft zu unterstützen. Sofern meine Herren Miträte einverstanden sind, soll Untervogt Eusebius Drach schriftlichen Bericht über Hans Weinhag und seine Frau erstatten, die Überprüfung des allgemeinen Bedürfnisses kann entfallen." Keiner der anwesenden Hofräte hatte einen Einwand.

Drach schickte den erforderten Bericht unverzüglich. Darin bezeichnete er Hans Weinhag als aufrichtigen und frommen Protestanten mit einem untadeligen Lebenswandel. Sein Vater sei vor ungefähr fünfzig Jahren aus Freiburg zugezogen und habe sich unter der Regierung des Markgrafen Philibert der evangelischen Konfession zugewandt. Der Sohn Hans sei in Baden evangelisch getauft. Auch an der protestantischen Gesinnung der Anna geborene Schaller bestehe kein Zweifel. Ihre Familie gehöre zu den ältesten evangelischen Familien in der Stadt. Schon ihr Großvater Martin Schaller senior habe in der ersten bayerischen Vormundschaft für Markgraf Philibert selig zu den tonangebenden Protestanten gehört und durch sein Vorbild wesentlich zur Verbreitung der Lutherischen Lehre beigetragen. Der Vater Martin Schaller hatte unter dem strengen katholischen Regiment Markgraf Phillips das Exil vorgezogen, anstatt sich den Repressalien zu beugen. Als Bürgermeister habe er später sein Möglichstes getan, die Glaubensgenossen zu unterstützen und die Zweifelnden zu überzeugen. Bis zu seinem Tod – Gott sei seiner Seele gnädig – gehörte er zu den vornehmsten Repräsentanten der evangelischen Gemeinde. Anna ihrerseits habe schon viele für den Protestantismus gewonnen. Beide, Hans und Anna, seien ein Vorbild an Glaubensstärke, Fleiß und Tugend.

Nach über einem viertel Jahr überbrachte der Gerichtsbote das ersehnte Antwortschreiben an Hans und Anna Weinhag. Sofort hieß die Hausfrau die Magd, den Hausherrn zu holen, der sich bei den Seilerbahnen befand. Aufgeregt überreichte sie ihm den Brief. Er erbrach behutsam das Siegel, entfaltete das Schreiben und strich es sorgfältig glatt. Er zog den Moment absichtlich in die Länge, um sich noch ein bisschen an Annas Ungeduld zu erfreuen. Anna reckte ihren Kopf, um einen Blick zu erhaschen. Hastig überflog sie die Zeilen, sie überlas die üblichen Höflichkeitsfloskeln und Titel, die langatmige Einleitung und die umschweifigen Vorüberlegungen, um endlich, beinahe am Ende des zweiseitigen Schriebs, zur wesentlichen Aussage zu kommen: „Also gestatten wir unserem gehorsamsten Untertanen Hans Weinhagen, Seilermeistern in unserer Residenzstadt Baden, dass er die vorgenannte Würzkrämerei seines Schwagers respektive Schwiegervaters seligen mit allen Rechten und Gerechtigkeiten nach eigenem Vermögen frei, unbegrenzt und unbedrängt ausüben und sich und die seinen darinnen erhalten möge."

Anna fiel Hans jubelnd um den Hals. Sie küsste ihn und wirbelte ihn im Kreis, ließ ihn nach einem Dutzend Umdrehungen los, rannte hinaus in den Hausflur und tat dasselbe mit ihren Kindern und der völlig konsternierten Magd. „Ich freue mich so sehr, ich freue mich so sehr", sang sie immerzu, und alle anderen im Hause ließen sich anstecken von ihrem Glück.

Schon in der darauffolgenden Woche wurde umgezogen. Das war schnell erledigt, schließlich zog man nur von einer Tür zur nächsten. Zudem brauchte man nur wenige Möbel mitzunehmen, denn man bezog ja ein vollständig eingerichtetes und ausgestattetes Haus. Für das Seilerhaus fand sich schnell ein Pächter, ein Taglöhner aus dem nahegelegenen Dorf Winden, der seinen Verdienst in der Stadt suchte. Hans Weinhag hatte ihm gerne den Zuschlag gegeben, als er erfahren hatte, dass er dem evangelischen Bekenntnis zugeneigt war und der strengen Glaubenskontrolle durch das Kloster Lichtenthal entfliehen wollte, das die Dorfherrschaft über Winden ausübte. Die Seilerbahnen behielt Hans fürs erste; sie waren seine Versicherung, falls sich Annas Plan mit der Gewürzhandlung als Fehlschlag herausstellen sollte.

Doch Hans' Bedenken erwiesen sich als unbegründet. Das Geschäft florierte sogar besser, als selbst die zuversichtliche Anna es sich zu erhoffen gewagt hatte. Das mochte zum einen daran liegen, dass der Laden die einzige Gewürzhandlung in der Stadt war und die Kunden ansonsten auf das reduziertere Sortiment der Apotheke und die beiden Jahrmärkte angewiesen waren, um sich mit Kräutern und Gewürzen zu versorgen. Andererseits arbeitete Hans hart daran, ein tüchtiger Gewürzhändler zu werden. Wenn der Laden abends geschlossen und die Buchhaltung erledigt war, studierte Hans die Kräuterbücher, die er in der Bibliothek seines Schwiegervaters vorgefunden hatte, und eignete sich immer umfangreichere Kenntnisse über die noch ungewohnte Materie an. Anna ermunterte ihn, erinnerte ihn immer wieder daran, dass es seine Pflicht sei, die ihm von Gott gegebene Chance zu nutzen. Sie unterstützte ihn, wo immer sie konnte. Sie half im Laden, beriet bei der Auswahl der Waren, begleitete ihren Mann zur Straßburger Messe, kontrollierte mit geschultem Blick die Qualität der Produkte und wusste ihm so manches Detail über das eine oder andere Kraut beizubringen. Sie war glücklich, und es erfüllte sie mit großer Befriedigung, so eng mit ihrem Mann zusammenarbeiten und ihr Wissen umsetzen zu dürfen. Der Öffentlichkeit entging Hans' Erfolg nicht. Die einen registrierten voll Anerkennung seinen Fleiß.

„Er ist wahrhaftig ein Auserwählter", sagten sie, „Gott hat ihn mit einer besonderen Begabung gesegnet, und seine Liebe offenbart sich in seinem Erfolg."

Andere jedoch ließen sich vernehmen, Hans Weinhag sei nur deshalb so erfolgreich, weil die Evangelischen ihn nicht aus Überzeugung, sondern aus Prinzip unterstützten und vor allem der Markgraf seine Hand über ihn halte.

## V

Der 12. Januar 1610 war ein regnerischer, nasskalter Tag, ein Tag, den man am liebsten vor dem Ofen verbracht hätte. Dennoch herrschte schon frühmorgens ein reges Treiben in den Straßen. Männer und Frauen, in schwere Mäntel gehüllt und unter breitkrempigen Hüten oder Tüchern versteckt, eilten hinauf zum Marktplatz. Dort war vor dem Amtshaus eine Tribüne mit einem Baldachin errichtet. Es war Dienstag nach Dreikönig, und an diesem Tag wurde alljährlich das traditionelle Ruggericht abgehalten, bei dem alle diejenigen, die ein städtisches Amt bekleideten, dem Vogt Rede und Antwort stehen mussten über ihre Amtsführung im vergangenen Jahr. Anschließend wurden die Ämter wiederbesetzt, indem entweder der alte Amtsinhaber bestätigt oder ein neuer bestimmt wurde. Es war eine feierliche Veranstaltung und für die Bevölkerung ein Ereignis, das man sich nicht entgehen lassen wollte. Es herrschte Volksfeststimmung. Nicht nur war an diesem Tag arbeitsfrei, es wurde auch einiges an Unterhaltung geboten. Zwar waren die Berichte jedes Jahr fast gleichlautend und gipfelten zumeist im Lob des Stelleninhabers. Doch mitunter sprach der Vogt – sehr zum Ergötzen des Publikums – auch einen ernsten Tadel aus. Im Vorjahr hatte es den Nachtwächter getroffen, weil er sich spätabends lieber in den Wirtshäusern sehen ließ, anstatt zu den festgelegten Uhrzeiten an bestimmten Orten seinen Kontrollgang zu machen.

Reges Interesse fand auch die Art und Weise, wie der jeweilige Examinand auftrat, welche Kleidung er trug, ob er gut oder schlecht redete, ob er sich großspurig oder bescheiden gab. Das war oft noch tagelang Gegenstand lobender oder tadelnder Kommentare. Außerdem wollte man natürlich wissen, wer im kommenden Jahr die Geschicke der Stadt leiten würde. Dabei waren Veränderungen eher die Ausnahme und traten eigentlich nur dann ein, wenn ein Amtsinhaber zurückgetreten oder verstorben war, oder wenn er völlig versagt hatte. Solche Fälle weckten des Volkes Lust an der Sensation, und dann kochten die Meinungen hoch, ob die Relegation zu Recht oder Unrecht geschehen sei.

Auch für Anna und Hans stand es ungeachtet des ungemütlichen Wetters außer Frage, dass sie dem Ruggericht beiwohnen würden. Die Wahl zum Stadtrat versprach dieses Jahr spannend zu werden, denn durch den Tod Jakob Günths war eine der Stellen vakant, und man durfte gespannt sein, wen die verbliebenen Räte kooptierten. Als aussichtsreichster Kandidat galt Johann Hieronymus Günth, der Sohn des Verstorbenen. Auf dem Weg zum Marktplatz erlaubte sich Anna die Feststellung, dass Günth sich seiner Sache wohl sehr sicher sei, er gebärde sich bereits jetzt wie ein gewählter Stadtrat. Sein Auftreten sei reichlich großspurig, ihr jedenfalls sei er recht unsympathisch. Hans nickte zustimmend.

„Und zudem ist er katholisch wie sein Vater", ergänzte er vielsagend. Anna sah ihn verwundert an.

„Du meinst, das ist ein Hindernis?"

Hans zuckte nur die Schultern. „Hilfreich wird es jedenfalls nicht sein."

Auf dem Marktplatz angekommen, bahnten sich Hans und Anna einen Weg durch die wartende Menge. Die Menschen machten respektvoll Platz. Als Vollbürger gebührte Hans ein Platz in den vorderen Reihen. Dort stellte er sich zu den evangelischen Honoratioren, während Anna sich den etwas abseits stehenden Frauen ihres Hauskreises zugesellte.

Der Tag begann mit der Verlesung des Ortsrechts. Jeder Einwohner der Stadt sollte seinen Inhalt kennen, damit keiner bei einem Rechtsbruch Unwissenheit vorschützen konnte. Gleich anschließend schritt man zur Wahl des neuen Stadtrats. Obervogt Philipp Wolff von Fleckenstein, der die Versammlung leitete, rief Hans Ott als das dienstälteste Ratsmitglied auf. Diese beiden berieten über die Berufung des zweiten Ratsmitglieds, dann ratschlagten sie zu dritt über das vierte und so weiter. Wie zu erwarten, hatten sämtliche Kandidaten bereits dem alten Rat angehört. Sie alle wurden in ihren Ämtern bestätigt. Doch dann kam die Reihe an das zwölfte Mitglied, die Neuwahl für den verstorbenen Jakob Günth. Anna schielte zu Johann Hieronymus Günth hinüber, der sich mit einigen katholischen Honoratioren unterhielt. Seine Worte untermalte er mit großartigen Gesten. Er stand mit geschwellter Brust kerzengerade da, fast so, als wolle er sich größer machen als er war. Hin und wieder warf er in gespieltem Gleichmut einen Blick zur Tribüne, um nicht den Anschein der Ungeduld zu erwecken. Dann wieder blickte er mit dem Lächeln eines Siegers in die Runde und grüßte gönnerhaft hierhin und dorthin.

„Schau nur, er gockelt wie ein eitler Pfau", flüsterte Anna ihrer Nachbarin zu. Die kicherte.

„Ja, und genauso ist er herausgeputzt", gab sie in Anspielung an seine in augenfälligem Kontrast zum Regenwetter stehende aufwändige Gewandung zurück.

In diesem Augenblick trat der Obervogt zum zwölften Mal an den Rand der Tribüne, um das Ergebnis der Beratungen zu verkünden: „Die

Räte berufen zu ihrem zwölften Mitgliede den ehrenwerten Bürger und Würzkrämer Hans Weinhag." Anna glaubte sich verhört zu haben, schon aber überhäuften ihre Freundinnen sie mit Glückwünschen. Applaus brandete auf, doch auf der rechten Seite, wo überwiegend Katholiken standen, klatschte niemand. Bisher waren die Konfessionen im Rat paritätisch vertreten gewesen. Diese Wahl bedeutete eine Verschiebung der Mehrheitsverhältnisse zugunsten der Protestanten. Anna riskierte einen Blick zu Günth. Leichenblass stand er da, in seinem Gesicht stand ungläubiges Entsetzen. Brüsk drehte er sich auf dem Absatz um, reckte sich hoch auf und verließ erhobenen Hauptes wortlos den Marktplatz. In diesem Moment erhob sich ein Tumult. „Wie kann das sein!"

„Das ist wider die Tradition. Günth hatte als erster das Anrecht auf dieses Amt."

„Ausgerechnet Weinhag, dieser eitle Emporkömmling!"

„Das ist eine Verschwörung der Protestanten, die die katholische Religion endgültig ausmerzen wollen!", so schrien die entrüsteten Katholiken durcheinander und reckten die Fäuste in die Höhe.

„Keiner hat ein Anrecht auf dieses Amt, es ist die freie Entscheidung der Ratsmitglieder, wen sie in ihren Kreis wählen!"

„Findet euch endlich damit ab, dass diese Stadt protestantisch regiert wird", gaben die Evangelischen kämpferisch zurück. Das Schreien schwoll an, wüste Schmähworte flogen hin und her, bald wurden die Ersten handgreiflich. Die Versammlung drohte im Chaos zu versinken. Erst die Gerichtsglocke brachte die Menschen zur Besinnung. Oben auf der Tribüne hatte sich drohend die Stadtwache positioniert.

„Ich erwarte augenblicklich die Ruhe, die der Würde dieser Verhandlungen entspricht!", rief der Vogt mit donnernder Stimme der aufgebrachten Menge zu.

„Ich dulde keine Beschwerden gegen diese Wahl! Sie ist nach Recht und Gesetz erfolgt! Wer einen stichhaltigen Einwand vorzubringen hat, der möge dies in der Kanzlei tun; hier ist der falsche Ort dafür. Wer weiterhin grundlos Unruhe stiftet, wird als Rädelsführer bestraft!" Dabei warf er einen warnenden Blick in Richtung des Johannes Wixenhauser, der noch immer in drohender Pose dastand. Widerwillig fügten sich er und die übrigen Katholiken, der Aufruhr verebbte langsam. Doch auch wenn der Rest des Ruggerichts ohne weitere Zwischenfälle verlief, so lag doch eine fast mit Händen greifbare Feindschaft über der Versammlung. Mit diesem Tag hatte sich die Kluft zwischen Protestanten und Katholiken weiter vertieft. Die katholischen Einwohner mieden fortan Hans' Laden.

Hans nahm die Wahl an, auch wenn sie eine enorme Zusatzbelastung zu seinem Beruf darstellte. In den Stadtrat gewählt zu werden war eine hohe Auszeichnung. Anna freute sich aufrichtig, doch die Freude wurde getrübt durch die Umstände, unter denen Hans in den Rat gewählt worden war. Auch wenn ihr Günth unsympathisch war, sie wollte niemanden in seinen Rechten verkürzen. Doch die befreundeten Ratskollegen ihres Mannes beruhigten ihr Gewissen. Auch Hans habe ein natürliches Anrecht auf das Amt, als Schwiegersohn eines ehemaligen Stadtrats sei es nur recht und billig, dass er gewählt worden sei. Dass er nicht bereits letztes Jahr als Nachfolger seines verstorbenen Schwiegervaters berufen worden sei, habe allein an Bedenken gelegen, ihn mit dem Amt zu überfordern. Nun, da er mit seiner Gewürzhandlung Fuß gefasst habe, seien solche Überlegungen hinfällig geworden und der Wahl habe nichts mehr entgegengestanden. Zudem entspräche es nun mal der Gewichtung der Konfessionen innerhalb der Einwohnerschaft, dass die Mehrheit der Räte protestantisch sei. Vertraulich ergänzten sie, dass der Markgraf selbst die Anweisung gegeben habe, nach Möglichkeit nur noch evangelische Kandidaten in die städtischen Ämter und Gremien zu wählen. Es sei nun einmal höchster Wille, dass sich der Protestantismus endgültig in der Markgrafschaft etabliere.

## VI

Hans nahm sein neues Amt sehr ernst, insbesondere machte er es sich zur Aufgabe, die Belange seiner evangelischen Glaubensgenossen zu vertreten. Die wichtigste Sorge galt weiterhin einem eigenen evangelischen Pfarrer. Nach wie vor hielt Pfarrer Gräter aus Gernsbach in der Schlosskapelle die evangelischen Gottesdienste, doch der alte Mann wurde immer gebrechlicher, und es war eine Frage der Zeit, wann er den beschwerlichen Weg über den Berg nicht mehr bewältigen würde. Der Mangel an einem eigenen, ständig anwesenden Pfarrer machte sich besonders dann schmerzlich fühlbar, wenn in Notfällen schnelle Hilfe vonnöten war.

Kurz vor Ostern 1610, an einem der ersten warmen Tage des Jahres, ertranken die beiden Buben des Wagnermeisters Simon Falk im Oosbach. Der jüngere, der sechsjährige Michael, war beim Spielen ausgeglitten und ins Wasser gefallen. Der Fluss war durch die Schneeschmelze stark angeschwollen, und der Bub wurde sofort mitgerissen. Der ältere Bruder Georg, der auf den Jungen hatte aufpassen sollen, war ihm in seiner Verzweiflung hinterhergesprungen. Die Leichname beider Kinder wurden erst am späten Abend in der Schweigrother Mühle angeschwemmt.

Simon Falk verlor fast den Verstand, als man ihm die schreckliche Nachricht vom Tod seiner Kinder überbrachte. Michael und Georg waren die einzigen von fünf Söhnen gewesen, die ihm seine Frau geboren hatte und die das erste Lebensjahr erlebt hatten. Alle seine Hoffnungen, seine Zukunft hatten auf diesen beiden geruht. Mit einem Schlag zerrann sein ganzes Lebensglück. Wie ein verwundeter Stier brüllte und tobte er und stieß schreckliche Flüche aus. In seinem Schmerz zerschlug er Möbel und Hausrat, seine Frau stand starr vor Entsetzen daneben. Männer aus der Nachbarschaft liefen zusammen, um ihn zu bändigen. „Beim barmherzigen Christus, hör auf mit deinem Treiben, lass solche lästerlichen Reden!“

„Wo, zur Hölle, ist denn dieser barmherzige Christus im Moment meiner größten Not?“, schrie Falk außer sich. „Holt den Pfaffen, holt ihn sofort! Der soll mir erklären, wie Gott mir meine Kinder nehmen konnte!“ Die Männer versuchten den Rasenden zu beruhigen, doch je mehr sie auf ihn einredeten, desto erregter verlangte er nach dem Pfarrer, damit er ihm seinen Hass und seinen Zorn entgegenschleudern könne. Auf die Einwände, dass der Pfarrer ja nicht hier, sondern in Gernsbach sei, ging er gar nicht ein. Die Umstehenden wussten sich schließlich nicht mehr anders zu helfen, als nach dem katholischen Stiftsherrn Eberhard Häusler zu schicken. Dieser kam unverzüglich, und Simon Falk ließ sich, weinend jetzt wie ein kleines Kind, von ihm in eine Nebenkammer führen. Häusler tröstete den gebrochenen Mann mit einfühlsamen Worten und empfahl ihn der Gnade der schmerzensreichen Jungfrau Maria, die wie er um ihren einzigen Sohn getrauert habe. Gemeinsam meditierten sie über einem wächsernen Marienamulett, das Häusler zuletzt an Falk überreichte, damit er sich immer der Güte der Schmerzensmutter erinnere.

Dieses Amulett trug Falk fortan immer bei sich. In den evangelischen Gottesdienst ging er nie wieder.

Hans und Anna waren vom Schicksal des Wagnermeisters sehr bewegt und redeten immer wieder darüber. Wäre der evangelische Pfarrer vor Ort gewesen, so waren sie sich sicher, wäre dieses Schäflein der evangelischen Gemeinde nicht verloren gegangen. Hans nahm den Fall zum Anlass, bei den Ratskollegen zu insistieren, den Markgrafen mit noch mehr Nachdruck als bisher um einen ständigen evangelischen Pfarrer zu bitten. Die älteren Ratsherren zögerten. Zu viele ähnliche Bittschriften waren bisher erfolglos geblieben. Erst als Obervogt Philipp Wolff von Fleckenstein selbst dazu riet, konnten sie sich zu einer erneuten Petition entschließen. Beim Markgrafen, so ließ von Fleckenstein durchblicken, würden derartige Supplikationen auf offene Ohren stoßen. Denn der Fürst könne zwar den dem Kaiser gegebenen Revers nicht unterlaufen, doch ebenso wenig könne er die wiederholten Bitten seiner Untertanen auf Dauer unerfüllt lassen.

Und dieses Mal war die Bittschrift erfolgreich.

Johann Jakob Daler, gebürtig aus Owen im Württembergischen, zum Theologen ausgebildet am renommierten Konvikt der evangelischen Universität Tübingen, wurde ein begeisterter Empfang bereitet. Seinen ersten Gottesdienst hielt er am letzten Oktobertag des Jahres 1610 in der Hofkapelle des Neuen Schlosses, und selbst der Markgraf hatte den Weg von Durlach nicht gescheut, um diesem Festtag durch seine Anwesenheit einen besonderen Glanz zu verleihen.

Nach dem Gottesdienst geruhten er und sein Gefolge im Gasthaus *Zum Greifvogel*, einem der besten Häuser in der Stadt, das Mittagessen einzunehmen. Zu seiner Gesellschaft hatte er die Stadträte mit ihren Ehefrauen geladen.

Anna war darüber in großer Aufregung. Die Einladung war sehr kurzfristig ergangen; überhaupt hatte man erst vor wenigen Tagen vom Erfolg der Supplik erfahren. Anna stand vor ihrer Kleidertruhe und hielt unschlüssig verschiedene Gewänder vor sich. Nichts schien ihr dem hohen Anlass entsprechend zu sein. „Ich habe einfach nichts, was der Ehefrau eines Ratsherrn angemessen ist", seufzte sie. „Dieses ist zu schlicht, jenes ist schon zu verschlissen, das dritte ist völlig aus der Mode gekommen."

Hans beobachtete Anna belustigt vom Stubentisch aus durch die offene Tür zur Schlafkammer. Endlich erhob er sich, trat zu seiner Frau, umfasste sanft ihre Hüften und sagte zärtlich: „Ach Anna, eine so schöne Frau wie dich kann nichts entstellen. Selbst wenn du in Lumpen gingst, wärst du eine strahlende Erscheinung!"

Anna lachte und gab ihm einen Kuss.

„Aber ich verspreche dir, dass ich dir ein neues Kleid bezahlen werde. Gib nur recht schnell dem Schneider einen Auftrag, damit du in Zukunft für solche Situationen gewappnet bist!"

Anna entschied sich schließlich für einen bodenlangen, weiten Faltenrock mit samtenem Saum, der vorne von einem Schurztuch bedeckt war. Als Oberteil wählte sie ein kurzes Leinenhemdchen mit langen, eng anliegenden Ärmeln und besticktem Stehkragen, das unter der Brust von einem tief dekolletierten, samtenen Mieder mit kurzen, gepolsterten Puffärmeln festgehalten wurde. Brust und Schultern bedeckte sie mit einem bestickten und reich mit Perlen verzierten Goller, der vorne mit Bändern geschnürt war. Den Hals schmückte eine kunstvoll in Falten drapierte leinene Halskrause. Den Abschluss bildete ein weiter, untaillierter Wollmantel mit Pelzbesatz und geschlitzten Ärmeln. Er war über der Brust mit zwei Ösen verschlossen und ansonsten offen, so dass er beim Gehen aufschlug und das Seidenfutter sichtbar wurde. Den Kopf bedeckte ein zierliches Samthäuben, unter dem die Magd Annas blondes Haar zu einer kunstvollen Frisur flocht. Bis auf das weiße Hemd und die Halskrause war die Kleidung von einem tiefen, schillernden Schwarz. Kontraste setzten dabei die farbigen, schmalen Saumborten der Schürze, die sich im Käppchen wiederholten.

Der Markgraf und sein Gefolge nahmen ihre Plätze zuerst ein, dann erst betraten die Ratsherren und ihre Frauen den Saal. Alle hatten sie ihre kostbarsten Gewänder angezogen, alle waren in feierlicher Stimmung. Einer nach dem anderen defilierten sie am Markgrafen vorbei, und Obervogt von Fleckenstein, der hinter dem Markgrafen stand, stellte die jeweiligen Herrschaften mit Namen vor. Hans und Anna waren die letzten in der Reihe, da Hans das jüngste Ratsmitglied war.

„Hans Weinhag, Gewürzhändler, mit Anna, seiner ehelichen Hausfrau“, erklärte von Fleckenstein, und die beiden verneigten sich ehrfurchtsvoll.

„Ah, der Weinhag, der sich mit Fleiß vom Seilermeister zum Handelsmann emporgearbeitet hat“, sagte Kanzler Breitenacker laut und lächelte Hans und Anna wohlwollend zu. „Ein guter Protestant, eine Stütze der hiesigen Gemeinde“, ergänzte er. Markgraf Georg Friedrich bedachte das Paar mit einem anerkennenden Nicken. Hans errötete und machte erneut eine Verbeugung. Annas Augen leuchteten. Es freute sie, dass ihr Ehemann am Hof einen so guten Ruf genoss.

Der Mittag verlief in bester Stimmung. Selbst die katholischen Ratsherren vergaßen den eigentlichen Anlass des Festessens und ließen sich die gute Laune nicht verderben. Man genoss die kostbaren Speisen, plauderte über dieses und jenes – über die zierlichen Spitzenkrägen, die seit neuestem in Mode kamen und wie sie auch unter den Anwesenden bereits einige trugen, über einen Tuchhändler, der auf dem letzten Georgijahrmarkt mit einer falschen Elle gemessen hatte und mit einer empfindlichen Geldstrafe belegt worden war, und über das nasskalte Frühjahr, das eine schlechte Ernte erwarten ließ – und wich Fragen der Religion geflissentlich aus. Selbst als die Rede auf den empörenden Königsmord in Frankreich kam, eine Nachricht, die im ganzen Land für Gesprächsstoff sorgte, ging man über die Tatsache schnell hinweg, dass der Mörder aus religiöser Überzeugung gehandelt hatte.

Als der Markgraf sich am späteren Nachmittag ins Schloss zurückzog, saß man noch eine Weile in vergnügter Runde zusammen. Noch ganz unter dem Eindruck der genossenen Köstlichkeiten und der harmonischen Stimmung ließ sich einer der fünf katholischen Stadträte am Ende gar zu der Bemerkung hinreißen, dass es im Land ja doch mit der Durlachischen Regierung sein Bewenden haben werde, indem nicht zu sehen sei, dass der Prozess der vertriebenen katholischen Linie zu irgendeinem Ziele führe. Wenn es Markgraf Georg Friedrich mit der evangelischen Religion so ernst sei – und das habe der Tag ans Licht gebracht –, so sei es doch vielleicht wirklich eine Überlegung wert, sich dieser Konfession ebenfalls anzuschließen.

Die evangelischen Räte vernahmen es mit Wohlwollen.

# VII

Der unerwartet schnelle Erfolg beflügelte die evangelische Gemeinde. In Obervogt von Fleckenstein hatten sie einen einflussreichen Fürsprecher, der sich bei jeder sich bietenden Gelegenheit beim Markgrafen für ihre Belange einsetzte. Noch ehe das Jahr 1610 zu Ende war, wagte man eine erneute, noch weiter gehende Bitte: die nach einer eigenen Kirche innerhalb der Stadtmauern. Man forderte nichts geringeres als die Umwidmung der uralten Stiftskirche im Zentrum der Stadt für den evangelischen Gottesdienst. Weder die Hofkapelle im markgräflichen Schloss noch die Spitalkirche vor den Toren der Stadt erachteten sie mehr für ausreichend, stellten doch die Evangelischen mittlerweile die Mehrheit der Einwohner. Zur gleichen Zeit ermutigten verschiedene, der evangelischen Sache dienliche Vorgänge im Reich den Markgrafen, seine ängstliche Haltung mehr und mehr aufzugeben und den Protestantismus immer offensiver zu fördern. Und so brachte das Jahr 1611 für die Katholiken eine empfindliche Niederlage, für die Evangelischen einen freudig gefeierten Sieg: Markgraf Georg Friedrich ordnete an, dass in der Stiftskirche künftig das Simultaneum eingeführt werde, die gemeinsame Nutzung durch beide Konfessionen. Für die katholische Messe sollte das Gotteshaus bis 8.30 Uhr zur Verfügung stehen, den Rest des Tages aber für die evangelische Predigt.

Welch erhebendes Ereignis war am Pfingstsonntag 1611 der erste evangelische Gottesdienst in der Stiftskirche, und wie anders war die Situation wie vor vier Jahren, als man das Osterfest in der Spitalkirche feierte. Damals hatte man sich des Gotteshauses klandestin bemächtigen müssen, heute geschah es mit Wissen und Willen des Markgrafen selbst, ja der Fürst erhöhte den Tag sogar durch seine höchsteigene Anwesenheit.

Anna war die Stiftskirche nicht unbekannt. Als Kind hatte sie ab und zu einen Blick hinein getan. Staunend wanderten dann ihre Augen die gewaltigen Säulen hinauf bis unter die gewölbte Decke, sie sog den Duft von Kerzenwachs und Weihrauch ein, betrachtete mit wohligem Schauder die Reliquien in ihren kunstvollen Schreinen und ließ in ihrer Phantasie die Heiligen wieder lebendig werden, die sie auf den unzähligen Altar- und Wandbildern sah oder die von ihren Podesten milde auf sie herabblickten – bis ihr die Eltern erklärten, dass eine derartige Verehrung von Menschen Götzendienst und überhaupt dieses Haus der Tempel einer abergläubischen Sekte sei. Anna erinnerte sich noch genau daran, wie erschrocken sie damals über den Unmut der Eltern war. Fortan unterließ sie ihre Besuche in dem Gotteshaus.

Umso ergriffener war sie nun, als sie das hohe, lichtdurchflutete Schiff zum ersten Mal seit Jahren wieder betrat. Alles war noch wie in ihrer Erinnerung, sofort spürte sie wieder den alten Zauber. Von ganzem Herzen freute sie sich, dass sie nun hier, in diesem würdigen Haus, den Herrn lobpreisen konnte.

Wieder wurde der Festtag durch die Anwesenheit des Markgrafen und seiner Beamten geadelt, und erneut wurde im Anschluss an den Gottesdienst im vornehmen Gasthaus *Zum Greifvogel* ein Festmahl gegeben, zu dem die Gäste zahlreich strömten. Der durlachische Kanzler Breitenacker, der ein herzliches Zutrauen zu Hans Weinhag gefasst hatte, begrüßte diesen und seine Frau wie gute alte Freunde und ließ es sich nicht nehmen, sich zu ihnen an den Tisch zu setzen.

Die katholischen Räte schlugen dieses Mal die Einladung aus. Während sich die evangelischen Honoratioren im *Greifvogel* die Schweinskopfsülze und süßen Krautwickel schmecken ließen, versammelten sich die katholischen mit finsteren Gedanken im Haus des Johann Hieronymus Günth.

Den Evangelischen entging das nicht, und es stimmte sie ein wenig bedenklich, doch für heute wollten sie sich ihre Feierlaune nicht verderben lassen.

Als Anna am folgenden Sonntag in froher Stimmung zum Marktplatz hinaufstieg, um die Kirche zu besuchen, hörte sie schon von weitem einen Tumult. Obwohl der Gottesdienst in Kürze anfangen sollte, standen die Gläubigen noch vor verschlossenen Türen. Erregte Rufe gingen hin und her, Empörung allenthalben. Anna erkundigte sich nach dem Grund und erfuhr, dass die Katholiken ihre Messe noch nicht beendet hätten und sich weigerten, die Kirche freizugeben. Einer sei sogar dem Mesner in den Arm gefallen, als der die Glocken läuten wollte, um den Beginn des evangelischen Gottesdienstes anzuzeigen. Als die Menge der Wartenden auf dem Marktplatz immer weiter anwuchs, verschafften sie sich schließlich gewaltsam Zugang zur Kirche. Stiftsherr Eberhard Häusler war erst bei der Verlesung des Evangeliums. Er hob seine Stimme, um den anschwellenden Lärm zu übertönen. Einige der katholischen Gläubigen wurden unruhig, aus Angst, die Protestanten könnten ihrem Zorn durch Handgreiflichkeiten Luft verschaffen, die meisten aber blieben in demonstrativer Ruhe sitzen. Zuletzt schrie Häusler beinahe, doch der durch die Eindringenden verursachte Tumult machte es ihm schließlich unmöglich, die Messe zu Ende zu bringen. Mit betonter Gelassenheit übergab Häusler die liturgischen Geräte dem Messdiener, damit er sie in der Sakristei sicher verwahre. Dann begab er sich gemessenen Schrittes und mit erhobenem Haupt durch den Mittelgang zum Hauptportal der Kirche. Seine Schäflein folgten ihm in geschlossener Reihe durch das Spalier der Protestanten nach draußen. Johann Hieronymus Günth, der direkt hinter Häusler ging, gönnte es sich, Hans und Anna Weinhag einen triumphierenden Blick zuzuwerfen.

Die Unverschämtheit des Stiftsherrn Häusler – denn nichts anderes war der empörende Vorgang vom Sonntag Trinitatis in den Augen der Evangelischen – blieb nicht ohne Folgen. Der junge Mann, der den Mesner gehindert hatte, die Glocken zu läuten, musste für zwei Tage bei Wasser und Brot in den Turm. Häusler wurde vor den Obervogt zitiert und streng ermahnt, die Zeiten einzuhalten oder notfalls früher mit der Messe zu beginnen. Doch Häusler versprach nur vage, sich aller Möglichkeit nach in seinem Gottesdienst der Kürze zu befleißen, damit die Kirche ungefähr um neun Uhr den Evangelischen zur Verfügung stehe. Er dachte nicht daran, sich zu fügen. Auch an den folgenden Sonntagen überzog er mal länger, mal kürzer, und die Evangelischen mussten mit wachsendem Zorn auf dem Marktplatz warten, bis es ihm beliebte, die Kirche freizugeben.

Dass die Stimmung unter den Einwohnern Badens feindseliger wurde, erlebte auch Anna. Sprach sie jetzt eine katholische Frau an, um sie zum Hauskreis einzuladen, geschah es oft, dass sich die Angesprochene brüsk wegdrehte oder ihr gar Schimpfworte gab. Wenn sie auf der Straße grüßte, kam es vor, dass ihr Gruß unerwidert verhallte. Im Laden blieben die katholischen Kunden aus. Das wirkte sich zwar im Geschäft nicht allzu negativ aus – dazu waren die Katholischen inzwischen viel zu sehr in der Minderzahl – doch Anna bedrückte diese Tatsache sehr. Trotzdem, so sagte sie sich, war die Inbesitznahme der Stiftskirche rechtens. Schließlich trugen die Evangelischen die gleichen Lasten wie die Katholiken, da standen ihnen auch die gleichen Rechte zu. In der Bevölkerung stellten sie die Mehrheit, sollte da der Minderheit der Katholiken die große Pfarrkirche allein gehören? Und während die Katholiken den Protestanten jahrzehntelang die Kirche ganz und gar verweigert hatten, waren sie sogar bereit, das Gotteshaus angemessen zu teilen. Die Katholischen, so beruhigte sie sich, würden sich über kurz oder lang in das Unvermeidliche fügen.

Doch Anna irrte. Der katholische Widerstand formierte sich. Mit bisher ungekanntem Eifer sammelten die beiden Stiftsherren Eberhard Häusler und Sebastian Sartorius die verbliebenen Katholiken um sich und unternahmen alles, sie in ihrem Glauben zu stärken und alle Bekehrungsversuche der Evangelischen abzuwehren. So wurde mancher, der bereits schwankend war, wieder aufgerichtet. In zahlreichen Eingaben erinnerten sie den Markgrafen an sein dem Kaiser gegebenes Versprechen und daran, dass er selbst bei der Huldigung den katholischen Einwohnern zugesichert habe, sie in ihrem Gewissen nicht zu beschweren. Wenn eine lukrative Stelle mit einem evangelischen Bewerber besetzt oder einem katholischen Anwärter das Bürgerrecht verwehrt wurde, erhoben sie sofort schriftliche Klage und zwangen die markgräflichen Beamten zu umständlichen Erklärungen. Der Markgraf registrierte den katholischen Widerstand mit wachsendem Unmut und forderte seine Amtleute auf, Mittel und Wege zu finden, ihn zu brechen.

## VIII

An einem lauen Spätherbsttag des Jahres 1612 saß Anna zusammen mit der Magd mit einer Handarbeit auf der Bank vor ihrem Haus. Sie liebte es, den Tag auf diese Weise ausklingen zu lassen. Es war der beste Zeitpunkt, um mit der Magd die Arbeit des folgenden Tages oder andere den Haushalt betreffende Dinge zu besprechen, aber auch über Belanglosigkeiten zu plaudern. Anna war sich bewusst, dass es sich für eine Frau ihres Standes nicht ziemte, sich in dieser Weise in der Öffentlichkeit zu präsentieren, noch dazu in trauter Eintracht mit der Magd. Der richtige Platz wäre in dem kleinen gepflegten Garten hinter dem Hause gewesen. Doch dort gab es für Annas Geschmack viel zu wenig zu sehen: Anna beobachtete gerne, wie das geschäftige Treiben in den Gassen allmählich abflaute und Ruhe einkehrte, die sich wohltuend auf sie selbst übertrug. Hie und da wechselte sie ein freundliches Wort mit einem der Vorübergehenden. Sie schaute den Kindern nach, die müde und hungrig vom Spiel nach Hause liefen, und erinnerte sich an eigene fröhliche Kindertage.

Die Passanten sahen es ihr nach: Sie kannten Anna und wussten, dass sie ihren eigenen Kopf hatte.

Eine Frau strebte dem Ooser Tor zu. Ihre eiligen Schritte hallten zwischen den eng stehenden Häusern wider, und Anna hob neugierig den Blick von ihrer Näharbeit. Die Dame, die da die Bocksgasse herunter kam, war eine Patrizierin, das konnte Anna mühelos an der Kleidung erkennen. Diese unterschied sich zwar auf den ersten Blick kaum von der einer gewöhnlichen Bürgersfrau, zeichnete sich aber durch besonders kunstvoll gearbeitete und hochwertige Accessoires aus. Breite, mit Goldfäden durchwirkte Bordüren schlossen Saum und Ausschnitt des Kleides ab, und die Bündchen der Ärmel bestanden aus zarter Spitze. Die Halskrause war in hunderte feine Falten gelegt und tadellos gestärkt. Die mit unzähligen Perlen besetzte Haube glitzerte in der Abendsonne.

„Maria Salome Welsinger“, rief Anna erfreut, „wie schön, Euch hier in Baden zu sehen!“ Die Angesprochene verlangsamte ihren Schritt, und als sie Annas gewahr wurde, grüßte sie freudig zurück. Maria Salome Aschmann geborene Welsinger von Wachenhofen war nur wenige Jahre älter als Anna. Früher war sie oft mit ihrer Mutter in die Schaller'sche Gewürzhandlung gekommen, und die beiden Mädchen hatten sich angefreundet, während die Eltern sich über die Eigenarten dieses und jenes orientalischen Gewürzes austauschten. Später hatten sich die Wege der jungen Frauen getrennt, als Maria Salome den Juristen Christoph Aschmann heiratete und mit ihm nach Speyer zog, wo dieser als Richter am Reichskammergericht arbeitete. Seitdem war Maria Salome nur noch selten in Baden.

„Gesellt Euch zu mir", Anna machte eine einladende Handbewegung, „und erzählt mir, was Euch in die gute, alte Heimat geführt hat."

Maria Salome nahm die Einladung gerne an und setzte sich zu Anna auf die Bank vor dem Weinhag'schen Haus, wo ihr die Magd den Platz überließ und sich nach drinnen begab.

„Es waren einige Dinge mit dem Verwalter unseres Landguts in Oosscheuern zu besprechen. Zwei bis drei Mal im Jahr sind diese Termine notwendig", erklärte Maria Salome Aschmann. „Ich mache diese Reisen nicht ungern, plagt mich doch immer ein wenig das Heimweh nach unserem guten alten Baden. Die Enge in der Großstadt geht mir, die ich umgeben von Wald und Wiesen groß geworden bin, manchmal etwas nahe. So genieße ich diese Tage im Haus meiner Kindheit umso mehr. Und wenn ich schon in der Gegend bin, lasse ich mir ein Bad im wohltuenden Badener Thermalwasser nicht entgehen. Gerade jetzt komme ich, herrlich gestärkt, vom Baldreitbad. Der Verwalter wartet mit unserem Wagen vor dem Stadttor, um mich nach Hause zurückzubringen."

„Ja, die warmen Quellen sind ein Segen, der Baden vor vielen anderen Städten auszeichnet", bestätigte Anna. „Bereits ein einziges Bad vermag Leib und Seele nachhaltig zu kräftigen. Auch ich gönne mir diese Wohltat ab und an. Außerdem", fügte sie lachend hinzu, „erfährt man nirgendwo mehr Neuigkeiten als im Bad."

„Das ist wohl wahr. Allerdings – was ich heute dort gehört habe, gefiel mir gar nicht."

Verwundert blickte Anna ihre Jugendfreundin an.

„Ich habe im Bad die Magdalena Günth getroffen. Als junge Mädchen sind wir gemeinsam zur Erstkommunion gegangen. Ich habe mich ein wenig zu ihr gesellt und mit ihr geplaudert. Sie hat sich bitter beklagt, wie schwer der Stand der Katholiken geworden sei und wie viel Unfrieden in der Stadt herrsche."

Anna hob die Augenbrauen. „Ja, es ist wohl richtig, dass Zwist zwischen den Konfessionen besteht. Ich bedauere das zutiefst. Doch es wundert mich ein wenig, dass sich ausgerechnet die Günthin darüber beschwert, wo doch gerade sie und ihr Mann sich besonders mit Provokationen hervorgetan haben. Es sind die Katholiken, die Unfrieden säen, etwa indem sie absichtlich die Stiftskirche blockieren, um unseren

Gottesdienst zu verhindern. Dabei hat der Landesherr selbst angeordnet, dass die Hauptkirche beiden Parteien gehören soll."

„Schon dieses sogenannte Simultaneum ist ein Affront." Maria Salome legte die Stirn in Falten. „Mit welchem Recht beanspruchen die Evangelischen das traditionsreiche Gotteshaus?"

„Und mit welchem Recht verweigern es die Katholiken?"

„Mit dem Recht, dass für dieses Land noch immer offiziell das katholische Bekenntnis gilt. Es wurde niemals abgeschafft. Der Markgraf selbst hat dem Kaiser in die Hand versprochen, die Konfession nicht anzutasten."

„Doch wenn die Mehrheit der Einwohner jenes Landes dieses Bekenntnis ablehnt?"

„Was gibt Euch diese Gewissheit? Auf dem Lande hängt die Mehrzahl treu dem katholischen Glauben an."

„Weil der Landmann es nicht besser weiß. Früher oder später werden auch ihn die vernünftigen Argumente der Unsrigen überzeugen."

„Die Argumente? Oder die Angst vor Nachteilen und Repressalien?"

„Es gibt keine Repressalien! Welch eine Unterstellung!" Anna hatte Mühe, den aufsteigenden Zorn zu zügeln. Auch Maria Salome geriet in Rage.

„Keine Repressalien? Hat denn die Günthin gelogen, als sie mir erzählte, dass man lieber die Stelle des Ooser Torwächters unbesetzt ließ als sie einem katholischen Bewerber zu geben?"

„Stoffel Kah ist ein ganz unzuverlässiger Mensch. Er ist dem Trunk verfallen und vernachlässigt Weib und Kinder. Das weiß jeder in der Stadt!"

„Stimmt es nicht, dass Advokat Wendel Kunz streng verwarnt wurde, nur weil er einige Freunde zu sich zum Abendessen eingeladen hat?"

„Wendel Kunz ist ein Scharfmacher, der unablässig gegen die Protestanten aufwiegelt. Um Rattenfängern wie ihm das Handwerk zu legen, ist es den Katholiken amtlich untersagt, sich außerhalb der Gottesdienste zu versammeln, sei es in ihren Wohnungen, in den Gasthäusern oder auf den Gassen."

„Was für die Evangelischen selbstverständlich nicht gilt." Maria Salomes Stimme klang schnippisch. „Und es ist natürlich auch in Ordnung, Briefe unbescholtener katholischer Bürger abzufangen und in ihrer intimsten Korrespondenz zu schnüffeln!"

„Niemals sind von irgend jemandem irgendwelche Briefe geöffnet worden!“, rief Anna empört. „Wer das behauptet, der lügt!“

„Nun“, beschwichtigte Maria Salome, „gerne will ich hoffen, dass dies nur ein unhaltbarer Verdacht ist. Es wäre ja auch gar zu schändlich.“

Eine Weile saßen die Frauen wortlos nebeneinander. „Wir sollten nicht streiten“, beendete Maria Salome schließlich das Schweigen. „Schlimm genug, dass in der ganzen Stadt Misstrauen und Zwietracht herrschen, wir sollten uns daran nicht beteiligen.“

„Ihr habt recht. Wir sollten uns vielmehr freuen, dass wir uns nach so langer Zeit wiedergesehen haben. Ich habe noch gar nicht gefragt, wie es dem werten Herrn Gatten und den Kindern geht.“ Anna war froh, ein neutrales Thema gefunden zu haben. Doch die gute Stimmung war dahin. Die Unterhaltung hatte nur mehr etwas Zwanghaftes. Bereits nach kurzer Zeit erhob sich Maria Salome und verabschiedete sich. Sie wolle, so entschuldigte sie sich, nicht in die Dunkelheit kommen. Anna wünschte ihr eine gute Heimkehr.

Anna fröstelte. Sie wollte glauben, es liege daran, dass die Sonne inzwischen untergegangen war. Doch in Wahrheit war es der im Raum stehende ungeheuerliche Vorwurf Maria Salomes, der sie frieren machte. Nachdenklich ging sie ins Haus. Was, wenn der Verdacht wahr wäre? Sie musste Hans fragen!

Das Abendbrot war kaum beendet, da hieß Anna ihre Tochter Susanna den Tisch abräumen und der Magd in der Küche beim Aufräumen helfen. Martin, der inzwischen zu einem hochgeschossenen jungen Mann herangewachsen war, verstand sofort, dass seine Eltern etwas unter vier Augen zu besprechen hatten und erhob sich ebenfalls vom Tisch. „Ich erledige noch die Buchhaltung“, sagte er, gab seiner Mutter einen Handkuss, nickte dem Vater freundlich zu und begab sich noch einmal in den Laden im Erdgeschoss. Seit einiger Zeit unterstützte er die Eltern in der Gewürzhandlung. Nach und nach übertrugen sie ihm immer mehr Aufgaben. So sollte er allmählich in den Beruf hineinwachsen, um eines Tages das Geschäft zu übernehmen. Anna blickte ihm dankbar nach. Als Anna und Hans alleine waren, erzählte Anna, noch immer aufgewühlt, ihrem Mann von der Begegnung mit Maria Salome und wie sehr sie der Vorwurf betroffen machte, dass Briefe katholischer Mitbürger abgefangen würden.

Gerade heraus fragte sie: „Hans, du bist Mitglied des Rats dieser Stadt. Hast du Kenntnis von solchen Vorgängen?“

„Anna, du weißt doch, dass das, was im Rat besprochen wird, nicht nach draußen getragen werden darf.“

„So stimmt es also!“, rief Anna erregt.

Hans sah seine Frau ernst an. „Nun gut, bevor du Halbwahrheiten Glauben schenkst, ist es besser, du kennst die ganze Wahrheit. Ja, es ist richtig, dass der Obervogt die Anweisung erhalten hat, ausgehende Briefe zu – sagen wir – zu kontrollieren. Doch das betrifft nicht alle Katholiken gleichermaßen, sondern nur die, die den Evangelischen feindlich gesonnen sind.“

„Häusler, Sartorius, Günth …“, flüsterte Anna.

Hans nickte. „Es besteht der starke Verdacht, dass man einen Umsturz plant. Es sind in letzter Zeit auffallend viele Kuriere nach Ettenheim abgegangen. Wie du weißt gehört Ettenheim zum Hochstift Straßburg. Der Bischof von Straßburg ist ein Feind Markgraf Georg Friedrichs und ein Gönner des jungen Wilhelm, der die Regierung über Baden-Baden beansprucht. Es besteht die Gefahr, dass ihm auf diesem Weg vertrauliche Informationen zugespielt werden, die dazu geeignet sind, Georg Friedrich beim Kaiser anzuschwärzen und den Prozess, der beim Reichshofrat gegen ihn läuft, zu seinen Ungunsten zu beeinflussen. Solche Informationen dürfen ihren Empfänger niemals erreichen!“

„Aber – was steht in diesen Briefen?“

„Jede noch so kleine vermeintliche Benachteiligung der Katholiken, ein nicht gewährter Steuernachlass, eine verschärfte Kontrolle der Polizeistunde bei den katholischen Gastwirten, die Ablehnung der Aufnahme eines katholischen Jungen in die Lateinschule – alles, alles, und sei es noch so geringfügig oder oft nur reiner Zufall, wird als Argument zusammengetragen, um zu untermauern, dass der Markgraf die Absicht habe, den Katholischen zu schaden, um sie zur Konversion zu bewegen.“

„Was nicht ganz falsch ist“, murmelte Anna.

„Ja, und deshalb, bei schwebendem Prozess, umso gefährlicher für unsere Sache. Deshalb ist es besser, wenn diese Briefe erst gar nicht an ihre Adressaten gelangen.“

„Aber wie wird das bewerkstelligt?“, fragte Anna argwöhnisch. „Sie werden die Briefe kaum freiwillig abliefern, damit Fleckenstein sie überprüft.“

Hans lächelte vielsagend. „Häusler, Sartorius und Günth sind geizig. Dem Kurier wird sein gefährlicher Dienst nur schlecht entgolten. Gegen eine kleine Aufbesserung seines Botenlohns war er gerne bereit, dem Obervogt die verlangten Briefe zur Kontrolle vorzulegen, bevor sie Baden verlassen.“

Voll Abscheu stieß Anna hervor: „Ihr schämt euch nicht, einen armen, einfältigen Mann mit Geld zu bestechen, damit er Unrechtes tut?“

Beschwichtigend nahm Hans ihre Hand. „Ich weiß, liebe Anna, dass dieses Vorgehen deinem Ehrbegriff nicht ganz entspricht. Aber in diesem Falle solltest du deinen hohen Anspruch auf den Prüfstand stellen. Was hier geschieht, ist vielleicht nicht legal, aber legitim. Sollen wir taten- und hilflos zusehen, wie die Papisten Ränke gegen uns schmieden? Und im Übrigen, Anna: Auch unser Schicksal hängt davon ab, dass Markgraf Georg Friedrich als Sieger aus dem Prozess hervorgeht!“

An diesem Abend konnte Anna lange nicht einschlafen. Unruhig wälzte sie sich hin und her, ihr Lager schien ihr hart wie Stein. Sie empfand es als tiefes Unrecht, wenn die Briefe ehrsamer Bürger in aller Heimlichkeit geöffnet und womöglich vernichtet wurden, gleich ob sie von evangelischen oder katholischen Absendern stammten. Die Katholischen mittels Argumenten und gütlichem Zureden zu überzeugen, dies war der richtige Weg, den sie selbst schon seit vielen Jahren ging, mit nicht geringem Erfolg.

Andererseits traute sie Häusler, Sartorius und allen voran Günth eine gehörige Portion Hinterhältigkeit zu. Bestand tatsächlich die Gefahr, dass sie im benachbarten Ausland die Feinde der Evangelischen sammelten, um sie zu Fall zu bringen? Anna war sich bis jetzt völlig sicher gewesen, dass die gerechte Sache der Protestanten mit Gottes Hilfe siegen und der papistische Aberglauben vom Erdboden gefegt werde. Doch jetzt flammte Angst in ihr auf. Waren sie tatsächlich in Gefahr? Die Erzählungen der Eltern kamen ihr in den Sinn, wie diese unter Markgraf Philipp II. entweder zur Konversion oder zur Emigration gezwungen wurden. Ihr Vater und ihre Mutter waren damals nach Gernsbach geflohen und hatten ihr Hab und Gut, Haus und Hof zurücklassen müssen, um in der Fremde ein kümmerliches Leben zu fristen. Anna erinnerte sich lebhaft daran, wie die Mutter ihr mit zitternder Stimme von der Scham erzählte, von den Almosen ihrer Gastgeber leben zu müssen. Für die angesehene Würzkrämerfamilie war es eine tief empfundene Kränkung. „Ich wünsche dir, mein Kind“, hatte ihre Mutter oft zu ihr gesagt, „dass du niemals eine solche Demütigung erleben musst.“ Anna hatte das lange nicht verstanden. Sie erinnerte sich in erster Linie an eine glückliche Kindheit in Gernsbach mit liebevollen Eltern. Von den politischen Dingen hatte sie damals noch keine Vorstellung. Jetzt aber wurde ihr mit einem Schlage klar, was es bedeutete, aus einer gesicherten Existenz herausgerissen zu werden und alles zu verlieren, Vermögen, Ansehen und Halt – und dass dieses Schicksal womöglich auch ihrer Familie drohte.

Als Anna endlich einschlief, quälten sie seltsame Träume. Sie saß am Schreibpult und wollte einen Brief an ihren Vater verfassen, um ihm über die verzweifelte Lage der evangelischen Brüder und Schwestern zu berichten. Doch kaum hatte sie die Feder ins Tintenfass gesteckt, erschien ein übergroßer Hieronymus Günth und entriss ihr mit hämischer Fratze das Briefpapier. Jedes Mal, wenn sie ein neues Papier aufs Pult legte, kam ein neuer Günth, bis schließlich der ganze Raum voll war. Anna schrie verzweifelt, doch ihre Schreie verhallten im gehässigen Gelächter der vielen Günths. Plötzlich schwebte ein Engel herein, und Anna wollte sich ihm zitternd zu Füßen werfen, doch der Engel hatte das Gesicht von Maria Salome Aschmann, die vorwurfsvoll sagte: „Wie Ihr uns, so wir Euch“ und ihr die Türe wies. Weinend verließ Anna den Raum, und sie war plötzlich nackt, als sie auf die Straße trat. Dort zeigten die Menschen mit Fingern auf sie, und Anna fühlte sich unendlich alleine und gedemütigt.

Anna fuhr aus dem Schlaf hoch. Verwirrt und mit pochendem Herzen blickte sie sich im Zimmer um, das vom Vollmond fahl beleuchtet war. Da war nichts, nur das gleichmäßige Atmen ihres Mannes war zu hören.

„Gelobt sei Gott“, dachte sie, „es war nur ein Traum.“ Anna holte einige Male tief Luft. Dann begann sie leise zu singen: „Auf meinen lieben Gott trau ich in Angst und Not; der kann mich allzeit retten …“

Sie empfand Trost und fühlte, wie sie sich entspannte. Mit der Melodie auf den Lippen schlummerte sie wieder ein.

Als Anna am nächsten Morgen erwachte, war der Traum, der sie in der Nacht so erschreckt hatte, nur mehr eine ferne Erinnerung. Sie fühlte sich stark und gewappnet, um allen Unbilden des Lebens entgegen zu treten. Beim Frühstück verkündete sie ihrem erstaunten Mann: „Wenn der Rat der Stadt der Meinung ist, zu illegalen Mitteln greifen zu müssen, ich bin es jedenfalls nicht und werde mich nie dazu herablassen. Ich werde weiterhin durch mein gutes Vorbild für unseren Glauben kämpfen." Damit war für sie die Angelegenheit abgeschlossen, und sie sprach die Briefzensur nie mehr an.

Über ein halbes Jahr später war es Hans, der das Thema wieder anschnitt. Sichtlich aufgewühlt kam er eines Abends im Juni 1613 von einer Sitzung des Stadtrats zurück und platzte noch unter der Tür heraus: „Ganz ohne dass wir die Briefe der Katholischen abfangen und Beweise ihrer Hinterlist sammeln mussten, haben sie ihr Schicksal nun selbst besiegelt. Sie waren so dumm, im Namen aller katholischen Einwohner von Baden vor einigen Tagen eine Bittschrift an den Markgrafen zu senden, die von mehr als 25 Personen namentlich unterschrieben war. Natürlich hat sich Obervogt von Fleckenstein sofort gefragt, wie diese Unterschriften auf das Papier gekommen seien und ob sich die Katholischen etwa über das obervögtliche Verbot hinweggesetzt und sich heimlich versammelt hatten. Vor drei Tagen hat er deshalb die Unterzeichneten einzeln befragt. Naturlich wollte es keiner zugeben. Sie hatten wohl verabredet, dem Obervogt weiszumachen, dass es einer dem anderen gesagt habe und sie nacheinander unterschrieben hätten. Doch Fleckenstein ließ sich nicht an der Nase herumführen, und endlich, nach langem und ernstem Zureden, hat einer zugegeben, dass sie sich nach der Kirche auf dem Marktplatz getroffen haben, um die Bittschrift zu verfassen und zu unterzeichnen. Wer der Rädelsführer war, war aber nicht zu ermitteln. Einer schob die Schuld auf den anderen, keiner wollte verantwortlich sein. So hat Fleckenstein nun alle wegen dieses Vergehens gegen das Versammlungsverbot bestraft: David Stimmer, der die Schrift verfasst hat, wurde streng verwarnt und steht bis auf weiteres unter Hausarrest. Dem Anwalt Wendel Kunz wurde die Zulassung entzogen. Der Katholische Mesner Nikolaus Stroh wird des Landes verwiesen, ebenso Stiftsherr Häusler, der die Stiftskirche nicht mehr betreten darf und Urfehde schwören musste. Alle übrigen Unterzeichneten, darunter auch Hieronymus Günth, kommen für drei Tage in den Turm und verlieren ihre öffentlichen Ämter, sofern sie welche haben. Damit dürfte den Katholiken das Unruhestiften ein für alle Mal vergangen sein!"

Tatsächlich schien es, als hätten die Katholiken mit dem Stiftsherren Häusler auch ihren Antrieb verloren. Der neue Pfarrer, Hans Steinsalm aus Bühl, hatte kein Feuer. Er war behäbig und träge, und man munkelte, dass er im Konkubinat lebte. Er beendete den Gottesdienst eher zu früh als zu spät, um sich danach ins Wirtshaus zu begeben und dem Wein zuzusprechen, und nach einem halben Jahr quittierte er den Dienst, um sich weltlichen Dingen zu widmen. Von den katholischen Einwohnern Badens wagte es keiner mehr, noch einmal eine Bittschrift zu verfassen oder sich mit anderen in der Öffentlichkeit sehen zu lassen. Sie lebten zurückgezogen in ihren Häusern, und fast hätte man meinen können, es gäbe überhaupt keine Katholiken mehr in der Stadt.

## IX

Das Weinhag'sche Haus war festlich geschmückt. Seit dem frühen Morgen war die Magd in der Küche beschäftigt gewesen, um die Hochzeitssuppe zu kochen für die Gäste, die schon am Vormittag vorbeischauten und dem Bräutigam ihre Aufwartung machten. Es war ein ständiges Kommen und Gehen, und das Haus war erfüllt von fröhlichen Stimmen. Anna und Hans Weinhag, die Gastgeber des Tages, standen zum Defilee am Eingang der guten Stube. Alles, was Rang und Namen hatte, war gekommen, keiner wollte es versäumen, Hans Weinhag, dem Ratsherrn und erfolgreichen Kaufmann, und seiner Frau zur glücklichen Vermählung ihres einzigen Sohnes zu gratulieren. Unter den Gästen waren die Nachbarn des Stadtviertels am Ooser Tor ebenso wie die Ratskollegen Hans Weinhags, die Mitglieder der Seilerzunft und der Kaufmannschaft, sämtliche evangelische Honoratioren und natürlich Martin Weinhags Altersgenossen, um ihren Freund aus dem Junggesellenstand zu verabschieden. Auch Untervogt Drach ließ es sich nicht nehmen, seine Glückwünsche persönlich zu überbringen, und sogar Kanzler Breitenacker, zu dem die Weinhags mittlerweile eine herzliche Freundschaft pflegten und der jedes Mal, wenn er in der Stadt zu tun hatte, auf einen Schluck Wein vorbeikam, nahm die Reise von Durlach auf sich, um dem Hochzeitshaus seine Aufwartung zu machen. Viele Hände waren zu schütteln, viele Komplimente entgegenzunehmen. Anna ging ganz in ihrer Rolle als Gastgeberin auf. Obwohl die letzten Tage mit Einkaufen, Organisieren und dem Hausputz sehr arbeitsreich für sie gewesen waren, war ihr keine Müdigkeit anzumerken. Im Gegenteil, sie wirkte strahlender und jünger denn je. Mit stillem Vergnügen freute sie sich, dass alles so gut gerichtet war. In ihrem langen Kleid aus schwarzem Taft, das nur an Ärmeln, Ausschnitt und Saum mit Spitzen verziert war, war Anna eine würdevolle Erscheinung. Für jeden Besucher hatte sie ein Bonmot, eine schlagfertige Antwort oder einen Scherz. Zwischen den kleinen Gesprächen fand sie immer wieder Zeit, um einen Blick auf ihren Sohn zu werfen. Martin Weinhag, der Hochzeiter, stand mit geröteten Wangen inmitten der Gratulanten und nahm Glückwünsche und kleine Geschenke entgegen. Er war ein stattlicher junger Mann, groß und muskulös, mit vollem, dunkelblondem Haar, das in leichten Wellen bis auf seine Schultern fiel. Nach der jüngsten Mode hatte er sich, zum sorgsam getrimmten Oberlippenbart, am Kinn ein elegantes Spitzbärtchen wachsen lassen, das ihn sehr erwachsen wirken ließ. In seinem neuen flaschengrünen Wams, der goldbestickten Pluderhose und den spitzen Lederstiefeletten sah er richtig vornehm aus. Der Hals steckte in der obligatorischen Faltenkrause, und auf dem Kopf trug Martin einen Hut mit hochgesteckter Krempe, an dem eine Straußenfeder lustig auf und ab wippte.

„Sicherlich keine schlechte Partie“, dachte Anna und lächelte, „zumal als Teilhaber eines sehr erfolgreichen Betriebs.“

Einige Monate zuvor, an Neujahr 1619, waren Hans und Anna übereingekommen, dass es Zeit sei, Martin im Geschäft mehr Verantwortung zu übertragen, und sie hatten sich entschlossen, ihm Prokura zu erteilen. Dieser Schritt in die Selbstständigkeit sollte es ihm auch ermöglichen, an die Gründung einer eigenen Familie zu denken. Mit seinen beinahe 23 Jahren war er dazu im richtigen Alter.

Anna musste schmunzeln, als sie sich daran erinnerte, wie sie und Hans an einem kalten Wintertag gemütlich am warmen Kachelofen gesessen hatten, die jungen, heiratsfähigen Damen durchgegangen waren und sich über deren Vorzüge und Nachteile als künftige Schwiegertochter unterhalten hatten. Einhellig war die Wahl auf Euphrosina gefallen, die älteste Tochter des Seilers Benedikt Reeb. Zu den Handwerkern der Seilerzunft bestand noch immer ein enger, freundschaftlicher Kontakt, obwohl es bereits zehn Jahre her war, dass Hans die Seilerei aufgegeben hatte und in den Gewürzhandel eingestiegen war. Nach wie vor war Hans beim wöchentlichen Stammtisch der Seilermeister willkommen, ganz besonders, seit er zum Ratsherren aufgestiegen war. Auch zum Jahresfest der Zunft wurde die Familie weiterhin eingeladen. Der Gedanke, diese freundschaftlichen Bande durch eine familiäre Verbindung zu stärken, gefiel Hans und Anna. Die zweiundzwanzigjährige Tochter Benedikt Reebs schien ihnen zudem eine rechtschaffene Ehefrau für Martin zu sein. Sie genoss einen guten Ruf, galt als fleißig, höflich und zurückhaltend. Sie achtete auf ihr Äußeres, ohne sich herauszuputzen. Von ihrer Mutter hatte sie gelernt, einen großen Haushalt zu versorgen. Ihr Vater war ein angesehener Seilermeister, der sein Geschäft mit großem Fleiß erfolgreich führte, sein Geld beieinander hielt und solide wirtschaftete. Seit einiger Zeit bekannte sich die Familie zum Protestantismus, so dass einer Eheverbindung auch von dieser Seite nichts im Wege stand. Martin und Euphrosina ihrerseits kannten sich von klein auf. Bereits als Kinder hatten sie zusammen gespielt, und später, als sie älter geworden waren, auf den Festen der Zunft oder bei anderen öffentlichen Lustbarkeiten gelegentlich miteinander getanzt oder geplaudert. Die beiden schienen durchaus eine gewisse Zuneigung zueinander zu hegen.

Man nahm also Kontakt zur Familie des Seilermeisters auf, um deren Standpunkt auszuloten. Nachdem Benedikt Reeb signalisiert hatte, dass man seitens seiner Familie einer Verbindung nicht abgeneigt sei, weihten Hans und Anna ihren Sohn in ihre Pläne ein. Zunächst war Martin erschrocken – weniger wegen der Wahl seiner Eltern als aufgrund der Vorstellung, schon bald einen eigenen Hausstand führen zu müssen – doch dann hatte er sich über das Vertrauen seiner Eltern gefreut und sich je länger je mehr mit dem Gedanken an eine Eheschließung angefreundet.

Und so hatte er an einem freundlichen Frühlingstag, als die Sonne die ersten wärmenden Strahlen des Jahres zur Erde schickte, seine künftigen Schwiegereltern aufgesucht, um offiziell um die Hand seiner Braut anzuhalten.

Es folgten Besuche und Gegenbesuche, kleine Geschenke wechselten hin und her, und die beiden Familien wurden über die Wochen immer vertrauter miteinander.

Im Juni wurde Verlobung gefeiert. Beide Familien, die engeren Verwandten sowie die jeweils besten Freunde der Brautleute kamen zu einem Gastmahl im *Spieß* zusammen. Martin hatte sich auf diesen Tag gut vorbereitet, denn heute sollte er seiner Braut das förmliche Eheversprechen geben. In einem Werbungsbüchlein hatte er sich eigens Anregungen für eine gute Formulierung seines Antrags geholt und tagelang daran geschliffen. Mit Erfolg: Alle Anwesenden waren zutiefst gerührt über seine gelungene Rede und spendeten langanhaltenden Applaus. Anna wischte sich flugs ein paar Tränen der Rührung aus den Augen. Zuletzt trat Martin vor seine Braut, küsste sie und überreichte ihr feierlich ein wertvolles Collier als Ehepfand. Jetzt galten sie offiziell als Paar.

Die folgenden Wochen vergingen mit den Vorbereitungen für die Trauung. Nachdem ein Termin gefunden war – es sollte der 11. November, der Martinstag sein – besuchten die Brautleute Abend für Abend Verwandte, Nachbarn, Freunde, Zunftgenossen, die Mitglieder der evangelischen Gemeinde und viele andere mehr, um ihnen ihre Hochzeit anzusagen. Währenddessen vereinbarten sich die Eltern über den Ehevertrag, in dem die von jedem Teil einzubringenden Güter aufgeführt wurden und verschiedene Absprachen das materielle Verhältnis der Brautleute zueinander bis ins kleinste Detail regelten.

Für Martin stand außer Frage, dass er seine Ehe nur mit Gottes Segen beginnen wollte. Nach dem Frühschoppen im Weinhag'schen Hause setzte sich deshalb der Zug der Familienmitglieder und der Gäste in Richtung der Stiftskirche in Bewegung. Auf dem Marktplatz vereinigte sich die Prozession mit dem Festzug, der vom Haus der Braut ausgegangen war, wo ebenfalls bereits auf das Wohl der Eheleute angestoßen worden war. Es schien, als sei die ganze Stadt auf den Beinen. Wer nicht im Umzug mitging, stand am Straßenrand Spalier und winkte der Festgesellschaft zu.

In der Kirche versprachen sich Martin und Euphrosina einmal mehr eheliche Treue und Liebe. Pfarrer Johann Jakob Daler umfasste die Hände der Brautleute und erklärte sie im Namen der Dreifaltigkeit für ewig verbunden. Dem Segen folgte eine kurze, aber bewegende Predigt über den christlichen Ehestand. Daler ermahnte Martin, nun noch fleißiger zu arbeiten, da ja nun noch eine Frau und – so Gott wolle – bald auch Kinder zu ernähren seien. Gott aber werde seiner Hände Arbeit segnen, dass sie es gut haben würden miteinander. Zu Euphrosina gewandt sagte er: „Du trägst nun den Namen Weinhag, und wie ein Weinstock, der sich von einem kundigen Winzer biegen und lenken lässt, so sollst auch du dich von deinem Ehemann leiten lassen. Sei deinem Gatten immer untertänig und gehorsam, gib ihm keine Schimpf- und Widerworte, tu' und fange nichts an ohne deinen Mann."

Hans Weinhag musste schmunzeln bei diesen Worten. Er konnte sich nicht zurückhalten, seiner Ehefrau, die in der Frauenbank auf der anderen Seite des Mittelgangs saß, einen schelmisch-triumphierenden Blick zuzuwerfen. Anna fing seinen Blick auf, verzog scherzhaft den Mund und schüttelte kaum merklich den Kopf. Ja, sie wusste, dass sie ein recht störrischer Weinstock war, der es seinem Winzer nicht immer leicht machte, ihn zu biegen!

Nach der Trauung formierten sich die Gäste wieder zu einer Prozession. Auf dem Weg zum Ratssaal, den man der Familie des angesehenen Ratsherren Hans Weinhag gerne für die Feier zur Verfügung stellte, wurde der Festzug mehrfach aufgehalten, weil die Junggesellen der Stadt den Weg mit Schnüren versperrt hatten und ihn erst freigaben, nachdem die Brautleute ein Lösegeld in Form von Silbermünzen gespendet hatten. Dabei gab es jedes Mal ein großes Hallo und fröhlichen Aufruhr.

Mit viel Verspätung erreichte die Gesellschaft das Rathaus, wo bereits ein üppiges Festmahl wartete. Hans und Anna hatten weder Kosten noch Mühen gescheut, eine ihrem Stand gemäße opulente Feier auszurichten. Es duftete verführerisch nach Gebratenem, die Gäste konnten zwischen Fisch, Geflügel, Rind- und Kalbfleisch, Kuchen, süßem und salzigem Backwerk sowie Käse aller Art wählen. Aus großen Fässern wurden Bier und verschiedene Sorten Wein ausgeschenkt. Als die Gäste den ersten Hunger gestillt und sich zufrieden die Finger an den Tischtüchern abgewischt hatten, betrat ein Bänkelsänger den Saal. Sehr zur Erheiterung der Anwesenden entpuppte er sich als Bürgermeister Samuel Fortenbach, der sich nach Weise des fahrenden Volkes in löchrige Hosen und einen zerlumpten, wollenen Janker gekleidet und sich einen breitkrempigen, federgeschmückten Filzhut aufs Haar gesetzt hatte. Theatralisch entrollte er eine Leinwand und hängte sie an ein Holzgestell, das er dem Brautvater zu halten gab. Nach Art einer Bildergeschichte waren verschiedene Szenen aus dem Familienleben dargestellt. Indem er mit einem Zeigestab auf das erste Bild deutete – einen Mann, der ein Schwein an einem Halsband spazieren führte – hob er in belehrendem Tonfall an: „Es ist gewiss ein frommer Mann, der seines Weibs sich nehmet an. Der Eh'mann soll geduldig sein, sein Weib nit halten wie ein Schwein."

Das nächste Bild zeigte einen Mann, der auf einem Hahn ritt und einen gehörnten Hut trug.

„Es ist gewiss ein frommes Weib, dass sie bei ihrem Manne bleib. Untreuen Frau'n ist er bekannt, Hahnrei wird dieser hier genannt."

In dieser Art ging es weiter bis zum letzten Bild. Dass die Verse bisweilen hinkten, störte das Publikum nicht, und es verlangte begeistert nach einer Fortsetzung des launigen Vortrags. Fortenbach war vorbereitet und hängte eine zweite Tafel auf. Jetzt goss er seinen Spott über die Ratskollegen und die Honoratioren der Stadt aus. Jeder bekam sein Fett weg, der bauernschlaue Seilermeister ebenso wie der als Quacksalber verunglimpfte Chirurgus. Und während der jeweils Verspottete Zorn oder Bestürzung mimte, lachte das Publikum desto übermütiger, je derber die Spottverse ausfielen. Auf der nächsten Tafel machte sich Fortenbach über religiösen Eifer und insbesondere die katholischen Pfaffen lustig. Die Zuschauer johlten, als sie im Konterfei eines betrunkenen Priesters das Antlitz des Stiftsherrn Eberhard Häusler erkannten.

„Katholisch will ich allzeit sein, darf trinken ganz allein den Wein!", rezitierte Fortenbach und imitierte die Stimme Häuslers. Der Übermut fand seinen Höhepunkt, als Fortenbach als letzte Szene ein bekanntes Motiv des Prager Fenstersturzes aufschlug, bei dem die drei Defenestrierten allerdings die Gesichtszüge Häuslers, Sartorius' und Günths trugen. Im allgemeinen Lärmen und Johlen verbeugte sich Fortenbach elegant, rollte seine Leinwände zusammen und empfahl sich, um wenig später als der Alte wieder auf seinen Platz an der Festtafel zurückzukehren.

Sein gelungener Vortrag war noch eine ganze Weile Gesprächsthema. „Häusler, Günth und Sartorius aus dem Fenster zu werfen, auf diese Idee hätte man mal früher kommen sollen", lachte Spießwirt Haug, der heute besonders guter Laune war, weil er einmal nicht wirten musste, sondern selbst bedient wurde.

„Jawohl", nahm Ratsherr Ott den Faden auf, „und den katholischen Landesherrn haben wir vor 25 Jahren schon abgesetzt, da waren wir viel schneller als die Böhmen." Ott spielte auf ein Ereignis an, das erst vor wenigen Wochen im äußersten Westen des Römischen Kaiserreichs bekannt geworden war, dass nämlich die evangelischen Stände Böhmens am 26. August 1619 ihren katholischen König abgesetzt und statt seiner den protestantischen Pfalzgrafen Friedrich V. gewählt hatten.

„Ich weiß nicht", warf der Tuchhändler Wilhelm Stephani ein, „ob wir uns über die jüngsten Entwicklungen im fernen Böhmen wirklich freuen sollen. Es ist klar, dass Ferdinand sich die böhmische Krone nicht ohne weiteres entreißen lässt. Wie es heißt, hat er sich mit Maximilian von Bayern verbündet, der die katholische Liga hinter sich hat. Bisher hat Maximilian eher eine ausgleichende Position vertreten, Friedrichs unbedachter Schritt treibt ihn jetzt aber in die Hände des Erzkatholiken Ferdinand. Das gibt diesem womöglich die Macht, auch in anderen Ländern des Reiches einzugreifen, in denen die religiösen Fragen ungeklärt sind …" Plötzlich war die fröhliche Stimmung verflogen.

„So wie bei uns in Baden, meint Ihr?", mischte sich der alte Jakob Gutterer, Bäckermeister aus der Ooser Vorstadt, in das Gespräch ein.

„Das kann ich mir nicht vorstellen!", ereiferte sich Haug, „es leben doch nur noch wenige Katholiken in der Stadt, das evangelische Bekenntnis ist hier so fest verwurzelt!"

„Aber es ist eben nicht offiziell eingeführt", gab Stephani zu bedenken. „Und der Prozess, den Markgraf Wilhelm von Baden-Baden um sein väterliches Erbe vor dem Reichshofrat gegen seinen durlachischen Vettern angestrengt hat, ist noch immer in der Schwebe."

Stephani warf einen Seitenblick auf Kanzler Breitenacker. Keiner wusste besser über das schwebende Verfahren Bescheid als dieser, der die durlachische Seite vor dem Reichsgericht vertrat und jetzt mit bedenklicher Miene nickte.

„Könnten nicht die Ereignisse in Prag die Meinung der Richter beeinflussen? Sie könnten versucht sein, ein Exempel zu statuieren. Ich habe jedenfalls ein ungutes Gefühl."

„Oder die Liga könnte sich dazu hinreißen lassen, eine Entscheidung des Gerichts gar nicht erst abzuwarten, sondern die Restitution der katholischen Konfession mit Waffengewalt zu erzwingen", ergänzte Hans Weinhag. „Man will es gar nicht zu Ende denken ..."

Anna, die bemerkt hatte, welche Richtung das Gespräch der Männer nahm, trat an deren Tisch und sagte mit gespieltem Tadel: „Aber aber. Könnt ihr nicht ein einziges Mal von der tristen Politik lassen? Heute ist ein Festtag, da wollen wir lustig sein. Es geht uns doch so gut, und mit Gottes Beistand wird es immerdar so bleiben!", und indem sie sich dem Zitherschläger Franz Cost zuwandte rief sie fröhlich: „Auf, auf, guter Franz, spiel uns zum Tanze auf", was dieser sich nicht zweimal sagen ließ.

# Maria Salome Aschmann

1636

Maria Salome beschloss, sich an der Juristischen Fakultät der Universität Freiburg Rat und Hilfe zu holen. Die Reise würde nicht billig werden; sie würde wohl das Darlehen angreifen müssen, das Karl Haug ihr gewährt hatte. Doch wenn die Reise nach Wunsch verliefe und das Ergebnis wäre, dass sie wieder über ihr eigenes Vermögen verfügen und ihre Schulden zurückzahlen könnte, wäre das Geld so schlecht nicht angelegt. Da sie weder über einen Knecht noch über einen Wagen verfügte, musste sie eine Kutsche borgen und einen jungen Handwerksburschen als Kutscher und Begleitung bezahlen. Als Frau konnte sie schwerlich alleine fahren, zumal in Kriegszeiten, wo allerhand zweifelhaftes Gelichter die Straßen unsicher machte. Der Bursche wollte zunächst nicht mitfahren, gab vor, bei seinem Meister unabkömmlich zu sein. Erst als Maria Salome das Salär verdoppelte, willigte er ein. Maria Salome schäumte innerlich, auf welch schamlose Weise der Kerl ihre Situation ausnutzte, doch sie wollte keine Zeit verlieren und ließ sich deshalb widerstrebend auf den Handel ein. Nachdem alle Reisevorbereitungen getroffen waren, verabschiedete sich Maria Salome auf unbestimmte Zeit von ihren Verwandten. Sie wolle erst zurückkehren, wenn sie ihre Angelegenheiten in ihrem Sinne geregelt habe.

In dem minderwertigen Geschirr, das man ihr gegeben hatte – die Kutsche war alt und klapprig, und nach achtzehn Jahren Krieg waren gute Pferde nirgends mehr aufzutreiben – dauerte die Reise von Kenzingen nach Freiburg einen vollen Tag. Auf den verwahrlosten, holprigen Wegen war sie mühsam und beschwerlich, doch Maria Salome erduldete die Schlaglöcher stoisch, beseelt von ihrem Plan. Sie hielt die Vorhänge geschlossen, wollte sich den Anblick der Elendsgestalten am Wegrand ersparen. Außerdem brauchte niemand zu sehen, dass hier eine alleinstehende Dame reiste. Maria Salome hoffte und betete, dass sie ohne Zwischenfälle ankommen würde. Tatsächlich erreichte das Gespann unbehelligt kurz vor Toresschluss Freiburg. Maria Salome investierte noch einmal eine erkleckliche Summe und stieg für diese Nacht in einer der besseren Herbergen der Stadt ab.

Am anderen Morgen dirigierte sie den Kutscher in die Große Gasse zu einem Stadtpalais. Im ersten Stock waren die Fenster vernagelt – dieser Teil des Hauses gehörte ihr und war seit dem Einfall der Schweden 1633 unbewohnt. Sie besaß ihn aus der Erbschaft ihrer Tante Marie Kirsser, der ältesten Schwester ihres Vaters, die in Freiburg mit einem Juristen verheiratet gewesen war. Nachdem die Tante in jungen Jahren kinderlos gestorben war, trat der Witwer in den geistlichen Stand. Erben des Hauses wurden die Geschwister der Eheleute und mithin auch Maria Salomes Vater und sie selbst nach dessen Tod.

Nach ihrem überstürzten Weggang aus Baden war Maria Salome froh gewesen, dass ihr diese Zuflucht geblieben war. Sie war in Freiburg jedoch nie heimisch geworden: Die große Stadt und zumal die Wohnung in der Hauptgasse war ihr zu laut. Sie sehnte sich nach der Ruhe in ihrem Schlösschen Wachenhofen. Den Gestank in den Straßen empfand sie als Zumutung. Nachdem beim Schwedeneinfall auch noch das Inventar zerschlagen und geplündert worden war, zog sie es vor, Freiburg zu verlassen und bei den Verwandten in Kenzingen Zuflucht zu suchen. Die kleine, gut befestigte Landstadt schien ihr jedenfalls nicht unsicherer zu sein als die Großstadt, die doch allerlei Gesindel in der Hoffnung auf schnellen Gewinn anlockte.

Nicht ohne Beklemmung betrat Maria Salome die verlassenen Räume. Als sie sah, dass alles war, wie sie es verlassen hatte und insbesondere niemand in die Wohnung eingedrungen war, schickte sie ihren Begleiter mit dem Wagen nach Hause, um weitere Kosten zu ersparen. Sie machte sich auf die Suche nach einem Knecht und einer Magd. Die Stadt war übervoll mit Bauern aus den umliegenden Dörfern, die aus Furcht vor marodierenden Soldaten in Scharen hinter die Mauern geflohen waren, und dankbar jede Möglichkeit zu einem kleinen Verdienst ergriffen. So war es nicht schwer, geeignetes Personal zu finden. Maria Salome entschied sich für eine kaum fünfzehnjährige, hohlwangige Bauerstochter und ihren wenig kräftiger wirkenden älteren Bruder, der treuherzig versicherte, trotz seiner dürren Arme fest zupacken zu können. Die beiden verlangten nicht viel mehr als einen Schlafplatz und etwas zu essen.

Gemeinsam richteten sie in den nächsten Tagen die Wohnung provisorisch her und möblierten sie mit dem Notwendigsten – einem Bett, einem Tisch, Stühlen und einem Kasten für die wenigen Habseligkeiten.

Als das Domizil wohnlich war, begab sich Maria Salome zur Universität. Der Weg war nicht weit, und so ging sie – nicht standesgemäß, aber sparsam – zu Fuß. Sie war recht gelassen, denn sie rechnete nicht damit, gleich am ersten Tag zu einer maßgeblichen Person vorgelassen zu werden, sondern ein wenig Geduld aufbringen zu müssen. Sie kannte die Spielregeln, schließlich war sie Tochter eines bischöflich Straßburgischen Kanzlers und Ehefrau eines Advokaten. Immer wieder waren Bittsteller auch zu ihr nach Hause gekommen, und sie hatte ihre Mägde streng angewiesen, jeden zu verjagen. So trennte sich die Spreu vom Weizen, denn nur diejenigen kamen wiederholt, denen ihre Sache ernst war. Nur diesen gewährte sie schließlich Audienz.

Und richtig: Maria Salome hatte kaum ihren Fuß unter die Sandsteinarkaden des Universitätsgebäudes gesetzt, da trat ihr ein Mann in den Weg. Er war aus einer niedrigen Tür gekommen, die linker Hand von einer kleinen Kammer, seinem Dienstzimmer, direkt in die Laube führte. An seiner Kleidung – er trug einen weiten, weinroten Talar und ein schwarzes Birett –, mehr noch aber an seiner Amtsinsignie, einem gedrechselten Stab aus Ebenholz, konnte Maria Salome ihn als Universitätsdiener identifizieren.

„Guten Tag, verehrte Frau“, sagte er brummig, aber nicht unfreundlich. „Darf ich erfahren, was Euer Begehr ist?“

Maria Salome lächelte. „Selbstverständlich. Ihr seid der Pedell, nehme ich an?“

Der Angesprochene straffte sich und nickte.

„Ich komme in einer privaten Angelegenheit. Ich benötige den Rat eines gelehrten Juristen. Sicher könnt Ihr mich an einen der Herren Professores vermitteln.“

Der Universitätsdiener wiegte den Kopf und runzelte die Stirn. Er trat einige Schritte auf den Vorplatz hinaus, drehte sich um, reckte den Hals und warf einen Blick auf die mechanische Uhr, die den Zwerchgiebel des Gebäudes schmückte. Maria Salome, die ihm gefolgt war, sah ihn fragend an. Der Pedell räusperte sich. „Die Herren Professores sind zu dieser Stunde alle mit Vorlesungen beschäftigt. Ich fürchte, ich muss Sie wegschicken und bitten, ein andermal vorzusprechen."

„Wann ist denn die günstigste Zeit?", erkundigte sich Maria Salome höflich.

„Das ist schwer zu sagen. Die Tage der hohen Herren sind ausgefüllt mit Studien und Unterricht und Vorbereitungen zu Studien und Unterricht", brummelte der Diener ausweichend. „Ich kann Euch nur empfehlen, es an einem anderen Tag zu versuchen. Vielleicht habt Ihr Glück und es passt dann besser."

Maria Salome nickte verstehend, bedankte sich und grüßte den Pedellen für dieses Mal recht freundlich. Ein Anfang war gemacht.

Auch am nächsten und übernächsten und am vierten Tag wies der Pedell sie mit dieser und jener Ausrede ab. Maria Salome blieb geduldig und freundlich.

Am fünften Tag verwickelte Maria Salome den Pedellen in ein Gespräch über Belanglosigkeiten, lobte seinen schmucken Rock, fragte nach Frau und Kindern. Der Schuldiener, der sie inzwischen kannte, ließ sich bereitwillig auf die Unterhaltung ein. Er dankte für das Kompliment, und ja, er habe Frau und drei Kinder, Gottlob seien alle gesund, was in diesen harten Zeiten keinesfalls selbstverständlich sei. Seine Gattin habe übrigens dasselbe kastanienbraune Haar wie gnädige Frau.

Am nächsten Morgen brachte Maria Salome eine perlenbesetzte Haarspange – diese hatte sie sich einiges kosten lassen – „für die Frau Gemahlin. Die makellos weißen Perlen machen sich hervorragend auf kastanienbraunem Haar, findet Er nicht?", sagte sie mit verschwörerischem Zwinkern und hielt sich die Spange kokett an ihr eigenes Haar. Der Pedell gab sich zunächst etwas gespreizt, griff dann aber schnell zu und bedankte sich umschweifig.

„Leider", bedauerte er, „kann ich gnädige Frau dennoch nicht einfach so einlassen."

Das nächste Mal brachte Maria Salome eine Gelenksalbe für den Pedellen mit, weil sie beobachtet hatte, dass ihm das Stehen Schmerzen bereitete.

Wieder bedankte sich der Pedell aufs höflichste – und fragte zum ersten Mal nach dem Anliegen der gnädigen Frau. Maria Salome unterdrückte ein Lächeln und legte dem Pedellen in wenigen Worten dar, warum sie unbedingt einen der Herren Juristen sprechen müsse. „Vor vielen Jahren habe ich ein Testament verfasst, in dem ich den Jesuiten in Baden einen Großteil meines Grund und Bodens vermacht habe. Damals war nicht vorauszusehen, dass mich der Krieg eines Tages in solche Not stürzen würde, dass ich die Güter verkaufen müsste, um mein täglich Brot bezahlen zu können. Doch ist mir durch das Testament der Zugriff verwehrt. Ich benötige Rat, ob und wie ich das Vermächtnis widerrufen kann." Und mit bitterer Stimme fügte sie hinzu: „Zumal ich das Testament damals nur unterzeichnet habe, weil ich um mein Leben fürchtete."

Der Pedell nickte ernst, schwieg einen Moment lang, als ob er nachdenke, und versprach dann, sein Möglichstes zu tun, um zu helfen.

Tatsächlich konnte ihr der Pedell anderntags die erfreuliche Nachricht mitteilen, dass einer der Juristen sich ihr Anliegen anhören wolle, sobald er Zeit habe. Sie solle ihre Anschrift hinterlassen, er, der Schuldiener, werde sie dann wegen des Termins verständigen lassen.

Weitere acht Tage des Wartens gingen ins Land, bis endlich die ersehnte Nachricht eintraf. Ein junger Bursche brachte den Brief ins Haus. Professor Arbogast Hochherr ließ ausrichten, dass er die gnädige Frau am Sonntag in einer Woche in seinem Privathause in der Salzstraße beim Schwabentor empfangen werde.

In den Tagen vor dem Termin formulierte Maria Salome gedanklich wieder und wieder die Sätze, die sie Professor Hochherr sagen wollte. Sie wollte nicht als Bettelmagd vor ihn treten, doch mussten ihre Worte ihre Not drastisch genug zum Ausdruck bringen, dass sie sein Herz erweichten. Am verabredeten Tag stand Maria Salome früh auf. Sie wusch sich mit Rosenwasser und zog sich das beste Gewand an, das sie noch besaß. Mit Kummer stellte sie fest, dass selbst dieses Kleid Spuren des Verschleißes zeigte. Doch diese Feststellung beflügelte nur ihre Entschlossenheit, den einmal eingeschlagenen Weg mutig weiterzugehen. Viel Mühe verwendete sie auf ihr Haar, dass trotz ihrer 50 Jahre noch kräftig und von schöner kastanienbrauner Farbe war. Die Magd flocht ihr zwei Schnecken an den Schläfen und setzte ihr dann die Haube auf.

Einen Spiegel hatte Maria Salome bei der spärlichen Einrichtung ihres Notquartiers nicht zur Hand, doch wenn sie an sich herunterblickte, konnte sie, den Umständen entsprechend, mit ihrer Erscheinung zufrieden sein.

Sorgfältig wickelte sie ihre Dokumente in ein Pergament und machte sich dann auf den Weg.

Von ihrer Wohnung zum Hochherr'schen Haus in der Salzstraße war es kaum weiter als zur Universität, und so verzichtete Maria Salome auch diesmal auf eine Kutsche, sondern nahm Schusters Rappen.

Als sie unter der hohen Tür stand, überkam sie für einen Moment Bangen, als Frau und Witwe allein vor einen Professor der Jurisprudenz zu treten. Was, wenn er sie nicht ernst nähme, ihr Ansinnen als lächerlich und aussichtlos abtäte? Da kam ihr Anna in den Sinn. Sie hätte sich von solchen Zweifeln nicht abhalten lassen, hatte immer unbeirrt ihr Ziel verfolgt. Und entschlossen betätigte Maria Salome den Türklopfer.

Eine Magd öffnete das Portal und führte Maria Salome durch einen langen Flur und eine schmale Treppe in den ersten Stock. Sie bat sie, im Vorzimmer zu einem Salon Platz zu nehmen. Maria Salome blickte sich um und stellte mit einer gewissen Erleichterung fest, dass auch im Hause eines Professors nicht alles in bestem Zustand war. Das Mobiliar des Raumes hatte jedenfalls schon bessere Tage gesehen, und an den Fenstern entdeckte Maria Salome fehlende Butzenscheiben, die notdürftig durch Pergament ersetzt worden waren. Die Beklemmung, in ihrem armseligen Zustand selbst nicht „hoffähig" zu sein, löste sich augenblicklich in Luft auf und wich einer fast heiteren Gelassenheit.

Dann öffnete sich die Tür zum angrenzenden Salon, und Arbogast Hochherr bat seinen Gast herein. Maria Salome raffte den Rock, knickste höflich und betrat den großzügigen Raum. Das Zimmer war holzvertäfelt und besaß eine hübsch bemalte Kassettendecke. An drei Seiten lief die übliche Holzbank die Wände entlang, in einer Ecke standen ein Tisch und Stühle. Ein mächtiger Kachelofen mit grün glasierten Kacheln dominierte die gegenüberliegende Ecke. Zur Straße hin besaß der Raum einen kleinen Erker. Hier war alles sauber und gepflegt, was auf den ordnenden Einfluss einer tüchtigen Hausfrau schließen ließ.

Arbogast Hochherr selbst mochte etwa zehn Jahre älter sein als Maria Salome. Das schulterlange, weiße Haar war schon schütter, der lange Kinn- und Schnurrbart jedoch noch voll und sorgfältig gepflegt, ebenso wie seine Kleidung. Arbogast Hochherr trug einen knielangen, weiten, dunklen Wollmantel, darunter Strumpfhosen und Stiefeletten. Der Kragen sowie die Ärmelaufschläge waren blendend weiß und kunstgerecht gestärkt. Seine Augen lagen etwas zu tief in den Höhlen und hatten wohl schon manches Leid gesehen, aber sie waren nicht unfreundlich.

Arbogast Hochherr forderte die Besucherin auf, am Tisch Platz zu nehmen, auf dem neben einem Krug Wein und einer Schale mit Latwergen einige angefangene Schriftstücke, Tintenfass und Feder lagen. Er selbst setzte sich mit leisem Ächzen auf die mit Fellen belegte Bank.

„Das Alter macht sich bemerkbar, die schlechten Zeiten tun ihr übriges“, sagte er entschuldigend. „Doch ich will nicht über mich klagen, sondern hören, gnädige Frau, was Euch zu mir führt. Der Pedell hat mir schon angedeutet, dass Ihr im Streit mit Jesuiten liegt?“

Maria Salome erschrak, dass der Professor so unvermittelt das Thema anschnitt. Auch an der Freiburger Universität lehrten Jesuiten. Sie wusste ja gar nicht, wie Hochherr zu diesen stand, hatte sich erst langsam an das Problem herantasten wollen, um zuvor seine Haltung zu sondieren. Hochherr bemerkte offenbar ihr Erschrecken.

Mit strenger Stimme sagte er: „Ihr wundert Euch, dass ich so direkt auf den Gegenstand Eures Besuchs zu sprechen komme? Nun, wisst Ihr, meine Zeit ist kostbar, ich kann keine langen Umschweife machen. Denn ich habe keinen, der all die Arbeit hier“ – er zeigte mit ausladender Geste über den Tisch – „für mich erledigen würde.“ Maria Salome spürte, wie ihr Mut sank. Da brach der Professor in ein polterndes Lachen aus. Maria Salome, zunächst konsterniert, musste dann doch schmunzeln über den hohen Herrn, der sich über den Scherz auf ihre Kosten so königlich amüsierte. Und alle Anspannung fiel plötzlich von ihr ab.

„Nichts für ungut“, meinte Hochherr dann, wieder ernst. „Seid versichert, wenn ich jemanden zu mir bitte, dann nehme ich mir auch Zeit für ihn. Und Euer Fall interessiert mich persönlich sehr. Der Pedell ist im Übrigen ein verständiger Mann, er hat Euer Anliegen mit Bedacht und nicht ohne Grund gerade mir anvertraut. Ich kann Euch jedoch nur helfen, wenn Ihr mir klare Auskünfte gebt. Wie also ist es mit Eurem Streit mit den Jesuiten beschaffen?"

„Nun, im Streit liege ich nicht direkt", begann Maria Salome. „Es verhält sich so, dass ich vor vielen Jahren unbedacht und als ein einfältiges Weib den Jesuiten zu Baden meinen gesamten Grundbesitz vermacht habe. Damals dünkte ich mich noch reich, doch Ihr wisst, dass der Krieg manches Vermögen zerstört hat. Nun gebietet es die Not, dass ich solchen Besitz verkaufen müsste, um mich erhalten zu können und um bei denen, die mich all die Jahre treu unterstützt haben, meine Schulden zu begleichen, doch habe ich jetzt keine Möglichkeit mehr dazu. Deswegen will ich alles widerrufen, weiß jedoch nicht, ob das möglich ist und wie ich es anstellen soll."

„Um hierzu etwas Substantielles sagen zu können, wäre mir der Text des Originaltestaments hilfreich." Maria Salome nickte. Sie wickelte die mitgebrachten Dokumente aus dem Pergament und reichte sie dem Professor: eine Abschrift der Schenkungsurkunde und ein Protokoll über den Eintrag des Vermächtnisses in die Akten. Hochherr nahm sich lange Zeit, um die Unterlagen aufmerksam zu studieren. Maria Salome beobachtete aufmerksam jede seiner Regungen. Dann und wann legte Hochherr die Stirn in Falten, und seine Miene verfinsterte sich zusehends. Als er die Dokumente schließlich mit ernstem Blick auf dem Tisch niederlegte, sah Maria Salome ihn bange an.

Hochherr deutete zuerst auf das Protokoll. „Dies hier", erklärte er, „ist das erste Problem. Da Ihr das Testament förmlich in einer so hohen staatlichen Behörde wie der Kanzlei des Markgrafen zu den Akten habt geben lassen, können wir es nicht mehr als simple Vereinbarung zwischen zwei Parteien betrachten. Das Vermächtnis hat dadurch besonderes Gewicht erhalten. Die Kanzlei wird auf die Einhaltung achten, um nicht an Autorität einzubüßen."

Dann wies Hochherr auf das Testament. „Auch hier finden sich einige Fallstricke. Zwar habt Ihr vereinbart, dass der Übergang des Eigentums erst mit Eurem Tod stattfinden soll, doch schließt dies im Allgemeinen eine Veränderung des Besitzstandes, also eine Veräußerung, aus, da diese zum Nachteil des Begünstigten wäre. Der Niesbrauch freilich steht Euch zu, so lange Ihr lebt."

Maria Salome unterbrach ihn mit bitterer Stimme: „Wie soll ich dieses Recht wahrnehmen, wo ich außer Landes bin. Die Jesuiten ziehen bereits jetzt die Erträge aus dem Schlösschen in Oosscheuern ein, und ich kann nichts dagegen tun. Gegen meinen Bevollmächtigten, den Steinbacher Amtmann Karl Haug, haben sie eine Beschwerde beim Lehensherrn eingelegt, und der hat den Jesuiten Recht gegeben."

„Eure Abwesenheit ist in der Tat ein Problem, doch juristisch ist zumindest dieser Fall klar." Maria Salome schnaufte resigniert; welch schwacher Trost! „Um jedoch auf die Möglichkeit eines Verkaufs der Immobilien zurückzukommen: diesbezüglich sind noch weitere Formulierungen des Testaments problematisch. Es steht ausdrücklich geschrieben, dass Ihr den Jesuiten Euer Schlösschen Wachenhofen ‚mit wohlbedachtem Mut, Wissen und Willen, ungezwungen und ungedrungen eigentümlich, unwiderruflich und beständiglich vermacht'. Hingegen steht nicht, wie sonst in Testamenten üblich, dass Ihr Euch vorbehaltet, solches Testament wieder umzustoßen oder zu mindern."

Es dauerte einen Moment, bis Maria Salome die Tragweite dieser Worte verstand. Bitterkeit stieg in ihr auf. Mit verzagter Stimme sagte sie: „Die Jesuiten haben damals den Text des Testaments formuliert. Und ich habe allem einfach zugestimmt."

Hochherr betrachtete Maria Salome aufmerksam. „Ja, sie geben sich als Menschenfreunde, doch in Wahrheit sind sie schlimmer als die Schlange im Paradies. Sie reden in süßen Worten, bieten dem Suchenden vermeintlichen Halt und Hilfe, doch letztendlich sind sie nur auf ihren Vorteil bedacht."

Maria Salome bemerkte erstaunt den Schatten, der über Hochherrs Gesicht strich. Wie zu sich selbst fuhr er fort: „Auch mir haben sie übel mitgespielt. Als sie 1620 in die Freiburger Universität eindrangen, rissen sie rücksichtslos die gesamte Philosophische Fakultät an sich. Ich war damals bereits zwölf Jahre Professor dieser Fakultät und sah mich plötzlich meines Lehrstuhls beraubt. Und nicht nur dies. Sie schwärzten mich bei den Kollegen an, würdigten meine Verdienste herab und setzten in Umlauf, ich sei ein schlechter Vertreter meiner Zunft. Die Professoren hörten auf das falsche Geschwätz der Schlange, und so war mir eine Karriere in den höheren Fakultäten verbaut. Harte Jahre langen vor mir, in denen ich kaum meine Kinder ernähren konnte. Nur durch Zähigkeit und Fleiß konnte ich vor gerade zwei Jahren einen Lehrstuhl bei der Juristischen Fakultät erreichen, doch noch immer stehen mir die Jesuiten feindlich gegenüber und lassen keine Gelegenheit aus, mich zu verleumden."

Schlagartig begriff Maria Salome, warum der Pedell sie gerade zu Hochherr vermittelt hatte.

„Aber sagt, was ist Euch geschehen, dass Ihr das Testament derart kritiklos unterzeichnet habt?", unterbrach der Jurist sein Selbstgespräch und wandte sich mit teilnahmsvollem Blick an Maria Salome.

Maria Salome fühlte den Boden unter sich schwanken. Minutenlang schwieg sie und rang um Fassung. Mit aller Macht stürzten die Erinnerungen über sie herein.

# Anna Weinhag

1622–1624

## I

Zerlumpte Gestalten, das blanke Entsetzen in den Augen, so standen sie an einem schwülheißen Frühsommertag des Jahres 1622 auf dem Marktplatz. Immer mehr Menschen drängten aus den Gassen herbei. In Windeseile sprach es sich herum, dass drei Söhne der Stadt geschlagen zurückgekehrt waren. Erst vor wenigen Wochen waren ihrer fünfzehn unter dem Jubel der Einwohner ausgezogen, um für Markgraf Georg Friedrich in den Krieg zu ziehen und für die evangelische Sache zu kämpfen. Ihrem Anführer, dem jüngsten Sohn des Baldreitwirts Martin Kachel, hatte der Stadtrat die immense Summe von über tausend Gulden mitgegeben, die die evangelischen Einwohner der Stadt gesammelt hatten, um den Markgrafen und sein Heer zu unterstützen.

„Es ist alles verloren, die Truppen der Union sind bei Wimpfen vernichtend geschlagen, der Markgraf selbst ist auf der Flucht. Der Krempen-Peter, Schindlers Alois und der junge Kachel sind tot, das Schicksal der anderen ist ungewiss."

Voller Bestürzung hörten die Herbeigeeilten den Bericht der Heimkehrer. Durch den Aufruhr am helllichten Tage aufmerksam geworden, verließ der Gerichtsbote seine Wohnung im Dachgeschoss des Rathauses und bahnte sich einen Weg durch die Menge bis zu den erschöpften Soldaten. Nachdem er ihre Botschaft vernommen hatte, beeilte er sich, die Ratsherren zusammenzurufen, die auch bald darauf fast vollständig und in einiger Aufregung auf dem Rathaus eintrafen, um sich dort von den drei Landsknechten ausführlichen Bericht über die Ereignisse erstatten zu lassen.

Draußen, vor dem Rathaus, wartete ungeduldig die Menge. Als endlich die Ratsherren nach draußen traten, bestürmten sie sie mit verzweifelten Fragen. Bürgermeister Fortenbach blieb auf den Stufen stehen, die zu den Rathausarkaden führten, und richtete das Wort an die Versammelten. „Wie uns diese drei heimgekehrten Helden glaubwürdig berichteten, wurde Markgraf Georg Friedrich mitsamt seinem tapferen Heer nahe der Reichsstadt Heilbronn vernichtend geschlagen."

Ein Raunen ging durch die Menge.

Fortenbach hob die Stimme: „Noch besteht kein Grund zur Panik, doch nach dieser Niederlage ist die Gefahr groß, dass feindliche Truppen unser badisches Heimatland überfallen." In den Reihen der Zuhörer entstand Unruhe, entsetzte Ausrufe erschallten. Fortenbach machte eine beschwichtigende Handbewegung, doch gelang es ihm kaum, seine eigene Sorge zu verbergen. Er wiederholte: „Es besteht kein Grund zum Aufruhr. Doch wir empfehlen allen vernünftigen Einwohnern, ihre Wertsachen gut zu verwahren und zugleich gewisse Vorräte an Dingen des täglichen Bedarfs und insbesondere an Lebensmitteln anzulegen. Über das Schicksal unseres geliebten Landesherrn ist bis jetzt noch nichts bekannt, doch wir wollen für ihn beten und uns getreulich in unserem Glauben halten. Geht jetzt nach Hause und regelt Eure Angelegenheiten. Und in einer Stunde findet sich jeder rechte Christ in der Kirche ein, wohin unser guter Pfarrer Daler zum Bittgottesdienst lädt."

Bedrückt gingen die Menschen nach Hause. Anna machte sich noch am selben Abend mit der Magd daran, das Tafelsilber, ihren wertvollen Schmuck – darunter ihren Brautschmuck und den ihrer Schwiegertochter Euphrosina – sowie eine gewisse Summe ihres Bargelds in eine Kiste zu verpacken. Unterdessen hoben Hans und Martin im Hinterhof ein genügend großes Loch aus, worin sie die Kiste verwahrten in der Hoffnung, dass ihr Versteck gut genug sei, um es vor marodierenden Söldnern zu schützen.

Baldreitwirt Martin Kachel spendierte den drei Heimkehrern Jakob Drabold, Johann Ell und Bernhard Jörger in Gedenken an seinen gefallenen Sohn eine Woche lang einen kostenfreien Mittagstisch in seiner Gaststube und die Wohltaten des Thermalwassers. Nachdem sie sich auf diese Weise einigermaßen von den Strapazen der Schlacht und ihrer Flucht erholt hatten, waren sie tagelang begehrte Gesprächspartner.

Allabendlich versammelte sich eine Menge Zuhörer im großen Saal der Gaststube des *Baldreits*, und wieder und wieder mussten die drei von der Schlacht und ihrer Flucht berichten.

„Nachdem wir Anfang April unsere Heimatstadt verlassen hatten, zogen wir gen Durlach. Unterwegs schlossen sich viele weitere tapfere junge Männer aus sämtlichen Dörfern und Flecken an, durch die unser immer größer werdender Zug uns führte. In Durlach selbst waren bereits so viele Männer versammelt, wie wir sie in unserem Leben noch nie gesehen haben. Die ganze Stadt glich einem Feldlager. Das war ein Trubel und eine Betriebsamkeit! Im Hof der Karlsburg war eine provisorische Schreibstube eingerichtet, wo wir registriert und unseren Truppenteilen zugewiesen wurden. Als einfache Leute, die wir sind, und in militärischen Dingen fast ganz unerfahren, kamen wir zum Fußvolk, und wir hatten das Glück, dass wir alle zusammen einem Landwehrregiment zugewiesen wurden, das die Soldaten aus der Markgrafschaft Baden-Baden vereinte. Unser Fähnlein bestand aus etwa 400 Mann, allesamt Freiwillige aus den oberbadischen Dörfern und Städten. Wir lagerten vorerst auf den Feldern vor Durlach und übten uns dort unter Anleitung unseres Hauptmanns im Gebrauch der Waffen. Wir hatten Piken und Hellebarden, und wer sich besonders geschickt anstellte bekam eine der begehrten Flinten. Ich gehörte leider nicht dazu.“ Johann Ell seufzte.

Bernhard Jörger gab ihm einen freundschaftlichen Hieb und übernahm das Wort: „Am 12. April hat Markgraf Georg Friedrich die Regierung über die gesamte Markgrafschaft an seinen Sohn Friedrich abgetreten. Es muss ein feierlicher Akt im Hof der Karlsburg gewesen sein, allein es war so viel Volk anwesend, dass man meinte, die trutzige Burg müsse bersten. Für uns einfachen Soldaten gab es keine Möglichkeit, dem Zeremoniell aus nächster Nähe beizuwohnen. Aber wir haben uns alles haarklein erzählen lassen.“

„Wie, Georg Friedrich ist nicht mehr unser Markgraf?“, fragten die Zuhörer irritiert. Diese Neuigkeit war ihnen noch nicht zu Ohren gekommen.

„Nein, sein Sohn Friedrich ist jetzt unser Fürst“, erklärte Bernhard Jörger, zufrieden über die Wirkung seiner Worte.

„Zumindest, soweit wir davon Kenntnis haben“, fiel Jakob Drabold ein. „Aber vielleicht stimmt ja auch das schon nicht mehr. In diesen launischen Tagen ändern sich die Dinge unter Umständen schneller als man sie begreifen kann."

„Wie dem auch sei", fuhr Jörger mit seinem Bericht fort, „Georg Friedrich hat jedenfalls feierlich gelobt, sein Leben künftig dem Soldatentum zu widmen. Er schwor, nicht allein dem evangelischen Bekenntnis zum endgültigen Durchbruch zu verhelfen und die von den katholischen Widersachern bedrängte Pfalz retten zu wollen, nein, er erklärte auch ausdrücklich, dass er die Erben des unglücklichen Eduard Fortunat zermalmen werde."

Bei diesen Worten ging ein Raunen durch die Menge.

„Das hat er wirklich gesagt? Das sind starke Töne!"

Jörger nickte. „Zu starke, wie sich leider herausstellte. Aber der Reihe nach: Um dieses edle Werk sogleich in die Tat umzusetzen, wurden wir wenige Tage nach Georg Friedrichs Abdankung in Marschformation gruppiert. Wahrhaftig ein prächtiges Bild, all die kampfesmutigen Männer, zwanzigtausend an der Zahl! Auf beinah zweitausend Wagen wurden Proviant, Pulver, Waffen und Schanzzeug mitgeführt. Vor allem die Artillerie war mit sage und schreibe vierzig starken Geschützen bestens aufgestellt. Georg Friedrich selbst führte das Heer an, und wir brannten darauf, seinem Vorbild nachzueifern und uns als tüchtige Soldaten zu beweisen. Botschafter hatten die Kunde überbracht, dass das Heer des Pfalzgrafen und böhmischen Königs unter Ernst von Mansfeld bei Germersheim den Rhein überschritten hatte, um einen Angriff auf die Residenz Heidelberg abzuwehren, und nun bei Bruchsal lagerte. Dorthin zogen dann auch wir, damit sich die beiden Heere vereinigten. Wir trafen die Mansfeldischen Truppen im Siegestaumel, sie feierten ihren wenige Tage zuvor bei dem kleinen Flecken Mingolsen errungenen glänzenden Triumph über den Feind Johann von Tilly. Ihre Siegesfreude steckte uns alle an, und wir waren nun umso begieriger, selbst bald den Gegner zu treffen. Der hatte einstweilen das Hasenpanier ergriffen und sich nach Osten abgesetzt. Unsere vereinigte, nun an die siebzigtausend Mann starke Armee nahm die Verfolgung auf. Wo wir auch hinkamen, trafen wir Tod und Verwüstung an. Die rasenden Landsknechte des feindlichen Heeres rächten sich für ihre Niederlage auf entsetzliche Weise an dem armen, unschuldigen Landvolk, das Hab und Gut, Leib und Leben geben musste. Kaum ein Dorf, das nicht geplündert, kein Hof, der nicht zu

Asche verbrannt war. Das zu sehen, spornte unseren Zorn und unseren Kampfeswillen nur noch mehr an."

Die Zuhörer hingen gebannt an den Lippen des Erzählers. „Aber wie konnte es kommen, dass eine solch mächtige und gut ausgestattete Armee von siebzigtausend Mann letztendlich einem derart geschwächten, geschlagenen Haufen unterlag?", warf einer ein.

„Das hatte mehrere Ursachen", erklärte Ell. „Zum einen war die katholische Armee gar nicht so geschwächt, wie wir alle dachten. Während wir mühsam unsere vierzig Geschütze durch den Kraichgau rollten und starker Regen, der alle Wege in Schlammpfützen verwandelte, uns schwer zu schaffen machte, hatte der Gegner Zeit, sich in seinem Heerlager am Neckar zu erholen und seine Truppen neu aufzustellen. Was wir bis dato noch nicht ahnten: Er hatte Verstärkung durch den Spanier Cordoba erhalten. Das merkten wir erst, als die Schlacht schon in vollem Gange war."

Jörger ergänzte: „Außerdem waren wir zum Zeitpunkt des Aufeinandertreffens keine siebzigtausend mehr. Denn Mansfeld hatte sich kurz zuvor mit seinem Heer von dem unseren wieder getrennt. Warum das geschah, kann ich mir bis heute nicht erklären. Vielleicht plante Mansfeld, dem Feind in den Rücken zu fallen und ihn so in die Zange zu nehmen. Das ist jedoch nicht geschehen."

„Man hörte auch, dass sich Mansfeld und Georg Friedrich nicht grün waren und sich nicht einigen konnten, wer den Oberbefehl über das vereinigte Heer haben sollte", meldete sich Drabold zu Wort. „Ob daran etwas Wahres ist, weiß ich freilich nicht."

„Trotz allem", fuhr Jörger fort, „sah es anfangs gar nicht schlecht für uns aus. Am entscheidenden Tag konnte unsere überlegene Artillerie die feindlichen Angriffe zunächst zurückschlagen. Unsere Karren waren als Schutzwall gruppiert, und diese Wagenburg war ein mächtiges Hindernis, die uns Fußsoldaten Deckung bot. Fast schien es so, als ob Tilly den Waffengang scheute, denn außer ein paar unbedeutenden Scharmützeln tat sich am Tag der Entscheidungsschlacht lange Zeit gar nichts. ‚Na, wenn das alles ist', dachte ich bei mir, ‚ist das Leben als Landsknecht gar nicht so schlecht'. Ich malte mir bereits einen schönen Feierabend aus, denn es war bereits später Nachmittag, da erschütterte ein ungeheurer Schlag die Luft, wie ich ihn in meinem Leben noch nie gehört und gefühlt hatte. Die Erde bebte, und auf der Stelle fiel ich wie ein gefällter Baum zu Boden. Als ich nach dem ersten Schrecken wieder zu mir kam, sah ich zu meiner Linken einen gewaltigen Feuerball. Hitze, Lärm, Gestank und das Schreien und Stöhnen Verwundeter und Sterbender raubten mir beinahe die Sinne. Plötzlich war alles in Auflösung. In wenigen Augenblicken war die ganze schöne Ordnung des markgräflichen Heeres zerstört. Wer noch konnte, der floh das Inferno, jeder kannte nur noch die eine Devise, seine Haut zu retten!"

„Später haben wir erfahren, dass durch einen unglücklichen Zufall das Pulverlager des Markgrafen getroffen worden war. Einige hundert Menschen und Pferde waren sofort tot, tausende andere wurden in ihrer heillosen Flucht von den Feinden erschlagen."

„Ich erhob mich zitternd und sah mich um. Neben mir stand Ell, kreidebleich und wie vom Donner gerührt. Der Krempen-Peter lag noch benommen am Boden. Wir zogen ihn hoch, und dann rannten wir um unser Leben. Irgendwann stießen Martin Kachel, Alois Schindler, der Jakob, Benedikt Tschann und Xaver Haug zu uns. Wo die anderen unserer kleinen Badener Gruppe waren, wussten wir nicht. An einem Bach, der sich durch die Regenfälle der vergangenen Tage in einen reißenden Strom verwandelt hatte, stockte unsere Flucht. Es gab nur eine einzige winzige Brücke, vor der sich die Panischen drängten. Plötzlich stolperte der Peter und stürzte. Wir hatten keine Möglichkeit, ihm wieder auf die Beine zu helfen, denn wir wurden von den Nachfolgenden weiter gedrängt. Als ich mich nach ihm umblickte, sah ich ihn blutüberströmt am Boden liegen. Gestürzte wurden einfach niedergetrampelt, von Karren überrollt oder von Pferdehufen zermalmt. In unserem Rücken wütete der Feind und hieb jeden nieder, der ihm vor die Pike kam. So starb Tschann durch den Schwertstreich eines Bayern, der ihm glatt den Schädel spaltete. In ihrer Not sprangen die Fliehenden in die reißenden Fluten, andere wurden von den Nachdrängenden hineingestoßen. So verloren wir auch den Xaver. Wir haben noch versucht, ihn festzuhalten, doch erfolglos. Sofort riss ihn das Wasser mit, und er entschwand unseren Blicken. Wir wissen nicht, was aus ihm geworden ist. Nur wenige haben lebend das andere Ufer erreicht. Alois, Martin, Hans, Jakob und ich hatten Glück und kamen irgendwann über die Brücke. Schon auf dem rettenden Ufer, schickten uns jedoch die Bayern wutentbrannt eine Ladung Pulver hinterher. Sie konnten es nicht ertragen, dass ihnen die Beute so kurz vor dem Fang noch davonlief. Leider hatte Alois das Pech, an dieser Stelle seine Schuldigkeit abbezahlen zu müssen. Eine Kugel traf ihn in den Rücken und tötete ihn auf der Stelle. Wie ein nasser Sack sank er zusammen, und wir konnten nicht anders, als ihn liegenzulassen. Mich erwischte ein Streifschuss am Arm, doch es war keine Zeit, mich darum zu kümmern. Später haben mich meine Freunde notdürftig verbunden." Bernhard Jörger schob bei diesen Worten den Ärmel seines Rocks nach hinten und zeigte eine feuerrote, schwärende Wunde. „Nicht gerade angenehm. Aber zumindest den Rest meiner Haut konnte ich retten. Und wenn man erst mit seinen eigenen Augen gesehen hat, was einem in einer solchen Schlacht alles zustoßen kann, ist das hier das geringste!"

Jörger lachte sarkastisch. Ell übernahm jetzt die Erzählung.

„Auf der anderen Seite des Bachs waren wir tatsächlich in Sicherheit. Wir ließen den Lärm des Schlachtfelds hinter uns. Wir liefen noch eine geraume Weile in südlicher Richtung, bis wir sicher sein konnten, dass uns niemand mehr verfolgte. Bei den ersten Gehöften eines kleinen Dorfs legten wir uns bei Anbruch der Nacht endlich zur Ruhe nieder.

Am anderen Morgen erwachten wir mit knurrenden Mägen. Kein Wunder, hatten wir doch seit dem letzten Mittag keinen Imbiss mehr zu uns genommen. Unser Proviant war verloren, wir hatten nur mehr das, was wir im Kampf am Leibe getragen hatten, und das war herzlich wenig, jedenfalls nichts zum Nagen oder Beißen. Doch zum Glück waren wir im Württembergischen, in Freundesland. Nordheim hieß der kleine, aber treffliche Flecken. Mitleidige Seelen öffneten uns ihre Häuser und ihre Speisekammern, und sie boten uns für ein paar Tage ein Obdach, damit wir uns erholen konnten. Wir logierten zwar nur in einer Scheune, doch das primitive Strohbett dünkte uns köstlich wie des Pfalzgrafen Ottheinrich legendäres Himmelbett bei Euch im *Baldreit*, guter Kachel!" Herzlich klopfte Ell dem Baldreitwirt auf die Schulter. Doch sogleich wurde seine Stimme wieder ernst. „Aber während wir drei dank der guten Hausmannskost schnell wieder zu Kräften kamen, wurde Euer Martin immer schwächer. Wir konnten uns das nicht erklären, bis er uns entdeckte, dass er am Oberarm von einem Splitter getroffen war. Wir hatten wohl gesehen, dass er verwundet war, allein er hatte uns im Unklaren über die Schwere der Verletzung gelassen. Als er uns die Wunde jetzt zeigte, war bereits der ganze Arm vom Brand ergriffen. Der Arm hätte amputiert werden müssen, doch wo hätten wir einen Chirurgen hernehmen sollen? Wir konnten uns ausrechnen, dass im nahen Heilbronn alle Heilkundigen überladen waren mit Verletzten, die vom Schlachtfeld bei Wimpfen in die Reichsstadt gebracht wurden. Wir suchten Rettung beim einzigen Kräuterweib im Dorf, aber ihre Kunst vermochte bei dem elenden Zustand des armen Martin nicht allzu viel. Es war Martins Wunsch, dass er zu den Verwandten nach Pfaffenhofen gebracht werde. Als wir erfuhren, dass es nur ein halber Tagesmarsch bis dorthin sei, verließen wir das gastfreundliche Nordheim. Ein Wirt aus dem Ort musste ohnehin in die Amtsstadt Brackenheim, und so konnten wir den halben Weg auf dem Wagen zurücklegen. In Pfaffenhofen fanden wir alle vier Quartier bei Eurem Schweher. Eure Schwester kümmerte sich aufopfernd um Euren Sohn, aber es war zu spät. Am dritten Morgen nach unserer Ankunft hauchte er sein junges Leben aus. Immerhin durfte er in den Armen seiner lieben Verwandten sterben und musste nicht jämmerlich auf dem Schlachtfeld krepieren. Er ruht jetzt bei den seinen auf dem Friedhof in Pfaffenhofen."

Im Saal war es ganz ruhig geworden. Alle gedachten des lebenslustigen, pflichtbewussten jungen Mannes, den jedermann mochte und den in der Blüte seines Lebens der Tod ereilt hatte. Baldreitwirt Kachel und seine Frau Dorothea weinten still, als sie die Schilderung des Todes ihres jüngsten Sohnes vernahmen.

„Und wir", nahm Jörger den Faden der Erzählung wieder auf, „beeilten uns, nach Hause zu gelangen und sind nach zwei strengen Tagesmärschen auch wirklich angekommen. Und hier sind wir nun, um Bericht zu erstatten. Eines ist gewiss: Diesen 6. Mai werde ich meinen Lebtag nicht mehr vergessen!"

## II

Wider Erwarten blieb das Land von Kriegshandlungen vorerst verschont. Der siegreiche Feldherr Tilly wandte sich mit seinem Heer nach Nordosten, so dass die unmittelbare Kriegsgefahr fürs Erste gebannt war. Dennoch lag, drückend wie die Schwüle dieses Sommers 1622, eine seltsame Anspannung über der Stadt. Alle ahnten, dass die Ruhe trügerisch war. Und in der Tat: Kaiser Ferdinand war nicht länger gewillt, die Besetzung der Markgrafschaft Baden-Baden durch das Haus Durlach hinzunehmen, nachdem sich dieses so offensiv auf die Seite seines Erzfeindes geschlagen hatte.

Am frühen Morgen des 15. September 1622 forderte ein reitender Bote Einlass am Ooser Tor. Er bringe Botschaft aus Wien, die keine Verzögerung erlaube. Eilig schickte der Torwächter zum Stadtknecht, der Stadtknecht verständigte Untervogt Drach, der noch im Nachthemd am Küchentisch beim Morgenimbiss saß. Rasch schlüpfte er in seine Kleider und begab sich eilends in die Kanzlei, um den kaiserlichen Boten zu empfangen. Der übergab mit einer steifen Geste ein mit dem Siegel der kaiserlichen Kanzlei versehenes Schreiben. Drach nahm es an sich, entließ den Boten und schloss die Tür. Mit klopfendem Herzen drehte er den Brief unschlüssig in den Händen. Er ahnte, welchen Inhalts er sein würde, und dass dieser Inhalt schwerlich nach seinem Geschmack sein würde. Endlich fasste er sich ein Herz und erbrach das Siegel. Langsam entfaltete er das Blatt und begann zu lesen: „Wir Ferdinand der Zweite, von Gottes Gnaden erwählter römischer Kaiser, zu allen Zeiten Mehrer des Reichs, in Germanien, zu Ungarn, Böhmen und Dalmatien, Kroatien und Slowenien, Erzherzog zu Österreich, Herzog zu Burgund et cetera, et cetera, et cetera …" Drach überflog die ersten Zeilen mit der endlosen Titulatur, um zum eigentlichen Inhalt des Schreibens zu kommen. „… Demnach wir unserem ehrwürdigen lieben Getreuen, Wilhelm Markgraf zu Baden-Baden, auf dessen vielfaches bittlich bei uns Einkommen, ihn in sein väterliches Erbe zu restituieren, auch auf des Reichshofrats nach ausgiebigem Deliberieren erfolgten endlichen Spruch, dass die Besetzung der Oberbadischen Lande durch den Markgrafen von Baden-Durlach nicht statt habe, sein anererbtes Fürstentum und Länder wiederum mit Recht zugesprochen und ihn mit Urkund de dato Wien den 26. August 1622 darin immittiert haben, also verordnen wir, dass ihr fürterhin nur noch Markgraf Wilhelm von Baden-Baden als eurem rechtmäßigen Landsherren dient und ihm Pflicht tut, ihr zugleich des Eides auf das Haus Baden-Durlach entbunden seid …" Es folgten einige konkrete Anweisungen, wie sich die Beamten bis zum Eintreffen der neuen Administration zu verhalten hätten. Sie sollten wie gewohnt ihre Pflicht tun, insbesondere weiterhin die Steuern und Abgaben einziehen, jedoch bei Androhung harter Strafen alles unterlassen, was dem Hause Baden-Durlach zum Nutzen und Markgraf Wilhelm von Baden-Baden zum Schaden sei. Drach ließ den Brief sinken. Ihm schwindelte. Seit beinahe einem Vierteljahrhundert war er Untervogt in dieser Stadt. Er hatte seine Aufgaben stets zum Besten der Gemeinde ausgeführt und war ein loyaler Beamter seines Fürsten gewesen. Jetzt sah er mit einem Schlag seine berufliche Zukunft zerrinnen.

Es brauchte eine ganze Weile, bis Drach sich soweit gefasst hatte, dass er den Stadtknecht beauftragen konnte, die Ratsherren und den Bürgermeister auf die Kanzlei zu rufen, um sie über den Regierungswechsel zu informieren.

Als Hans seiner Anna am Abend über die Unterredung bei Untervogt Eusebius Drach Bericht erstattete, war er der Verzweiflung nahe. Nicht genug, dass die Geschäfte äußerst schlecht liefen, seit die Armeen das nahegelegene Elsass und die angrenzende Markgrafschaft Baden-Durlach verwüsteten und den überregionalen Handel beinahe zum Erliegen gebracht hatten. Nicht genug, dass das Land unter einer nie gekannten Teuerung ächzte, sodass kaum jemand mehr Geld für Gewürze übrig hatte, wo doch schon das tägliche Brot ein vielfaches dessen kostete, was es in Friedenszeiten wert gewesen war. Nun stand durch den Regierungswechsel auch seine ganze Reputation als Ratsherr und angesehenes Mitglied der evangelischen Gemeinde auf dem Spiel.

„Seltsam", sagte Anna. „Ich fühle mich fast erleichtert, nun, da die bedrückende Unsicherheit des Sommers zu Ende ist und wir endlich wissen, was auf uns zukommt."

Hans blickte sie überrascht an: „So kann man es natürlich auch sehen ..."

„Nun können wir uns wappnen gegen alles, das da kommt. Gott wird die seinen nicht verlassen. Und wer weiß, vielleicht wird es ja gar nicht so schlimm. Womöglich tun wir Markgraf Wilhelm Unrecht und er zeigt sich als ein aufgeschlossener Fürst, der die Sorgen und Nöte ALLER seiner Untertanen ernst nimmt, unabhängig von der Konfession. Solche Herrscher soll es schließlich geben." Es sollte aufmunternd klingen, doch Anna wusste selbst, dass sich ihre Worte wenig überzeugend anhörten.

Hans jedenfalls nickte nur skeptisch und meinte matt: „Ja, wer weiß."

Wenige Tage später ritt erneut ein Fremder durch das Ooser Tor. Er trug einen langen, dunklen Wollmantel mit bauschigen Ärmeln, darüber locker einen kurzen Umhang aus Feh, über welchem wiederum ein gestärkter weißer Kragen lag. Unter seinem Reisehut ließ sich halblanges, leicht gekräuseltes rotblondes Haar sehen. Der Mann trug einen spitzen Kinnbart und einen an den Enden leicht nach oben gezwirbelten Schnurrbart, der die Partie unter der Nase aussparte. Sein ohnehin schlankes Gesicht wirkte durch diese Barttracht noch hagerer, und die eng stehenden Augen unter buschigen Brauen gaben ihm beinahe etwas dämonisches. Seine kerzengerade Haltung sollte aristokratisch sein, doch wirkte seine ganze Erscheinung manieriert. Er machte sich nicht die Mühe, am Tor abzusteigen. Herablassend hielt er dem Torwächter einen Passierschein vor die Nase, und als dieser das aufgedrückte markgräfliche Siegel nicht sofort erkannte, erklärte er unwirsch: „Ich komme im Auftrag des Statthalters seiner Durchlaucht des Markgrafen Wilhelm. Lass mich hindurch." Erschrocken trat der Torwächter zurück und verneigte sich leicht. Der Fremde machte Anstalten, weiterzureiten. Doch dann hielt er noch einmal an. „He, du!", rief er den Torwächter an, der sofort herbeieilte. „Ich benötige ein gutes Quartier. Welches kannst du empfehlen?"

„Herr, es ist mir untersagt, bestimmte Gasthäuser zu empfehlen."

Der Reiter kniff die Augen zusammen und musterte sein Gegenüber abschätzig. „Dann sag mir: welches ist das vornehmste Quartier in dieser Stadt?"

„Das vornehmste? Das ist der *Greifvogel.* Schon seine Durchlaucht der Markgraf hat dort gegessen ...", sagte der Torwächter jetzt dienstbeflissen.

„Der Markgraf?", unterbrach der Reiter scharf. „Der Markgraf war seit seiner Kindheit nicht mehr hier, Einfaltspinsel!"

„Ja, natürlich, ich meinte ..." Der Torwächter begann zu stottern und senkte die Augen.

„Du sollst nicht meinen! Sag mir stattdessen: dieser *Greifvogel* – ist der Wirt dort ein guter Katholik?"

Der Torwächter trat von einem Bein auf das andere und wagte nicht aufzusehen. Leise sagte er: „Nein Herr, er ist evangelisch. Fast alle Wirte sind evangelisch. Die wenigen katholischen hatten in den letzten Jahren fast kein Auskommen, da ihnen die Gäste ausgeblieben sind. Ihre Häuser sind, nun ja, etwas heruntergekommen, mit Verlaub."

„Soso, heruntergekommen." Die Stimme des Fremden war eisig. „Dann wird es höchste Zeit, dass etwas dagegen unternommen wird. Dagegen und noch gegen vieles anderes, was in dieser Stadt ziemlich heruntergekommen ist!"

„Ja, Herr", erwiderte der Torwächter eingeschüchtert. Der Fremde bedachte den armen Mann mit einem verächtlichen Blick. „Und nun 'raus mit der Sprache. EIN katholisches Gasthaus wird es doch wohl noch geben. Es wird ja nicht jedes Haus von der Pest des Aberglaubens befallen sein?"

„Nein, Herr, natürlich nicht", beeilte sich der Torwächter zu sagen, und nach einigem Nachdenken: „das *Ungemach* ist ein katholisches Haus, das einigermaßen den Ansprüchen einer hohen Kundschaft gerecht werden dürfte."

„Das *Ungemach*?", wiederholte der Reiter argwöhnisch. „Welch außergewöhnlicher Name. Wehe, du verspottest mich. Dann wirst du Ungemach erleben!"

„Ja Herr, äh, nein Herr, ich verspotte Euch nicht. Das Gasthaus heißt wirklich so. Ihr findet es am anderen Ende der Stadt, beim Gernsbacher Tor."

„Nun gut, womöglich ist der Name gar nicht so unpassend." Die Stimme des Fremden klang nun spöttisch. „Ich werde mir dieses Haus anschauen. Und du, du richte dem Vogt aus, dass er unverzüglich in dieses, dieses *Ungemach* komme, damit ich ihm ein eben solches bereite. Sag ihm, er soll sich bei Hofrat Eschbach melden." Ehe der Torwächter einwenden konnte, dass er seinen Platz keinesfalls verlassen dürfe, hatte der Reiter seinem Pferd die Sporen gegeben und war davon geritten. Der Torwächter schaute ihm bestürzt nach. Dann pfiff er einem der auf der Gasse spielenden Buben und hieß ihn, zum Vogt zu laufen und ihm die Mitteilung des Fremden zu überbringen.

Wie ein Lauffeuer verbreitete sich die Nachricht von dem vornehmen Herrn, der im *Ungemach* abgestiegen war, einer seinem Stand und

Auftreten ganz und gar unangemessenen Herberge. Als zudem bekannt wurde, dass Untervogt Drach ihn noch denselben Nachmittag aufgesucht hatte, kannte die Aufregung keine Grenzen. Am Abend hieß Drach einmal mehr die Ratsherren auf die Amtsstube kommen. Er versuchte, Haltung zu wahren, doch konnte er seine Erschütterung nur mühsam verbergen. „Ich habe mitzuteilen, dass Hofrat Matern Eschbach heute im *Ungemach* Quartier bezogen hat. Er kommt als Vorhut des markgräflichen Statthalters Karl von Orscelar, um dessen Ankunft und die des Markgrafen vorzubereiten. Ich bin als Vogt de facto meines Amtes enthoben; alle meine Aufgaben wird vorerst Eschbach übernehmen. Ich soll ihm lediglich mit meiner Ortskenntnis zur Seite stehen, bis er meines Dienstes nicht mehr bedarf. Gleichzeitig bin ich beauftragt, eine Liste aller Häuser zu erstellen, in die die hohen Offiziere einer in Bälde hier zu erwartenden kaiserlichen Armee gelegt werden. Außerdem soll ich die fronpflichtigen Amtsuntertanen zum Schloss beordern, um dieses in einen wohnlichen Zustand zu versetzen." Diese Worte verursachten unter den Ratsherren einen ungeheuren Aufruhr.

„So drohen nun doch Einquartierungen!", rief einer erschüttert, und ein anderer bemerkte, nicht minder erregt: „Frondienste jetzt, wo der Landmann die Weinernte einbringen soll! Dabei ist bereits das Korn durch das Hagelungewitter im Juli fast gänzlich vernichtet! Wenn jetzt auch noch die Traube am Stock verdirbt, so wird der gemeine Mann gleichsam mit Gewalt in sein Verderben gezwungen!"

Hans Weinhag jedoch sagte leise, mehr zu sich selbst: „Karl von Orscelar. Ausgerechnet."

„Du kennst ihn?", fragte Drach.

„Nicht persönlich", erwiderte Hans, „aber Kanzler Breitenacker hat mir oft genug von ihm erzählt, wenn er bei uns zu Gast war. Ihr wisst, dass er ein guter Freund unseres Hauses ist. Orscelar ist Markgraf Wilhelms väterlicher Freund, sein Berater, Rechtsbeistand und Mentor seit vielen Jahren. Er war Breitenackers Widerpart im Prozess vor dem Reichshofrat. Noch jedes Mal trieb es dem Freund die Zornesröte ins Gesicht, wenn er von Orscelars Finten und Schlichen, seinen windigen Argumenten und seiner unfairen Verhandlungstaktik berichtete. Orscelar ist ein Falke, zu keinerlei Kompromissen bereit, ein Flame, der im reformierten Glauben erzogen wurde, aber zum Katholizismus konvertierte."

„Die Konvertiten sind die schlimmsten", murmelte Drach.

Hans Weinhag nickte. „Wir können von ihm kein Verständnis erwarten, wir müssen uns auf das Schlimmste gefasst machen."

Die folgenden Tage sahen eine rege Tätigkeit im Neuen Schloss. Fuhren mit Baumaterial, Möbeln und Inventarstücken rumpelten unablässig über das Kopfsteinpflaster die steile Schlossgasse hinauf und wurden von eifrigen Händen entladen. Vom Marktplatz aus konnten die erstaunten Einwohner der Stadt sehen, wie die Fenster des Palas' weit geöffnet waren, um die frische Herbstluft in die Säle zu lassen, und wie hinter den Fenstern viele gute Geister die Räumlichkeiten bewohnbar machten. Die Handwerker und Kaufleute in der Stadt, deren Geschäfte in den letzten Monaten unter der Teuerung und der Kriegsgefahr beinahe zum Erliegen gekommen waren, hatten mit einem Mal alle Hände voll zu tun. Hofrat Eschbach persönlich tätigte die Bestellungen, sofern die Ortsansässigen die seinen Ansprüchen entsprechenden Waren überhaupt liefern konnten. Auf diese Weise verschaffte er sich zugleich eine Vorstellung über die Verhältnisse vor Ort und lernte die Amtsuntertanen kennen.

Anna saß auf einem Lehnstuhl im rückwärtigen Teil der Weinhag'schen Gewürzhandlung und wiegte ihr jüngstes Enkelkind auf dem Schoß, dabei leise ihr Lieblingslied singend: „Auf meinen lieben Gott trau ich in Angst und Not; der kann mich allzeit retten …" Die Kleine, die eben noch nach einem Sturz geweint hatte, hörte aufmerksam zu, und Anna freute sich, dass das Lied offenbar auch auf das Kind beruhigend wirkte, so wie es sie selbst schon so oft getröstet hatte. In diesem Moment ging die Ladentür auf. Anna hob den Kopf und erblickte einen ihr fremden Mann. Sie wunderte sich nicht darüber; seit der Verkündigung des Regierungsantritts Markgraf Wilhelms waren allerhand fremde Leute in die Stadt gekommen. Seiner Kleidung nach, so schätzte Anna, musste dieser hier ein Hofbeamter sein. Der Eintretende hatte die letzten Takte des Liedes noch vernommen, und seine Gesichtszüge verhärteten sich. Ohne einen Gruß fragte er: „Ist der Herr des Hauses da?"

„Oh, guten Tag, mein Herr." Anna setzte das Kind auf den Boden und erhob sich zur Begrüßung. „Nein, mein Ehegatte ist momentan außer Haus, aber sagt mir Euer Begehr, ich kann Euch ebenso gut bedienen!"

Trotz Annas höflicher Anrede wurde der Ausdruck des Fremden nicht freundlicher, und Anna fühlte sich sofort unwohl unter seinem taxierenden Blick.

„Du bist Anna Weinhag, Ehefrau des Ratsherrn Hans Weinhag?"

Anna nickte, insgeheim verärgert über die herablassende Anrede.

„Dein Mann handelt mit Gewürzen?"

„Ja, wir betreiben eine Gewürzhandlung", konnte sich Anna die Richtigstellung nicht verkneifen und ergänzte gedanklich: „wie man unschwer sieht."

Der Mann blickte sich um. „Ein gut sortiertes Geschäft – es lässt sich wohl einiges verdienen mit der Würzkrämerei?"

Täuschte sich Anna, oder lag in seiner Stimme ein lauernder Unterton? „Man tut was man kann", sagte sie leichthin. „Um ehrlich zu sein, die Geschäfte liefen schon besser. Der Krieg und die Teuerung … Aber ich will nicht undankbar sein und klagen. Wir sind sicher nicht die einzigen, die darunter leiden." Anna versuchte, unbefangen zu klingen, obwohl ihr dieser unbekannte Kunde äußerst unangenehm war. Der öffnete eine Schublade und fächelte sich den Duft des darin enthaltenen Gewürzes zu.

„Kreuzkümmel", erklärte Anna. „Wenn Ihr noch mehr Kostproben wollt, so sagt es mir, und ich öffne die Schubladen für Euch." Sie ärgerte sich über die Eigenmächtigkeit des Kunden. Dieser lächelte und sagte leise, wie zu sich selbst, aber durchaus mit Bedacht, dass Anna es hörte: „Man könnte zwischen all den Gewürzen auch allerlei anderes verstecken, Liebespulver, Arsenik, Krötenextrakt …"

„Man könnte", entgegnete Anna kühl, „aber man tut es nicht als guter Christ! Wenn Ihr solche Waren braucht, so müsst Ihr einen anderen Krämer suchen."

Der Unbekannte tat, als habe er den letzten Satz gar nicht gehört. Dafür griff er umso listiger den vorhergehenden auf: „Ihr seid also katholisch?"

Anna blickte dem Mann geradewegs in die Augen. „Nein, evangelisch, wie die Mehrzahl der hiesigen Bürger."

Gedehnt sagte der Mann: „Das ist schade, sehr, sehr schade. Aber wir werden sehen …" Plötzlich verfiel er in einen geschäftsmäßigen Ton: „Ich werde den markgräflichen Koch zu dir schicken, er braucht Gewürze für die Hofküche – natürlich nur allerbeste Qualität. Ich hoffe, damit könnt ihr dienen. Die Rechnung für seine Einkäufe schicke aufs Rathaus, mit Vermelden, Dr. Eschbach habe dich angewiesen. Der Stadt wird es ein Vergnügen sein, dem Markgrafen als Willkomm einen Vorschuss zu gewähren." Damit wandte er sich um und verließ den Laden. Anna stand wie vom Donner gerührt und schaute ihm fassungslos nach. Das war also des Markgrafen Hofrat. Und er war bestimmt nicht gekommen, um sich nach Gewürzen zu erkundigen.

Als Hans nach Hause zurückkehrte, erzählte ihm Anna erregt von dem unangenehmen Besuch.

Hans war sofort alarmiert: „Eschbach persönlich war hier?"

„Ja, ein ganz und gar unsympathischer Mensch. Ich werde den Verdacht nicht los, dass sein Besuch nur ein Vorwand war, um uns auszuspähen. Ich hatte den Eindruck, als sei es für ihn am wichtigsten zu erfahren, welcher Konfession wir angehören. Aber egal, früher oder später hätte er es sowieso mitbekommen. Und ich habe ohnehin nicht vor, aus unserer Konfession einen Hehl zu machen. Anders als die Opportunisten, die schon jetzt in vorauseilendem Gehorsam beginnen, ihr Fähnchen nach dem neuen Wind zu hängen. Ist dir noch nicht aufgefallen, dass einige Damen schon seit längerem nicht mehr zum Hauskreis erschienen sind?

Und dann die Anweisung, die Rechnung aufs Rathaus zu schicken. Das ist doch mehr als seltsam. Weißt du etwas davon, wurde im Rat darüber gesprochen?" Hans schüttelte sprachlos den Kopf.

Doch bald sollte er erfahren, dass auch alle anderen Handwerker und Kaufleute, bei denen der Hofstaat Waren orderte, angewiesen waren, es ebenso zu tun. Innerhalb weniger Tage liefen Rechnungen im Wert von zweitausend Gulden auf, und dem Bürgermeister blieb nichts anderes übrig, als das Stadtsäckel zu öffnen und den immensen Betrag vorzustrecken.

Anfang Oktober traf Baron Heinrich Karl von Orscelar in Baden ein. Er bezog den Kavaliersbau im Neuen Schloss und hielt dort Hof. Nach und nach trafen nämlich Gesandte aller katholischen Herrscherhäuser, von Klöstern und Ordensniederlassungen der engeren und weiteren Umgebung und befreundeter Städte ein, um dem Markgrafen zum Regierungsantritt und seiner Restitution zu gratulieren. Da dieser jedoch noch abwesend war, nahm Orscelar die Glückwünsche huldvoll und demonstrativ entgegen, ein Vorgang, der unter den Einwohnern Badens großes Befremden hervorrief.

Am 25. Oktober 1622 zog Markgraf Wilhelm höchstselbst mit großem Gefolge und Prunk in Baden ein. Mit ihm in der prächtig dekorierten fürstlichen Kutsche, die von sechs Schimmeln gezogen wurde, saßen Baron von Orscelar und ein katholischer Priester. Die Einwohner waren angewiesen, vom girlandengeschmückten Ooser Tor an bis zum Marktplatz Spalier zu stehen, eine Anordnung, die nicht nur Hans und Anna Weinhag mit gemischten Gefühlen befolgten. Bei vielen anderen jedoch überwogen die Neugierde, den neuen Landesherrn persönlich zu sehen, und die unbekümmerte Freude an dem prächtigen Schauspiel des fürstlichen Aufzugs. Die wenigen katholischen Einwohner der Stadt ließen dem Ausdruck ihrer tiefsten Befriedigung freien Lauf. Hinter dem Zug schloss sich das Spalier, und die Menschen folgten der Prozession bis zum Marktplatz, wo sich die gesamte Einwohnerschaft versammelte. Die Kutsche des Markgrafen hielt vor dem Rathaus. Bürgermeister Fortenbach empfing den Fürsten mit einer tiefen Verbeugung. Dann öffnete er das Portal und geleitete den Markgrafen auf den Balkon. Vom Balkon herab versprach Wilhelm der auf dem Marktplatz versammelten Menge in aller Form, die städtischen Privilegien zu achten, so, wie es vor ihm schon viele Markgrafen getan hatten. Dann nahm er die Huldigung seiner Untertanen entgegen.

Nach dem Zeremoniell gingen die meisten Bürger still nach Hause. Normalerweise folgte auf die Inthronisation eines neuen Fürsten ein fröhliches Fest, bei dem in den Gasthäusern noch bis weit in die Nacht hinein gezecht und gefeiert wurde. Doch diesmal waren nur die Katholiken in Feierlaune. Sie kehrten im *Ungemach* ein, dessen Wirt sein neues Glück und den Aufschwung, der seinem bescheidenen Gasthaus offenbar bevorstand, noch gar nicht fassen konnte.

## III

Einige Tage nach den Huldigungsfeierlichkeiten war Anna zusammen mit Tochter und Schwiegertochter in der Küche im rückwärtigen Teil des Hauses mit der Zubereitung von Quitten-Latwerge beschäftigt. Das war eine anstrengende Arbeit, denn das Zerkleinern der harten Früchte ermüdete schnell die Arme, weshalb jede helfende Hand wertvoll war. Zudem lag vor den drei Frauen eine lange Nacht, da die Quitten mehrere Stunden lang bis in den frühen Morgen hinein in dem großen Kupferkessel über dem offenen Feuer zu Mus gekocht und dabei ständig umgerührt werden mussten, damit der Obstbrei nicht einbrannte. Trotzdem liebte Anna diese Arbeit. Wie dufteten die warmen Quitten im ganzen Haus, und nicht nur die Früchte, sondern auch die Gewürze, die zu jedem guten Latwerge gehörten! Annas Latwerge war für sein besonders feines Aroma bekannt; kein Wunder, konnte sie doch auf erlesene und frische Gewürze aus dem eigenen Laden zurückgreifen, und sie experimentierte gerne mit neuen Rezepturen. Auch war das Herdfeuer in der beginnenden kalten Jahreszeit kein unangenehmer Ort, um den Abend und die Nacht zu verbringen. Während sich die drei Frauen beim Rühren abwechselten, erzählten sie einander Geschichten, scherzten oder sangen fröhliche Lieder.

Plötzlich verstummte Anna. Hatte sie nicht soeben ein leises Rufen gehört? Sie bedeutete den beiden anderen, ebenfalls still zu sein, und lauschte angestrengt. Richtig, da rief jemand ihren Namen. Auch Susanna und Euphrosina hatten es gehört. Verwundert schauten sie sich an. Was mochte dies bedeuten, zu dieser späten Stunde, wo keiner ohne Not sich mehr in den Gassen aufhielt? Zudem kam die Stimme vom Hinterhof her, der von der Straße aus keinen Zugang hatte. Ein drittes Mal drang das Rufen zu ihnen in die Küche. Es war eine Frauenstimme, sie klang flehend – doch konnte es nicht auch eine Falle sein? Anna schickte ihre Tochter, um Hans und Martin zu holen, die in der Stube über der Buchhaltung saßen. Die beiden Männer kamen sofort. Anna drückte Hans eine Lampe in die Hand, Martin griff sich ein Messer vom Küchenbord. Sie stiegen die Treppe hinab ins Erdgeschoss. Vorsichtig öffnete Hans die zum Hof führende Tür einen Spalt breit.

„Hallo?“, fragte er leise in die Nacht. „Ist da jemand?“

„Meister Weinhag?“, ließ sich die Stimme vernehmen.

„Ja!“

Eine schmale Gestalt löste sich von der Hofmauer und trat schnell auf die Türe zu. Martin umklammerte das Messer fester.

„Ich bin es, Regina Daler“, sagte die Stimme. Die Tochter des Pfarrers schlug das Tuch zurück, das sie sich um den Kopf gewickelt hatte, und

Hans erkannte sie im flackernden Licht seiner Lampe. Jetzt wusste er auch, wie sie in den Hof gekommen war. Regina Daler und seine Tochter waren ungefähr gleich alt und Freundinnen, die als Kinder oft im Hof gespielt hatten. Regina wusste deshalb, dass die Hofmauer an einer Stelle etwas eingestürzt war, so dass man sie von einer Nebengasse zwischen den Häusern aus leicht überklettern konnte.

„Jungfer Regina“, sagte Hans erstaunt, „was um alles in der Welt tut Ihr um diese Zeit und bei dieser Witterung noch draußen?“

„Vater schickt mich“, erklärte die junge Frau. „Wir brauchen eure Hilfe!“ Hans öffnete die Türe ganz, und Regina schlüpfte schnell hindurch.

Die Männer führten den späten Gast hinauf in die Küche zu den Frauen. Anna, Susanna und Euphrosina waren nicht weniger erstaunt als er, als sie Regina erkannten. Susanna trat geschwind auf die Freundin zu und begrüßte sie mit einer herzlichen Umarmung. Dann fragte sie beunruhigt: „Was ist denn geschehen?“

„Schon seit einigen Tagen können wir nicht mehr auf die Straße, ohne vom Pöbel angespuckt zu werden. Auf Schritt und Tritt verfolgt uns eine Horde Straßenbuben, die uns verspotten und mit Steinen bewerfen. Und anstatt sie zu tadeln, ermutigen ihre Eltern sie noch zu solchem Tun. Das ist schon schlimm genug, doch könnte man es mit Gottes Hilfe aushalten. Seit drei Tagen jedoch versammelt sich allabendlich eine stetig wachsende Menschenmenge vor dem Pfarrhaus, sie rufen Schmähworte und drohen mit Dreschflegeln und Mistgabeln. Von Tag zu Tag werden sie aggressiver, sie drohen, uns auf offener Straße zu meucheln, sollte sich einer von uns vor die Türe wagen. Die Mutter ist schon ganz krank vor Angst. Heute Abend nun haben sie mit Gewalt die Türe aufzubrechen versucht. Gott sei Dank hielt das solide Eichenholz stand, doch wie lange noch? Unsere Bleibens ist nicht mehr hier“, brachte sie bebend hervor. „Vater hat entschieden, die Stadt zu verlassen, um unser Leben zu schützen. Und er hat mich gebeten, euch um Hilfe zu bitten. Denn wir brauchen noch ein paar Tage, um unsere Geschäfte zu ordnen. Das Pfarrhaus ist aber kein sicherer Platz mehr, deshalb soll ich fragen, ob ihr uns armen Flüchtlingen Obdach gewähren könnt, bis wir für die Reise gerichtet sind.“

„Wie bist du unbemerkt hierhergekommen?“, unterbrach Susanna.

„Ich habe mich zur Hintertüre hinausgeschlichen, bin im Schutz von Nacht und Nebel hierher gerannt, und jetzt stehe ich da, um euch Vaters Bitte zu überbringen."

Fassungslos hatten die Weinhags zugehört. Anna nahm das arme Mädchen voll Mitleid in die Arme. „Selbstverständlich werden wir euch allen Schutz gewähren, den ihr braucht! Sage deinen Eltern, sie sollen zu uns kommen, solange es noch nicht zu spät ist. Wir bieten euch gerne einen Unterschlupf!"

Dankbar schaute Regina Hans und Anna an. „Dann werde ich jetzt gleich nach Hause zurücklaufen und den Eltern die gute Nachricht überbringen. Ich komme später wieder und bringe alle mit." Sie schlug wieder das Tuch um den Kopf, Hans begleitete sie zur Hintertür, und auf dem selben Wege, wie sie gekommen war, lief Regina zurück zum Pfarrhaus.

„Soweit ist es schon gekommen, dass man keinen Respekt mehr hat vor einem Pfarrer! Na, das kann ja noch heiter werden", sagte Anna zornig in die Runde. Hans, Martin und Susanna waren ebenso aufgebracht wie sie. Nur Euphrosina hatte die ganze Zeit am Herd gestanden und rührte auch jetzt noch geradezu verbissen im Quittenmus. Sie hatte die Lippen aufeinander gepresst und beteiligte sich nicht an dem erregten Gespräch. Erst jetzt fiel es den anderen auf.

„Euphrosina?", sprach Anna die Schwiegertochter an, aus der es plötzlich herausfuhr: „Ihr bringt uns in Teufels Küche, wenn Ihr den Pfarrer und seine Familie hier aufnehmt. Ja, es ist schlimm, dass er fliehen muss, aber ist das unser Problem? Müssen wir uns zu Fluchthelfern machen? Sollen wir gleich von Anfang an bei der neuen Herrschaft verschrien sein?"

„Aber Euphrosina", beschwichtigte Martin, vollkommen überrascht von dem Ausbruch seiner jungen Frau. Doch die entzog sich ihm mit einer heftigen Bewegung. Mit einer Geste zum Kinderzimmer hin sagte sie: „Wir haben Verantwortung für unser Kind, da kann man doch nicht so unbedacht sein!"

„Aber Euphrosina", wiederholte Martin sanft, „es ist unsere christliche Pflicht, einem Menschen in Not zu helfen! Es werden ja nur ein paar Tage sein, bis sich eine sichere Möglichkeit zur Flucht gefunden haben wird. Und es muss niemand erfahren, dass Pfarrer Daler und seine Familie bei uns Asyl gefunden haben." Euphrosina war nicht zu überzeugen.

Sie wandte sich ab und schnaubte wütend, doch sie wagte es nicht, die Entscheidung ihrer Schwiegereltern weiter zu kritisieren.

Anna besprach mit ihrer Tochter, dass diese für die kommenden Tage bei der Magd schlafen und ihre Kammer für die Schutzsuchenden freimachen solle. Susanna tat dies von Herzen gerne, wenn sie damit nur der Familie ihrer Freundin einen Dienst erweisen konnte. Sie verließ sogleich die Küche, um alles entsprechend herzurichten. Anna und Euphrosina kümmerten sich, schweigend jetzt, wieder um das Latwerge. Von Zeit zu Zeit warf Anna ihrer Schwiegertochter einen forschenden Blick zu. Ihr Ausbruch hatte Anna verwundert. Noch nie hatte sie die zurückhaltende, ernste Euphrosina so aufgebracht erlebt. Noch immer war ihr deutlich anzusehen, dass sie nicht damit einverstanden war, dass die Pfarrersfamilie im Haus Quartier finden solle. Doch keine der beiden Frauen sprach das Thema nochmals an.

In warme Mäntel gehüllt, waren Hans und Martin hinunter gegangen und hatten an der Hintertüre Wache bezogen, um bereit zu sein, wenn Pfarrer Daler und seine Familie kämen. Sie mussten lange warten. Längst hatte der Nachtwächter Mitternacht verkündet, als sie endlich leise Schritte vernahmen. Regina, ihre Mutter und die zwölfjährige Alexandrina huschten durch den Hof auf die Türe zu. Jede von ihnen trug ein dickes Bündel, in das sie ihre wichtigsten Habseligkeiten gepackt hatten. Hans und Martin liefen ihnen entgegen, um ihnen ihre Last abzunehmen. „Vater kommt nach“, wisperte Regina, „und auch ich werde noch einmal laufen, um weiteres Gepäck zu holen.“ Flink wie ein Wiesel huschte sie wieder davon, nachdem sie Martin ihr Bündel in den Arm gedrückt hatte. Martin und Hans führten die beiden anderen Frauen hinauf in die Küche. Die Pfarrersfrau war sichtlich mitgenommen. Sie seufzte ein ums andermal und ließ sich völlig erschöpft auf eine Bank sinken. Susanna nahm einen Becher vom Bord und schenkte ihr einen kräftigen Wein ein, den sie hastig hinunter trank. Danach kehrte ein wenig Farbe in ihre Wangen zurück. Auch Alexandrina stand die Furcht ins Gesicht geschrieben. Sie kauerte sich an ihre Mutter und starrte still ins Feuer, wo Euphrosina noch immer schweigend das Latwerge umrührte.

„Wir kommen zu einem ungünstigen Moment, nicht wahr?“, sagte die Pfarrersfrau endlich, auf den Kupferkessel mit dem Obstmus deutend.

Anna zuckte mit den Schultern. „Für eine Flucht gibt es nie einen günstigen Moment. Und so waren wir zumindest noch wach, als Regina kam. Wer weiß, sonst hätten wir sie vielleicht gar nicht bemerkt." Die Pfarrersfrau lächelte dankbar.

„Soll ich euch eure Kammer zeigen?", fragte Susanna, die alles vorbereitet hatte.

„Das ist sehr lieb von dir, gutes Kind", erwiderte die Pfarrerin. „Doch ich warte lieber, bis Regina und mein Mann wohlbehalten hier angekommen sind. Ich könnte sowieso kein Auge zutun. Wenn euch unsere Anwesenheit in der Küche also nicht stört ..." Anna winkte ab.

„Nein, nein, wie könnte uns eure Anwesenheit stören! Schaut uns ein wenig bei der Arbeit zu und ruht Euch aus!" Alexandrina schlief bereits erschöpft mit dem Kopf auf dem Schoß ihrer Mutter.

Noch einmal verging eine endlos lange Zeit, bis endlich Martin und Hans mit Regina und Pfarrer Daler die Küche betraten. Alle schlossen sich in die Arme, erleichtert, dass dieser erste Teil ihrer Flucht so reibungslos vonstatten gegangen war. Nach einem Schlaftrunk legte sich die Pfarrersfamilie in ihrem Gästezimmer zur Ruhe, und auch Anna, Euphrosina und Susanna beschlossen, dass das Latwerge genug gekocht habe und es nun Zeit fürs Bett sei.

Die nächsten Tage vergingen in fieberhaften Vorbereitungen für die Flucht. Die Frauen buken Brot, füllten Tiegel mit Honig, Schmalz und anderen haltbaren Lebensmitteln für mehrere Tage, portionierten Fleisch, befüllten lederne Schläuche mit Wein, Most und Wasser und packten Wäsche und Wertsachen in die Reisetruhen. Die Weinhag'schen Frauen machten Besorgungen auf dem Markt und in den Warenhandlungen, um Fehlendes zu ergänzen. Selbst Euphrosina war eifrig bei der Sache – fast schien es, als hoffe sie, die ungebetenen Gäste desto schneller loszuwerden. Die Pfarrerstochter Regina traute sich noch zwei Mal ins verwaiste Pfarrhaus, um noch einige persönliche Gegenstände zu holen. Jedes Mal erwarteten die Zurückgebliebenen bange ihre Rückkehr. Zum Glück schien niemand die in einen schwarzen Umhang gehüllte Gestalt zu bemerken, die im Schutz der Dunkelheit und des Novembernebels durch die Gassen huschte, und niemand hielt sie auf.

Die Männer loteten indessen aus, wohin die Reise gehen könnte, wie sie ins Werk zu setzen, welche Route günstig und wo unterwegs Unterstützung zu erwarten sei. Daler erwog zunächst, nach Durlach zu reisen und am markgräflichen Hof um Hilfe zu bitten. Eine solche Unterstützung, betonte er, könne man ihm als vom Markgrafen eingesetzten Pfarrer doch schwerlich verwehren, zumal er nicht offiziell aus dem Dienst entlassen sei. Hans und Martin gaben ihm grundsätzlich recht, doch äußerten sie Sorge, weil man keine genaue Kundschaft über die Zustände in der Karlsburg habe. Markgraf Georg Friedrich befand sich nach der verheerenden Niederlage von Wimpfen nach wie vor auf der Flucht. Würde man überhaupt eine einigermaßen funktionierende Verwaltung antreffen? Zudem war der Weg gefährlich, lagen doch in allen durlachischen Dörfern kaiserliche Truppen im Winterquartier. Einen Moment lang überlegte Daler, mit seiner Familie in seinen Heimatort Owen im Herzogtum Württemberg zu ziehen. Er wäre dann seinem Ältesten näher gewesen, der zur Zeit an der Juristischen Fakultät in Tübingen immatrikuliert war. Doch angesichts des ersten Schnees auf den Höhen des Schwarzwalds verwarf Daler diesen Gedanken schnell wieder. Schließlich schlug Hans vor, nach Straßburg zu ziehen. In der gut befestigten Stadt wäre Daler vorerst in Sicherheit und könnte in Ruhe die weitere Zukunft planen. Hans bot an, Daler und seine Familie mit seinem zweispännigen Wagen bis Straßburg zu begleiten. Er kannte ja sowohl den Weg als auch die Verhältnisse in der Großstadt. Bei der Suche nach einem Quartier konnte er seine Beziehungen spielen lassen. Die Fahrt würde wie eine Geschäftsreise aussehen und bei einem Kaufmann keinen Verdacht erwecken. Kopfzerbrechen bereitete allerdings, wie die vierköpfige Familie unbemerkt aus der Stadt hinaus gelangen sollte. Doch auch für dieses Problem wusste Hans eine Lösung: den Durchschlupf bei der Inneren Stadtmühle. Dieser Durchlass in der Stadtmauer, der dem Müller den kurzen Weg zum Mühlrad ermöglichte, war zugleich die einzige Möglichkeit, die Stadt zu verlassen, ohne an einem Torwächter vorbeigehen zu müssen. Natürlich war das streng verboten, doch die Gefahr, in der die Familie des Pfarrers stand, rechtfertigte den kleinen Missbrauch. Es bedurfte keiner langen Worte, den Stadtmüller, den ältesten Sohn des damals so tragisch verunglückten Hans Bernhard Geiger, dazu zu bringen, das Törchen ausnahmsweise zu öffnen. Der vergalt gerne den Trost und die Hilfe, die seine Familie seinerzeit in ihren schwersten Stunden von der evangelischen Gemeinde erhalten hatte, an der Familie des Pfarrers.

An einem kalten Tag Mitte November 1622 verabschiedeten sich Daler, seine Frau, Regina und Alexandrine von ihren Gastgebern. Susanna umarmte ihre Freundin lange, Tränen kullerten über ihre Wangen. Auch Anna drückte Daler und seiner Frau tief bewegt die Hände. So viele Kämpfe hatten sie um ihres Glaubens willen gemeinsam ausgefochten, so viele erhebende Stunden zusammen erlebt. Jetzt war ihr gemeinsamer Weg fürs erste beendet. Würden sie sich jemals wiedersehen? Welch ein Schicksal harrte der Pfarrersfamilie? Welches Schicksal harrte ihrer selbst? Wie ungewiss war ihrer aller Zukunft! Sie wünschten sich gegenseitig Glück und Gottes Segen bei allen Dingen, die da kommen sollten.

Durch die Hintertür und über die eingestürzte Hofmauer verließen die Flüchtlinge im Schutz der Dunkelheit noch vor der Morgendämmerung ihr vorübergehendes Asyl auf demselben Weg, den sie gekommen waren. Vom Haus der Weinhags war es nur ein kurzes Stück bis zur Inneren Stadtmühle, wo der Müller die kleine Gruppe zur vereinbarten Zeit erwartete. Schnell huschten alle ins Haus, dann schlüpften sie einer nach dem anderen durch den verbotenen Durchlass in der Stadtmauer.

Der Müller rief ihnen ein leises „Viel Glück“ nach, dann verriegelte er schnell wieder die Türe.

Das Mühlrad befand sich linker Hand vom Durchlass. Rechter Hand floss der Mühlenkanal in einem kleinen Abstand zur Stadtmauer, gerade so breit, dass ein Mensch gehen konnte. Doch der Pfad war gefährlich, da die Uferböschung steil und abschüssig war. Vorsichtig tasteten sich die Fliehenden auf dem durch den Novembernebel erst recht rutschigen Damm Schritt für Schritt voran. Alles ging gut, und wohlbehalten erreichten sie die Ooser Vorstadt. Noch war es ruhig, und keiner bemerkte die vier Personen, die da zu nachtschlafender Stunde durch die Gassen eilten. Schnell ließen sie die Häuser hinter sich. Sie wanderten noch eine Weile stadtauswärts, bis sie zu einem kleinen Eichenwäldchen gelangten, das ihnen Schutz bot. Hier warteten sie auf Hans.

Hans hatte indessen die Pferde vor seinen Wagen gespannt, der mit den unter Decken verborgenen Habseligkeiten der Dalers beladen war. Anna küsste ihn zum Abschied und wünschte ihm viel Glück für die gefährliche Reise. Jetzt galt es, das Ooser Tor zu passieren, ohne Verdacht zu erwecken. Zum Glück warf der Torwächter nur einen flüchtigen Blick auf den Wagen. Im diffusen Licht des anbrechenden Morgens hielt er die Säcke und Kisten, die Hans transportierte, wohl für leer. Wie hätte er auch ahnen können, dass der Gewürzhändler dieses Mal die Stadt mit einem vollen Wagen verließ? Und so passierte Hans das Stadttor unbehelligt als einer der ersten an diesem Tag.

Bei den drei Eichen nahm Hans seine Passagiere auf, und ohne weiteren Verzug ging es Straßburg zu.

Eine Woche später konnte Hans, unversehrt nach Hause zurückgekehrt, von der geglückten Flucht des Pfarrers und seiner Familie berichten.

## IV

Kaum zwei Wochen später wäre es nicht mehr so einfach möglich gewesen, dem Pfarrer, seiner Frau und seinen beiden Kindern unbemerkt zur Flucht zu verhelfen. Es war Untervogt Eusebius Drach persönlich, der als eine seiner letzten Amtshandlungen einen markgräflichen Einquartierungsbefehl überbrachte. Als gebrochener Mann stand er vor Hans und Anna.

Das Haus Weinhag hatte einen kaiserlichen Fähnrich mitsamt seiner Frau, seinen Kindern und seinen Bediensteten – insgesamt acht Personen – ins Winterquartier aufzunehmen. Nur zwei Tage gab man dem Hausherren Zeit, den gesamten ersten Stock, die Beletage, freizumachen. Obwohl es entgegen den Gepflogenheiten war, einem Ratsherrn einen so niedrigen Dienstgrad einzuquartieren, fügten sich Anna und Hans klaglos. Mit großem Aufhebens zogen die dieses Mal wahrhaft ungebetenen Gäste ein. Obwohl Anna und Hans sich bemühten, einen freundlichen Umgangston zu pflegen, machte insbesondere die Frau des Fähnrichs, ein junges, derbes Ding mit frechem Gesicht, Anna vom ersten Tag ihrer Ankunft an das Leben schwer. Ständig hatte sie etwas zu beanstanden und zu fordern. Gleich am zweiten Tag schüttete sie Anna eine Flasche Wein vor die Füße, mit Vermelden, das sei Essig und ihr Mann werde sich den ihm zustehenden Anteil selbst aus dem Keller besorgen, was dieser auch unverzüglich tat, und zwar nicht ohne sich sein Kontingent recht großzügig zu bemessen.

Stundenlang belagerte das dreiste Weib die gemeinsame Küche und bediente sich ungeniert an dem vorhandenen Inventar. Anfangs ließ Anna sie gewähren, doch als sie feststellen musste, dass das benutzte Geschirr kein einziges Mal wieder in Ordnung gebracht war, ja im Gegenteil die junge Frau ganz mutwillig mit dem Hausrat umging, rettete sie alles in ihre Kammer, die nun eher einem Abstellraum denn einem Schlafzimmer glich. Gab die Frau des Fähnrichs die Küche endlich frei, musste Anna regelmäßig zuerst aufräumen, Abfälle und Essensreste entsorgen sowie teilweise noch glimmende Kohlenstücke vom Fußboden fegen. Wenn Anna die junge Frau zur Rede stellte und ihr insbesondere die Feuersgefahr vor Augen führte, erntete sie stets eine freche Antwort. Es sei ja nicht ihr Haus, und wenn es abbrenne, käme ihre Familie vielleicht woanders unter, wo es angenehmer zu wohnen sei. Auch Hans, den Anna eindringlich gebeten hatte, mit dem Fähnrich ein ernstes Wort zu reden, bekam nur unverbindliche Worte: man solle sich nicht so aufregen, seine Frau sei eben noch jung und ungestüm. Und im Übrigen sei Krieg kein Zuckerschlecken, da müsse eben jeder ein wenig zurückstehen. Was er darunter verstand, zeigte er den folgenden Tag, als er ungefragt ein Huhn einfing und es sich zum Abendessen schmecken ließ.

Die Schwiegertochter war Anna keine Hilfe. Vielmehr lag sie ihr mit ständigem Lamentieren und Wehklagen in den Ohren und beschwerte sich bitter über den unglückseligen Zustand im Hause Weinhag. Sie behauptete, die Soldatenfrau, die wenig jünger als sie selbst war, mache ihrem Mann schöne Augen. Als Anna sie beruhigen wollte, dass sie diesbezüglich bei Martin sicher nichts zu befürchten habe, erwiderte sie verächtlich, dass Martin in diesem Punkt ein Mann wie jeder andere sei und Gelegenheit nun mal Diebe mache.

„Da ist es aber nicht mehr weit her mit ehelichem Vertrauen“, dachte Anna bestürzt, verkniff sich aber jeden Kommentar. Ein andermal verstieg sich Euphrosina sogar soweit zu jammern, dass man, wenn man nur katholisch wäre, von diesem Ungemach der Einquartierung verschont geblieben wäre. Anna wies sie ob dieser Worte scharf zurecht, und die Schwiegertochter zog eine beleidigte Schnute. Anna wusste, dass sie sofort zu ihrem Mann laufen würde, um sich bitter über sie zu beschweren.

Nicht nur, dass Anna die Unverschämtheiten des rohen Soldatenweibes ertragen musste, auch der Hausfrieden litt sehr unter der Drangsal der Einquartierung. Doch was sollte sie dem entgegen setzen?

Bei Matern Eschbach brauchte sie sich über das ungebührliche Verhalten der ungebetenen Gäste nicht zu beklagen. Der Hofrat selbst war es ja gewesen, der die Quartierliste, die Eusebius Drach in seinem Auftrag erstellt hatte, so lange hatte abändern lassen, bis sie seinen Vorstellungen entsprach. Zuletzt waren die katholischen Haushaltungen ganz von Einquartierungen verschont – in diesem Punkt hatte Euphrosina sogar Recht. Die höheren Dienstgrade wurden Häusern zugewiesen, von denen Eschbach den Eindruck hatte, dass sie kooperierten. Die renitenten aber, und zu diesen zählte Eschbach offenbar die Weinhags, mussten niedrige Dienstgrade aufnehmen. Auch in den neuen Vogt brauchte sie keine Hoffnung zu setzen. Matern Eschbach hatte es gefallen, ausgerechnet Hieronymus Günth zum Nachfolger von Eusebius Drach zu bestimmen. Es war kaum zu erwarten, dass er, der erbitterte Gegner der Protestanten, sich in irgendeiner Weise für sie verwenden würde. Im Gegenteil konnte Anna sich lebhaft ausmalen, welche Genugtuung es ihm verschaffte, seine Feinde auf alle erdenkliche Art und Weise zu schädigen.

So blieb nichts anderes übrig, als auf das Frühjahr zu hoffen, wenn das Regiment wieder auf die Schlachtfelder und die ungebetenen Gäste ausziehen würden, und einstweilen die materiellen Schäden zu notieren in der Hoffnung, dass sie eines fernen Tages ersetzt würden.

## V

Weihnachten stand vor der Tür. Für die evangelischen Einwohner war es seit vielen Jahren das erste Christfest ohne Pfarrer. Die Katholiken hingegen hatten allen Grund zur Freude, denn sie sahen der ersten heiligen Weihnachtsmesse seit langem entgegen. Seit Pfarrherr Eberhard Häusler vor beinahe zehn Jahren des Landes verwiesen worden war, waren den Katholiken der Stadt nur die Gottesdienste in den Klöstern Lichtenthal und Fremersberg geblieben. Beide Klöster lagen jedoch weit außerhalb der Stadt, was namentlich im Winter sehr beschwerlich war. Der Kirchenbesuch war deshalb immer weiter zurückgegangen. Es war eines der ersten Anliegen Markgraf Wilhelms, seinen Glaubensbrüdern und -schwestern die Teilhabe an der allein seligmachenden katholischen Religion wieder zu ermöglichen. Er hatte deshalb das Jesuitenkolleg in Speyer gebeten, einen Mitbruder nach Baden zu entsenden, der ihn in seinen Bemühungen um die Restitution des katholischen Glaubens unterstützen sollte. Gerne kam der Rektor der Speyerer Niederlassung der Bitte nach, und er traf seine Wahl mit Bedacht: Sie fiel auf Philipp Zinner, einen Sohn der Stadt. 1589 war er in Baden geboren worden, wo sein Vater Vizekanzler unter Markgraf Eduard Fortunatus gewesen war. Als Eduard Fortunatus vertrieben wurde und die Markgrafen von Baden-Durlach die Markgrafschaft Baden-Baden besetzten, musste Zinners Familie den Oberrhein verlassen und zog nach Wien, wo der Vater eine Stelle beim Reichshofrat fand. Philipp erhielt seine Erziehung an der Wiener Jesuitenschule, und mit 17 Jahren trat er selbst der Gesellschaft Jesu bei. Ältere Einwohner Badens erinnerten sich noch gut an den Namen Zinner. Die Katholiken sahen es als gutes Omen, dass jetzt der Sohn eben jenes Kanzlers als Priester in die Stadt zurückkehrte, der damals durch die verhassten Markgrafen von Baden-Durlach vertrieben worden war. Die Hoffnung des Speyerer Rektors war, dass die Badener ihm ihre Herzen vielleicht eher öffnen würden als einem Fremden.

Auch Philipp Zinner selbst betrachtete es als göttliche Fügung, dass gerade er dazu auserkoren war, die Einwohner seiner Geburtsstadt zum rechten Glauben zurückzuführen, die er einst aufgrund eben dieses Glaubens hatte verlassen müssen. Kaum in Baden angekommen, machte er sich mit großem Einsatz an das christliche Werk der Missionierung der vom rechten Glauben abgefallenen Menschen.

Anna Weinhag war erstaunt, als der Jesuit eines Abends an ihrer Haustür klopfte und freundlich um Einlass bat. An der typischen Kopfbedeckung, dem Birett, konnte sie ihn unschwer als Geistlichen ausmachen. „Guten Abend“, sagte er mit gewinnendem Lächeln, „ich bin Pater Zinner, seit kurzem Pfarrer hier in dieser schönen Stadt, und ich möchte gerne meine Schäfchen kennenlernen. Deshalb habe ich es mir zur Gewohnheit gemacht, in den Abendstunden noch ein bisschen spazieren zu gehen und hier und dort anzuklopfen.“

„Was soll das werden?“, dachte Anna unwillkürlich. „Außerdem sind wir nicht deine Schäfchen.“ Doch sie wollte nicht unhöflich sein, schon gar nicht einem geistlichen Würdenträger gegenüber, gleich welcher Religion er war. Deshalb bat sie ihn herein. Außerdem lag etwas in seinem Habitus, das sie neugierig machte.

„Wir müssen mit der Küche vorlieb nehmen“, sagte sie im Hochgehen entschuldigend. „Die gute Stube ist seit einiger Zeit von einem Fähnrich und seiner Familie belegt.“

„Das macht doch nichts. Die Küche ist um diese Jahreszeit kein ungemütlicher Ort. Außerdem“, fügte Zinner mit verschmitztem Zwinkern hinzu, „gibt es dort immer irgendwelche Leckerei.“

Anna konnte nicht anders als zu lachen. „Ja, da habt Ihr Recht!“ Der Schalk saß ihr im Nacken, als sie, in der Küche angekommen, wie zum Beweis eine Schale frischer Quitten-Latwerge auf den Tisch stellte. „Lasst es Euch schmecken!“, forderte sie den Gast auf. „Ich hole einstweilen meinen Mann und meinen Sohn, die noch im Laden sind.“

Als Anna mit den beiden Männern zurück in die Küche kam, hatte Zinner es sich am Küchentisch bequem gemacht und kaute genüsslich an dem Latwerge. „Mmmh“, sagte er genießerisch, „das ist ausgesprochen köstlich! Gerade so wie das, mit dem uns unsere Mutter als Kinder verwöhnte. Das muss am badischen Obst liegen!“ Er steckte sich eine weitere Schnitte in den Mund. „Ach, was sage ich da! Es ist sogar noch viel besser. Das Aroma ist ganz außergewöhnlich! Ich schmecke …“ Zinner schloss die Augen, um sich ganz auf den Geschmack in seinem Mund zu konzentrieren: „Ich schmecke Zimt …, Ingwer …, Kardamom.“

Wieder lachte Anna. „Nun ja, Ihr seid im Haus eines Gewürzhändlers! Aber nun will ich Euch diesen Gewürzhändler auch vorstellen!“

Zinner reichte den beiden Männern die Hand zum Gruß und stellte sich seinerseits vor. Zuletzt sagte er: „Ich komme zwar nicht mit weltlichen Gaben, doch bringe ich Euch Gottes Heil und Segen, wenn Ihr es aus meiner Hand empfangen wollt.“ Das rief Anna ins Bewusstsein zurück, dass es ein katholischer Priester war, der da in ihrer Küche saß und mit dem sie gerade eben fast ausgelassen gescherzt hatte. Sie erschrak. Wie hatte es der Mann bloß geschafft, so schnell ihr Vertrauen zu gewinnen?

Höflich, aber bestimmt sagte in diesem Moment Hans: „Das ist sehr liebenswürdig, aber wir bekennen uns zur evangelischen Religion, und wir bedürfen des geistlichen Beistands eines katholischen Paters nicht."

Trotz dieser deutlichen Abfuhr ließ Zinner es sich nicht anmerken, wenn er sich brüskiert fühlte. Seine freundliche Miene änderte sich nicht, und er sagte mit derselben Liebenswürdigkeit wie zuvor: „Das kann ich gut verstehen. Trotzdem steht mein Angebot, falls ihr irgendwann zu einem späteren Zeitpunkt das Bedürfnis danach haben solltet. Ihr werdet bei mir allezeit ein offenes Ohr finden. Und auch wenn Ihr meiner im Moment nicht bedürft, so möchte ich Euch dennoch einladen, das bevorstehende Christfest mit mir in der Stiftskirche zu feiern. Es soll ein Fest des Friedens und der Versöhnung werden."

Hans antwortete nur mit einem unbestimmten „Wir werden sehen" und beeilte sich, den Gast, der sich bereits zum Gehen vom Stuhl erhoben hatte, zur Tür zu begleiten.

Im Hinausgehen sagte Zinner, zu Anna gewandt: „Wenn Ihr es erlaubt, werde ich gerne von Zeit zu Zeit wiederkommen, um Euch meiner Verbundenheit zu versichern – und vielleicht das eine oder andere Naschwerk zu knabbern." Noch ehe Anna, die sich ertappt fühlte, etwas erwidern konnte, war Zinner draußen.

Euphrosina hatte die ganze Zeit in einem Winkel der Küche gesessen und sich in ihre Näharbeit vertieft. Martin hatte sie dem Jesuiten nur kurz vorgestellt, sie ihn mit einem schüchternen Nicken begrüßt. Kaum hatte Zinner den Raum verlassen, ließ sie sich aus ihrer Ecke vernehmen: „Was für ein beeindruckender Mensch!"

Anna, die sich sehr über sich selbst ärgerte, dass sie sich so leichtherzig ausgerechnet von einem katholischen Priester aus der Reserve hatte locken lassen, sagte schärfer als nötig: „Er ist ein Jesuit!"

„Ja, und er hat uns zur Christmette eingeladen", ergänzte Euphrosina angriffslustig. „Zum Fest des Friedens und der Versöhnung."

„Eine Einladung, die die Angehörigen der Familie Weinhag ausschlagen werden", schnitt Anna ihrer Schwiegertochter das Wort ab. Sie hatte keinerlei Lust, weiter mit ihr zu diskutieren. Sie wandte sich um und ging in den Keller, um nach dem Sauerkraut im Gärtopf zu schauen. In Wahrheit wollte sie allein sein, bis ihr Zorn verraucht war.

Anna, Hans und ihre Familie feierten Weihnachten im kleinen Kreis zusammen mit einigen anderen heimatlos gewordenen Protestanten. In Ermangelung eines Pfarrers verlas Hans die Weihnachtsgeschichte, gemeinsam sprachen sie ihre Gebete und das apostolische Glaubensbekenntnis, und zuletzt beschlossen einige Weihnachtslieder die bescheidene Feier.

## VI

Euphrosina hatte sich der Anordnung Annas zunächst gefügt. Doch ihre Lust, einem Gottesdienst des sympathischen neuen Pfarrers beizuwohnen, war geweckt und wurde immer stärker, je mehr seine bewegenden Predigten zum Gesprächsthema in der Stadt wurden. Für das Fest Maria Laetitia am 5. Juli 1623 plante Pater Zinner eine prächtige Prozession zur Kapelle Maria Linden in Ottersweier. Es sollte ein Ereignis werden, wie es das Land seit vielen Jahrzehnten nicht mehr gesehen hatte, ein Fest für die Augen und für die Seele. Wieder ging Zinner von Haus zu Haus, um die Menschen persönlich zur Teilnahme einzuladen. Und diesmal ließ sich Euphrosina nicht abhalten.

Es war noch finstere Nacht, als sie sich vom ehelichen Lager erhob, sich still anzog und auf leisen Sohlen aus dem Haus schlich. Alle anderen im Hause schliefen noch tief und fest, nicht einmal Martin bemerkte ihr Verschwinden. Die milde Frische des anbrechenden Sommertags umfing sie. Auf den Gassen herrschte bereits reges Treiben. Aus vielen Häusern strömten die Menschen zusammen, der Stiftskirche zu, die feierlich im Licht hunderter Kerzen erstrahlte.

Pater Zinner begrüßte jeden einzelnen am Portal. Er drückte auch Euphrosina freundlich die Hand und überreichte ihr einen Rosenkranz mit hölzernen Perlen. Zögernd nahm sie ihn entgegen. Sie wusste nicht, was sie damit anfangen sollte. Sie bedankte sich hastig und suchte sich einen Platz im hinteren Bereich der Kirche. Das Schiff war bereits gut gefüllt. Scheu ließ Euphrosina die Blicke schweifen. Höchst verwundert und erleichtert zugleich stellte sie fest, dass sie nicht als einzige aus der evangelischen Gemeinde der Einladung des Jesuiten gefolgt war.

In der vordersten Bank erkannte sie zwischen den Hofbediensteten den Markgrafen und seinen Bruder, beide waren ins Gebet versunken. Auch viele andere der Anwesenden murmelten Gebete und ließen dabei die Perlen des Rosenkranzes durch die Finger gleiten. Euphrosina beobachtete diesen ihr unbekannten Ritus neugierig und lauschte den fremden Worten, die aus vielen Kehlen zu den hohen Gewölben der Kirche aufstiegen. Vorsichtig begann sie ebenfalls, die Perlen durch die Finger gleiten zu lassen. Es war ein angenehmes Gefühl; das polierte Holz schmeichelte ihren Händen. Plötzlich erfasste sie ein heiliger Schauer, und sie empfand den inständigen Wunsch, dieses Gebet ebenfalls zu lernen.

Da gab Pater Zinner das Zeichen zum Beginn der Prozession. Auf einen Wink hin begannen vier im Chor positionierte Trompeter auf ihren Instrumenten zu blasen, an denen je ein Banner mit dem Stadtwappen angebracht war. Vier in purpurne Röcke gekleidete Handwerksburschen traten aus der Sakristei. Sie schritten zu einem mit einem Tuch verdeckten Gegenstand vor dem Altar, und zwölf als Engelchen verkleidete kleine Mädchen ließen den hellen Klang von Zimbeln ertönen. Jetzt zog einer der Burschen das Tuch herab. Sichtbar wurde die hölzerne Figur einer weinenden Maria.

Eine Stimme rief laut und voller Überraschung: „Das ist ja unsere Mater Dolorosa!" Auch andere ältere Kirchenbesucher erkannten sie wieder: Die Figur war früher Teil einer Kreuzigungsgruppe gewesen, die jahrhundertelang in einer Seitenkapelle ihren Platz gehabt hatte. Irgendwann war sie verschwunden und bald vergessen. Als sie nun so unerwartet wieder auftauchte, ging ein Raunen durch die Reihen. Wie prächtig sie war! Eigens für die Prozession hatte man sie in seidene, über und über bestickte und reich mit Spitzen verzierte Gewänder gehüllt. Gesicht und Hände waren in frischen Farben gefasst. Verwundert fragte man sich, wo die Figur wohl all die Jahre gelegen und wie sie die Zeit überdauert haben mochte?

„Ein Mirakel, ein Mirakel", murmelten die Leute bewegt. Die vier Burschen hoben mit einem Ruck die Plattform in die Höhe, auf die die Madonna unter einem reich verzierten Baldachin befestigt war, und setzten sich in Richtung Ausgang in Bewegung. An der Spitze des Zugs schritt der Markgraf mit seinen Räten, begleitet von einem Diener, der den Weg kannte und weisen sollte. Danach erhob sich, wie von unsichtbarer Hand dirigiert, eine Gruppe nach der anderen aus den Bänken und reihte sich in den Festzug ein. Euphrosina bestaunte ergriffen das prachtvolle Schauspiel, das sich ihren Augen darbot.

Unmittelbar hinter der Madonnenfigur gingen die Rats- und Gerichtsherren, soweit sie katholisch waren. Evangelische Ratsmitglieder konnte Euphrosina nicht entdecken. Nach ihnen kam die Schützengesellschaft, deren Mitglieder in den Stadtfarben gelb und rot gekleidet waren. Zu ihnen gehörte auch eine Musikantengruppe mit den vier Trompetern. Es folgten die Laienbruderschaft Unsrer lieben Frauen, die vor vielen Jahren an der Stiftskirche bestanden hatte und von Zinner wieder ins Leben gerufen worden war, und die Mitglieder der Zünfte, alle weiß gekleidet. Jeweils einer trug an einer langen Stange das Zunftzeichen. Nach diesen kamen die Schülerinnen und Schüler der Elementarschule, mit denen Pater Zinner in den vorangegangenen Wochen Szenen aus dem Leben Mariens einstudiert hatte, die die Kinder nun in der Prozession darstellten. Dieser Teil des Zugs fand besonders viel Beachtung und Applaus. Auf diese lebenden Bilder folgten die klösterlichen Gemeinschaften von Lichtenthal und vom Fremersberg. Den Schluss bildete das gemeine Volk, sofern es nicht in einer der vorgenannten Gruppen Platz gefunden hatte. In diese Gruppe reihte sich auch Euphrosina ein. Zuhinterst ging Pater Zinner.

Die Prozession führte über Scheuern, Winden, Sinzheim, das Städtchen Steinbach, Müllenbach und Bühl nach Ottersweier. In jedem Ort wurde sie mit großem Jubel empfangen. Die ganze Nacht hindurch hatten die Bauersfrauen Blumenteppiche gelegt und Altäre aufgebaut. An diesen Stationen hielt Zinner jeweils eine kurze Andacht, in der er den Menschen die Leiden Mariens vor Augen führte. Bei diesen Unterbrechungen ergab sich auch für die zuhinterst im Zug Gehenden die Gelegenheit, die Mutter Gottes zu sehen. Von ihren Trägern bewacht, stand sie zumeist etwas abseits vom Feldaltar im Schatten von Gebüsch oder eines hohen Baumes, doch stets umringt von einer Menschentraube. Am Anfang hielt sich Euphrosina scheu im Hintergrund, doch schon bald ließ sie sich von der Erregung mitreißen, die andere beim Anblick der Statue ergriff. Das Verlangen, der Madonna nahe zu sein, wurde übermächtig. Beim nächsten Halt der Prozession in Steinbach gelang es ihr unter Einsatz ihrer ganzen Kräfte, sich bis zur Heiligen Jungfrau durchzukämpfen. Die Wirkung traf sie wie ein Blitzschlag. Als sie in das schmerzvolle Antlitz Mariens blickte, überwältigte sie ein solches Mitleiden, dass ihr die Tränen in die Augen schossen. Die Hitze des Sommertags, die Leiber der Menschen, die hinter ihr nachdrängten, die beschwörende Stimme des Paters, die vom Altar herüberklang, all das ließ ihre Sinne schwinden. Euphrosina taumelte seitwärts und sank auf die Erde, einer Ohnmacht nahe. In ihrem Innern tobten die Gefühle.

Von Schluchzen geschüttelt rief sie: „O heilige Jungfrau Maria, bete für mich. Ich habe in Verblendung gelebt, ich habe gesündigt! Weh mir, Gnade meiner armen Seele!"

Umstehende wurden auf sie aufmerksam, sie begannen zu raunen und zu flüstern: „Seht nur, der Heilige Geist hat sie ergriffen!" Endlich reichte ihr jemand einen Krug mit frischem kaltem Wasser, den sie begierig austrank. Dadurch erholte sie sich ein wenig, so dass sie mit der Hilfe einer anderen Frau aufstehen konnte. Sie fand die Kraft, um weiterzugehen. Doch den Rest der Prozession erlebte sie wie in Trance.

Überall schlossen sich neue Menschen dem Zug an. Um die Mittagszeit erreichte die Prozession Ottersweier, wo sich ebenfalls bereits eine große Menge Volks versammelt hatte. Vor über siebentausend Zuhörern zelebrierte der Weihbischof von Konstanz die Messe unter freiem Himmel; die kleine, baufällige Lindenkirche hätte kaum einen Bruchteil der vielen Menschen fassen können. Philipp Zinner hatte alle Hebel in Bewegung gesetzt, um für den feierlichen Gottesdienst einen würdigen Priester zu gewinnen. Der Fürstbischof von Konstanz, Jakob Fugger, ein Jesuitenschüler und dem Orden nach wie vor freundschaftlich verbunden, war der Bitte des Vorstehers der Badener Jesuitenmission gerne nachgekommen und hatte seinen Hilfsbischof entsandt. Er verlieh der Feier besonderen Glanz. Allein die über und über mit Gold- und Silberfäden bestickte Kasel aus tiefblauem Seidendamast und die in der Sommersonne funkelnde goldene Mitra versetzte das Publikum in Staunen. Eine solche Pracht hatte man im Badischen lange nicht mehr gesehen. In seiner Predigt setzte der Bischof den sieben Leiden, die die Wallfahrer unterwegs eindrücklich erfahren hatten, die sieben Freuden Mariens entgegen, was eine starke Wirkung auf die Zuhörer entfaltete. Nicht wenige weinten, andere hielten sich in den Armen, wieder andere schienen ganz entrückt. Auch Euphrosina konnte sich der Rührung nicht erwehren.

Als sie spät am Abend nach Hause zurückkehrte, von den Ihren besorgt erwartet, war sie zutiefst aufgewühlt und von dem weiten, ungewohnten Fußmarsch körperlich zu Tode erschöpft. In der Nacht ergriff sie ein starkes Fieber, das auch in den nächsten Tagen nicht nachließ. In ihren Fieberträumen redete sie immerfort von Maria und ihren Leiden und wie nahe sie der schmerzensreichen Muttergottes jetzt sei. Martin wachte Nacht für Nacht besorgt an ihrem Bett. Endlich besserte sich ihr Zustand, doch sie war nicht mehr die Alte. Sie, die in religiösen Dinge bisher nie einen besonderen Eifer an den Tag gelegt hatte, verpasste nun keine Predigt Pater Zinners, den sie in geradezu kindischer Weise verehrte. In der Christenlehre war sie seine gelehrigste Schülerin. Bald beherrschte sie das Ave Maria gratia plena fehlerfrei. Viele Stunden verbrachte Euphrosina in Andachtsbilder vertieft. Häufig liefen dann Tränen der Rührung über ihre Wangen. Oft besuchte sie die schmerzensreiche Maria, die in der Stiftskirche ihren angestammten Platz wieder eingenommen hatte. Sie hatte das Gefühl, eine lange vermisste Freundin wiedergefunden zu haben, die man ihr böswillig vorenthalten hatte.

Anna verstand ihre Schwiegertochter immer weniger. Anfangs versuchte sie noch, sie von dem katholischen Mummenschanz abzubringen. Einmal warf sie im Zorn ein wächsernes Agnus Dei ins Feuer, um Euphrosina klarzumachen, dass es nur billiger Tand sei, von dem kein Heil zu erhoffen sei. Doch sie konnte nicht mehr zu ihr durchdringen, und so gab sie ihre Bemühungen bald auf. Ihre Schwiegertochter war ihr fremd geworden. Martin, Euphrosinas Ehemann, vermied jede Diskussion über Glaubensfragen. Er war nur froh und dankbar, dass er in jenen kritischen Wochen nach der Prozession die Mutter seiner Kinder nicht verloren hatte.

Euphrosina war nicht die einzige, die unter dem Einfluss Pater Zinners ihrem alten Glauben entsagte und in den Schoß der katholischen Kirche zurückkehrte. Die Reihen der Evangelischen begannen sich zu lichten.

## VII

Die Verbliebenen rückten enger zusammen. Die Hauskreise wurden zum Ersatz für die Gottesdienste, die es für die Evangelischen nicht mehr gab, da der Pfarrer geflohen und die Stiftskirche von einem Jesuitenpriester okkupiert war. Wie Verschwörer mussten sie sich im Geheimen treffen, um sich in ihrem Glauben zu bestärken. Da waren der Bürgermeister Samuel Fortenbach und seine Familie, Jakob Drabold, der die Schlacht bei Wimpfen überlebt hatte, und seine Frau Margaretha, der Zimmermann Christoph Pantel mit Maria, seiner Frau, die Hebamme Agathe Heilmann, Hans Buchreiter, der in der Münze arbeitete, Tuchhändler Wilhelm Stephani, die Müllerswitwe Veronika Geiger und ihre Kinder, der Bäcker Christoph Waibel und seine Frau Maria, Anna Gerber, Wirtin des *Ochsen*, Margareta Lauer, die auf dem Hahnhof lebte, sowie der alte Bäcker Jakob Gutterer aus der Ooser Vorstadt mit seiner verzweigten Familie. Sie alle einte die Abneigung gegen den katholischen Ritus, sie alle verweigerten sich der allerhöchsten markgräflichen Anordnung, den katholischen Gottesdienst zu besuchen und das Abendmahl nach katholischem Brauch zu empfangen. Auch zur Beichte und Christenlehre gingen sie nicht, obwohl der Besuch kontrolliert wurde. Es war eine Frage der Zeit, wann ihr Protest zu Konsequenzen führen würde. Doch lieber setzten sie sich Strafen aus, als ihrer angestammten Konfession zu entsagen.

Mit beinahe siebzig Jahren war Jakob Gutterer der älteste unter ihnen. Trotz seines hohen Alters war er erstaunlich rüstig. Noch immer arbeitete er jeden Tag in seiner Bäckerei; Müßiggang hätte er für ein Laster gehalten, und dass Gott ihm einen gesunden Körper und Geist geschenkt hatte, betrachtete er als Verpflichtung zur Arbeit. Nach der Flucht des Pfarrers sah er es als seine Aufgabe als Senior, die evangelische Gemeinde beisammen zu halten, und er tat dies mit großem Feingefühl. Er spürte, wenn jemand im Glauben schwankte, und verstand es, die richtigen Worte des Trostes und der Aufmunterung zu finden. Nie war er ungeduldig, nie hörte man ein böses Wort von ihm. Doch nicht nur deshalb mochte Anna ihn gerne. Sie bewunderte seinen Lebensmut und seine echte Fröhlichkeit. Selbst in den schwierigsten Situationen seines

Lebens – und in siebzig Lebensjahren gab es deren viele – hatte er nie verzagt und stets auf Gott vertraut. Jakob Gutterers Familie gehörte wie die Annas zu den ältesten evangelischen in Baden, die sich bereits vor einem Jahrhundert zum Protestantismus bekannt hatten und seitdem nie von ihrem Glauben abgerückt waren, auch in Zeiten von Repression und Verfolgung nicht. Anna fühlte sich Gutterer, der ihr wie ein Onkel war, in einer Schicksalsgemeinschaft eng verbunden.

Gutterer hatte drei erwachsene Töchter und zwei Söhne. Die älteste Tochter, Dorle, war mit Baldreitwirt Kachel verheiratet und die Mutter des in der Schlacht bei Wimpfen getöteten Anführers der Badener Landwehr. Auch Maria hatte in eine Gastwirtschaft eingeheiratet; ihr Ehemann Jonas führte den *Spieß*. Der ältere der beiden Söhne, Hans-Jakob Gutterer, betrieb wie sein Vater eine Bäckerei und war mit Anna, der jüngsten Tochter des verstorbenen Schlossers Jakob Brasing, verheiratet. Die jüngste Tochter Anne hatte vor drei Jahren den Schuhmachermeister Matthias Gebhard geheiratet.

Nur Wilhelm, das Nesthäkchen, war noch ledig. Er hatte viel von seinem Vater, dasselbe fröhliche Wesen, dieselbe Tüchtig- und Geschicklichkeit. Wie sein Vater und Bruder hatte er das Bäckerhandwerk gelernt und vor kurzem die Meisterprüfung bestanden. Wilhelm war so alt wie Martin Weinhag, und die beiden waren seit Kindertagen eng befreundet. Als vor vielen Jahren, an jenem Sonntag 1607, Martin den alten Pfarrer Gräter auf seinem Weg zum Sonntagsgottesdienst in der Schlosskapelle abgefangen und in die Spitalkirche geleitet hatte, war es Wilhelm gewesen, der ihn begleitet hatte.

Bereits als kleines Mädchen hatte Susanna den quirligen, stets zu einem Scherz aufgelegten Freund ihres Bruders gemocht. Sie hatte sich stets gefreut, wenn ihr Bruder sie mitnahm und sie sich an den wilden Spielen der Buben beteiligen durfte. Inzwischen war sie zu einer hübschen, jungen Frau herangereift und hatte ihre kindliche Unbefangenheit verloren. Wenn sich Wilhelm wie früher einen Spaß mit ihr erlaubte, wehrte sie errötend ab. Ihr Bruder zog sie ab und zu damit auf. Dann verpasste sie ihm einen leichten Klaps und stritt vehement ab, für den jungen Bäckermeister mehr zu empfinden als die unschuldige Freundschaft aus der

Kinderzeit. Wilhelm aber hegte in der Tat andere Absichten. Mit dem Meisterbrief in der Tasche, war es Zeit, eine eigene Familie zu gründen. Längst hatte er ein Auge auf Susanna geworfen, die kleine Schwester seines besten Freundes. Was hätte Martin sich mehr wünschen können als die Freundschaft durch eine familiäre Verbindung zu stärken. Gerne machte er sich zum Fürsprecher einer Eheschließung zwischen seiner Schwester und seinem Kameraden.

Beide Elternpaare hatten gegen die Heirat nichts einzuwenden, und der Ehevertrag war schnell und unkompliziert ausgehandelt. Der greise Jakob Gutterer freute sich ausgesprochen darüber, dass er die Hochzeit seines Sohnes und womöglich die Geburt eines Stammhalters noch erleben durfte. Nach einer kurzen Verlobungszeit von nur drei Monaten fand das Hochzeitsfest noch im selben Jahr statt.

Susanna war eine entzückende Braut. Sie trug ein bodenlanges, tailliertes Kleid aus purpurnem Seidenmoiré, dessen Mieder keilförmig weit in den Schoß geschnitten und mit Stickerei reich verziert war. Das Dekolleté bedeckte ein Brusttuch aus gestärkter Spitze, das am Hals zu einem Stehkragen hochgestellt war. Dieselbe Spitze zierte auch die Enden der mehrfach gerafften, ebenfalls aus Seidenmoiré gefertigten Ärmel. Susanna trug die aschblonden Haare zu einem hochgesteckten Dutt, den ein kleines, mit Bergkristallen besetztes Diadem krönte. Ihre Wangen leuchteten mit dem Rot ihrer Kleidung um die Wette, und ihre Augen strahlten wie die Kristalle ihres Krönchens.

Wilhelm war ein nicht minder schmucker Bräutigam. Über der weit ausgestellten, knielangen Pluderhose aus rehbraunem Taft hatte Wilhelm ein ebenfalls weit in den Schoß geschnittenes Wams in derselben Farbe an, darüber eine kunstvoll gefältelte, ausladende Halskrause aus weißem, gestärktem Linnen. Seine Beine steckten in blendend weißen Strümpfen, an den Füßen trug er zierliche, spitze Schuhe. Auf dem Kopf saß ein hoher Topfhut aus versteiftem Filz, unter dem lustige braune Löckchen hervorquollen.

Anna konnte den Blick nicht lassen von dem bildschönen Brautpaar. Und doch war ihr weh ums Herz. Wie gerne hätte sie ihrer Tochter eine ebenso prachtvolle Feier ausgerichtet wie vor vier Jahren ihrem Sohn. Doch wie sehr hatten sich die Zeiten seitdem geändert. Wie zuversichtlich hatte man damals in die Zukunft geblickt, nichts schien dem Glück der

Frischvermählten im Wege zu stehen. Welch ungewisse Zeiten hingegen standen jetzt bevor! Susannas und Wilhelms Hochzeit verlief in aller Stille. Nur wenige Gäste hatten sich am Morgen des Festtags eingefunden, um auf das Wohl der Brautleute anzustoßen. Nur die engsten Angehörigen und Freunde waren gekommen, von den ehemaligen Ratskollegen – alle evangelischen Ratsherren waren seit einiger Zeit beurlaubt – hatten allein Wilhelm Stephani und Hans Ott den Mut gehabt, der Einladung zu folgen. Selbst Martins Schwiegereltern blieben der Feier fern. Seit einiger Zeit waren sie wie ihre Tochter zum katholischen Glauben zurückgekehrt und wollten keinen Verdacht auf sich ziehen, indem sie an einer evangelischen Hochzeit teilnahmen. Martin konnte seine Enttäuschung darüber kaum verbergen.

Auch der kirchliche Segen für das Brautpaar musste in Ermangelung eines Pfarrers entfallen. Den Festgottesdienst ersetzte eine kleine Zeremonie in der geschmückten Stube des Weinhag'schen Hauses mit gemeinsamen Gebeten und Gesängen, in deren Anschluss Bürgermeister Fortenbach den Segen sprach und Susanna und Wilhelm zu Mann und Frau erklärte. Nach der Trauung zog die kleine Festgesellschaft ins *Baldreit*, wo Martin Kachel, nunmehriger Schwager Susannas, das Festmahl bereitet hatte. Um jedes Aufsehen zu vermeiden, umging der Hochzeitszug die belebte Hauptgasse über versteckte Seitengässchen. Es gab kein Spalier und keine jungen Burschen und Mädchen, die den Hochzeitszug mit Scherzen und Streichen aufgehalten hätten. Wie damals bei Martin war auch jetzt wieder Fortenbach der Festredner, doch sein Vortrag war unverfänglich und harmlos. Er verkniff sich dieses Mal jeden Spott auf die Katholiken. Zwar bemühten sich alle, heiter zu sein, und gelegentlich wurde die Stimmung auch wirklich fröhlich und ausgelassen, doch die ungewisse Zukunft, der das Brautpaar entgegen sah, hing wie ein Schatten über der Feier.

Es war noch vor Mitternacht, als sich die Festgesellschaft auflöste.

Mit dem Tag ihrer Eheschließung verließ Susanna das Haus ihrer Eltern und zog mit ihrem Ehemann zu ihrem Schwiegervater, dem sie eine liebevolle Tochter und Hilfe in seinem Alter zu sein versprochen hatte.

Nur kurze Zeit nach der Hochzeit sah Susanna Mutterfreuden entgegen. Im Sommer des darauffolgenden Jahrs wurde sie von einem gesunden Mädchen entbunden. Über die Enttäuschung, dass es nicht der ersehnte Stammhalter war, kam Jakob Gutterer schnell hinweg. Wilhelm und Susanna hatten ihrer Erstgeborenen den Namen seiner verstorbenen Frau, Margaretha, gegeben, und er war glücklich, dass ihr Andenken in seiner Enkelin weiterlebte.

# Maria Salome Aschmann

1623–1627

I

Im Jahr 1623 starb in Speyer der wohledel geborene, hochgelehrte Kammergerichtsassessor Dr. Christoph Aschmann. Da alle seine Kinder ihm im Tod vorangegangen waren, kehrte die nun ganz alleinstehende Witwe Maria Salome Aschmann geborene Welsinger in ihre Heimat zurück und bezog wieder ihr Elternhaus, das adelige Landgut Wachenhofen in Oosscheuern bei Baden. Dies fiel ihr umso leichter, als sich die politischen Verhältnisse gewandelt hatten und sie nicht mehr in Sorge leben musste, ihrer Religion wegen angefeindet zu werden. Ganz besonders freute es sie, dass sie Philipp Zinner wieder begegnen und in ihm einen Seelsorger finden würde. Maria Salome kannte Philipp seit seiner Jugend. Unter Markgraf Eduard Fortunatus war ihr Schwager, Johann Aschmann, Kanzler und Philipp Zinners Vater dessen Stellvertreter gewesen. Selbst nachdem Dr. Johann Zinner und Dr. Johann Aschmann durch die Besetzung Badens ihre Ämter verloren hatten, pflegten beide Familien weiterhin eine enge freundschaftliche Beziehung. Philipps jüngste Schwester war sogar Brautjungfer bei ihrer, Maria Salomes und Christophs, Hochzeit gewesen. Der Zufall wollte es, dass Philipp Zinner, nachdem er sein Noviziat bei den Jesuiten in Wien absolviert hatte, ans Jesuitenkolleg in Speyer versetzt wurde. Seitdem war er häufig im Hause Aschmann zu Gast gewesen. Obwohl Maria Salome ein Dutzend Jahre älter war als er, freute sie sich jedes Mal über diese Besuche, denn ganz abgesehen davon dass er ein überaus angenehmer Gesprächspartner war, endeten ihre Unterhaltungen fast immer bei ihrer gemeinsamen Vaterstadt, nach der ihre Sehnsucht nie erloschen war. Wie sehr hatte sie sich für ihn gefreut, als er ihr im Spätjahr 1622 die Entscheidung seines

Paters Rektor mitgeteilt hatte, ihn zur Mission nach Baden zu entsenden, und welche Wehmut hatte sie empfunden, als er kurz vor Weihnachten tatsächlich aufbrach. Wie hätte sie ahnen können, dass sie schon so kurze Zeit später ebenfalls wieder in ihre alte Heimat zurückkehren würde.

Kaum war ihr Zuhause in Oosscheuern wohnlich hergerichtet, schickte sie eine Einladung an Pater Zinner. Sie freute sich, die früheren Gespräche wieder aufzunehmen. Zinner nahm gerne an.

„Welch vortreffliches Landgut", lobte der Pater, nachdem Maria Salome ihm mit dem Stolz der Eigentümerin das gesamte Anwesen gezeigt hatte. Am Fenster der Stube stehend, ließ er seine Augen anerkennend über das weitläufige Areal schweifen, über den gepflegten Hausgarten, die ordentlich gestutzten Obstbäume, den Fischteich, die frisch getünchten Stallungen und die Scheune. Lange verweilte sein Blick bei der hübschen Kapelle mit ihrem niedlichen Dachreiter, die Maria Salome erst vor wenigen Jahren als Ort für ihre Andacht hatte errichten lassen. „Ein Platz so voll Ruhe und Abgeschiedenheit, geradezu ideal, um den Mühen des Alltags zu entfliehen. Gerne würde ich Euch öfter hier besuchen!"

Maria Salome lächelte. „Warum nicht? Eure Besuche wären einer armen Witwe eine willkommene Unterbrechung ihrer einsamen Tage! Und wenn ich zu Eurem Wohlbefinden beitragen kann, so soll es mir nochmal so recht sein! Aber sagt, Euer Alltag – ist er so arg?"

Der Jesuit wiegte den Kopf. „Mal so, mal so. Anfangs war es schwer; bis zur Hierherkunft meiner beiden Mitbrüder lag die ganze Last auf den Schultern eines Mannes, und wie vieles war nicht zu tun! Zuallererst mussten die verirrten Schäflein wieder eingefangen und in die Herde Gottes zurückgeführt werden, aber auch der Fürst bedurfte meines Beistandes und litt es nicht, dass ich mich länger denn einen Tag von seinem Hof entfernte. Manchmal wusste ich nicht, was zuerst und wie ich alles bewerkstelligen sollte: dem Markgrafen die tägliche Beichte abnehmen und mit ihm zu Tische sein (denn darauf legte er großen Wert), den Gottesdienst in der Stiftskirche vorbereiten, der wieder ins Leben gerufenen Bruderschaft über die ersten Anfangsschwierigkeiten helfen oder dem Schulmeister auf die Finger sehen … An manchen Tagen hätte ich mich zerreißen müssen, um überall gleichzeitig sein zu können." Zinner lachte herzlich.

„Aber Ihr wart sehr erfolgreich, wie man hört."

„Viele waren nicht vom Glauben, sondern nur von der katholischen Lehre abgefallen. Bei ihnen bedurfte es keiner allzu großen Anstrengungen, die verschütteten Spuren der alten Frömmigkeit wieder aufzufrischen."

„Die aufsehenerregenden Prozessionen nach Maria Linden, ins Kloster Lichtenthal oder auch nach Maria Bickesheim …"

„… verursachten zwar viel Arbeit, aber es war Arbeit, die sich lohnte. Bei vielen, die in ihrem geistlichen Eifer erschlafft waren, weckten sie die alte Anhänglichkeit zur katholischen Kirche neu. Und es ist ja wirklich so: Kaum einer kann sich der ergreifenden Stimmung entziehen. Selten ist Gottes wirkmächtige Hand so unmittelbar zu spüren! Es bewegt auch mich jedes Mal aufs Neue, wie leicht und gerne die Menschen anschließend vom Irrglauben ablassen und in den Schoß der katholischen Kirche zurückkehren."

Versonnen blickte Zinner aus dem Fenster, als sähe er dort die prachtvollen Prozessionen noch einmal vorüberziehen. Er nahm einen kräftigen Schluck Wein.

„Welch köstlicher Rebensaft. Ich nehme an, Ihr macht ihn selbst?"

Maria Salome nickte. „Ich besitze hier und in Sinzheim einige Steckhaufen Reben. Ich hatte großes Glück und konnte im vergangenen Jahr Gottlob eine gute Ernte einfahren. In vielen Gegenden hat der strenge Frost die Weinstöcke verdorben, und was der Winter gelassen hat, hat im Sommer der Hagel vernichtet."

„Ein ebenso probates Mittel ist übrigens die Christenlehre. Das persönliche Gespräch bewirkt manches Mal mehr als jede feierliche Messe, jede farbenprächtige Prozession. Ich weiß, dass es viele gibt, die unsere Feiern als oberflächliches Spektakel abtun. Es sind vornehmlich die, die schon sehr lange und gar zu reichlich das Gift der häretischen Irrlehre getrunken haben und dem katholischen Kult gänzlich entfremdet sind. Bei ihnen bedarf es größerer Anstrengung, sie zur Gemeinschaft der wahren Kirche zurückzuführen."

Zinner lächelte fein.

„Letztlich ist aber niemand so verstockt, dass es ihn unberührt ließe, wenn ich ihm mit väterlicher Strenge die diesseitigen und jenseitigen Folgen seines halsstarrigen Beharrens auf der Lutherischen Sekte ausmale."

„Ich verstehe, aber …"

„Ich ahne Euren Einwand, und ja, Ihr habt Recht: Es gibt sie, die ganz und gar Starrköpfigen, die die helfende Hand von vornherein wegschlagen und sich weder zu Prozessionen noch zu Gottesdienst oder Christenlehre verstehen wollen. Ich habe mich deshalb im Einvernehmen mit dem markgräflichen Hofrat Eschbach getraut, dem Markgrafen vorzuschlagen, den Besuch der Christenlehre zur Pflicht zu machen und zu überwachen und ein Versäumnis unter Strafe zu stellen. Seine Hoheit fand den Vorschlag so gut, dass sie in ihrem unendlichen Wohlwollen gegen die Gesellschaft Jesu zu verfügen geruht hat, dass die zu erhebenden Strafgelder unserem Hause zufließen sollen. Eine weise Entscheidung, denn so sind sie gewinnbringend investiert, indem durch unsere Hände andere vor denselben Strafen bewahrt werden."

„Wahrhaftig, das ist sehr klug eingerichtet", sagte Maria Salome beeindruckt. „Verfängt es auch?"

Zinner seufzte. „Leider nicht bei allen. Manche Häretiker sind so verstockt, dass noch nicht einmal Strafen sie dazu bewegen, von der Ketzerei zu lassen. Es stimmt mich sehr traurig zu sehen, wie eigentlich kluge Menschen in ihr Verderben laufen. Und noch habe ich mein Bemühen nicht aufgegeben, sie zu retten. Da ist zum Beispiel diese Würzkrämerin, vielleicht kennt Ihr sie?"

Maria Salome horchte auf.

„Eine überaus liebenswürdige und keineswegs einfältige Frau, wie ich mich selbst überzeugen konnte. Doch in puncto Religion dermaßen starrsinnig! Seit zehn Wochen gilt nun der markgräfliche Befehl, und in zehn Wochen hat sie lieber zehn Mal Strafe bezahlt als einmal in die Christenlehre zu kommen! Zu Recht ist seine Majestät erbost über solche Renitenz. Anfang des Monats hat Wilhelm das Ultimatum gestellt, dass alle diejenigen, die sich ungeachtet aller Strafen weiterhin über seine Befehle und Ermahnungen hinwegsetzen und sich bis jetzt nicht zur katholischen Religion bekannt haben, eine Strafe von zehn Talern zu bezahlen und bis Pfingsten entweder zu konvertieren oder das Land zu verlassen haben."

Maria Salome sog die Luft durch die Zähne. Zehn Taler! Das war mehr, als ihr Hof in einem Jahr erwirtschaftete!

„Da verdient die Sozietät ja ein erkleckliches Sümmchen", entfuhr es ihr.

„Ja. Aber um der verlorenen Seelen willen wäre es mir lieber, wenn wir es nicht verdienen würden." Das klang sogar ehrlich.

„Dabei hat die Weinhagin das leuchtende Beispiel direkt vor Augen. Die Schwiegertochter, eine sehr verständige junge Frau, hat rasch begriffen, dass unsere Lehren heiliger sind als die süßlichen Dogmen der Lutheraner. Oft klagt sie herzzerreißend über die Sturheit ihrer Schwiegermutter, die noch die ganze Familie wenn nicht ins ewige Verderben, so doch in den Ruin stürzt. Einmal sagte sie mir sogar, dass sie zweifle, ob es mit rechten Dingen zugehe, dass sie jeglichen Argumenten so unzugänglich sei."

Maria Salome schlug bestürzt die Hand vor den Mund.

„Ich habe ihr natürlich gesagt, dass das ein gewaltiger Verdacht sei, den zu äußern man sich nicht unterstehen sollte, es sei denn es gäbe konkrete Hinweise. Ich habe sie aber auch ermutigt, genau Acht zu haben und sich ohne Scheu ihrem Beichtvater anzuvertrauen, sobald sie etwas Argwöhnisches beobachtet."

Pater Zinner hatte sie längst verlassen. Maria Salome ging das Gespräch nicht aus dem Sinn. Wieder und wieder dachte sie über die Worte des Jesuiten nach. Dass Anna Weinhag beharrlich, ja bis zur Selbstaufgabe stur sein konnte, das glaubte sie sofort. Genau so kannte sie sie. Doch dass sie mit Magie umging – das war ein ungeheuerlicher Vorwurf. Dass er zudem von der eigenen Schwiegertochter erhoben wurde, erschütterte sie jedoch am meisten.

Zinner hielt Wort und besuchte Maria Salome Aschmann von nun an regelmäßig, sofern es ihm seine vielfältigen Aufgaben erlaubten. Maria Salome freute sich stets über die Abwechslung. Gelegentlich brachte der Pater einen seiner Mitbrüder mit. Jeder war von dem gepflegten Hofgut angetan, alle beteuerten, wie wohl ihnen diese Ausflüge in die Abgeschiedenheit des Waldes täten und wie gut sie sich dort von den Strapazen ihres mühevollen Alltags erholten.

## II

An einem sonnigen Tag im Sommer 1624 machte sich Zinner einmal mehr auf den Weg hinaus zum Landgut der Maria Salome Aschmann. Aber dieses Mal kam er nicht als Privatmann, sondern im offiziellen

Auftrag des Landesfürsten, des Markgrafen Wilhelm von Baden-Baden. Nachdem man sich bei Wein und Gebäck eine Weile über Belangloses wie die heuer unerträgliche Sommerhitze, die Heuernte und die voraussichtliche Qualität des 1624er Weins unterhalten hatte, sagte Zinner plötzlich: „Ich darf Euch heute eine glückliche Nachricht überbringen. Unser geliebter Fürst und Herr wird im Herbst mit Katharina Ursula von Hohenzollern-Hechingen den Bund der Ehe schließen."

Maria Salome sah Zinner erstaunt an, irritiert über den unvermittelten Themawechsel und den feierlichen Tonfall. Sie verstand nicht, weswegen die Ankündigung einer dynastischen Heirat den sonst so sachlichen Pater offenbar sehr bewegte. Schließlich war nicht zu erwarten gewesen, dass Wilhelm unverheiratet bleiben würde, musste er sich doch wie jeder Regent um den Fortbestand seiner Dynastie kümmern. Um nicht desinteressiert zu wirken, fragte sie: „Eine Tochter des Grafen Johann Georg von Hohenzollern?"

„Fürsten", verbesserte Zinner. „Des Fürsten von Hohenzollern-Hechingen. Vor einem Jahr hat Kaiser Ferdinand II. ihn in den Reichsfürstenstand erhoben. Nur so ist eine eheliche Verbindung der beiden Häuser überhaupt erst möglich geworden."

Maria Salome nickte verstehend. „Katharina Ursula ist die erste Tochter des Hohenzollern'schen Hauses, die dem neuen Stand gemäß verheiratet wird. Man sagt, dass die Standeserhöhung in Anerkennung der Verdienste des Hohenzollern um den katholischen Glauben geschehen ist. Leider konnte sich Johann Georg ihrer nicht mehr lange erfreuen. Gott hat es gefallen, seinen Streiter aus dem irdischen Jammertal zu erlösen."

Zinner räusperte sich. „Johann Georg war übrigens Absolvent der berühmten Jesuitenschule in Ingolstadt, und ich darf in aller Bescheidenheit sagen, dass es die Sozietät war, die die Grundlage für seine beachtliche Karriere geschaffen hat." Der Pater lächelte zufrieden. „Im Übrigen war die Standeserhöhung ein kluger Schachzug des Kaisers, denn sie stärkt die katholische Partei im Reichstag, eine Tatsache, über die sich jeder aufrichtige Katholik nur freuen kann."

„Johann Georg war einige Jahre lang Reichskammergerichtspräsident", sagte Maria Salome jetzt. „Ich hatte Gelegenheit, ihn seinerzeit bei den Feiern zu seiner Amtseinführung und Verabschiedung kennenzulernen."

„Später war er Präsident des Reichshofrats in Wien. Er hat dort seinen ganzen Einfluss geltend gemacht, um das katholische Bekenntnis in der besetzten oberbadischen Markgrafschaft zu bewahren. So hat er es nicht an Versuchen fehlen lassen, den Usurpator, Markgraf Georg Friedrich von Baden-Durlach, von der Sünde der Häresie abzubringen, leider erfolglos, wie wir wissen. Und er war natürlich mit den Verhandlungen um die Erbansprüche des Markgrafen Wilhelm gegenüber den Durlachischen Thronräubern befasst. Er wusste um das traurige Los seines nunmehrigen Schwiegersohns, der jahrzehntelang um seine Erbschaft betrogen war. Er kannte den Markgrafen im Übrigen auch persönlich. Auf dem Heimweg von einer diplomatischen Reise in die französische Hauptstadt ist er ihm einst am Hof Erzherzog Albrechts VII. in Brüssel begegnet, wo der junge Wilhelm nach dem Tod seines Vaters erzogen wurde. Wilhelm war erst 16 Jahre alt, aber er soll seinen künftigen Schwiegervater schon damals durch seinen Mutterwitz und sein Temperament beeindruckt haben. Jedenfalls hat der in all den Jahren stets herzlichen Anteil am Schicksal des unglücklichen Markgrafen genommen. Vielleicht ist die jetzige Eheschließung auch der Ausdruck seiner Freude über den guten Ausgang der tragischen Geschichte?"

„Das Glück unseres gnädigen Fürsten und Herrn freut mich sehr. Möge seine Ehe gesegnet sein." Zinner entging der beiläufige Tonfall nicht. Er schmunzelte: „Ich glaube, Ihr fragt Euch gerade, warum ich das alles erzählt habe."

Maria Salome fühlte sich ertappt und senkte die Augen.

„Ich gebe zu, ich bin etwas abgeschweift. Worauf ich hinauswollte: Die junge Fürstin benötigt einen standesgemäßen Hofstaat. Einige Hofdamen wird sie von zu Hause mitbringen, weitere aus den Landeskindern berufen, um mit dem Wesen und der Eigenart der Badener besser vertraut zu werden. Doch es fehlt noch eine Hofmeisterin, die dem Hauswesen und dem Hofstaat der Markgräfin vorsteht. Deshalb haben mich seine fürstliche Durchlaucht zu Rate gezogen, ob ich nicht von einer geeigneten Frauensperson wüsste, die für diese vakante Stelle besonders tauglich wäre. Zu diesem Dienst qualifizieren neben Erfahrung in der Haushalts- und Wirtschaftsführung gepflegte Umgangsformen sowie Vertrautheit des Zeremoniells bei Hofe und eine gewisse Weltläufigkeit. Außerdem sollte die Kandidatin aus gutem Hause sein."

„Ihr denkt aber nicht …“, fragte Maria Salome ahnungsvoll.

„Doch, verehrte Maria Salome. Ich wüsste niemanden, der all diese Eigenschaften in so hervorragender Weise in sich vereinigt wie Ihr. Ich habe deshalb dem Markgrafen Euren Namen genannt. Er hat mich daraufhin gebeten, entsprechende Verhandlungen aufzunehmen, was ich hiermit tue. Ich bin also in ganz offiziellem Auftrag hier, um Euch zu fragen, ob Ihr willens und geneigt wärt, dieses ehrenvolle Amt zu bekleiden.“

Maria Salome schluckte. Tausend Gedanken schossen ihr durch den Kopf. „Das ist eine, eine … außerordentliche Ehre! Wahrhaftig! Ich fühle mich sehr geschmeichelt! Doch wie könnte ich, eine alte, baufällige Witwe … wie könnte ich am Hof einer jungen Markgräfin zu etwas nutze sein …?“

Zinner ließ ihr einen Moment Zeit, sich zu fangen. „Für dieses bedeutsame Amt bedarf es eines gesetzten, wohlüberlegten Charakters und nicht jugendlichen Übermuts“, sagte er in väterlichem Ton. „Die Stelle ist übrigens gut bezahlt. Allerdings müsstet Ihr Euren Wohnsitz ins markgräfliche Schloss verlagern, denn auf die ständige Anwesenheit der Hofmeisterin am Hof kann natürlich nicht verzichtet werden. Selbstverständlich gibt es freie Tage, und Ihr habt es ja schon während der Speyerer Zeit bestens verstanden, Euren Hof aus der Distanz zu führen. Euer Verwalter ist eine treue Seele, der Ihr das Alltagsgeschäft sorglos überlassen könnt. So wie in der Vergangenheit wird er auch in Zukunft zu Eurer vollsten Zufriedenheit arbeiten. Es gibt keinen Grund, etwas anderes anzunehmen.“

Maria Salome war noch immer völlig überwältigt. „Gebt mir Bedenkzeit“, bat sie schließlich.

„Die Hochzeit ist für den Herbst geplant. Es sind also noch ein paar Tage Zeit. Denkt gut über das Angebot nach und gebt mir dann Nachricht. Ich würde mich sehr für Euch freuen. Eine solche Chance bekommt man nicht oft!“

Maria Salome war hin- und hergerissen. Sie war erst vor wenigen Wochen nach Wachenhofen zurückgekehrt und hatte sich gerade eben eingelebt. Sollte sie so schnell schon ihr Leben wieder ändern? Andererseits ehrte sie das Angebot und das dadurch zum Ausdruck gebrachte Vertrauen sehr, und die Aufgabe reizte sie. Es war ja tatsächlich so, dass sie eine reiche

Erfahrung in dieses Amt einbringen konnte. Nicht mehr nur die unbedeutende Witwe eines Advokaten, sondern Hofmeisterin einer Fürstin zu sein, diese Vorstellung gefiel ihr ebenso wie die Aussicht, wieder in standesgemäße Gesellschaft zu kommen. Ohnehin war ihr klar, dass sie die ehrenvolle Berufung an den Hof nicht gut ausschlagen konnte. Auch wollte sie Zinner nicht brüskieren, ihren Freund und Förderer, der sie in Vorschlag gebracht hatte. Und so setzte sie sich bereits wenige Tage nach Zinners Besuch an ihren Sekretär, öffnete entschlossen das Tintenfass und schrieb mit schwungvollen Buchstaben in knappen Zeilen an Zinner, dass sie sich willig und gern zu besagtem Hofamt gebrauchen lassen wolle.

Im September übersiedelte Maria Salome an den Hof und bezog ein Zimmer im Ostflügel des markgräflichen Schlosses, dort, wo sich die Frauengemächer befanden. Bis zum Eintreffen der markgräflichen Braut war sie damit beschäftigt, geeignete Subjekte zur Vervollständigung des Hofstaats zu suchen und bei den Vorbereitungen zur Hochzeit zu helfen. Sie machte das mit großem Eifer, hatte sie es doch nie erleben dürfen, eines ihrer Kinder an den Traualtar führen zu können.

Die markgräfliche Hochzeit wurde vom 13. bis 21. Oktober 1624 mit Jagden, Komödien, Ritterspielen, Bällen, Volksbelustigungen und einem großen Feuerwerk unter Anwesenheit zahlreicher Vertreter des hohen und niederen Adels in großer Pracht gefeiert. Täglich wurde eine Messe gelesen. Maria Salome Aschmann geborene Welsinger von Wachenhofen, nunmehrige Hofmeisterin der Markgräfin Katharina Ursula, wohnte den Feierlichkeiten vom Anfang bis zum Ende bei.

## III

Maria Salome fand sich sehr schnell in ihre neue Rolle ein. Hatte sie vor einiger Zeit noch befürchtet, an ihrem Witwensitz einen einsamen Lebensabend verbringen zu müssen, genoss sie nun das abwechslungsreiche Leben am Hof. Neben ihren Aufgaben als oberste Haushälterin der Markgräfin blieb genügend Zeit für gemeinsames Musizieren, für Gesellschaftsspiele mit der Markgräfin und ihren Hofdamen, für gepflegte

Unterhaltung, Spaziergänge im prächtigen Schlosspark mit seinen uralten Bäumen oder für gemeinsame Ausfahrten in die nähere Umgebung. Mit der Erfahrung und Gelassenheit ihrer reiferen Jahre war Maria Salome schnell bei allen Damen ebenso angesehen wie ihr Rat bei vielen kleineren und größeren Sorgen und Problemen gefragt.

Auch bei den Hofbeamten war sie gerne gesehen. Insbesondere einer, Hofrat Dr. Matern Eschbach, begegnete ihr stets mit großer Hochachtung. Eines Tages lud er sie in sein Haus ein. Als Maria Salome Pater Zinner davon erzählte, war dieser sichtlich erfreut. „Eschbach ist eine sehr gelehrte, geistreiche und angenehme Persönlichkeit und ein großer Gönner unseres Ordens. Wann immer die Gesellschaft mit feindseligen Reden angegriffen wurde, stellte sich Eschbach unseren Neidern als unser Verteidiger entgegen. Ich denke, er hat eine großartige Karriere vor sich, und es ist sicher nicht zum Nachteil, ihn zum Freund zu haben. Auch seine junge, überaus reizende Ehefrau, der es hier, fern ihrer Heimat, ein wenig an geselligen Kontakten fehlt, würde sich freuen, eine Freundin zu finden." Maria Salome war infolge der Worte Zinners sehr neugierig, den so Gelobten näher kennenzulernen.

Eschbach wohnte wie die meisten markgräflichen Beamten in der Badener Oberstadt unmittelbar beim markgräflichen Schloss. Das gepflegte Fachwerkhäuschen war ruhig und luftig gelegen, fernab der Enge und des Trubels in der hektischen Unterstadt, wo die Handwerker, Kaufleute, Gastwirte und einfachen Bürger ihre Wohnungen hatten. Vor dem Regierungsantritt Markgraf Wilhelms hatte es dem ehemaligen Waldmeister Johann Georg Ingweiler gehört, der Baden verlassen hatte, um nicht zum katholischen Bekenntnis konvertieren zu müssen.

Eschbach empfing seinen Gast mit ausgesuchter Höflichkeit. „Ich bin hoch erfreut, nähere Bekanntschaft mit einer so kultivierten Frau machen zu dürfen, die selbst in bösen Zeiten ein leuchtendes Beispiel der Tugend und Frömmigkeit war. Man findet derer nicht viele in diesem von Gott beinahe verlassenen Flecken Erde, der so lange unter der häretischen Tyrannei geächzt hat."

Maria Salome bedankte sich höflich und trat in die Wohnstube ein, wo Eschbach ihr einen Platz am Tisch anbot. Saft und Wein standen in irdenen Kännchen bereit, verschiedenes Gebäck und Latwerge waren hübsch auf Zinntellern arrangiert. Alles war sauber und wohlgeordnet. Maria Salome registrierte das mit Wohlwollen, was Eschbach nicht verborgen blieb.

„Das Werk meiner Hausfrau", erklärte er verbindlich.

„Sie ist sehr geschickt in solchen Dingen und führt den Haushalt mit viel Herzblut."

„Wo ist sie?"

„Wahrscheinlich in der Küche. Das ist ihr liebster Platz." Eschbach lachte polternd und rief seine Frau.

Eine sehr junge Frau betrat den Raum; sie mochte wenig über 20 Jahre alt sein.

„Barbel, begrüße unseren Gast, Maria Salome Aschmann, Witwe des Kammerrichters Dr. Christoph Aschmann und Hofmeisterin der Markgräfin", forderte Eschbach seine Frau auf.

„Kammergerichtsassessor", verbesserte Maria Salome, aber Eschbach hörte ihr gar nicht zu. Stattdessen nahm er seine Frau, die unsicher an der Tür stehen geblieben war, beim Handgelenk und schob sie zu Maria Salome hin. Barbara wischte sich hastig die Hände an ihrer Schürze ab, die sich über einen unverkennbar schwangeren Leib wölbte. Schüchtern reichte die junge Frau Maria Salome die Hand. Maria Salome sah ihr ins Gesicht. Es war hübsch, doch blass, und den unbestimmten Ausdruck ihrer wasserblauen Augen konnte Maria Salome nicht deuten. Es steckte etwas Zerbrechliches darin. Sofort empfand Maria Salome mütterliche Gefühle für dieses zarte Geschöpf, und sie druckte ihr herzlich die Hand. Barbara wagte ein Lächeln.

„Sie war die Tochter meines Kostgebers in Freiburg", erklärte Eschbach. „Sie hat mich mit ihrem Liebreiz verführt, und jetzt muss sie eben bei mir bleiben." Wieder lachte Eschbach laut und kniff seiner Frau in den Po.

Diese errötete bis unter die Haarwurzeln und senkte beschämt den Blick. „Komm, schenk uns die Gläser ein und setze dich zu uns." Barbara tat, wie ihr geheißen. Maria Salome war die intime Vertraulichkeit des Paares sehr unangenehm, mehr noch allerdings störte sie der Umgangston Eschbachs mit seiner Frau. Auch sie war viele Jahre jünger gewesen als ihr Mann, aber er hatte sie stets mit Respekt behandelt und nie in einem so despektierlichen Ton mit ihr geredet. Gab es keine Magd im Haus, dass er die Hausherrin wie eine solche behandelte?

Maria Salome spülte ihr Unbehagen mit einem Schluck Wein hinunter und blickte sich in der Stube um. Sie war zwar noch etwas spärlich, aber geschmackvoll eingerichtet. Eschbach verfolgte ihren Blick. „Das Mobiliar entspricht vielleicht nicht ganz Euren Erwartungen an einen Hofrat", sagte er entschuldigend. „Doch Ihr müsst wissen, dass dies meine erste feste Anstellung ist, seit ich mein Jurastudium in Freiburg mit der Promotion zum Lizentiaten abgeschlossen habe. Lehrjahre sind bekanntlich keine Herrenjahre, und ich hatte nicht das Glück, in einen wohlhabenden Haushalt hineingeboren worden zu sein. Dennoch darf ich mit einigem Stolz sagen, dass ich mir alles, was Ihr hier seht, mit zähem Eifer und hartnäckigem Fleiß selbst erarbeitet habe. Zum Glück sind die Zeiten des Darbens für mich vorbei. Der Markgraf hat in mir eine gute Wahl getroffen und ich werde seine Erwartungen nicht enttäuschen. Wenn ich mich geschickt anstelle – und das werde ich! – steht mir eine großartige Karriere offen. Ich blicke einer glücklichen Zukunft entgegen."

Barbara knetete die Hände in ihrem Schoß.

„Das wünsche ich Euch von Herzen", sagte Maria Salome und blickte dabei Barbara an.

„Euer Mann, der Kammerrichter …"

„Kammergerichtsassessor."

„… hat er auch in Freiburg studiert?"

„Nein, er war aus Biberach im Schwäbischen gebürtig. Er hat in Ingolstadt studiert und in Siena seinen Abschluss gemacht."

Eschbach pfiff durch die Zähne. „Nicht schlecht! Für einen Auslandsaufenthalt haben meine Mittel leider nie gereicht. Dass ich überhaupt studieren konnte, verdanke ich meinen Lehrern in Ensisheim. Sie waren es, die mein Talent erkannten und einen armen Waisen mit einem Stipendium förderten."

„Ihr seid eine Waise?"

„Ich habe früh meinen Vater verloren. Meine Mutter lebt noch mit zwei meiner Schwestern in Ensisheim."

„Also Halbwaise …"

„Ja, egal, Halbwaise. Und nach der Promotion bekam er sofort eine Anstellung beim Reichskammergericht?"

„Wer? Ach so. 1585. Zuvor hatte er noch einige andere Stellen. Wir waren damals noch nicht verheiratet, deshalb bin ich über die Details nicht sehr gut informiert."

„Mit Eurer Eheschließung habt Ihr wahrlich einen Glücksgriff getan. In eine so angesehene Familie einzuheiraten ... Nicht jeder hat so viel Fortune." Maria Salome entging der abschätzige Seitenblick Eschbachs auf seine junge Frau nicht. Barbara saß die ganze Zeit stumm am Tisch und fühlte sich sichtlich unwohl. Maria Salome wollte richtigstellen, dass auch sie nicht aus mittellosen Verhältnissen stammte, doch es kam ihr kindisch vor, und deshalb schwieg sie.

„Habt Ihr noch Kontakte zu den Kollegen Eures Mannes?"

„Wenig", erwiderte Maria Salome einsilbig.

„Und Euer Schwager war markgräflicher Kanzler?"

„Ja."

Die Unterhaltung langweilte Maria Salome. Sie kam sich vor wie in einem Verhör. Zu gerne wäre sie aufgestanden und gegangen, doch Barbara zuliebe blieb sie noch ein wenig sitzen und kostete von dem Gebäck.

„Das schmeckt wirklich ganz hervorragend!" Maria Salome versuchte, das Gespräch auf dieses Thema zu lenken.

„Ihr verwendet Weißmehl dafür?" Maria Salome wandte sich direkt an Barbara, doch noch ehe diese antworten konnte, sagte Eschbach beiläufig:

„Ja, das kann sie!" Gönnerhaft tätschelte er seiner Frau die Hand, um sofort wieder auf sein Thema zu kommen.

„Die Stelle des markgräflichen Kanzlers ist zur Zeit noch vakant. Wahrscheinlich möchte seine Majestät erst prüfen, welcher seiner Hofbediensteten sich für dieses Amt eignet."

Maria Salome tat ihm nicht den Gefallen zu sagen, dass sie selbstverständlich überzeugt sei, dass er diese Persönlichkeit sei. Stattdessen bemerkte sie: „Solange noch Soldaten im Land liegen und Krieg herrscht im Reich, wird ein kluger Fürst die Zahl seiner Beamten gering halten. Ohnehin steht es mit den Staatsfinanzen nicht zum besten."

„Ja, der Durlacher, der Räuber, hat die Kassen geplündert! Um mit dem gestohlenen Geld ein Heer gegen den rechtmäßigen Besitzer auszurüsten! Doch diese Spielchen sind nun vorbei. Der Durlacher und seine Helfershelfer werden die harte Hand des Markgrafen zu spüren bekommen! Es ist an der Zeit, dass ohne Gnade gegen sie vorgegangen wird!" Doch noch bevor Eschbach sich in Rage reden konnte, erhob sich Maria Salome. Sie hatte genug. „Die Pflichten rufen mich. Ich habe heute noch den Speiseplan für die nächste Woche zu besprechen. Wenn Ihr mich also für heute entschuldigen würdet?"

„Selbstverständlich, gerne!" Eschbach war überrascht. Er hatte nicht damit gerechnet, dass sein Gast ihn so früh verlassen würde. Maria Salome reichte zuerst Barbara die Hand und drückte sie nochmals herzlich, dann Eschbach. „Es war sehr angenehm, Euch kennengelernt zu haben. Sehr gerne würde ich Euch einmal wieder in meinem Hause begrüßen!" stammelte der.

Maria Salome setzte ihr freundlichstes Lächeln auf. „Auch mir wäre es eine große Freude", sagte sie und wandte sich zum Gehen.

## IV

„‚Gelehrt, geistreich, angenehm'", dachte Maria Salome aufgebracht. „Da hat sich der gute Zinner doch sehr in der Wortwahl vertan." Aber dann musste sie lachen. Hatte Zinner nicht auch gesagt, dass sich Eschbachs junge Ehefrau über Gesellschaft freuen würde? Genau das war es! Und deshalb würde sie die nächste Einladung nicht ausschlagen! Sie hatte Barbara in ihr Herz geschlossen.

Eschbachs Interesse an Maria Salome erlahmte bald, als er merkte, dass sie ihm nicht zu einflussreichen Beziehungen verhelfen konnte oder wollte. Wenn sie zu Besuch kam, überließ er immer häufiger nach einigen höflichen Floskeln den Frauen den Tisch und täuschte Arbeit vor, um sich zurückziehen zu können. Maria Salome war das nur recht, und auch Barbara blühte auf, sobald ihr Ehemann den Raum verlassen hatte. Für einige Zeit verwandelte sie sich dann in ein lustiges, junges Mädchen, das albern und ausgelassen sein konnte. Da hörte man dann das fröhliche Lachen der beiden Frauen bis hinaus in die Gasse. Sie lachten auch über Matern Eschbach; das machte es leichter, seinen fanatischen Katholizismus, seinen unbändigen Ehrgeiz und seine Herablassung gegenüber seiner Frau zu ertragen.

Es war ein angenehm warmer Tag im Frühsommer. Maria Salome und Barbara saßen bei weit geöffneten Fenstern in der Wohnstube und strickten Windeln für den neuen Erdenbürger, der bald das Licht der Welt erblicken sollte. „Meine Güte, wie lange ist es her, seit ich das zuletzt gemacht habe!“ Maria Salome lachte.

Barbara schaute die Ältere verwundert an. „Ihr habt nie erzählt, dass Ihr Kinder habt!“

Traurig erwiderte Maria Salome: „Hatte. Ich hatte Kinder. Es ist lange her … Vier Mädchen und einen Buben. Ein richtig süßes Wuschelköpfchen war er, die Freude und Hoffnung seines Vaters. So klug und aufgeweckt!“ Maria Salome lächelte versonnen und schwieg einen Moment, in Erinnerungen versunken. Dann wurde ihr Blick wieder ernst. „Er hat das dritte Jahr nicht überlebt. Eine heimtückische Krankheit hat ihn dahingerafft. Alle Kunst der Ärzte hat nichts bewirkt, obwohl wir die besten zu Rate gezogen haben. Das einzige, was ich von ihm noch habe, ist dieses Löckchen.“ Maria Salome öffnete eine kleine, vergoldete Kapsel, die sie als Anhänger an einer Kette um den Hals trug. Zärtlich betrachtete sie die darin verwahrte goldbraune Haarsträhne. „Auch von den Mädchen wurde keines älter als sieben Jahre. Zwei habe ich bereits im Kindbett verloren. Es war Gottes Wille, mich kinderlos alt werden zu lassen.“

„Auch ich habe bereits ein Kind verloren“, sagte Barbara leise. Dann streichelte sie voll Zärtlichkeit ihren Bauch. „Dieses ist bereits mein zweites, und ich hoffe und bete täglich zu Gott, dass er es mir dieses Mal lässt.“

„Ich bete mit dir“, sagte Maria Salome freundlich. „Aber sag, wie ist es mit dem ersten gegangen?“

„Vielleicht war es Gottes Strafe, dass er es uns gleich wieder genommen hat. Es war ein Kind der Liebe, aber wir waren noch nicht verheiratet, als es gezeugt wurde. Matern hat als Student eine Kammer im Haus meiner Eltern bewohnt. Immer wenn wir uns begegnet sind, war er sehr zuvorkommend zu mir.

Das hat mir gefallen, denn kaum je hat jemand Acht auf mich gehabt. Ich war das zehnte Kind meiner Eltern, da war nicht mehr viel Aufmerksamkeit für mich übrig. Wenn meine Mutter darüber klagte, wie sie so viele hungrige Mäuler stopfen sollte – und das passierte oft –, fühlte ich mich schuldig. Ich war noch keine 17 Jahre alt und habe den klugen jungen Mann sehr bewundert. Er war so beredt, so liebevoll zu mir. Mir hat das so gut getan! Und dann habe ich es eines Tages geschehen lassen, dass er mich mit in seine Kammer nahm … Mein Vater war außer sich vor Wut, als er meinen gewölbten Bauch bemerkte. Er stellte zuerst mich, dann Matern zur Rede. Matern hatte sich zu der Zeit bereits sehr verändert. Er war jetzt nicht mehr galant, sondern oft grob und herablassend zu mir. Mein Vater machte ihm unmissverständlich klar, dass er es nicht zulassen werde, dass er sich aus der Verantwortung stiehlt. Das hat Matern eingesehen. Er bewahrte mich vor der Schande, indem er mich heiratete. Und so bin ich, die Tochter eines einfachen Handwerkers, jetzt die Frau eines Hofrats." Barbara lachte, doch es klang nicht fröhlich. „Das Kind, es war ein Junge, kam viel zu früh zur Welt. Es hat nur wenige Tage gelebt. Ich habe mein möglichstes gegeben, um sein Leben zu erhalten, aber ich war nach der schweren Geburt selber schwach … Matern hat mir die Schuld an seinem Tod gegeben, hat mich eine Rabenmutter genannt, eine Hexe, die ihr eigenes Kind tötet. Aber ich konnte doch nichts dafür …" Barbaras Stimme stockte. Tränen traten in ihre Augen. Betroffen nahm Maria Salome die Hand ihrer Freundin. Lange saßen beide schweigend da. Endlich nahm Barbara das Strickzeug wieder auf. Die Nadeln in ihren Händen begannen zu klappern, immer schneller und schneller, Masche reihte sich an Masche, Reihe an Reihe. „Aber ich bin noch jung, ich kann noch viele Kinder bekommen, und beim nächsten mache ich alles besser!", sagte sie entschlossen und lächelte.

Mit Wucht fuhr die Tür auf. Es hätte nicht viel gefehlt, und sie wäre aus den Angeln gesprungen. Eschbach stürmte mit Riesenschritten in die Stube. Barbara wollte aufspringen, um ihrem Mann entgegenzueilen, doch Maria Salome hielt sie zurück.

So ruhig wie sie konnte sagte sie: „Holla, Herr Hofrat, so stürmisch heute? Was für Unbill ist Euch begegnet, dass Ihr so in Rage seid?"

Eschbach schleuderte ein zerknülltes Schreiben auf den Tisch. „Das kommt davon, wenn man zu nachgiebig ist! Frech werden sie und dreist, dieses lutherische Lumpengesindel! Aber das weiß man ja, der Hang zu Aufwieglung und Renitenz liegt in der Natur ihrer ketzerischen Sekte. Wagt es doch diese, diese … Würzkrämerin" – Eschbach spie das Wort beinahe aus – „diese Weinhagin tatsächlich, den Markgrafen – oder vielmehr mich, seinen Hofrat – mit einem Brief zu belästigen! Religionsfreiheit verlangt sie, Re-li-gions-freiheit! Ha! Das Mensch kann sich wohl nicht damit abfinden, dass jetzt andere am Zuge sind. Höchste Zeit, dass endlich ein anderer Ton angeschlagen wird! Lang genug hat der Markgraf den eigensinnigen Häretikern in seiner fürstlichen Gnade Aufschub gewährt, wieder und wieder. Er hat ihnen sogar erlaubt, sich außer Landes zu begeben, wenn sie sich nicht zu unserem Glauben bekennen wollen. Aber dazu sind sie dann wohl doch zu feige. Ein ums andermal hat seine Majestät sich geduldig ihre Ausreden angehört. ‚Ich kann nicht auswandern, meine Schwiegermutter ist alt und gebrechlich, sie würde es nicht überleben!'" Eschbach äffte gehässig einen weinerlichen Tonfall nach. „‚Mein weniges Hab und Gut ist hier in Baden gebunden, und bei diesen so hoch beschwerlichen teuren Zeiten und leidigen Kriegsläufen müssten wir in der Fremde ein gar kümmerlich Leben führen und zuletzt gänzlich verderben.'"

Barbara, die nun doch aufgesprungen war, versuchte ihren Mann zu beschwichtigen. Doch der schlug nur unwirsch ihre Hand weg und herrschte sie an, als sei sie der Grund seines Wutausbruchs:

„Überhaupt, was hat ein Weib zu schreiben! Ist es bei den Lutheranern so, dass die Frauen die Geschäfte führen? Sind ihre Männer nicht Manns genug, dass sie sich auf diese Art und Weise vorführen lassen? Da sieht man, wohin es führt, wenn Sitten und Anstand mit Füßen getreten werden. Ich würde mir das nie gefallen lassen, ich nicht!"

Während Eschbachs Tirade hatte Maria Salome das zerknüllte Papier vom Tisch genommen und geglättet. Sie überflog die Zeilen. „Gnädiger Fürst und Herr, Es hat dero Vogt dieser Tagen Euer fürstlichen Gnaden Befehl mir eröffnet, des Inhalts, dass ich innerhalb acht Tagen mich entweder zur katholischen Religion bequemen oder aber außer Euer fürstlichen Gnaden Fürstentum ziehen solle. Hierauf kann deroselben ich in Untertänigkeit nicht verhalten, dass ich meine seit meiner Geburt bekannte und im Übrigen im Heiligen Römischen Reich zugelassene Religion zu ändern äußerste Bedenken trage, sintemalen …" Weiter kam sie nicht, da entriss Eschbach ihr das Schreiben. „Lest dieses Pamphlet nicht. Es eignet sich nicht für die Augen einer anständigen Frau."

„Aber Ihr selbst habt es doch …" Eschbach warf Maria Salome einen bitterbösen Blick zu. Diese verstummte. Noch nie hatte sie solch abgrundtiefen Hass in den Augen eines Menschen gesehen. Es war sinnlos, mit dem Rasenden reden zu wollen. Plötzlich drehte sich Eschbach abrupt auf dem Absatz um, und unter lautem Schimpfen – „Der Teufel hat ihr die Feder geführt! Das wird Folgen haben! Das bleibt nicht ohne Konsequenz!" – verließ er die Stube genauso stürmisch wieder, wie er sie betreten hatte.

Wie vom Donner gerührt blieben die beiden Frauen zurück. Fassungslos schauten sie sich an. Barbara war noch blasser als sonst.

Maria Salome fing sich als erste. „Ich muss zugeben, es ist couragiert, eine Bittschrift diesen Inhalts an den Markgrafen zu schreiben. Ich glaube, ich hätte nicht den Mut dazu", sagte sie. In ihrer Stimme schwang Respekt.

„Kennt Ihr diese Weinhagin?"

Maria Salome nickte. „Seit vielen Jahren. Sie ist eine ehrenwerte Frau, und ich glaube, wir hätten Freundinnen werden können, wenn sie nicht die falsche Richtung eingeschlagen hätte. Sie ist eine überaus fanatische Protestantin, die verbissen an ihrem Glauben festhält. Wie mir mein Freund Zinner erzählte, hat sie sich allen seinen Versuchen zum Trotz bis jetzt hartnäckig widersetzt, sich von der katholischen Lehre überzeugen zu lassen. Weder Güte noch Drohungen noch Geldstrafen haben etwas bewirkt. Sie muss schon hunderte Taler Strafe bezahlt haben."

„Ist sie so reich?"

„Die Weinhags gehören zu den vermögendsten und angesehensten Familien in der Stadt. Sie betreiben eine florierende Gewürzhandlung unten beim Ooser Tor. Schon der Vater und Großvater der Weinhagin waren in diesem Metier tätig, das gute Gewinne abwirft." Und nach einer kurzen Pause fügte Maria Salome hinzu: „Ich gestehe, dass auch ich meine Gewürze aus ihrem Laden beziehe. Die Qualität ist unübertroffen. Es wäre wahrhaftig ein Verlust für Baden, wenn sie die Stadt verlassen würden – wie so viele andere es bereits getan haben. Es fällt mir schwer zu glauben, dass dies im Sinne des Markgrafen ist. Die Stadt blutet aus, wenn die fähigsten und fleißigsten Bürger auswandern."

„Ist das der wahre Grund für die Milde und Geduld des Markgrafen?"

„Mag sein. Aber dein Mann hat sich ja soeben auf die Fahnen geschrieben, das zu ändern."

# V

„Was haben die Damen da die Köpfe zusammenzustecken! Hopp, hopp, es ist Zeit, dass Ihr Euch für die Abendandacht bereit macht!“ Ursula Röder von Diersburg, Agatha Stein von Reichstein und Philippine Knebel von Katzenellenbogen, allesamt Hoffräulein ihrer fürstlichen Gnaden der Markgräfin, fuhren bei Maria Salomes energischen Worten erschrocken auseinander. Ein Blatt Papier schwebte zu Boden, und Freifräulein Röder beeilte sich, es wieder aufzuheben.

„Was hast du da?“, fragte Maria Salome streng. „Gib her!“

Die Angesprochene versuchte, das Blatt hinter ihrem Rücken zu verstecken. Doch Maria Salome drehte ihr den Arm nach vorn und riss es ihr aus der Hand. Die beiden anderen Mädchen kicherten nervös. Maria Salomes Blick fiel auf einen großformatigen Holzschnitt. Er zeigte eine hässliche Kreatur mit Bocksbeinen, Hörnern und Drachenflügeln und einem Gefolge aus halb entkleideten Weibern. Eine küsste dem Satan, denn um diesen handelte es sich, sein nacktes Hinterteil. Andere traten ein auf dem Boden liegendes Kreuz in den Schmutz. Im linken Bildhintergrund war ein Dorf zu erkennen, über das gerade ein Unwetter niederging, rechts war ein Scheiterhaufen abgebildet, auf dem eine Hexe zu Asche verbrannt wurde. In großen Lettern stand als Überschrift über der Szene: „Die wahre Geschichte von dem großen Jammer, der sich in der Markgrafschaft Baden zugetragen hat, wo über fünfzig Hexen verbrannt worden sind.“

„Wo kommt das her?“, fragte Maria Salome scharf.

„Das wurde heuer auf dem Markt verkauft. Rittmeister Franz von Schwarzenberg hat es mitgebracht.“

Missbilligend schaute Maria Salome Agatha Stein an. Es war ihr nicht entgangen, dass diese in letzter Zeit sehr oft mit dem jungen Rittmeister zusammensteckte. „Das ist nichts für die Augen junger adeliger Damen“, tadelte sie.

„Warum nicht?“, fragte Ursula Röder keck. „Wir müssen uns doch wappnen, damit wir den bösen Feind erkennen, falls er uns zu verführen versucht.“

„Geht sowieso nicht“, piepste Philppine Knebel. „Wir haben ja gelesen, dass er in Verkleidung kommt. Und dass man ihn erst erkennt, nachdem er sich fleischlich mit einem vermischt hat, nämlich an seinem Glied und seinem Samen. Und dann", sagte sie mit schauriger Stimme, „dann ist es zu spät!" Maria Salome warf den Mädchen einen vernichtenden Blick zu.

„Redet nicht solchen Unsinn! Wappnet Euch, indem Ihr Euren Glauben in Jesus Christus und die heilige Jungfrau Maria stärkt, und nicht, indem Ihr schmutzige Bilder betrachtet! Los jetzt, ab in Eure Kammern und fertig gemacht für den Gottesdienst!"

Die Mädchen trollten sich schmollend. Maria Salome blieb kopfschüttelnd zurück. Noch einmal betrachtete sie das Flugblatt in ihren Händen. Ihr erster Gedanke war, das Pamphlet zu zerreißen. Doch dann überlegte sie es sich anders, faltete es sorgfältig zusammen und steckte es in ihre Rocktasche.

Als sie am Abend auf ihrem Bett saß, holte sie das Flugblatt noch einmal hervor. Im Schein des verglimmenden Kaminfeuers las sie den Text. „Hört zu ihr Frauen und auch Mann: groß Wunder will ich zeigen an, so neulich ist geschehen. Auf welche Weis' der böse Feind die Menschen bringet in Gefahr tu ich mit Wahrheit sagen. Nämlich dass in des Markgrafs Land, genannt zu Baden, wohlbekannt, schon viel verbrannt sind worden. In Kuppenheim und Rastatt fast fünfzig man verbrennet hat …" Als sie geendet hatte, betrachtete sie nachdenklich die drastische Abbildung, die feixende Fratze des Satans, die ordinäre Pose, das Kreuz im Straßendreck. Sie empfand Ekel und Abscheu. Doch dann fiel ihr Blick auf die Hexe, die den qualvollen Feuertod erlitt. Maria Salome schauderte. Welch grausamer Tod! Es hieß, dass nur das Feuer die Kraft des Bösen endgültig von der Erde vertilgen könne. Und die Seele der Hexe läutern, sofern sie zuvor ihre Untaten bekannt hatte, zu denen sie der Teufel angestiftet hatte. Welch schlimmes Schicksal, wenn einen der böse Feind in seine Fänge bekam! Dies zu verhindern half nur, sich unablässig im Glauben an den einzigen und wahren Gott zu üben. Maria Salome bekreuzigte sich und tastete suchend nach dem Agnus Dei-Amulett in ihrer Rocktasche. Sie seufzte, als ihre Finger über das Wachsrelief strichen.

Dass in den vergangenen Monaten in den benachbarten Gemeinden Rastatt und Kuppenheim Hexenprozesse stattgefunden hatten, war Maria Salome nicht neu. Barbara Eschbach hatte ihr davon erzählt, weil ihr Mann jetzt oft tagelang in Rastatt war, um die Verhöre zu leiten. Sie sagte, dass er von nichts mehr anderem sprach als von seiner Berufung, die Unholdinnen aufzuspüren und zu vernichten und damit das Land vor großem Schaden zu bewahren. Eschbach hatte seit seinem furiosen Auftritt vor einem Jahr immer wieder davon geredet, dass es nicht mit rechten Dingen zugehe, dass die letzten verbliebenen Protestanten sich so hartnäckig allen Bekehrungsversuchen widersetzten und weder Drohungen noch harte Strafen fruchteten. Es wurde geradezu zu seiner fixen Idee, dass der Teufel seine Hände im Spiel haben müsse. Wie ein Besessener hatte er nach Anhaltspunkten gesucht, um der Teufelsclique auf die Spur zu kommen. In Rastatt war er endlich fündig geworden. Der dortige Amtmann hatte ein zänkisches altes Weib in Haft nehmen müssen, weil sie ihre Nachbarn mit Flüchen und bösen Schimpfworten belästigte. Überhaupt war die Frau wegen ihres absonderlichen Benehmens in der Öffentlichkeit verschrien. Man hörte sie oft reden oder lachen, obwohl niemand in ihrer Nähe war, oder sah sie im Vorgarten ihres verwahrlosten Häuschens scheinbar sinnlos hantieren. Eschbach hatte sofort geahnt, dass dieser Fall der Schlüssel zu seinem Erfolg sei. Er hatte unverzüglich reagiert und den Prozess an sich gezogen, und wie zu erwarten hatte er die Teufelsbuhlschaft der alten Hexe schnell ans Tageslicht gebracht. Zudem hatte die Alte ein ganzes Netzwerk von Komplizen und Komplizinnen verraten und Eschbach damit das wichtigste Werkzeug an die Hand gegeben, den Sumpf auszutrocknen. Ihr Mann, so hatte Barbara berichtet, war geradezu euphorisch, und jede überführte Hexe, die auf dem Scheiterhaufen endete, spornte ihn zu noch mehr Eifer an.

Auch Zinner, der als Seelsorger mit den Verfahren zu tun hatte, hatte Maria Salome von den Prozessen erzählt, aber in ganz anderer Weise. Wenn der Pater und Maria Salome jetzt in Wachenhofen beisammen saßen – denn an diesem Brauch hielten sie auch nach Maria Salomes Umzug ins markgräfliche Schloss fest – war der Pater oft bedrückt und nachdenklich. Maria Salome hatte zunächst gedacht, er sei wie sie erschüttert darüber, dass die Zahl der Verbrecher, die jahrelang unentdeckt ihr Unwesen getrieben und Tod und Verderben gebracht hatten, so groß war. Bald jedoch hatte sie gemerkt, dass es etwas anderes war, was ihn belastete und worüber er nur zögerlich sprach. Erst nachdem sie mehrfach nach dem Grund seiner offenkundigen Traurigkeit gefragt hatte, hatte er ihr geantwortet: „Ich habe keine Worte, um zu beschreiben, in welcher Verfassung die zum Tod Verurteilten sind, wenn der Folterknecht seine Arbeit getan hat und sie mir an die Hand gibt, damit ich sie in ihren letzten schweren Stunden begleite. Ihre flehenden Worte um Gnade, ihre verzweifelten Unschuldsbeteuerungen habe ich Tag und Nacht in den Ohren. Ihre mit Wunden übersäten Körper, die grauenvoll verrenkten Glieder, ihr panischer Blick gehen mir nicht mehr aus dem Kopf." Erschrocken hatte Maria Salome den Pater angesehen. Hatte er womöglich Mitleid mit Zauberern und Unholden? War es nicht recht und billig, dass sie um ihrer Missetaten willen litten? Eine bleierne Stille hatte plötzlich im Raum gelegen. Maria Salome hätte so gerne etwas gesagt, um das bedrückende Schweigen zu beenden, aber es war ihr nichts eingefallen, das in diesem Moment angemessen gewesen wäre. Also schwieg auch sie. Endlich hatte Zinner mit leiser Stimme, mehr an sich selbst gewandt und ohne sie anzusehen, weiter geredet: „Es müssen unmenschliche Qualen sein, die die Unglücklichen unter der Folter erleiden, so dass sie am Ende sogar den Tod als Erlösung herbeisehnen. Ich frage mich, ob nicht womöglich die Folter die Menschen dazu bringt, Taten zu bekennen, die sie nie begangen haben. Und nicht nur, dass vielleicht Unschuldige dem Feuer überantwortet werden; ihre erpressten Geständnisse bringen immer neue Menschen in Verdacht, so dass die Prozesse niemals aufhören."

„Aber – verlaufen die Verfahren denn nicht nach den strengen Vorgaben der geltenden Gesetze?", hatte sie ungläubig gefragt. Niemals würde sie den Blick vergessen, mit dem der Pater sie angesehen hatte. In seinen sonst so fröhlichen Augen lag tiefe Resignation. Seine Antwort hatte sie kaum verstanden. „Ich fürchte: nein."

Noch einmal betrachtete Maria Salome das Bild der in den Flammen sterbenden Frau. Was, wenn Zinner recht hatte und sie unschuldig wäre? Maria Salome erschauerte. Das konnte, das wollte sie sich nicht vorstellen!

# VI

Maria Salome stand mit dem Rücken zum Raum am offenen Fenster und starrte hinaus in den Sommerregen. Philipp Zinner, der in einem Lehnstuhl saß, sollte nicht sehen, dass sie traurig und wütend war. „Es sind noch nicht mal fünf Jahre, seit Ihr hier seid. Die Niederlassung der Sozietät steckt noch in den Kinderschuhen, wie kann der Pater Provinzial Euch da abberufen?“

„Fünf Jahre an einem Ort ist bereits eine ungewöhnlich lange Zeit für einen Jesuiten. Niemand soll zu lange auf einer Stelle verweilen, das macht den Körper faul und den Geist träge. Es gehört zu den Grundsätzen des Ordens, dass sich jeder Pater und jeder Bruder zu jeder Zeit dort gebrauchen lässt, wo sein Dienst am meisten benötigt wird. Der Pater Provinzial hat es für gut befunden, mich nach Mainz zu rufen, damit ich ihm dort bei seinen Aufgaben in der Verwaltung der Oberrheinischen Ordensprovinz zur Hand gehe.“

„Kann es nicht auch sein, dass man mit Eurer Arbeit unzufrieden ist? Damit, dass noch viel zu viele Protestanten nicht zur katholischen Konfession konvertiert sind?“ Maria Salome packte die Lust zur Bosheit.

Zinner ließ sich nicht aus der Ruhe bringen. „Es obliegt mir nicht, die Erwägungen und Gedanken der Verantwortlichen ergründen zu wollen. Ein weiterer Grundsatz der Sozietät ist übrigens bedingungsloser Gehorsam gegenüber den Ordensoberen.“

Zornig drehte sich Maria Salome jetzt um. „Ihr braucht mir keinen Vortrag über die Grundsätze des Jesuitenordens zu halten. Ich habe nicht vor beizutreten.“

„Das ginge auch gar nicht.“ Zinner lächelte. „Es gibt beim Jesuitenorden keinen weiblichen Zweig.“

Als Maria Salome Zinners belustigtes Lächeln sah, verflog ihre Wut augenblicklich, und sie musste selber lachen. Versöhnlich sagte sie: „Ach, Zinner, Ihr wisst, wie schwer es mir fällt, Euch ziehen zu lassen. Ich bin eben traurig und deshalb vielleicht ein wenig ungerecht mit Euch. Es ist mir, als würde ich zum zweiten Mal einen Sohn verlieren! Mit wem soll ich denn in Zukunft meine schönen und traurigen Stunden teilen? Wem soll ich mich anvertrauen, wenn mich Sorgen plagen oder ich nicht weiter weiß? Ihr kennt mich wie kein anderer; so oft habe ich von Euren

Ratschlägen profitiert. Wer verschönert mir künftig die Nachmittage auf meinem Hofgut? Ihr wisst ja gar nicht, dass ich mir diesen einen freien Tag pro Woche auch deshalb ausbedungen habe, damit wir an der mir so lieb gewordenen Tradition Eurer Besuche festhalten konnten!"

Täuschte sich Maria Salome, oder huschte eine leichte Röte über Zinners Gesicht? „Glaubt mir, verehrte Maria Salome, Eure liebenswerte Gesellschaft, die Nachmittage in Wachenhofen, die Spaziergänge in Eurem gepflegten Garten, unsere anregenden Konversationen, all das wird auch mir sehr fehlen, und ich werde alles bis zum Ende meiner Tage in angenehmster Erinnerung behalten. Doch es hilft nichts, Vergangenem nachzutrauern, wenn es die Zukunft zu gestalten gilt! Wenn Ihr ein letztes Mal einen Rat von mir annehmen wollt, dann haltet auch Ihr Euch an diese Maxime! Im Übrigen kann ich Euch fest versichern, dass Ihr meine Mitbrüder stets und zu jeder Zeit als Eure Freunde betrachten dürft. Und wenn Ihr es in Eurem Herzen zulasst, dann wird der neue Superior unserer kleinen Jesuitenniederlassung mir nicht nur in meinem Amt nachfolgen, sondern auch als Euer Ratgeber und Tröster."

Zinner verließ Baden im Frühsommer 1627. An seiner Statt kam Pater Wilhelm Muster, ein Rheinländer aus Jülich. Maria Salome versuchte aufrichtig, ihr Herz zu öffnen, doch es wollte ihr nicht gelingen. Pater Muster war ein so ganz anderer Charakter als Philipp Zinner. Er besaß nicht dessen offenes und einnehmendes Wesen, nicht seine Geselligkeit und auch nicht seinen hintergründigen Humor. Unbestreitbar war er ein kluger Kopf, allein es fehlte ihm jede menschliche Wärme. Maria Salome hatte den Eindruck, als beurteile er die Menschen und Dinge seiner Umgebung allein danach, ob sie ihm, oder vielmehr seinem Orden, nutzten oder nicht. Maria Salome kamen die Worte Zinners wieder in den Sinn, dass der Orden seine Glieder immer genau dort einsetze, wo sie gemäß ihren Fähigkeiten ihrer Kirche am besten dienen konnten, und plötzlich verstand sie: Zinner, der Menschenfreund, hatte in den Anfangsjahren die Menschen für den katholischen Glauben zurückgewonnen, jedenfalls sehr viele. Jetzt, wo in dieser Beziehung fast keine Ernte mehr einzufahren war, war ein Mann gefragt, der die kleine Ordensniederlassung für die Dauer sicherte. Maria Salome musste neidlos anerkennen, dass Muster diesbezüglich in kürzester Zeit große Erfolge verbuchen konnte.

Er hatte erreicht, dass weitere Patres nach Baden entsandt wurden, so dass jetzt ihrer zehn bis zwölf ständig hier wohnten. Dazu kamen noch eine Handvoll Brüder. Für diese Zahl war der bisherige Wohnsitz nicht mehr ausreichend. Der Markgraf ließ sich davon überzeugen und stellte dem Orden sein Palais im Herzen der Stadt zur Verfügung, ein überaus repräsentatives und großzügiges Gebäude. Die Jesuiten waren für alle sichtbar in der Mitte der Gesellschaft angekommen. Eine weitere Qualität Musters war sein einzigartiges Gespür dafür, wo Geldquellen angezapft werden konnten, und das Vermögen des Ordens mehrte sich mit jedem Tag. Nichts mehr schien dem Ziel im Wege zu stehen, in Baden ein dauerhaftes Jesuitenkolleg zu etablieren und damit ein Bollwerk gegen den Protestantismus. Im neuen Domizil konnte auch die Schule besser eingerichtet werden, und die Zahl der Schüler wuchs unaufhörlich. Selbst protestantische Eltern erkannten die Chance auf eine erstklassige Ausbildung und schickten ihre Söhne ins Jesuitengymnasium. Die künftige Elite des Landes, sie wurde im katholischen Glauben erzogen. Alle diese Leistungen Musters waren unbestritten, und eigentlich hätte Maria Salome sich darüber freuen müssen, dass ihre Religion in so wunderbarer Weise gefördert wurde, doch für sie wog der Verlust ihres guten Freunds und Ratgebers schwerer. Wohl lud Maria Salome auch Muster in ihr Landgut ein, und er fand lobende Worte für das schmucke Anwesen. Doch in ihren Ohren klangen sie hölzern und unecht, ohne wirkliche Anteilnahme. Alle Gespräche blieben seltsam distanziert, und so gab Maria Salome die Einladungen bald auf. Ja, sie selbst ging nur mehr selten nach Wachenhofen; ohne Zinner schien alles ihr dort leer und seelenlos. Und es gab noch einen anderen Grund, warum sie den Weg hinaus auf das Landgut scheute: Er führte an der Richtstätte vorbei, und dort brannten seit dem Herbst 1627 die Scheiterhaufen für die überführten und verurteilten Hexen aus Baden.

# Hexenjagd

1627/28

I

Kreidebleich saß Susanna am elterlichen Stubentisch. Wie um sich zu vergewissern, dass alles in Ordnung sei, drückte sie immer wieder ihr kleines Söhnchen an sich, das friedlich in ihren Armen schlief.

„Ich habe ja nicht gewusst, dass es etwas Unrechtes sei, als ich die Zimmer-Anna ans Kindbett holen ließ. Du selber weißt, wie schwer die Geburt war und wie viel Blut ich verloren habe. Alle haben mir empfohlen, die Zimmer-Anna zu Rate zu ziehen, die schon so vielen Müttern in ihren Wochenbettschmerzen geholfen hat. Zugegeben, ich habe nicht verstanden, was sie gemurmelt hat, als sie mir diese Salbe auf den Unterleib geschmiert hat. Ich war ja mehr tot als lebendig. Aber eines kann ich sagen, ihre Medizin hat geholfen. Ich weiß auch nicht, was genau sie in meiner Kammer getrieben hat, während ich halb bewusstlos in meinem Laken lag. Erst später habe ich gesehen, dass sie alle Wachskerzen entfernt und durch Talglichter ersetzt hatte. Als ich sie darauf ansprach, erklärte sie mir, dass Wachskerzen böse Geister herbeilocken. Wie hätte ich ahnen können, dass gerade das Gegenteil der Fall ist, dass der Talg von getöteten Säuglingen stammt, die die unglücklichen Seelen der Neugeborenen holen wollen?"

„Das ist doch alles Unsinn!", unterbrach Anna Weinhag unwirsch. „Du und dein Söhnchen, ihr seid beide wohlauf! Der kleine Konrad wächst und gedeiht wie selten ein Kind! Man kann von der Zimmer-Anna halten was man will – sie mag bisweilen etwas wunderlich sein, aber doch nicht wunderlicher als alte Frauen es nun mal sind – aber dass sie jemals Böses im Schilde führte: nein! Dafür verbürge ich mich!"

„Aber sie selbst hat es ja zugegeben!", widersprach Susanna. „Wärst du heute morgen mitgekommen zum Bürgerhaus, dann hättest du es mit eigenen Ohren gehört, als Hofrat Eschbach ihr Geständnis verlas. Wie sie die Neugeborenen tötete, indem sie auf eine bestimmte Weise ihren Finger in ihre Herzen bohrte. Wie ihr der böse Feind die Macht dazu gegeben hat. Wie sie den Talg der ermordeten Kindlein ausgekocht und Kerzen daraus gegossen hat, um mit den Dämpfen weitere Kinder zu töten. Wie sie mit anderen Hexen auf dem Hardberg Hagelwetter gekocht hat, so dass die Frucht auf dem Feld verdarb. Fast endlos ist ihr Sündenregister, es war schier unerträglich, alles mit anzuhören. Und sie selbst stand mit unbewegter Miene da und hat immerzu nur genickt. Da war nicht die Spur von Reue! Und wie perfide sie noch versuchte, andere mit in den Untergang zu reißen. Stell dir vor, Mutter, sie hat sogar dich bezichtigt, mit ihr auf einem Hexentanz gewesen zu sein!“ Jetzt wurde Anna zornig. Mit bebender Stimme sagte sie: „Susanna, ich verbiete dir, einen solchen Unsinn zu glauben!“

„Aber wenn das Gericht doch als Wahrheit erkannt hat, dass die Zimmer-Anna …“

„Halt den Mund!“ Augenblicklich verstummte Susanna und sah ihre Mutter entsetzt an. So grob hatte sie sie noch nie erlebt. „Ich kann dir sagen, was die Wahrheit ist. Die Wahrheit, mein Kind, die Wahrheit ist, dass die Scheiterhaufen immer weiter brennen müssen! In Ettlingen und Rastatt sind sie erloschen, jetzt ist Baden an der Reihe. Es spielt überhaupt keine Rolle, was die Zimmer-Anna getan oder nicht getan hat. Es ist ja so einfach, eine wehrlose alte Frau der Hexerei zu bezichtigen, noch dazu, wenn sie sich auf die Kunst der heilsamen Magie versteht. Da ist es nur ein kleiner Schritt, ihr auch Nigromantie zu unterstellen und ihr Todesfälle, die bei Geburten nun einmal vorkommen, in die Schuhe zu schieben. Und das dumme Volk glaubt es!“

Getroffen senkte Susanna den Blick. Sie küsste ihren kleinen Sohn auf die Stirn, dann sagte sie kaum hörbar: „Ich habe trotzdem Angst!“

„Angst, Susanna, habe ich auch.“ Annas Stimme klang jetzt wieder versöhnlich. Sie strich ihrem Enkelkind über den blonden Haarflaum. „Aber nicht, weil die Zimmer-Anna deinen Sohn verhext haben könnte. Ich habe Angst, dass die Schergen Wilhelms weitere Opfer suchen und finden werden. Keiner ist vor ihrer Willkür sicher – am wenigsten wir Evangelischen, auf die sie ohnehin ein Auge haben. Ist es Zufall, dass die Zimmer-Anna evangelisch ist? Markgraf Wilhelm ist geradezu besessen in seinem Hass auf unsere Religion. In seinen Augen sind wir die Schuldigen, dass er so lange auf den Thron verzichten musste und vor aller Welt als Schwächling dastand. Ihn dürstet nach Rache. Dass wir uns jetzt auch noch der Konversion verweigern, macht ihn nur noch zorniger. Aber", und Anna sah ihrer Tochter fest in die Augen, „wir werden uns selbst durch Gewalt nicht von unserem Weg abbringen lassen!"

Wie Anna vorausgesagt hatte, gerieten bald weitere Personen ins Visier der Hexenjäger. Die Hinrichtung der Zimmer-Anna war kaum vollstreckt, da wurde Margaretha Steinlin genannt Welsch Jakobin und wenige Tage nach ihr die Witwe Maria Schnell verhaftet. Margaretha Drabold, ebenfalls eine Witwe, hatte man schon zuvor, als die Zimmer-Anna noch am Leben war, bei Nacht aus ihrem Haus geholt und in den Gemminger Turm gesperrt. Alle drei Frauen bekannten sich zur evangelischen Konfession. Nach mehrtägigen Verhören wurden sie für schuldig befunden und gemeinsam auf dem Richtplatz verbrannt.

## II

Es war eine schauerliche Prozession, die sich am frühen Vormittag des 15. Oktober 1627 vom Gemminger Turm durch das Ooser Tor aus der Stadt hinaus bewegte und über die Rastatter Landstraße zur Richtstätte in Badenscheuern zog. Vorneweg ritten die markgräflichen Hofräte Dr. Matern Eschbach und Dr. Adolph Krebs, Amtmann Johann Jakob Datt von Tiefenau, Untervogt Georg Adam Sulger, der Stadtschreiber und der Gemeindediener als Vertreter der Obrigkeit, eskortiert von einigen Soldaten der Schlosswache. Ihnen folgte in einer Kutsche der Superior der Jesuitenresidenz Pater Wilhelm Muster mit zwei weiteren Patres aus dem Jesuitenorden als Repräsentanten der Kirche. Hinter dieser Kutsche aber fuhr ein einfaches Ochsengespann, wie es die Bauern verwenden. Geführt wurde es vom Knecht des Scharfrichters. Auf dem Karren war ein Pfahl aufgerichtet, an dem ein Mann festgebunden war. Er trug nichts am Leib als ein grobes Hemd. Das Haupt war kahl geschoren, der Kopf auf die Brust gesunken. Bei jedem Schritt der Ochsen pendelte er schlaff hin und her. Das Gesicht des Mannes war seltsam fahl, die blauviolett unterlaufenen Lippen waren leicht geöffnet, so dass die Zungenspitze hervortrat. Die Augen hatte er geschlossen. Ganz ohne Zweifel handelte es sich um einen Leichnam, der da transportiert wurde.

Eine Handvoll Schaulustiger folgte zu Fuß. Den Schluss bildeten rund ein Dutzend schwarz verhüllter Gestalten. Es waren dies die Angehörigen des Toten.

Nach einer guten halben Stunde erreichte der makabere Zug die Richtstätte. Dort war noch von den vorangegangenen Exekutionen her eine provisorische Tribüne aufgebaut, wo die hohen Herren nun auf Stühlen Platz nahmen. Eschbach schickte einen dankbaren Blick zu dem Baldachin über den Sitzen, der den feinen Nieselregen abhielt, der schon den ganzen Vormittag aus tiefen Wolken fiel. Schlimm genug, bei diesem ungemütlichen Wetter draußen sein zu müssen!

Rechts der Tribüne hielt mit einem heftigen Ruck das Ochsengespann, und der Tote nickte wie zum Einverständnis ein letztes Mal mit dem Kopf. Das Volk, nun verstärkt durch ein paar Einwohner aus Badenscheuern, stellte sich in einem Halbkreis links der Tribüne auf, von wo man einen guten Blick sowohl zu den hohen Herren als auch auf den Karren mit dem Leichnam hatte, ebenso aber auf den Scheiterhaufen, der in der Mitte des Platzes aus Holz und Stroh aufgeschichtet war. Der Scharfrichter, auf sein Richtschwert gestützt, hatte sich davor postiert. Die trauernden Angehörigen schließlich stellten sich an der äußersten Flanke des Zuschauerhalbkreises auf. Eschbach quittierte ihre Anwesenheit mit missbilligenden Blicken. Dass sie zugegen waren, irritierte ihn, denn es war äußerst ungewöhnlich, dass die Familie eines Delinquenten freiwillig der Exekution beiwohnte, auch wenn es die Exekution eines Toten war. Er hoffte, dass es nicht zu Unruhen kommen würde. Doch dann, so schwor er sich, würde er mit aller Härte durchgreifen lassen.

Der Büttel ließ die Schelle ertönen. Auf dieses Zeichen hin verstummten alle Gespräche unter den Schaulustigen. Der Stadtschreiber erhob sich, räusperte sich drei Mal und verlas dann mit lauter Stimme den markgräflichen Befehl:

„Wilhelm von Gottes Gnaden Markgraf zu Baden und Hachberg. Weil sich Jakob Gutterer der Alte wegen seiner begangenen großen Missetaten aus Verzweiflung im Gefängnis selbst erhängt hat, befehlen wir hiermit, die Missetaten, die Gutterer gestanden hat, aus dem Verhörprotokoll vorzulesen und danach seinen Leib wie andere Zauberer und Hexen auf der Richtstatt durch das Feuer zu Pulver zu verbrennen."

Der Stadtschreiber wartete, bis das Raunen unter den Zuhörern verebbte. Er gab das markgräfliche Mandat dem Amtmann, der es umständlich zur Seite legte und dem Stadtschreiber stattdessen einen Stapel Papier reichte: das Protokoll des Verhörs von Jakob Gutterer in der Gerichtsstube im Gemminger Turm. Wieder räusperte sich der Stadtschreiber und begann dann, wie vom Markgrafen geheißen, vorzulesen:

„Montags den 11. Oktober 1627 ist er, Gutterer, durch Herrn Dr. Eschbach im Beisein von mir, dem Stadtschreiber, in der Güte verhört worden und hat folgende Aussage gemacht: Er sei von hier gebürtig und der eheliche Sohn von Jakob Gutterer, einst Bürger und Metzger in Baden, und Ursula, seiner Ehefrau, die aus Calw stammte. Er sei vor ungefähr vierzig Jahren nach Art der Handwerker auf Wanderschaft gegangen und nach Schorndorf in die Wasenmühle gekommen. Dort sei ihm der böse Feind erschienen, der sich Storck genannt und grüne Frauenkleider getragen habe. Demselben habe er sich hingegeben. Anschließend musste er Gott und alle Heiligen verleugnen. Danach hat er mit ihm auf dem Wasen Hochzeit gehalten. Sie seien von einem anderen alten Teufel in grünen Kleidern zusammengegeben worden. Es seien viele Leute aus Schorndorf dabei gewesen, die aber inzwischen alle tot seien. Sie hätten bei ihrer Hochzeit auch Essen und Trinken gehabt, aber kein Salz und kein Brot. Er selbst habe zwar geglaubt, die Speisen und Getränke seien gutes Fleisch und Wein, doch sei das Fleisch nichts anderes als Kot und der Wein nur Mistbrühe gewesen. Danach sei wieder der Beischlaf vollzogen und ein Tanz abgehalten worden. Von seiner Hochzeit sei er auf einem Besen, den der böse Feind gesalbt und ihm gegeben hatte, in das Haus seines Meisters zurückgeflogen."

Mit ungläubigem Entsetzen vernahmen die Kinder des alten Gutterer diese Worte. Wie nur hatte sich ihr Vater zu solch einem Geständnis hinreißen lassen? Nichts davon konnte wahr sein. Er war immer ein guter Christ gewesen, niemals hätte er sich mit dem Teufel eingelassen!

„Er sei ungefähr zehn Jahre in der Fremde gewesen. Als er einst in Pforzheim bei einem Bäcker namens Götz gearbeitet habe, habe ihm eine Hebamme, die auch eine Hexe gewesen sei, ein blaues Pulver gegeben.

Davon habe er seinem Meister in die Suppe gegeben, weil er so seltsam gewesen sei. Davon sei er ungefähr ein viertel Jahr lang krank gewesen und schließlich gestorben.

Von Pforzheim sei er nach Gernsbach gekommen und habe dort ungefähr zwei Jahre gearbeitet. Dort habe er sich mit seiner Magd zerstritten. Er habe sie im Namen des Bösen mit der Hand auf die Schulter geschlagen, dass sie lahm wurde und bald darauf starb."

Stumm hörte das Publikum zu. Als jedoch die Aufzählung der angeblichen Mordopfer aus der Badener Einwohnerschaft kam, wurde die Menge unruhig. „Meister Philipp von der unteren Badstube ..., Spitalmeister Hans Marquart ..., sein eigenes Kind, die erst fünfjährige Ursula ..., Margareta vom Sauersberg ..., Michael Lauer ..., die Frau des Lorenz Metzger ..., Johann Dietrich aus dem Gunzenbachtal ..." Richtig, der Gunzenbacher Hans! Alle erinnerten sich noch an den jungen, kräftigen Holzmacher, der plötzlich wie aus heiterem Himmel verfiel und sehr schnell und unerwartet starb. Hatte man es doch geahnt, dass Magie im Spiel war! Feindselige Blicke und Gesten gingen in Richtung der Angehörigen, doch die standen wie versteinert mit gesenkten Köpfen. Nur Anna Weinhag hielt den Kopf erhoben und sah unverwandt zu Matern Eschbach hin. Sie studierte seinen Gesichtsausdruck. Eschbach saß lässig auf seinem Stuhl und weidete sich ganz offenbar an der Erregung des Publikums. So jedenfalls interpretierte Anna das feine Lächeln auf seinen Lippen. „Was für ein Unmensch", dachte sie angewidert. Als habe er es gespürt, wandte er sich ihr just in diesem Augenblick zu. Für einen Moment trafen sich ihre Blicke. Eschbachs Miene verfinsterte sich. Fühlte er sich ertappt? Er machte eine ärgerliche Handbewegung, kniff die Augen zusammen und drehte seinen Kopf in Richtung des Ochsenkarrens. Wollte er ihr drohen? Unwillkürlich richtete Anna den Rücken noch gerader. Nein, sie würde sich nicht einschüchtern lassen!

Der Stadtschreiber war inzwischen bei den Hexentänzen angelangt. „Vor ungefähr fünf oder sechs Wochen sei hier ein Tanz auf dem Marktplatz gewesen, dabei seien folgende Personen gewesen: die Ehefrau von Christoph Waibel. Die Wirtin zum *Roten Löwen*. Die Tochter der Katharina Kist. Die älteste Tochter des Lateinlehrers. Die Welsch Jakobin." So war sie also zu Recht verbrannt worden! „Jakobea Knörr. Martin Kachel und seine Frau. Die Frau des Gewürzhändlers Hans Weinhag und ihre Tochter …“

„Vater!“, flüsterte Wilhelm entsetzt. „Was hat man dir angetan, dass du deine eigene Familie beschuldigst?“

Vereinzelt war leises, unterdrücktes Schluchzen aus den Reihen der Angehörigen zu hören. Da rief laut ein Mann vonseiten der Schaulustigen: „Ich hab es doch immer gewusst, dass das ganze Pack mit dem Teufel im Bunde steht! Warum werden sie nicht gleich auch verhaftet und zusammen mit dem alten Gutterer verbrannt?“ Andere pflichteten ihm bei und machten Anstalten, auf die Gruppe der Angehörigen loszugehen. Doch diese standen nach wie vor unbeirrt. Allein einige von ihnen hoben jetzt die Köpfe und maßen den Mob mit ihren Blicken. Sei es, dass diese Unerschrockenheit beeindruckte, sei es, dass die verzweifelten Gesichter Mitleid erweckten, jedenfalls verebbte der aufwallende Zorn so schnell wieder, wie er hochgekocht war.

Mittlerweile hatte der Stadtschreiber seinen Vortrag beendet; bei den letzten Seiten hatte ihm kaum noch jemand zugehört. Er gab das Protokoll an den Amtmann zurück und setzte sich mit einem erleichterten Seufzen auf seinen Stuhl zurück.

Jetzt erhob sich Eschbach. Ohne jemanden anzublicken sagte er: „Da die Schuld des Gutterer mithin erwiesen ist, soll er seine vorgeschriebene Strafe erleiden und vom Leben zum Tode gerichtet werden.“ Eschbach nahm einen Stab, hielt ihn einen Moment lang für alle sichtbar vor sich in die Höhe und zerbrach ihn dann in der Mitte. Die beiden Teile ließ er zu Boden fallen. „Weilen freilich sich der Verurteilte bereits selbst gerichtet hat, soll zumindest sein Leib vom Feuer zu Asche verbrannt und die Asche in alle Winde zerstreut werden, damit seine Gebeine auf Erden niemals mehr gefunden werden können.“

Auf diese Worte hin traten der Scharfrichter und sein Knecht zusammen mit zwei Soldaten der Schlosswache zu dem Wagen mit dem toten Gutterer hin. Sie lösten die Seile, mit denen der Pfahl an allen vier Ecken des Karrens befestigt gewesen war, und ließen ihn langsam mit dem nach wie vor daran festgebundenen Körper ab. Wie gebannt schaute das Volk zu, wie sie den Pfahl zu viert auf ihren Schultern die wenigen Schritte zur Mitte des Platzes trugen. Dort richteten sie ihn in ähnlicher Weise wieder auf, wie er vorher auf dem Wagen befestigt gewesen war, indem sie die Seile zu vier Seiten mit Pflöcken abspannten. Dann schichtete der Henkersknecht das bereitliegende Holz und Stroh darum, bis der Leichnam bis fast zur Brust hin bedeckt war. Der Scharfrichter überwachte mit kundigem Blick die Arbeit. Während der Henkersknecht zu Gange war, herrschte auf dem Platz Totenstille. Da plötzlich erklang, zunächst leise, dann immer vernehmlicher, ein Lied: „Auf meinen lieben Gott trau ich in Angst und Not; der kann mich allzeit retten …“ Hofrat Dr. Eschbach glaubte, seinen Ohren nicht trauen zu dürfen. Was hatte das zu bedeuten, seit wann wurde bei Exekutionen gesungen! Er musste nicht lange raten, woher der Gesang kam: dort standen sie, die Angehörigen Gutterers, hatten sich bei den Händen genommen und sangen nun aus vollen Kehlen. Jäher Zorn stieg in Eschbach auf und er war drauf und dran, aufzuspringen und einzuschreiten. Hofrat Krebs bemerkte die Wut seines Kollegen. Er beugte sich zu ihm hinüber und flüsterte ihm etwas ins Ohr. Eschbach biss auf die Zähne und schluckte, blieb aber sitzen. Es kostete ihn sichtlich Anstrengung, die Contenance nicht zu verlieren. Dann, unvermittelt, entspannten sich seine Züge. Er betrachtete die Gruppe der Angehörigen aufmerksam, so, als wolle er sich jedes einzelne Gesicht einprägen. Er würde Mittel und Wege finden, den Widerstand dieser elenden Aufrührer zu brechen.

Der Scharfrichter ließ sich durch den Gesang nicht aus der Ruhe bringen. Unbeirrt arbeitete er weiter. Er hatte in seinem Berufsleben schon bei so mancher Hinrichtung einen unerwarteten Zwischenfall erlebt, da war das Absingen eines Kirchenlieds geradezu rührend.

Als alles ordnungsgemäß vorbereitet war, entzündete Meister Thoman, der Henker, einen mit Pech getränkten Kienspan und steckte ihn an der dafür vorbereiteten Stelle in den Scheiterhaufen. Binnen Minuten stand dieser in hellen Flammen.

Dichter Qualm verdeckte die Sicht. Als der Wind für einen Moment die Schwaden auseinandertrieb, stand der Pfahl leer da. Die Flammen hatten die Seile verbrannt, die den Leichnam in stehender Haltung fixiert hatten, so dass der Körper in sich zusammengesunken war. Der ekelerregende Gestank verbrannten Fleisches füllte die Luft.

Erst als am späten Abend der letzte Funke des Scheiterhaufens verglimmt war, traten Anna Weinhag und alle Söhne und Töchter Jakob Gutterers, des gewesenen Bürgers und Bäckers von Baden, den Rückweg in die Stadt an. Die Soldaten der Schlosswache seufzten erleichtert, denn endlich konnten auch sie den Platz verlassen. Eschbach hatte ihnen die ausdrückliche Anweisung gegeben, so lange Wache zu halten, bis kein Angehöriger mehr am Ort sei, um sicherzustellen, dass niemand die Asche anrührte.

## III

Anna lag noch im Bett, als jemand rabiat gegen die Tür polterte. Sie fuhr aus den Laken und hörte, wie die Magd die Treppenstufen hinuntereilte. Die Haustür quietschte in den Angeln, als sie sie öffnete. Fetzen eines kurzen Wortgefechts drangen nach oben, Anna vernahm die erschrockenen Schreie der Magd, als sie rücksichtslos zur Seite gestoßen wurde, und dann zwei Paar Männerstiefel die Stiege heraufpoltern. „Es ist soweit!", schoss es ihr durch den Kopf. Sie weckte Hans, der von dem Aufruhr noch nichts mitbekommen hatte, sprang aus dem Bett, fuhr in die Pantoffeln und konnte sich gerade noch einen Mantel überwerfen, ehe die Kammertür aufschlug.

„Anna Weinhag, Ihr seid festgenommen!" Anna hatte sich die Situation wieder und wieder vorgestellt und sich vorgenommen, ihren Häschern dereinst aufrecht und mit stolzem Blick entgegenzutreten. Doch noch ehe sie irgendetwas sagen oder tun konnte, ja noch bevor sie den Eindringenden das Gesicht zuwenden konnte, wurden ihr von groben Männerhänden die Arme auf den Rücken und nach oben gedreht, so dass sie beinahe vornüber fiel. Einer der Eindringlinge warf sie herum und drängte sie zur Tür, die sie mehr stolpernd als gehend erreichte. Der andere wehrte Hans ab, der seiner Frau zu helfen versuchte, aber gegen die rohe Gewalt seines Gegners machtlos war. Nach einem heftigen Schlag in die Magengegend taumelte Hans benommen gegen das Bett. Die Kammertür schlug zu, und er blieb wie betäubt und fassungslos zurück. Alles ging rasend schnell, Anna hatte keine Chance gegen die beiden kräftigen Burschen. In Pantoffeln und mit offenem, wehendem Mantel taumelte sie noch im Schlafgewand die Treppe hinunter, an der entsetzten Magd vorbei und auf die Gasse hinaus, das Haar wirr und ungekämmt. Feuchtkalter Novembernebel schlug ihr entgegen.

So früh am Morgen war noch kaum jemand unterwegs. Die wenigen Menschen, an denen sie vorbeikamen, schauten Anna teils mitleidig, teils mit unverhohlener Schaulust nach. „Jetzt hat es also auch die Würzkrämerin erwischt", murmelte einer und beeilte sich, die Neuigkeit ins Wirtshaus zu tragen.

Anna wusste, wohin die Reise ging. Der Gemminger Turm mit der Gerichtsstube und den Haftzellen befand sich ja ganz in der Nähe ihres Elternhauses. Als Kind hatte sie sich vor dem trutzigen Bau mit den dicken, fensterlosen Mauern sehr gefürchtet und sich immer beeilt, schnell daran vorbeizukommen. „Wenn du nicht brav bist", hatten ihr die Erwachsenen Angst eingejagt, „kommst du in den Gemminger! Dort ist es finster und kalt, und Ratten und Mäuse sind deine einzige Gesellschaft." Allein diese Vorstellung hatte Anna bestärkt, stets ein fügsames Mädchen zu sein. Ein paar Mal hatte sie gesehen, wie ein armer Sünder vom Polizeidiener zum Turm geschleift wurde. Meistens war es ein Habenichts, der seine Schulden nicht bezahlen konnte und deshalb für ein paar Tage eingekerkert wurde. Anna hatte jedes Mal zutiefst Mitleid mit den Elendsgestalten empfunden. Sie erinnerte sich aber auch noch an den feisten Rot-Löwen-Wirt, der seinen eigenen Sohn erschlagen hatte. Mit ihm hatte Anna überhaupt kein Erbarmen gehabt, sondern sich genüsslich ausgemalt, wie er auf seinem fauligen Strohlager verschmachtete und die Ratten an ihm nagten.

Der Gemminger Turm war direkt an die Stadtmauer angebaut, und der einzige Zugang war im oberen Geschoss vom Wehrgang aus. Die Gerichtsdiener stießen Anna die hölzerne Treppe hinauf und öffneten die knarrende, niedrige Tür. Ein schmaler Gang führte durch die meterdicke Mauer, dann stand Anna in der Gerichtsstube. Die Gerichtsdiener stießen sie auf einen rohen Schemel direkt am Eingang und hießen sie warten.

Der Raum stank bestialisch nach menschlichen Exkrementen, Schweiß und Blut. Anna musste ihre gesamte Willenskraft aufbieten, um den aufsteigenden Brechreiz niederzuringen. „Dumme Gans", schalt sie sich selbst, „hast du etwa geglaubt, in einer Folterkammer würde es nach einer Frühlingswiese duften?" Als Anna sich einigermaßen gefasst hatte, blickte sie sich von ihrem Platz aus um, und ihr gefiel nicht, was sie sah. Ihr gegenüber standen ein Tisch und mehrere Stühle, offenbar die Plätze der Richter. An einer Seite des Raums befand sich ein Ofen, der bereits zu dieser frühen Stunde angeheizt war und eine fast unerträgliche Hitze in dem kleinen Raum verbreitete. Dann streifte ihr Blick mehrere Gegenstände und Gerätschaften, deren Funktion sie nicht kannte, doch deren Zweck sie sich nur zu gut ausmalen konnte. Plötzlich zuckte sie zusammen: Sie war nicht alleine. Im Schummerlicht des Raumes, der nur durch das Feuer aus dem Ofen und das Licht erhellt wurde, das durch zwei kleine Mauerscharten fiel, gewahrte sie den Mann, den in Baden jedes Kind kannte und fürchtete: den Knecht des Scharfrichters. Als sich ihre Blicke trafen, wandte Anna schnell den Kopf ab. Unwillkürlich zog sie ihren Mantel enger um sich, gerade so, als wäre er ein Panzer und könne sie schützen. Sie verbot sich jeden Gedanken an das, was ihr bevorstand.

Die Tür öffnete sich, und sechs Männer betraten den Raum. Anna erkannte zuvorderst den Untervogt Georg Adam Sulger, dann einen der beiden Gerichtsdiener, die sie hierher gebracht hatten, den Stadtschreiber, einen Jesuiten und den Hofrat Matern Eschbach. Als letzter betrat Meister Thoman, der Scharfrichter, den Raum und blieb mit verschränkten Armen bei der Türe stehen.

Die übrigen Männer setzten sich umständlich auf ihre Plätze, der Schreiber entfaltete eine Kladde und tauchte eine Feder ins Tintenfass.

„Anna Weinhag, auf markgräflichen Befehl bist du vor dieses Gericht gebracht. Sicher ahnst du, was man dir zur Last legt“, eröffnete Eschbach persönlich das Verhör.

„Nein“, antwortete Anna knapp und bemühte sich, Zorn und Furcht in ihrer Stimme zu unterdrücken.

„Dann werde ich es dir sagen“, erwiderte der Hofrat in eisigem Ton. „Du wirst bezichtigt, eine Hexe zu sein. Gestehst du deine Taten freiwillig, so bleiben dir Folter und Qualen erspart.“

„Ich bin gewiss nicht ohne Sünde“, entgegnete Anna, „doch ist mir nichts bewusst, wofür ich mich vor einem irdischen Gericht zu verantworten hätte. Über alles andere wird dereinst der himmlische Richter urteilen.“

Matern Eschbach bedachte Anna mit einem abschätzigen Blick. Er hatte es nicht anders erwartet, als dass dieses aufsässige Subjekt versuchen würde, sich mit frechen Redensarten herauszuwinden.

„Neun unterschiedliche Personen, die sich alle der Hexerei für schuldig bekannt haben und zum Teil bereits gerichtet wurden, haben ausgesagt, dass sie dich beim Hexensabbat gesehen haben, dass du sie die Fähigkeit gelehrt hast, Mensch und Vieh zu töten, dass du es warst, die sie zur Hexerei verführt hat."

„Herr Hofrat, Ihr wisst so gut wie ich, dass diese Aussagen unter der Folter gemacht wurden. Führt mir die Personen, die mich verdächtigen, unter die Augen, und sie werden mich entlasten", forderte Anna.

„Und du, Würzkrämerin, weißt so gut wie ich, dass diese Personen nicht mehr am Leben sind, dass sie auf der Richtstätte durch das Feuer vom Leben zum Tod gerichtet wurden. Sie alle haben ihre Schandtaten bekannt und ihre gerechte Strafe erhalten."

„Noch sind vier am Leben. Stellt sie mir gegenüber", beharrte Anna auf ihrer Forderung. „Von Angesicht zu Angesicht werden sie ihre Anklagen nicht aufrecht erhalten."

„Gut", wandte sich Eschbach an den Gerichtsdiener, „dann bringt die Fischerin herauf."

Fischerin, so hieß man Veronika Geiger, weil ihr verunglückter Mann, der Müller Hans Bernhard Geiger, sich ein Zubrot mit Salmenfischen im Oosbach verdient hatte. Sie war eine Woche vor Anna verhaftet worden, und seitdem hatte man nichts mehr von ihr gehört. Einer der Gerichtsdiener öffnete eine Luke im Boden der Gerichtsstube, ließ eine Leiter hinab und stieg hinunter in die Arrestzelle, die sich im unteren Stockwerk des Turmes befand. Kurze Zeit später erschien er schwitzend und fluchend wieder in der Luke, Veronika Geiger wie einen Sack über der Schulter tragend. Als er aus dem Loch ausgestiegen war, ließ er sie unsanft auf den Boden fallen. Dort blieb sie reglos liegen. Es war offenkundig, dass ihre Gliedmaßen ausgerenkt waren.

„Fischerin, sieh mich an", donnerte Eschbach. Ein Zucken durchlief Veronikas Körper, ein Wimmern entrang sich ihrer Brust. Als sie sich nicht regte, trat Eschbach hervor und gab ihr einen groben Tritt in die Seite. Veronika stöhnte auf, hob mühsam den Kopf. Wirr schaute sie sich um, da fiel ihr Blick auf Anna, die sie entsetzt ansah. Sofort wandte Veronika die Augen zum Boden.

„Fischerin!“, drohte erneut Eschbach. „Kennst du diese Frau?“

Veronika wimmerte.

„Kennst du diese Frau, antworte!“ Wieder traf sie Eschbachs Fuß. Fast unmerklich nickte jetzt Veronika Geiger mit dem Kopf.

„Ist sie eine Hexe?“

Wimmern.

„IST SIE EINE HEXE?“

„Herr Hofrat Eschbach!“ Annas Stimme klang schrill. „Wie könnt …“ Weiter kam sie nicht. Mit voller Wucht traf sie Eschbachs Hand ins Gesicht. Der Hieb war so stark, dass Anna taumelte und zu Boden stürzte. Sie schmeckte Blut in ihrem Mund.

„Habe ich dir erlaubt zu reden, Teufelshure?“, zischte Eschbach. Anna setzte sich auf. Sie zitterte vor Wut und Empörung. Noch nie wurde sie so gedemütigt, und auf diese Weise würde sie keiner zum Schweigen bringen. Doch dann fiel ihr Blick wieder auf Veronika, die bebend vor ihr lag, auf ihre seltsam verrenkten Arme und Beine, und sie verstummte. Eschbach hatte sich bereits wieder Veronika zugewandt.

„Ich frage dich, ist Anna Weinhag eine Hexe? Hat sie dich zur Hexerei verführt?“ Als Veronika nicht reagierte, gab Eschbach dem Knecht des Scharfrichters einen Wink. Der trat hervor und machte Anstalten, Veronika zu ergreifen.

Als die Arme seiner gewahr wurde, begann sie heiser, kaum hörbar, mit Panik in der Stimme, zu stammeln: „Gnade, Gnade, sie ist … Jesus Christus Erlöser … Sie ist verdammt wie wir alle … Barmherziger Gott, verzeih meiner verlorenen Seele.“

Eschbach warf einen herablassenden Blick auf Anna, dann fragte er langsam, bohrend: „War Anna Weinhag beim Hexensabbat? War sie die Buhlin des Teufels?“ Veronika schluchzte auf, und dann, kaum merklich, nickte sie. Angeekelt gab Eschbach das Zeichen, sie wegzubringen.

Wie gelähmt blickte Anna den Gerichtsdienern nach, die Veronika wieder in ihre Gefängniszelle schleppten. Zufrieden registrierte Eschbach, welchen Eindruck die Konfrontation mit der Fischerin auf Anna gemacht hatte. Lächelnd, mit betont freundlicher Stimme hob er an: „Nun, Würzkrämerin, du siehst, dass du überführt bist. Es ist nur zu deinem Besten, wenn du jetzt gütlich deine Schandtaten gestehst. Du hast ja selbst gesehen, wohin das Leugnen führt", und er machte eine verächtliche Bewegung zur Luke hin, hinter der die Gerichtsdiener mit Veronika verschwunden waren.

Anna funkelte den Hofrat an. „Wie könnt Ihr nur!" Sie fixierte den Jesuiten, dann den Amtmann, der vortäuschte, sich in die Anklageschrift zu vertiefen. „Wie könnt IHR nur! Veronika war nicht mehr bei Sinnen, die Arme hat den Verstand verloren, das ist doch offenkundig, und es ist auch kein Wunder, so zugerichtet wie sie ist. Ein solches Zeugnis ist nichtig! Nur Mörder können darauf eine Anklage bauen!"

Milde entgegnete Eschbach: „Alle leugnen am Anfang, aber alle besinnen sich irgendwann. Wir sind keine Unmenschen, und so wollen wir auch dir die Gelegenheit geben, deine Sünden zu überdenken und ob du sie gütlich gestehen willst – oder ob du uns zwingen willst, nach anderen Mitteln und Wegen zu suchen, die Wahrheit zu ergründen", und zu den anderen gewandt: „Mir knurrt der Magen, es wird Zeit für ein ausgiebiges Mittagessen." Alle erhoben sich, verließen den Raum, und Anna blieb mit dem Knecht des Scharfrichters allein zurück.

Anna saß mit geschlossenen Augen reglos auf dem harten Schemel. In ihrem Kopf tobten die Gedanken. Sie versuchte, die aufwallende Angst niederzuringen, doch es wollte ihr nicht gelingen. Es wurde ihr unerträglich, sitzen zu bleiben und zu warten. Sie stand auf und ging in dem Raum auf und ab, den Blick auf den Boden geheftet, in Gedanken ihre Schritte zählend. Sie spürte den Blick des Henkersknechts, aber sie beachtete ihn nicht. „Eins …, zwei …, drei …" Elf Schritte hin, elf Schritte her. „Welch unschöne Zahl", dachte sie. „Nicht zehn, nicht zwölf, nicht halb, nicht ganz. Elf, die Zahl der Narren. Krumm und bucklig. Ich muss kleinere Schritte machen, dann werden es zwölf. Ein Dutzend. Ein Dutzend ist schön. Ein Dutzend Pfennig sind ein Schilling, zwanzig Dutzend Pfennige ein Pfund. Fünf Dutzend Kreuzer sind ein Gulden. Ein Dutzend Zoll sind ein Schuh. Das Jahr hat ein Dutzend Monate. Der Vormittag ein Dutzend Stunden, und der Nachmittag auch." Wie viele Dutzend Male würde sie Dutzend Schritte machen können, bis die Richter ihr Mittagessen beendet haben würden? Eines, zwei, drei? Anna vertiefte sich ganz in dieses Tun und vergaß für einige Zeit tatsächlich, in welch bedrohlicher Lage sie sich befand. Als sie des Spieles überdrüssig wurde, stellte sie verwundert fest, wie ruhig, ja beinahe heiter sie darüber geworden war.

Anna setzte sich wieder. Sie begann, sich eine Strategie zurechtzulegen, wie sie weiteren Anschuldigungen begegnen und den drohenden Folterqualen standhalten könnte. Obwohl sie das Bedürfnis verspürte, ihre ganze Verachtung über Matern Eschbach auszuschütten, ihm entgegen zu schreien, dass sie durchschaute, dass es hier nicht um Hexerei, sondern um die Vernichtung der evangelischen Konfession ging und der einzige Teufel, den sie im Leben jemals gesehen hatte, er selbst sei, beschloss sie, ab jetzt vor Gericht zu schweigen. Eschbach war so besessen in seinem Hass, dass ohnehin kein Wort ihn erreichen würde. Zudem fürchtete sie, sich unter der Folter zu unbedachten Äußerungen hinreißen zu lassen. Sie dachte an den unglücklichen Gutterer und sein verstörendes Geständnis, und sie sah wieder Veronika Geiger vor sich auf dem Boden liegen, zerstört, von Sinnen. Sie schauderte. „Und wenn die Folter noch so hart ist, eher sterbe ich, als mir Namen entlocken zu lassen und Matern Eschbach damit die Möglichkeit an die Hand zu geben, immer weitere Opfer zu qualen", schwor sie sich. „Gott möge meinen Mund verschließen!" Wenn sie nur standhaft bliebe, sagte sie sich, müsste Eschbach sie zuletzt laufen lassen. „Ich bin eine starke Frau, ich werde das schaffen", sprach sie sich selber Mut zu. „Mit Gottes Hilfe werde ich es schaffen!"

In ihrer Erinnerung suchte sie nach glücklichen Bildern. Die, so nahm sie sich vor, würde sie sich unter der Folter ins Gedächtnis rufen, sich ganz in sie versenken, so dass ihr Geist sich vielleicht von ihrem gepeinigten Körper lösen und sie die Qualen nicht mehr wahrnehmen würde.

Sie fühlte sich gewappnet für das, was ihr bevorstand. Sollten ihre Peiniger doch kommen!

Die Richter ließen sich mit dem Mittagessen Zeit und gönnten sich noch eine ausgedehnte Ruhepause. Es dämmerte schon, als sie endlich in die Verhörstube zurückkehrten. Als sie eintraten, erhob sich Anna gewohnheitsmäßig von ihrem Platz. Es war eine Geste der Höflichkeit, die man sie schon in ihrer Kindheit gelehrt hatte. Als sie sich dessen bewusst wurde, dachte sie in einem Anflug von Trotz: „Eigentlich habt

Ihr das nicht verdient!“ und setzte sich rasch wieder. Ohnehin hatte der Gerichtsdiener ihr mit einem Winken bereits bedeutet, dies zu tun.

Ohne Umstände sagte Eschbach: „Nun, Würzkrämerin, hast du die dir gewährte Bedenkzeit genutzt, dich deiner Schandtaten zu besinnen und sie jetzt freiwillig zu gestehen?“

Anna schwieg. Der Hofrat runzelte ärgerlich die Stirn.

„Antworte, wenn ich dich etwas frage!“, sagte er mit bebender Stimme. Anna blickte ihm direkt in die Augen und schwieg.

„Rede!“, brüllte Eschbach und hieb mit der flachen Hand auf den Tisch, dass das Tintenfässchen des Protokollanten einen Satz machte. Anna schwieg.

„Nun denn, verstocktes Weibsstück, wir werden sehen, ob wir dich nicht zum Reden bringen! Meister Thoman, erkläre ihr dein Repertoire.“

Der Scharfrichter, der auch jetzt wieder mit einigem Abstand von den hohen Herren bei der Tür stehen geblieben war, löste sich von der Wand und machte einige Schritte in den Raum. Er trat zu einer an der Decke fixierten Rolle, über die ein Strick lief. Dessen eines Ende war auf eine am Boden verankerte Haspel gewickelt, das andere schwang frei. Der Scharfrichter deutete auf dieses freie Ende. „Ich werde dir jetzt deine Hände auf dem Rücken fesseln. Dann werde ich deinen Körper mit Hilfe der Haspel ein wenig nach oben ziehen. Dadurch werden deine Schultergelenke gedehnt, verrenkt oder auch ganz ausgerenkt, je nachdem, wie weit ich dich aufhasple. Vorerst werde ich es so machen, dass deine Zehen den Boden noch berühren. Sollte dieser erste Grad der Folter deine Bereitschaft zur Kooperation jedoch nicht wecken, so kann ich dich höher aufziehen, oder ich kann eines dieser Gewichte an deinen Füßen festbinden.“ Meister Thoman zeigte auf verschieden große Steine, die an der Wand entlang aufgereiht waren. „Dadurch werden die Glieder effizienter gestreckt, die Oberschenkelknochen springen aus den Hüften, das Kniegelenk birst. Sollte auch das nicht ausreichen, so gibt es dieses Beineisen.“ Der Scharfrichter nahm einen aus zwei halbrunden Metallschienen bestehenden Schraubstock zur Hand und hielt ihn Anna unter die Augen. Die Innenseiten waren mit eisernen Spitzen besetzt. „Dieses lege ich an deinem Unterschenkel an und ziehe die Schrauben so zu, dass sich die eisernen Nägel in dein Fleisch bohren. Dadurch wird dein Bein bis auf die Knochen zerquetscht.“

„Dabei“, unterbrach Eschbach die Vorführung, „wollen wir es vorerst bewenden lassen.“ Boshaft fügte er hinzu: „Bisher waren bei noch keinem der Malefikanten weitergehende Maßnahmen vonnöten“, und dann, mit süßlicher Stimme, direkt an Anna gewandt: „Würzkrämerin, ich frage dich ein letztes Mal: Willst du uns wirklich zwingen, Gewalt anzuwenden? Willst du nicht doch freiwillig ein umfassendes Geständnis ablegen und dir Qual und Pein ersparen?“

Anna schüttelte wortlos den Kopf.

„Nun gut, du hattest die Wahl. So beginne denn dein Werk, Meister Thoman!“

Anna machte sich darauf gefasst, dass der Henker sie nun ergreifen und an die Strecke binden würde. Doch stattdessen forderte er sie auf, sich zu entkleiden. Ungläubig starrte Anna ihn an. Sollte sie sich vor aller Augen entblößen? Auffordernd hielt Meister Thoman ihr ein schlichtes Hemd aus rauem Wollstoff hin, wie sie es bei der Fischerin und dem armen Jakob Gutterer gesehen hatte. „Es wäre doch schade, wenn Exkremente und Blut deine kostbaren Kleider beschmutzten“, ließ sich Eschbach vernehmen, und die Häme war nicht zu überhören. Wortlos nahm Anna das Armesünderhemd. Sie drehte dem Hohen Gericht den Rücken zu, ließ ihren Mantel und ihre Schlafkleider, die sie nach wie vor trug, zu Boden fallen und streifte schnell den groben Kittel über. Obwohl der Stoff ihre Weiblichkeit vollständig bedeckte, fühlte sie sich plötzlich nackt und ausgeliefert. „Auch die Strümpfe und die Pantoffeln“, bellte Eschbach. „Damit nichts mehr an dir ist, worin du womöglich ein Remedium verborgen hast. Glaube bloß nicht, ich wüsste nicht, dass der böse Feind den seinen mit Amuletten und dergleichen zauberischem Tand hilft.“

Auf einen Wink des Henkers fasste sein Knecht Annas Arme und drehte sie auf den Rücken. Mit flinken Bewegungen fesselte er ihre Hände an das von der Decke hängende Seilende. Schon allein dies verursachte Anna Schmerzen, die sie sich niemals hätte ausmalen können. Sie presste die Lippen fest zusammen, konnte jedoch nicht vermeiden, dass Tränen in ihre Augen schossen. Hans, der Henkersknecht, schob Anna nun direkt unter die Rolle an der Decke, und der Scharfrichter begann an der Haspel zu drehen.

## IV

Am ersten Tag zog Meister Thoman Anna drei Mal an der Strecke auf, doch sie schwieg.

Am zweiten Tag legte Meister Thoman ihr zusätzlich Beinschrauben an. Da begehrte sie herabgelassen zu werden, sie wolle die Wahrheit bekennen. Doch als sie wieder auf dem Schemel saß, behauptete sie, die Wahrheit sei, dass sie keine Hexe sei. Und Meister Thoman streckte sie ein weiteres Mal mit angeschraubten Beinschrauben. Anna verlor das Bewusstsein, und die Prozedur musste beendet werden. An diesem Tag brachen ihr beide Schienbeine. Von jetzt an musste der Gerichtsdiener auch Anna täglich aus der Arrestzelle herauf- und nach dem Verhör wieder hinuntertragen.

Am dritten Tag wollte sie wieder nichts bekennen, obwohl der Meister zur Verschärfung der Tortur um ihren Kopf einen mit steinernen Gewichten beschwerten Knotenstrick band, der sich schmerzhaft in die Kopfhaut drückte. Außerdem zog er sie jetzt so weit auf, dass ihre Füße den Boden nicht mehr berührten. Ihre großen Zehen band er zusammen und legte eine lange Stange dazwischen, die er in Schwingungen versetzte, so dass ihr ganzer Körper unkontrolliert hin und her ruckte. An diesem Tag zerrissen die Gelenke ihrer Schultern, ihrer Hüften und ihrer Knie. Erneute Bewusstlosigkeit bewahrte sie vor der Versuchung, den Schmerzen durch ein Schuldeingeständnis ein Ende zu machen.

Am vierten Tag ermahnte Eschbach Anna wieder mit schmeichelnden und drohenden Worten, ihre Schuld zu bekennen. Als seine Worte abermals nicht verfingen, hieß er den Henker, ihr mit brennenden Fackeln zu drohen. Doch Anna schwieg. Also legte ihr Meister Thoman aufs Neue die Beinschrauben an, setzte ihr die Nagelkrone auf, zog sie an der Strecke hoch, bis sie frei hing, und quälte ihren gemarterten Körper mit Feuer. An diesem Tag verlor sie ihr rechtes Auge.

Am Sonntag fand kein Verhör statt. Der Herr Hofrat, der Amtmann, der Stadtschreiber, die Gerichtsdiener, der Jesuitenpater selbstverständlich und vielleicht auch der Henker und sein Knecht gingen an diesem Tag in die Kirche, um ihren Gott zu lobpreisen, der die Schlechten bestrafte und die Guten erhöhte.

Auch am Montag blieb Anna Weinhag bei ihrem Schweigen. Da verlor Eschbach die Geduld. Andere Gefangene warteten auf ihr Verhör, es war keine Zeit, sich noch länger mit diesem widerspenstigen Weibsstück herumzuschlagen. Unwillig ordnete er an, dass Anna in ein anderes Gefängnis verbracht werde. „Dort soll sie bei Wasser und Brot schmachten, bis sie sich eines besseren besinnt“, sagte er, und für sich dachte er: „Und wenn sie darüber krepiert, soll es mir recht sein!“

Der Kerker im Stadtturm am Königshof war noch schäbiger als Annas bisheriges Gefängnis. Es war ein tiefes Loch in fast vollkommener Finsternis. Nur eine winzige Scharte weit oben ließ ein wenig Tageslicht herein. Von den nackten Wänden lief Feuchtigkeit auf den Lehmboden und bildete Pfützen. Jetzt, im November, war es eiskalt in dem Verlies. Anna bekam von alledem fast nichts mit. Mehrere Tage lang lag sie, mehr tot als lebendig, so auf dem verfaulten Stroh ihres erbärmlichen Lagers, wie Hans, der Henkersknecht, sie abgelegt hatte. Sie bemerkte kaum etwas davon, dass der täglich nach ihr schaute. Er behandelte ihre Brandwunden mit kühlenden Verbänden, schiente gekonnt ihre gebrochenen Beine und renkte, so gut es eben ging, ihre Gelenke wieder ein. Er brachte ihr Essen und Trinken, das er ihr mit großer Geduld einflößte. Es gehörte zu seinen Pflichten, dafür zu sorgen, dass die Delinquenten am Leben blieben. Schließlich sollte sich keiner dem Verhör durch den Tod entziehen, ehe nicht seine Schuld ans Tageslicht gekommen und er der verdienten Strafe zugeführt oder seine Unschuld zweifelsfrei bewiesen war.

Der Knecht Hans hockte neben Anna und beobachtete seine Patientin nachdenklich. Zum ersten Mal seit Tagen hatte sie ihr eines, gesundes Auge für einen kurzen Moment geöffnet und ihn angesehen. Es schien, als ob Annas Lebensgeister zaghaft zurückkehren wollten. Hans war sehr zufrieden. Es war sein Schicksal, sein Geld damit zu verdienen, Knochen zu brechen und Glieder auseinander zu reißen. Schon sein Vater und sein Großvater und alle seine Voreltern hatten denselben Beruf ausgeübt, und er hatte keine Wahl gehabt, einen anderen zu erlernen. Denn mit einem Henker wollte kein rechtschaffener Bürger etwas zu tun haben. Keiner hätte den Sohn eines Scharfrichters je in die Lehre genommen. Deutlich mehr Erfüllung fand Hans jedoch darin, das Gegenteil zu vollbringen, nämlich zerbrochene Knochen und verrenkte Glieder wieder zu richten. Leben zu erhalten war eine weit größere Herausforderung als Leben zu zerstören, und er widmete sich diesem Metier mit weit größerem Interesse und Sorgfalt. Auch wenn es, wie im Fall der Hexen, in gewisser Weise sinnlos war, da das Schicksal der Malefikanten ohnehin oft besiegelt war. Doch auch andere Kranke, die der examinierte Chirurg bereits aufgegeben hatte, nahmen seine umfassenden Kenntnisse über den menschlichen Körper gerne in Anspruch, und an den Folteropfern konnte er sein Wissen zum Wohle der unschuldig Erkrankten schulen und erweitern. Er konnte sich rühmen, dass er trotz seiner jungen Jahre in dieser Beziehung schon einige Erfolge vorweisen konnte. Für seinen Meister war er mit seiner Begabung eine gute Investition, denn er besserte mit seinen Dienstleistungen dessen Säckel spürbar auf. Und für sich selbst konnte er hoffen, dass er dank seines guten Rufs eines Tages selbst ein Meister seines Fachs werden würde.

Diese Anna Weinhag faszinierte und rührte ihn. Noch nie hatte er in seinen nunmehr zehn Berufsjahren einen Delinquenten erlebt, der selbst unter der grausamsten Folter so unbeugsam geblieben war wie sie. Bei den meisten hatte schon die Strecke, mindestens aber die Beinschraube oder das Kränzchen genügt, um jeden Widerstand zu brechen. Es forderte ihm Hochachtung ab, wie hartnäckig Anna bei ihrem Schweigen geblieben war, und er bewunderte ihren Mut, mit dem sie sich dem Dr. Eschbach entgegengestellt hatte. Er musste zugeben, dass es ihm eine gewisse Freude bereitet hatte zu sehen, wie dieser unsympathische Federfuchser sich vergeblich mühte, Annas starken Willen zu brechen. Ja, wahrhaftig, sie hatte es verdient, dass er, Hans, sich besonders gewissenhaft um sie kümmerte. Es war aus diesem Grund, dass er heimlich eine Decke besorgt und sorgfältig über Anna gebreitet hatte, damit sie in diesem eisigen Keller etwas weniger unter der Kälte litt. Und dass er immer wieder ein Stückchen Fleisch in der Suppe mitgekocht hatte, damit sie schneller wieder zu Kräften käme. Es war zwar kein hochwertiges Fleisch – das hätte er sich als Henkersknecht selbst nicht leisten können. Doch da zu den Aufgaben des Scharfrichters auch die Abdeckerei gehörte, bestand immer die Gelegenheit, an Fleisch zu kommen. Das Fleisch der auf der Weide umgefallenen Kühe war in seinen Augen ohnehin zu kostbar, um es einfach so zu verscharren. Auch er selbst schnitt für sich immer mal wieder ein besonders gutes Stück heraus, in dessen Genuss er ansonsten niemals kommen würde, und es hatte ihm noch nie geschadet. Seit ein paar Tagen wartete außerdem fast jeden Abend eine dunkel gekleidete Frau mit einer tief ins Gesicht gezogenen Kapuze vor seiner Haustüre auf ihn, wenn er von der Arbeit nach Hause kam, und gab ihm mal ein Stück Fleisch, mal ein paar Eier, mal einen Beutel Wein mit der vieldeutigen Bemerkung, dies für der Würzkrämerin Wohlergehen zu verwenden. Hans nahm einen Teil der wertvollen Gaben für sich selbst – er verstand sie als gerechten Lohn für seine aufopferungsvolle Pflege – und bereitete vom Rest stärkende Mahlzeiten für Anna zu.

Da Hans der einzige war, der das unglückselige Verlies betrat, würde niemand etwas von seinen kleinen Schummeleien bemerken. „Halte durch, tapfere Frau! Ich krieg das wieder hin!“, sagte er ganz leise, als er sich an diesem Tag von Anna Weinhag verabschiedete, und er hatte tatsächlich das Gefühl, dass sie ihn verstand.

Und tatsächlich besserte sich Annas körperlicher Zustand dank der guten Pflege des Henkersknechts zusehends, und der Wille zum Leben kehrte mit Vehemenz zurück. Die Ungewissheit belastete sie jetzt mehr als die Schmerzen, die sie nach wie vor empfand, und mehr als ihr trostloser, schmutziger Kerker. Wie lange würde man sie in diesem finsteren Verlies noch gefangen halten, welchem Schicksal sah sie entgegen? Würde sie je die Ihren nochmals wiedersehen? Da der Henkersknecht der einzige menschliche Kontakt war, den sie hatte, und da sie merkte, dass er ihr nicht übelwollte, überwand sie endlich ihre Scheu und fragte: „Wie lange werde ich hier noch festgehalten? Habe ich nicht genugsam bewiesen, dass ich unschuldig bin?“

Hans schaute sie nur traurig an und zuckte mit den Schultern. Eigentlich war es ihm verboten, mit den Inhaftierten zu sprechen. Ganz leise sagte er deshalb nur: „Ich weiß es selbst nicht. Auch ich kann nur warten, welche Befehle mir mein Meister gibt.“

## V

Nach Annas Verhaftung wechselten sich ihr Ehemann und ihre Kinder ab, Wache am Gemminger Turm zu halten, um nur ja nichts zu versäumen, sollte irgendetwas aus der Gerichtsstube verlauten. Stunde um Stunde standen sie da im kalten Novemberwind, bei Nieselregen und eisigen Temperaturen, von bangen Gedanken gequält. Doch nicht die kleinste Information, nicht der geringste Hinweis auf Annas Schicksal drang nach draußen. Sie sahen die Gerichtsdiener, die Hofräte, den Stadtschreiber, den Jesuitenpater und auch den Scharfrichter mit seinem Knecht morgens kommen und abends gehen, aber keiner gab ihnen Antwort auf ihre flehenden Fragen nach dem Schicksal der Frau und der Mutter.

Dann, am Abend des sechsten Tages, trugen die Gerichtsdiener einen Menschen heraus. Man hatte ihm einen langen Sack über den Körper gestülpt, so dass nicht zu erkennen war, um wen es sich handelte. Martin, der gerade die Wache hielt, schlug das Herz schneller.

„Ist das meine Mutter Anna Weinhag? Was hat das zu bedeuten?", bedrängte er die Gerichtsdiener. Doch die beachteten ihn gar nicht und schlugen den Weg zum Königshof ein. Martin verfolgte sie. Er war sich sicher, dass unter dem Sack seine Mutter verborgen war. Er bestürmte die Gerichtsdiener, ihm die Wahrheit zu sagen, aber sie gingen wortlos ihres Wegs.

„Mutter, Mutter!", rief Martin verzweifelt. Doch die Gestalt in dem Sack blieb reglos und stumm. Martin versuchte, nach dem Sack zu greifen, da schlug ihm einer der Diener grob die Hand zur Seite und drohte ihm seinerseits Gefängnisstrafe an, sollte er noch einen Versuch unternehmen. Schließlich verschwanden die Gerichtsdiener mit ihrer Fracht im Königshof.

Qualvolle Tage folgten. Hans und die Kinder konnten Annas Verlegung in den Königshof nur so deuten, dass der Prozess nicht weitergeführt wurde. Doch weshalb? War Anna als Hexe verurteilt worden? Warum wartete man dann so ungewöhnlich lange mit der öffentlichen Urteilsverkündung und der Hinrichtung? Oder hatte sie sich vom Vorwurf der Hexerei befreien können? Dann war es aber seltsam, dass man sie weiterhin in Haft behielt.

Hans hielt die Ungewissheit nicht länger aus. Er musste Klarheit über Annas Schicksal bekommen. In der vagen Hoffnung, dass die Ratsherren einem ehemaligen Kollegen die Unterstützung nicht verweigern und ihren Einfluss geltend machen würden, schrieb er ein Hilfeersuchen an den Magistrat. Doch einmal mehr musste er schmerzlich spüren, dass er als Protestant kein Ansehen mehr genoss. Der inzwischen rein katholische Rat erklärte in gewundenen Formulierungen, in der Sache nicht zuständig zu sein, da die Blutgerichtsbarkeit keine städtische, sondern eine landesherrliche Angelegenheit sei. Man bedauerte wortreich, keine Möglichkeit zu haben, dem ehemaligen Ratsherrn in irgendeiner Weise behilflich zu sein.

„Nun gut“, schluckte Hans seinen Ärger hinunter. „Wenn der Rat nicht helfen will, dann muss eben die Regierung helfen. Wild entschlossen, notfalls bis zum Markgrafen persönlich zu ziehen, machte sich Hans noch am selben Nachmittag auf den Weg in die markgräfliche Kanzlei, um dort nach dem Amtmann zu verlangen. Ein Kanzleidiener nahm Hans in Empfang. Als Hans drängte, ihn unverzüglich zum Amtmann zu führen, wollte der Lakai ihn partout nicht vorlassen, sondern verlangte zuerst Hans‘ Namen und sein Begehren zu erfahren.

„Stell dich doch nicht dumm“, sagte Hans mühsam beherrscht. „Als ob du mich nicht kennen würdest!“

Der Diener tat, als würde er jetzt erst erkennen, wer vor ihm stand. „Ach ja, natürlich, der Hans Weinhag, ehemaliger Rat der Stadt Baden“, nickte der Diener mit einem feinen Lächeln und betonte übertrieben das „ehemalig“. „Die Regeln des Hauses verlangen nun mal, dass ich jeden Besucher nach Name und Begehr frage. Also, Weinhag, was führt einen ehemaligen Rat in die Kanzlei? Ein dienstliches Anliegen wird es wohl kaum sein?“

Hans ärgerte sich sehr über diese absichtsvolle Provokation eines subalternen Beamten, doch wieder schluckte er den aufwallenden Zorn hinunter und nahm sich vor, sich nicht reizen zu lassen. So ruhig, wie es ihm möglich war, sagte er: „Richte dem Amtmann aus, dass es um meine zu Unrecht verhaftete Ehefrau Anna Weinhag geht.“

„Ah jeh, die Würzkrämerin“, meinte der Diener gedehnt. „Ja, ja, es wird viel geredet über sie in der Stadt ... Ob sich da wohl etwas machen lässt? Ich will mal sehen, was ich tun kann.“ Damit ließ er Hans am Eingang stehen und schlurfte betont langsam in Richtung der Amtsstube.

Nach einer schier endlos langen Zeit kam der Diener zurück. Mit dem Ausdruck gespielten Bedauerns sagte er: „Der Herr Amtmann steht leider gerade nicht für Gespräche zur Verfügung. Der Herr Weinhag möge morgen nach dem Mittagessen wiederkommen. Im Übrigen soll ich aber ausrichten, dass der Herr Amtmann ohnehin nicht für die Prozesse contra strigae zuständig sei und deswegen wohl kaum behilflich sein könne." Der Diener verbeugte sich und wollte so signalisieren, dass Hans damit abgefertigt sei und das Haus verlassen könne.

Aber Hans, der um das Leben seiner Frau bangte, ließ sich so schnell nicht die Türe weisen. „Gut, wenn der Amtmann nicht zuständig ist, wer ist es dann?"

Der Diener hob erstaunt die rechte Augenbraue, und es war schwer zu sagen, ob es aufgrund der Frage oder der Hartnäckigkeit Hans Weinhags war. „Das hat mir der Herr Amtmann nicht gesagt."

„Dann frag ihn!", zischte Hans erbost. Der Diener zuckte gelangweilt mit den Schultern und schlurfte wortlos ein weiteres Mal in die Amtsstube. Wieder ließ man Hans warten. „Als ob die Antwort auf eine so einfache Frage so lange dauern würde", dachte Hans grimmig. Es war ihm schier unerträglich, in dieser Weise vom Wohlwollen anderer abhängig zu sein. Endlich öffnete sich die Tür der Amtsstube und der Diener kehrte zurück. „Der Herr Amtmann sagt, die Herren Hofräte seien zuständig."

„Dann bring mich zu den Herren Hofräten!", herrschte Hans den Diener an.

„Dafür bin ich nicht zuständig", lehnte der Amtsdiener mit dem scheinheiligen Ausdruck des Bedauerns ab. „Da müsst Ihr den Kanzleidiener fragen."

„Und wo ist der Kanzleidiener?", fragte Hans, sich nur noch mühsam beherrschend.

Der Diener zeigte auf eine Treppe, die ins obere Stockwerk führte. „Dort oben, aber ich glaube nicht …" Hans hörte ihm nicht mehr zu. Zwei Stufen auf einmal nehmend, stürmte er die Treppe hinauf ins Obergeschoss, wo ihn ein erstaunter Kanzleidiener in Empfang nahm.

Doch die Szene wiederholte sich im zweiten Stock in ganz ähnlicher Weise wie im ersten. Auch der Kanzler war nicht zu sprechen und ließ Weinhag vertrösten. Und im Übrigen müsse er schon mit den zuständigen Hofräten reden, die seien aber in letzter Zeit kaum außerhalb des Gemminger Turms anzutreffen, da sie beinahe ununterbrochen die Prozesse gegen die zauberischen Unholden zu führen hätten.

Hans durchschaute, dass man ihn hinhalten wollte. Doch es ging um das Leben seiner Frau, und er hatte keine Zeit, sich auf ein solch perfides Spiel einzulassen. Man würde ihn nicht anhören, weder heute noch morgen noch übermorgen. Also blieb ihm nur, ein förmliches Protestschreiben an den Markgrafen zu verfassen.

Doch noch während er im Kerzenlicht die Worte zu Papier brachte, kamen ihm Zweifel, ob dies der richtige Weg sei. Womöglich würde der Markgraf ihn als lästigen Bittsteller abtun oder seinen Brief gar nicht erst lesen. Wer war er schon: ein lächerlicher Tropf, der gekränkte Ehemann einer Hexe und ein Protestant noch dazu! Gab es wirklich keine andere Möglichkeit? Hans stützte den Kopf in die Hände, und ein kühner Gedanke nahm Gestalt an.

Ihn würde man niemals ernst nehmen, also musste er sich Hilfe suchen von jemandem, vor dem selbst der Markgraf Respekt hatte. Das aber konnte nur der Kaiser oder eine andere Institution des Reichs sein. Das Reichskammergericht in Speyer! Wenn er eine richterliche Sentenz erreichen würde, wonach der Prozess gegen seine Frau rechtswidrig sei, dann wäre Anna gerettet!

Aber wie das ins Werk setzen? Hans hatte, Gott sei's gedankt, noch niemals in seinem Leben mit Richtern und Anwälten zu tun gehabt. Von Hause aus ein einfacher Handwerker, hatte er keinerlei Beziehungen zu den entsprechenden Kreisen. Aber war nicht diese Aschmännin, von deren späten Karriere am Hof des Markgrafen ihm Anna erst neulich erzählt hatte, mit einem Kammergerichtsadvokaten verheiratet gewesen? Vielleicht könnte sie einen Kontakt herstellen? Aber die Dame war katholisch, würde sie einem Protestanten helfen? Andererseits waren Anna und Maria Salome Aschmann sich seit Kindertagen freundschaftlich verbunden. Sie MUSSTE einfach helfen.

Gleich am nächsten Tag ließ Hans ein Billet an die Hofmeisterin der Markgräfin überbringen, in dem er sie um ein dringendes Gespräch in einer persönlichen Sache bat, jedoch nicht im markgräflichen Schloss.

## VI

Maria Salome Aschmann ließ das Papierstück mit den kurzen Zeilen Hans Weinhags auf die Knie sinken. Sie ahnte, worum es ging. Es war ihr nicht verborgen geblieben, dass Anna Weinhag in die Fänge des Hexenrichters Matern Eschbach geraten war. Ihre Freundin Barbara hatte ihr gleich am Tag nach der Verhaftung erzählt, wie ihr Mann am Vorabend geradezu euphorisch nach Hause gekommen war und siegessicher verkündigt hatte, dass mit der ketzerischen Sekte der Protestanten bald endgültig Schluss sei, weil er mit Anna Weinhag endlich einer der Haupträdelsführerinnen habhaft geworden sei und sie sicher bald auf dem Scheiterhaufen brenne. Barbara Eschbach hatte nicht vergessen, wie ihr Mann im Sommer vor zwei Jahren wegen Anna Weinhags Bittschrift tobend in die Küche gestürmt war, und sie erinnerte sich auch noch daran, mit welcher Hochachtung Maria Salome von Anna Weinhag gesprochen hatte. Deshalb war sie gleich zu ihrer Freundin gelaufen, um ihr die Nachricht von der Verhaftung der Würzkrämerin zu überbringen, und sie hielt sie auch in den folgenden Tagen über den Prozess auf dem Laufenden. Maria Salome wusste daher, dass das Verfahren so gar nicht nach Eschbachs Vorstellungen verlief, weil Anna trotz strengster Folter die ihr zur Last gelegten Taten partout nicht gestand.

Maria Salome empfand eine heimliche Genugtuung, dass Anna Weinhag Matern Eschbach, diesem widerwärtigen und unkultivierten Grobian, die Stirne bot. Sie war neugierig, was ihr Mann, der ehemalige Stadtrat und angesehene Gewürzhändler, von ihr wollte. Und obwohl sie wusste, dass es gefährlich war, kritzelte Maria Salome hastig eine kurze Antwort auf Weinhags Billet, nämlich dass sie ihn morgen Nachmittag in ihrem Gut Wachenhofen erwarte.

Zu Hans Weinhags großer Überraschung und Erleichterung empfing Maria Salome Aschmann ihn mit herzlichen und warmen Worten. „Vermute ich richtig, dass Ihr wegen Eurer Frau zu mir kommt? Kommt nur herein! Wenn ich Euch einen Gefallen tun kann, so tue ich es gerne.“ Und ohne eine Antwort abzuwarten fuhr sie fort: „Es ist eine Schande, dass die arme Anna immer noch im Turm schmachten muss, obwohl man ihr selbst unter Anwendung der schärfsten Folter die ihr vorgeworfenen Taten nicht nachweisen konnte!"

„Was sagt Ihr da?", rief Hans und ergriff erschüttert Maria Salomes Hände. „Sie haben sie nicht gebrochen? Sie ist fest geblieben? Seid Ihr sicher?"

Hans' Reaktion überraschte Maria Salome. Wusste er wirklich nichts von Annas Geschick? „Es ist Eschbach zuzutrauen, diesem Wüstling, diesem Scheusal. Wie viel Bosheit muss in einem Menschen sein, dass er die armen Angehörigen im Ungewissen über das Schicksal der Angeklagten lässt!", dachte Maria Salome ehrlich entsetzt. Laut sagte sie: „Ja, ich weiß es sicher. Man spricht am Hof des Markgrafen darüber. Aber wusstet Ihr es nicht?"

„Nein, das wussten wir nicht", sagte Hans mit bebender Stimme. „Ihr könnt gar nicht ermessen, wie glücklich Ihr mich mit dieser guten Nachricht macht. Die Ungewissheit um Anna hat all die Tage wie ein Alpdruck auf mir und meinen Kindern gelastet. Aber jetzt weiß ich, dass es Hoffnung gibt!" Sein Blick wurde ernst und sein Tonfall drängend. „Eure Kundschaft bestätigt mich aber auch darin, dass ich meinen Plan, um dessentwillen ich zu Euch gekommen bin, umso hartnäckiger verfolgen muss. Anna wird unschuldig und unrechtmäßig festgehalten! Die markgräflichen Richter verstoßen gegen die Gesetze und die guten Sitten! Ihnen muss Einhalt geboten werden, und Ihr könnt mir dabei helfen. Ebnet mir den Weg zum Reichskammergericht. Nur eine höhere Instanz kann helfen, der sich selbst der Markgraf fügen muss."

Maria Salome blickte Hans nachdenklich an. Nun wusste sie also, weshalb der Würzkrämer sie kontaktiert hatte. Dann sagte sie: „Ich kenne einen vertrauenswürdigen Anwalt, der beim Reichskammergericht akkreditiert ist. Sein Name ist Gregor Goll. An ihn könnt Ihr Euch unbesorgt wenden."

Hans dankte höflich, doch es war ihm anzusehen, dass ihm diese Antwort nicht reichte. „Ich vermute, dass jener Advokat Goll von vielen Menschen in dieser und jener Frage angegangen wird. Wie soll er ermessen, dass es sich in meinem Fall um eine ganz besonders wichtige Sache handelt, die keinen Aufschub duldet? Es würde meiner Angelegenheit vielleicht zu mehr Nachdruck verhelfen, wenn Ihr ein gutes Wort für mich einlegtet …" Bittend schaute Hans Maria Salome an.

Die Hofmeisterin wich seinem Blick aus. Lange schaute sie aus dem Fenster und schwieg. In ihrem Kopf arbeitete es. Dieser Eschbach ekelte sie an, und nur allzu gerne würde sie die Gelegenheit ergreifen, ihm eines auszuwischen. Andererseits konnte es für sie selbst höchst gefährlich werden, wenn sie sich in die Hexensache einmischte. Sie wusste nur zu gut, wie schnell man ins Visier der Hexenjäger geriet. Und dann gab es keine Rettung mehr. Sie musste vorsichtig sein.

Endlich sagte sie langsam, leise: „Ich habe Euch vorhin versprochen, Euch zu helfen. Ich weiß, dass es für mich nicht ungefährlich ist, aber ich will meine Zusage halten. Ich werde also per Eilboten ein Schreiben an Advokat Goll nach Speyer schicken. Ich werde ihm ankündigen, dass sich in Kürze ein ehrbarer Bürger der Stadt Baden in einer dringenden Angelegenheit an ihn wenden wird, und ihn bitten, seiner Sache Vorrang zu geben. Um mich zu schützen, werde ich jedoch weder Euren Namen noch Euer konkretes Anliegen erwähnen; Gregor Goll wird den Zusammenhang verstehen, wenn ihn später Eure Bitte erreicht. Aber eines müsst Ihr mir versprechen: dass Ihr mit niemandem über diese Vereinbarung redet, denn ich möchte nicht, dass mein Name im Zusammenhang mit einem Hexenprozess fällt."

Hans ergriff erneut Maria Salomes Hände. „Edle Frau, das ist mehr, als ich erwarten kann. Aber Ihr versteht meine Verzweiflung und dass ich nach jedem Rettungsanker greifen muss, der sich mir bietet. Wenn Ihr das also für mich, für uns tun würdet … Solange ich lebe, werde ich Euch diese Wohltat gegenüber mir und meiner armen Frau niemals vergessen!"

Noch am selben Abend verfasste Maria Salome das Empfehlungsschreiben an Gregor Goll. Ihr Herz pochte, als sie es am anderen Morgen ihrem treuen Verwalter in die Hände drückte mit der Bitte, unverzüglich nach Speyer zu reiten und es persönlich dem Advokaten auszuhändigen. Mit Gewalt verdrängte sie jeden Gedanken daran, was ihr blühte, wenn Eschbach oder jemand anderer vom Hofe erfuhr, dass sie sich für eine Hexe verwendete.

## VII

Mehr als drei Wochen lag Anna im schmutzigen Kerker im Königshof, als der Henkersknecht Hans ihr eines Tages die Mitteilung machte, dass er Befehl habe, sie wieder in den Gemminger Turm zu bringen. Anna erschrak zutiefst. „Was hat dies zu bedeuten? Werde ich nicht entlassen?“, fragte sie mit banger Stimme.

Hans blickte betreten zu Boden. „Ich führe nur die Anweisung des hohen Gerichts aus; was es bedeute, weiß ich selbst nicht.“

Noch am selben Abend führte man Anna erneut in die Gerichtsstube. Sie rechnete fest damit, dass man sie wieder an die Strecke binden würde. Viele Male hatte sie die Torturen überstanden, doch würde sie die Kraft haben, sie ein weiteres Mal durchzustehen? Doch zu ihrem großen Erstaunen stellte sie fest, dass nur die beiden Doktores Eschbach und Krebs sowie der Stadtschreiber fürs Protokoll anwesend waren, der Henker und sein Knecht jedoch nicht. Hoffnung keimte in ihr, dass man ihr jetzt ihre Entlassung ankündigen würde. Allzu schnell jedoch musste sie realisieren, wie kindisch dieser Gedanke war.

Eschbach war in denkbar schlechter Stimmung. Am Abend zuvor hatte ihn der Markgraf zu sich zitiert und ihm ein Schreiben des Reichskammergerichts vorgelegt, in dem alle Verfahrensbeteiligten streng ermahnt wurden, die Hexenprozesse und insbesondere das Verfahren gegen Anna Weinhag gemäß geltender Reichsgesetze zu führen. Eschbach hatte sich sofort angegriffen gefühlt. Was wussten diese Federfuchser in Speyer schon von den Badener Prozessen! Sie hatten doch keine Ahnung, wie halsstarrig die Angeklagten waren und wie viel Mühe er anwenden musste, um ihnen ihre Untaten zu beweisen. Er, Eschbach, war ein treuer Diener seines Markgrafen, und niemals würde er zulassen, dass die Unholden im Land weiterhin ihr Unwesen trieben! Er war derjenige, der den Mumm hatte, mit der Hexensekte ein für alle Mal aufzuräumen, und das war wahrlich kein schönes Geschäft! Er war der festen Überzeugung, dass keiner der feinen Herren am Reichskammergericht fähig dazu wäre. Und von denen sollte er sich Vorschriften machen lassen? Anna Weinhag habe, so stand zu lesen, alle Grade der Folter ausgestanden, ohne dass man ihr nachweisen konnte, eine Hexe zu sein. Deshalb sei sie unverzüglich zu entlassen. Eschbach lachte boshaft. „Wir dürfen das Weib also nicht länger vermeintlich grundlos festhalten. Wer sagt denn, dass wir keinen Grund dafür haben? Wer sagt, dass das Verfahren zu Ende sei? Alle Grade der Folter – wer wenn nicht das Hexengericht sollte bestimmen, wann die ausgestanden sind?" Nun gut, er würde diese vermaledeite Würzkrämerin aus ihrem Gefängnis holen lassen, aber nur um aller Welt deutlich zu machen, dass der Prozess mitnichten zu Ende sei!

Kaum hatte Anna die Gerichtsstube betreten, überzog Eschbach sie mit den unflätigsten Schimpfworten, bis Dr. Krebs das Wort ergriff und Anna in der üblichen Weise aufforderte, in der Güte ihre Schandtaten zu bekennen, weil andernfalls die Richter gezwungen seien, zu den inzwischen sattsam bekannten Methoden zu greifen, um die Wahrheit zu ergründen.

Trotz ihrer unbändigen Angst versuchte Anna, ihrer Stimme einen festen Klang zu geben. „Welchen Beweis meiner Unschuld fordert Ihr noch? Was Ihr mir vorwerft, ist nicht wahr, und es wird auch dadurch nicht wahr, dass Ihr immer weiter und weiter mit Eurem Verhör fortfahrt!"

Krebs sah zu Eschbach hin. In dessen Gesicht stand unbändiger Hass. Woher nur nahm dieses Miststück seinen unbeugsamen Willen?

„Ich habe nicht erwartet, dass die Haft dich zur Vernunft gebracht hat", presste er hervor. „Aber wir sind noch nicht zu Ende!", und zu den Gerichtsdienern gewandt ordnete er an: „Bringt sie zurück in ihr Gefängnis!"

## VIII

Anna lag in unruhigem Schlaf auf schmutzigem Stroh. Sie träumte, sie sitze an ihrem Schreibtisch, um ein Gnadengesuch an den Markgrafen zu verfassen. Sie zermarterte sich den Kopf, aber die Sätze wollten ihr nicht in die Feder fließen. Wieder und wieder fing sie von neuem an. Plötzlich öffnete sich knarrend eine Tür. Ein Mann kam herein, und mit Entsetzen wurde sie gewahr, dass es Matern Eschbach war, übergroß und furchteinflößend. Hämisch rief er: „Ist es das, was du suchst?" Er hielt ihr einen Brief unter die Augen, und Anna konnte erkennen, dass er ihre eigene Handschrift trug. Ihre Unterschrift war blutrot. Plötzlich schwebte ein Engel herein, und Anna wollte sich ihm zitternd zu Füßen werfen, doch der Engel hatte das Gesicht von Veronika Geiger, die vorwurfsvoll sagte „Wie Ihr uns, so wir Euch."

„Gelobt sei Gott", dachte Anna in diesem Moment, „es ist nur ein Traum." Sie kämpfte sich mühsam ins Bewusstsein zurück und stimmte mit heiserer Stimme das Lied an, das sie schon so oft getröstet hatte: „Auf meinen lieben Gott trau ich in Angst und Not; der kann mich allzeit retten …" Mit aller Kraft versuchte sie die Traumbilder zu verscheuchen. Doch zu Annas Entsetzen verschwanden die Bilder nicht: sie waren real. Eschbach stand vor ihr. Im flackernden Licht der Fackel, die an der Wand aufgesteckt war, wirkte er unnatürlich groß. Plötzlich war Anna hellwach. Unwillkürlich wich sie zurück, doch die Ketten, mit denen ihre Arme an die Wand gefesselt waren, hinderten sie. Eschbach hielt tatsächlich einen Brief in den Händen, IHREN Brief, den sie vor eineinhalb Jahren an den Markgrafen geschrieben hatte. Ungläubig starrte Anna ihn an.

„Wer hat diesen Brief verfasst?", fragte Eschbach drohend und sagte, ohne eine Antwort abzuwarten: „Der Teufel hat ihn dir diktiert. So gelehrig, so klug, so überaus gewandt … Du bist wohl sehr stolz auf dich. Aber wir sind dir auf die Schliche gekommen! Der Markgraf war sehr, sehr erzürnt! Du musst wissen, er hasst unverschämte Frauen." Er trat näher zu Anna heran und beugte sich dicht zu ihr herab. Drohend sagte er: „Und ich, ich hasse dreiste Frauen ebenso. Ehrenwerte Frauen schreiben keine Briefe! Ehrenwerte Frauen betreiben auch keine Geschäfte. Sie halten das Haus in Ehren, dienen ihrem Mann und schenken ihm Söhne. Doch davon hast du ja keine Ahnung, du kluge, gelehrte Geschäftsfrau!" Urplötzlich wechselte er die Stimmlage und fuhr im erfreuten Ton spontanen Erkennens fort: „Aber ja doch! Wahrscheinlich hat dir bloß niemand gezeigt, wie das geht. Du hast schließlich mit dem Teufel gebuhlt. Und eine Teufelshure kann nur Schimären zur Welt bringen." Mit boshaftem Lächeln fixierte er Anna. „Sag mir, wo hat er dich berührt? Etwa hier?" Brutal griff er Anna an die Brust. Anna zuckte zurück, doch die Fesseln an ihren Händen erinnerten sie schmerzhaft daran, dass sie nicht fliehen konnte. So zog sie stattdessen ihre Beine eng an den Körper heran und drehte den Kopf zur Seite, um Eschbachs Atem nicht riechen zu müssen. Fest presste sie die Lippen aufeinander, um jeden Laut zu unterdrücken. Eschbach hockte neben Anna nieder. „Komm schon, zier dich nicht so." Grob drückte er ihr die Beine auseinander und fuhr mit der Hand unter das raue Hemd, das ihre Blöße nur notdürftig bedeckte. „Oder hat er dich hier berührt?" Seine Finger strichen langsam Annas Schenkel hoch. Anna zitterte am ganzen Leib. Tränen des Zorns und der Hilflosigkeit traten in ihre Augen „Oder gar – hier?" Und plötzlich drang er mit unvorstellbarer Brutalität in sie ein. Anna hatte das Gefühl, ihr Unterleib zerreiße. Ein Schmerzensschrei entfuhr ihr, und, mehr im Reflex als willentlich gab sie Eschbach einen gewaltigen Tritt, so dass er rückwärts kippte. Anna war selbst von der Wucht ihres Stoßes überrascht. Voll Entsetzen starrte sie den Hexenrichter an und machte sich auf den nächsten Übergriff gefasst. Eschbach stand auf und trat einen Schritt auf Anna zu. Er packte ihr Hemd, und Anna meinte, ihr Herz müsse stehen bleiben. Doch Eschbach riss nur einen Streifen Stoffs ab und wischte sich die blutige Hand ab. Den Fetzen schleuderte er ihr ins Gesicht. Danach ordnete er bedächtig seine Kleider, Anna dabei nicht aus den Augen lassend. Schließlich hob er den Brief auf, der zu Boden gefallen war, und zerriss ihn.

„Ich werde dich vernichten. Nichts wird auf dieser Welt mehr von dir übrig bleiben." Er gab Anna noch einen Fußtritt, dann wandte er sich um und ging.

Sie sackte zusammen und begann zu schluchzen. Ihr ganzer Körper brannte wie Feuer. Sie spürte die Berührungen Eschbachs auf ihrer Haut wie Wundmale. Sie hatte das dringende Bedürfnis, sich zu waschen, doch wie hätte sie das tun sollen? Mühsam versuchte sie, sich mit Stroh abzuwischen, soweit es ihr mit ihren gefesselten Händen möglich war. Doch das raue Stroh verursachte ihr nur weitere Schmerzen, und so gab sie schließlich erschöpft auf. Ausgebrannt und mit leerem Blick saß sie am Boden, bis sie schließlich vor Erschöpfung einschlief.

## IX

Mit entsetzlicher Gewissheit wurde Anna bewusst, dass sie den Gemminger Turm nicht mehr lebend verlassen würde. Ihr Zuhause war nur einen Steinwurf entfernt, und doch würde sie es nie wieder sehen. Mit einem Schlag war es vorbei mit ihrer Beherrschung, und sie begann hemmungslos zu weinen. Plötzlich drang eine Stimme an ihr Ohr, eine bekannte Stimme. „Anna? Bist du das?“, fragte die Stimme.

Der Schrecken fuhr Anna in alle Glieder. Das war die Stimme Jakob Gutterers! Doch wie konnte das sein? Anna war sich sicher, allein in ihrem Kerker zu sein. Zudem war Gutterer tot! Anna vermeinte nichts anderes, als dass ihr Ende nahe und Gutterer gekommen sei, um sie abzuholen. „Gutterer?“, flüsterte sie zagend. „Seid Ihr das?“

„Ja, Anna, ich bin‘s! Hans-Jakob Gutterer!“

„Hans-Jakob!“ Anna schrie den Namen beinahe. Sie hatte die Stimme des Sohnes mit der des Vaters verwechselt. So wirr war ihr Geist bereits! „Hans-Jakob, du bist‘s! Ich habe, ich bin … so froh! Ich dachte schon …“, stammelte sie. Doch dann wurde ihr jäh bewusst, was es bedeutete, die Stimme des Schwagers ihrer Tochter hier, an diesem Ort, zu hören. „Du bist auch in diesem Gefängnis?“

„Ja, seit mindestens drei Wochen halten sie mich fest. Deine Zelle liegt unmittelbar neben der meinen. Bis vor wenigen Tagen lag dort noch die Rot-Löwen-Wirtin.“ Erstmals besah sich Anna ihr Gefängnis genauer, und plötzlich fiel ihr die Veränderung auf. Während ihrer ersten Haftzeit lag sie in einem großen Raum mit steinernen Mauern. Jetzt war sie in einen kleinen, hölzernen Verschlag gesperrt, der gerade genug Raum bot, um sich hinzulegen. Offenbar hatte man während ihrer Haft im Königshof das Gefängnis im Gemminger Turm durch Holzwände in mehrere Kammern aufgeteilt. So konnten mehrere Gefangene gleichzeitig inhaftiert werden. Anna schauderte. Hatten die Verfolgungen solche Ausmaße angenommen? „Wie geht es dir?“, fragte Anna, und im gleichen Moment wurde ihr bewusst, wie unsinnig diese Frage war. Hans-Jakob lachte sarkastisch. „Gut natürlich, wie es einem eben so geht, wenn man beinahe zu Tode gefoltert worden ist.“

„Entschuldige, das war dumm von mir. Aber … du lebst! Deine Stimme klingt fest. Sie konnten dich nicht brechen!“

„Nein Anna, das konnten sie nicht! Aber der Preis war hoch. Du sagst, meine Stimme sei fest. Mag sein – doch mein Körper ist ein Wrack. Wenn du mich sehen könntest … Aber wie ist es dir ergangen? Keiner hat mehr daran geglaubt, dass du noch am Leben seist.“

„Es ging mir wie dir. Sie haben meinen Leib ruiniert, aber meinen Geist konnten sie nicht zerstören. Doch die Ungewissheit meines Schicksals nagt an mir, und ich weiß nicht, wie lange ich noch widerstehen kann."

„Ich verstehe dich so gut, denn mir geht es ganz genauso."

Nach einer längeren Pause, in der beide ihren Gedanken nachhingen, fragte Anna: „Du hast gesagt, dass vor mir die Rot-Löwen-Wirtin in diesem Gefängnis saß. Was ist mit ihr?" Vage Hoffnung keimte in ihr auf, dass es tatsächlich einen Ausweg aus diesem Kerker geben könnte.

Doch Hans-Jakob lachte rau. „Sie ist tot! Am Dienstag nach dem ersten Advent als Hexe verbrannt. Zusammen mit meinen Schwestern, der Anne und dem Dorle."

Tot! Anne, Dorle! „Heißt das, dass noch andere aus unserer Familie …?" Anna meinte, ersticken zu müssen. Die Sorge um ihren Mann und ihre Kinder, die sie bis dahin stets verdrängt hatte, wurde plötzlich übermächtig.

„Dorles Mann wurde etwa gleichzeitig mit dir verhaftet. Er ist ihr im Tod vorausgegangen."

Das Bild der beiden Wirtsleute tauchte vor Anna auf und die Erinnerung an manche in der Gaststube *Zum Baldreit* ausgelassen verbrachte Feier. Seit dem Tod ihres jüngsten Sohns waren Dorle und Martin Kachel allerdings nie wieder richtig fröhlich gewesen. Jetzt waren sie mit ihrem Kind in einem hoffentlich besseren Jenseits vereint. Hans-Jakob Gutterer fuhr fort: „Annes Schwägerin Marie, deren Schwester Jakobea und ihre Mutter Margarete sind ebenfalls in diesem Gefängnis, Marie liegt sogar in der Zelle direkt neben mir. Doch sie antwortet nicht, wenn ich versuche, mit ihr zu reden. Ich höre nur ab und zu ihr Stöhnen. Ich weiß nicht, ob sie überhaupt bei sich ist oder ob man ihr so übel mitgespielt hat, dass sie das Bewusstsein verloren hat. Eine so zarte Frau, wie sie ist."

„Weißt du etwas von meinem lieben Mann und meinen Kindern?", fragte Anna angstvoll.

„Hans hat nach deiner Verhaftung alle Hebel in Bewegung gesetzt, um dich aus der Gefangenschaft zu befreien. Er hat ein Bittgesuch an den Magistrat geschrieben, und er hat sogar versucht, persönlich beim Markgrafen vorzusprechen. Doch man hat ihn nicht einmal bis zur Kanzlei vorgelassen. Schließlich musste er sein Protestschreiben dem Büttel übergeben. Wer weiß, ob das Schreiben seinen Adressaten je erreichte.

Von Susanna und Martin weiß ich nichts, nur, dass sie am Tag meiner eigenen Verhaftung noch in Freiheit waren."

Beide schwiegen lange. Dann, plötzlich, sagte Gutterer laut und in beschwörendem Ton: „Wir können uns zwar nicht sehen, aber zumindest miteinander sprechen. Wir wollen uns gegenseitig das Versprechen geben, dass wir niemals und unter keinen Umständen ein falsches Geständnis ablegen. Ein falsches Geständnis wäre eine Lüge, und wie sollten wir beim jüngsten Gericht unserem Herrn unter die Augen treten, wenn eine Lüge unser Gewissen belastet? Lass uns schwören, notfalls den bitteren Kelch bis zum Ende leer zu trinken, so wie auch unser Herr Jesus Christus im Angesicht des Todes nicht verzagte! Wir werden uns gegenseitig an diesen Eid erinnern, damit wir nicht schwach werden! So kann einer den anderen stützen!"

„Ja, Hans-Jakob, das ist gut! Welch herrliche göttliche Fügung, die uns an diesem finsteren Ort zusammengeführt hat. So können wir uns wenigstens gegenseitig helfen, unser Schicksal geduldig zu ertragen."

Tatsächlich schöpfte Anna aus der Anwesenheit Hans-Jakob Gutterers neue Kraft. Schon allein die Möglichkeit, mit einem anderen Menschen reden zu können, empfand sie nach Wochen der Isolation als Geschenk. Sooft es den beiden möglich war, unterhielten sie sich durch die Wände ihrer provisorischen Zellen hindurch, nicht selten über Belangloses. Was zählte, war, sich gegenseitig von ihrer hoffnungslosen Lage abzulenken, und das gelang. Ab und an war sogar ein verhaltenes Lachen zu hören. Aber auch im gemeinsamen Gebet und Singen gaben sie sich Rückhalt und Beistand. Und so, wie ihr Körper allmählich genas, gesundete auch Annas Geist. Da man sie so lange unbehelligt ließ und auch ihre Gespräche nicht unterband, keimte in Anna die Hoffnung, dass ihre Entlassung bald bevorstehe.

Hans-Jakob Gutterer hätte Anna gerne in ihrem Optimismus bestärkt, doch er fürchtete, dass sie sich einer Illusion hingab. Er haderte lange mit sich, doch schließlich entschied er, dass es besser sei, wenn sie darauf vorbereitet wäre, dass ihr womöglich weitere Qualen bevorstanden. Eines Abends sagte er deshalb vorsichtig: „Anna, ich freue mich sehr darüber, dass du in den letzten Tagen zu deiner alten Zuversicht zurückgefunden hast. Und ich bin der letzte, der dich entmutigen oder dir gar Angst machen will. Aber ich möchte nicht, dass es dich unvorbereitet trifft, sollten sich deine Hoffnungen zerschlagen. Denn ich fürchte …" Hans-Jakob stockte. „Ich habe dir bis jetzt nicht erzählt, was sie mir angetan haben. Ich wollte es vergessen, nie mehr daran denken." Hans-Jakobs Stimme zitterte und er schluckte. Es kostete ihn merklich Kraft, weiterzureden. „Es gibt dort drüben, in der Folterkammer, nicht nur die Strecke, die Beinschrauben und das Kränzchen. Sie haben noch ein anderes Instrument ersonnen, das an Grausamkeit nicht zu überbieten ist. Ich war der erste, an dem sie es erprobten, welche Bemerkung zu machen sich Dr. Eschbach mit boshaftem Vergnügen nicht enthalten konnte. Zuerst dachte ich, es sei nur ein Stuhl. Doch was für ein Stuhl! Er hat keine Lehne, nur zwei über den Kopf hinausragende Stangen, an denen sie meine Arme, nach oben gereckt, festgebunden haben. Die Beine haben sie mir um die vorderen Stuhlbeine geflochten. Dann haben sie mir einen Kranz mit Stacheln um den Hals gelegt, der mit vier Schnüren an der Wand fixiert war und in Position gehalten wurde. So war ich zur völligen Bewegungslosigkeit gezwungen, denn sobald ich meinen Körper auch nur ein wenig auf die eine oder andere Seite neigte, stachen die Nadeln in meinen Hals. In dieser Zwangshaltung musste ich mehr als zwei Tage und Nächte lang ausharren. In kürzester Zeit bestand ich nur noch aus Schmerz, er ergriff jede einzelne Faser meines Körpers und Geists. Einschlafen war unmöglich, denn bei jedem Wegnicken bohrten sich die Stacheln der Halskrause in meine Haut. Um die Qualen noch zu steigern, hatte dieser teuflische Stuhl in der Sitzfläche ein Loch, ähnlich wie bei einem Bettstuhl, doch mit einem scharfen Rand. Der schnitt sich in mein Sitzfleisch, und nach Stunden auf dem Stuhl bestand mein Hinterteil nur noch aus blutigen Fetzen. Der Schmerz, Hunger, Durst und vor allem die Müdigkeit raubten mir beinahe den Verstand. Ich wusste nicht mehr, was oben und unten, was rechts und was links, was wahr und was falsch war. Ich war bereit, alles zu gestehen, was man mir vorwarf, weil ich es am Ende selbst glaubte. Doch meine Stimme versagte ihren Dienst – zum Glück. Das hat mich vor dem Schlimmsten bewahrt."

Anna antwortete lange nicht. Schon bereute Hans-Jakob seine Worte. Doch dann sagte sie, bemerkenswert gefasst: „Ich danke dir für deine Offenheit. Jetzt weiß ich, worauf ich mich einstellen muss."

Am 15. Dezember nachmittags holten sie Anna aus ihrer Zelle. Fünfzig Stunden lang saß sie auf dem Wachstuhl. Selbst die drastische Schilderung Hans Gutterers lässt nur erahnen, was sie erlitt. Die Wahrheit ist: es gibt keine Worte dafür, in keiner Sprache der Welt.

Anna schwieg weiterhin.

## X

Am Morgen des 18. Dezember, am 46. Tag seit Annas Verhaftung, klopfte es an die Türe des Weinhag'schen Hauses. Hans, der soeben in der Stube ohne Appetit sein einsames Frühstück einnahm, hörte die Magd die Türe öffnen und erkannte die Stimme eines der Gerichtsdiener. Sofort erwachte Hans aus seiner Lethargie und sprang auf. Das konnte nur bedeuten, dass das Mandat des Reichskammergerichts etwas bewirkt hatte! Mit klopfendem Herzen wartete er. Der Lakai trat in die Stube und begrüßte Hans mit einer Verbeugung, so wie es sich für einen Mann seines Ranges gegenüber einem Ratsmitglied geziemte. Diese Höflichkeit berührte Hans, nachdem er noch vor wenigen Tagen auch von diesem Gerichtsdiener wie Luft behandelt worden war. Der Bote räusperte sich: „Der markgräfliche Hofrat Dr. Eschbach lässt ausrichten, dass Ihr Eure Frau auf der Gerichtsstube abholen könnt. Sie ist frei." Dann drehte er sich nach einer weiteren Verbeugung schnell um und eilte der Türe zu, froh, das Haus wieder verlassen zu können.

Hans ließ sich auf den Stuhl fallen. Ein Chaos von Gefühlen übermannte ihn: die wochenlange Ungewissheit um seine Frau, Ungläubigkeit über das soeben Gehörte und gleichzeitig unbeschreibliche Freude. Er zitterte am ganzen Leib. „Frei", flüsterte er, „Frei? Frei, frei, frei ..." Er musste es wiederholen, dieses unglaubliche Wort, um es zu begreifen, um es in seiner ganzen Tragweite zu erfassen. Konnte es wahr sein? Keiner hatte bis jetzt das Gefängnis lebend verlassen! Alle, alle ohne Ausnahme, waren auf dem Scheiterhaufen geendet. Alles, was Hans sich zuletzt noch erhofft hatte, war, Anna vor ihrem Tod noch einmal sehen, noch einmal mit ihr sprechen und sie in die Arme nehmen zu können. Und jetzt sollte er seine Frau wiederhaben! Sie war vom Vorwurf der Hexerei freigesprochen! Hans' Stimme wurde lauter. „Frei! Frei!", rief er wieder und wieder. „Anna ist frei!" Er sprang auf, rannte ins Treppenhaus und rief es durchs ganze Haus: „Frei! Anna ist frei!" Aus der Küche eilte die Magd, im Kontor ließ Martin das Rechnungsbuch fallen, an dem er gerade arbeitete, sogar Euphrosina streckte den Kopf durch die Tür der Schlafkammer, wo sie gerade ihr jüngstes Kind stillte. „Komm, Martin, komm! Wir holen deine Mutter ab!", forderte Hans seinen Sohn auf. Eilig brachte die Magd Mäntel und Schuhe, sie jauchzte und lachte dabei vor Freude. Beinahe schob sie die beiden Männer zur Haustüre hinaus. Dann machte sie sich an die Arbeit, um das Haus für die Rückkehr der Hausherrin zu schmücken.

Fliegenden Schrittes eilten Hans und Martin zum Gemminger Turm. Der Gerichtsdiener erwartete sie bereits am Eingang. Er stieg die Treppe hinauf zur Gerichtstube, um Dr. Eschbach die Ankunft von Annas Angehörigen zu melden. Eschbach befand sich mitten im Verhör von Jakobea Knörr, das er nun unterbrach, ohne jedoch dem Scharfrichter Anweisung zu geben, die unglückliche Frau von der Strecke herabzulassen. Hans und Martin betraten die Gerichtsstube – und rangen augenblicklich um Beherrschung. Heiße, stinkig-stickige Luft raubte ihnen fast den Atem, im schaurigen Dämmerlicht erkannten sie eine in schmutzige Fetzen gekleidete Frau, die in geradezu absurder Haltung halbtot an einer Strecke hing, vom Scharfrichter und seinem Knecht bewacht. Auf der anderen Seite des Raums saßen – welch ein Kontrast – an einem Tisch die hohen Herren, in feines Tuch gewandet, die Frisuren akkurat, die Blicke geschäftsmäßig. „So muss die Unterwelt aussehen, und Eschbach und Konsorten sind die Teufel!", schoss es Hans durch den Kopf. Das Blut rauschte in seinen Ohren. Er wollte sich gar nicht ausmalen, welche Qualen seine arme, geliebte Anna in dieser Hölle durchlitten hatte.

Wie aus weiter Ferne – und es fiel ihm schwer, sich auf die Worte zu konzentrieren – hörte er Eschbach sagen: „Würzkrämer, dein Weib hat sich von dem Verdacht, aufgrund dessen sie verhaftet wurde, in gütlicher und peinlicher Befragung befreit. Deshalb hat ihre fürstliche Durchlaucht Markgraf Wilhelm in seiner unendlichen Gnade verfügt, dass sie gemäß der Peinlichen Halsgerichtsordnung Karls V. nach Hause zu entlassen sei, jedoch nicht ohne dass sie und auch du, ihr Ehemann, zuvor unter Eid schwört, euch für die erlittene Tortur nicht zu rächen. Außerdem müsst ihr schwören, dass das Weib das Haus bis auf ferneren gütlichen Bescheid des Markgrafen nicht mehr verlässt und dass ihr die in der Haft entstandenen Unkosten übernehmt. Wenn du dazu bereit bist, werde ich nun Anna holen und euch gemeinsam die Eidesformel vorlesen lassen." Erst als Hans Annas Namen hörte, erwachte er aus seiner Benommenheit.

Matt sagte er: „Gebt mir nur meine Frau wieder, alles andere ist nicht von Bedeutung." Matern Eschbach gab dem Gerichtsdiener ein Zeichen, und der ging, um Anna aus ihrem Kerker zu holen.

Nach wenigen Minuten, die Hans endlos erschienen, kam er zurück, ein in Lumpen gehülltes lebloses Bündel auf seinen Armen tragend. „Anna!", entfuhr es Hans. „Anna, Anna!" Tränen liefen seine Wangen hinab, denn er vermeinte nicht anders, als dass seine geliebte Frau tot sei und der Hofrat ein böses Spiel mit ihm gespielt habe. Er hielt seine Arme hin, und der Gerichtsdiener legte Anna hinein. Sie war nur noch Haut und Knochen, Hans spürte die Last kaum. Aber sie war warm, sie lebte noch! Er zog das Tuch herab, das ihren Kopf verdeckte, und schreckte zurück. War das wirklich Anna, seine Anna? Oder hatte man ihm eine fremde Frau in die Arme gelegt? Er konnte sie kaum wiedererkennen. Sie war kahlgeschoren, und anstelle des linken Auges klaffte eine riesige blutige Wunde. „Anna, meine Anna?", flüsterte Hans unsicher. Sie reagierte nicht. Hans beugte seinen Kopf herab und sprach ihr ins Ohr: „Anna, hörst du mich? Ich bin es, Hans!" Da öffnete sie ganz kurz ihr gesundes Auge, und fast hätte man meinen können, ein kleines Leuchten darin zu erkennen, bevor es wieder brach. Ihre Lippen formten ein Wort, doch es war nichts zu hören. Aber Hans war sich jetzt sicher, dass dieses Häufchen Mensch seine liebe Anna war. Was hatte man ihr angetan! Hans strich ihr über die Wange. „Anna, mein herzliebster Schatz!", sagte er noch einmal. Doch sie öffnete die Augen nicht mehr. Hatte sie ihn erkannt? Wusste sie, dass sie gerettet war? „Seid ihr endlich bereit, den Eid zu schwören?", ertönte da Eschbachs ungeduldige Stimme. Und ohne eine Antwort abzuwarten, gab er dem Stadtschreiber das Zeichen, den vorbereiteten Text vorzulesen. Hans hörte kaum zu, es spielte ja auch keine Rolle. Wenn er nur bald seine Frau aus dieser Hölle befreien konnte! „… so sprich mir nach: ‚Ich schwöre es, so wahr mir Gott helfe'", sagte der Stadtschreiber. Hans schreckte auf. Sagte er es bereits zum zweiten Mal? Hans straffte sich: „Ich schwöre es, so wahr mir Gott helfe."

„Und du, Anna Weinhag, bist auch du willens, die Urfehde zu schwören und den Eid zu leisten? Dann sage laut ‚Ich schwöre es, so wahr mir Gott helfe.'"

„Wie soll sie schwören, meine arme Mutter ist ja halbtot", mischte sich jetzt Martin ein, seinen Zorn nur mühsam verbergend. Eschbach maß ihn mit einem strengen Blick, sparte sich aber eine Zurechtweisung. Vielmehr sagte er, zum Stadtschreiber gewandt: „Er hat recht. Beenden wir diesen erbärmlichen Auftritt. Ihr Handzeichen unter der Urfehdserklärung soll reichen. Der Ehemann soll ihr die Hand führen." Also schob der Stadtschreiber Hans wortlos ein Stück Papier hin, reichte ihm Tusche und Feder und bedeutete ihm, seinen Namen unter den Text zu setzen. „Und nun dasselbe für das Weib", befahl Eschbach. „Welch ein Unsinn", dachte Hans, doch er nahm die Feder, legte Annas Finger darum und führte mit ihrer Hand ein Kreuz auf dem Papier aus.

Martin fasste seinen Vater bei den Schultern und schob ihn zur Tür. Grußlos verließen sie die Gerichtsstube.

Vor der Tür wartete der Gerichtsdiener, wortlos reichte er Martin Annas Mantel und Schlafkleider, denn sie trug noch immer das schmutzige, fleckige und zerrissene Armesünderhemd, mit dem sie gefoltert worden war. Martin wickelte den Mantel um seine Mutter, und dann traten sie hinaus in die frische, kalte Winterluft.

Die Magd konnte einen Entsetzensschrei nicht unterdrücken, als Hans die Hausherrin über die Schwelle trug. Wie dumm sie war, das Haus festlich zu schmücken, anstatt sich um die wirklich wichtigen Dinge zu kümmern! Hier war nicht frisches Tannengrün vonnöten, sondern warmes Wasser, stärkendes Essen, ein bequemes Bett und vor allem ein Arzt! Sie machte auf dem Absatz kehrt und eilte in die Küche. Dort fand sie wie erwartet Martin, Annas und Hans' siebenjährigen Enkelsohn, der sich in ihrer Gegenwart wohler fühlte als bei seiner Mutter und den jüngeren Geschwistern und deshalb jede freie Minute bei ihr in der Küche verbrachte. Ihn schickte sie los, um Dr. Rosenberger zu holen.

Sie selbst schüttete Wasser in einen Hafen, gab reichlich getrocknete Majoranblätter hinein und hängte ihn übers Feuer.

Inzwischen hatte Hans Anna in die Stube getragen und behutsam auf die Bank gebettet. Er nahm eine Schere und schnitt ihr das schmutzstarrende Hemd vom Leib. Als sie nackt vor ihm lag, musste er erneut um Fassung ringen. Ihr ausgemergelter Körper war übersät von offenen, eiternden Wunden, die einen ekelerregenden Geruch verströmten. An den Hand- und Fußgelenken hatten die Fesseln tiefe Fleischwunden hinterlassen. Annas Arme und Beine waren unförmig geschwollen und bläulich-gelb verfärbt. „Anna, Anna!" Hans schluchzte auf. Plötzlich fühlte er sich so zerschlagen, als hätte man auch ihn gefoltert. Er begann am ganzen Körper zu zittern, der Boden wankte unter seinen Füßen. Bevor er stürzte, fing Martin seinen Vater auf. Sanft drückte er ihn auf die Bank und redete beruhigend auf ihn ein. Dann hob er vorsichtig den Kopf seiner Mutter an und legte ihn seinem Vater in den Schoß. Hans lehnte erschöpft den Kopf an die Wand und schloss die Augen.

Während Annas Kopf in Hans' Schoß ruhte, wuschen Martin und die Magd mit dem warmen Majoranwasser die Blut- und Schmutzkrusten von Annas Leib. So behutsam wie möglich säuberten sie die offenen Wunden. Anna lag in einem totenähnlichen Schlaf, und das war gut so, denn so spürte sie die Schmerzen nicht.

Über diese Arbeit traf Dr. Rosenberger ein. Dr. Rosenberger war der Amtsarzt der kleinen Stadt und seit Jahren ein guter Freund der Familie. Auch er zählte zu den Protestanten, hatte sich aber nie politisch betätigt. Diesem Umstand und seinen medizinischen Fähigkeiten, auf die auch die Angehörigen des Hofs nicht verzichten mochten, verdankte er es, dass er von den konfessionellen Auseinandersetzungen weitgehend unberührt geblieben war und noch praktizieren konnte. Dr. Rosenberger untersuchte Anna eingehend. Genau besah er jede einzelne ihrer Wunden, analysierte die Farbe und den Geruch des Eiters und ertastete, wie tief sich die Verletzungen ins Fleisch gefressen hatten. Er fuhr mit seinen Händen über die geschwollenen Glieder und erspürte die Ausdehnung der Hämatome. Lange widmete er sich Annas verletztem Auge, und seine Miene wurde noch bedenklicher als sie es ohnehin schon die ganze Zeit über gewesen war. Martin und die Magd beobachteten Dr. Rosenberger mit Unruhe und wachsender Sorge, wagten aber keine Fragen zu stellen. Endlich schloss Dr. Rosenberger seine Untersuchung ab. Zu Martin gewandt sagte er: „Die Folter hat Ihre Mutter schlimm zugerichtet. Sie hat viel Blut verloren, die Säfte des Körpers sind dadurch in ein bedenkliches Ungleichgewicht geraten. In den nächsten Tagen wird sich entscheiden, ob sie sich davon noch einmal erholt. Wenn sie die ersten Tage übersteht, wird es sehr, sehr lange dauern, bis sie einigermaßen wiederhergestellt sein wird, und sie bedarf intensiver Pflege. Ganz gesund wird sie niemals wieder werden. Vor allem ihr Augenlicht wird sie nicht mehr erhalten. Immerhin sind ihre Brüche erstaunlich gerade; es scheint fast, als sei sie bereits in der Haft behandelt worden. Ich frage mich allerdings, von wem, denn soweit ich weiß hat niemand zu den Gefangenen Zugang." Nachdenklich schaute er Martin an. Dann wurde seine Stimme wieder geschäftsmäßig. „Es wäre gut, wenn Ihr mir morgen oder übermorgen noch ein Gläschen ihres Urins vorbeibringt, damit ich analysieren kann, ob es noch weitere, innere Verletzungen gibt, die mir bisher verborgen geblieben sind." Er erhob sich vom Krankenlager und ging hinüber an den Tisch, um eine Liste mit Arzneimitteln zu erstellen, die in der Apotheke zu besorgen waren. „Bei der Schwere der Verletzungen empfehle ich zuallererst die Anwendung von Beinwell, und zwar als Pflaster aufgelegt, da es sowohl die verrenkten Glieder und gebrochenen Knochen heilen hilft als auch die offenen Wunden zusammenheftet. Zudem soll die Patientin allabendlich einen Trunk aus in Wein gekochter Akelei-Wurzel zu sich nehmen, was die Knochenheilung zusätzlich befördert. Ein Sirup aus Hopfen, am Morgen verabreicht, reinigt das Blut, treibt Harn und Galle aus und bringt so die Säfte des Körpers wieder ins Gleichgewicht. Ihr verletztes Auge soll täglich mit einer Paste aus Honig, Bohnenmehl und zerstoßenen Bockshornsamen eingerieben werden, so wird die Schwellung zurückgehen und das geronnene Blut abgeschafft, und dann wird man sehen, was noch zu retten ist. Zur Stärkung des schwachen Leibs soll ihr die Magd so oft wie möglich eine kräftigende Suppe von Hühnlein bereiten, die noch keine Eier gelegt haben, denn die jungen Hühner bringen den bleichen Körper wieder zu seiner rechten, natürlichen Farbe." Und mit Blick auf Hans sagte er: „Für Meister Weinhagen empfehle ich ein Nasenwasser aus gesottenem Majoran, das wird ihn beruhigen und seine Gedanken klären."

# XI

Wochenlang hing Annas Leben an einem seidenen Faden. Hans sparte weder Mühen noch Ausgaben, um ihr die bestmögliche Pflege angedeihen zu lassen. Er wachte beinahe ununterbrochen an ihrem Bett, um sofort zur Stelle zu sein, falls Hilfe vonnöten wäre. Sofern er die verschriebenen Heilmittel nicht selbst in seinem Geschäft führte, besorgte er sie in der Apotheke und verabreichte sie Anna persönlich, um nur ja sicher zu gehen, dass nichts versäumt wurde, das der Heilung diente. Namentlich die Küken für die von Dr. Rosenberger angeratene Hühnersuppe aufzutreiben erforderte einigen Aufwand und Kosten, denn junge Hühner waren zur Winterszeit rar, und wer eines besaß und entbehren konnte ließ es sich teuer bezahlen. Doch Hans hätte jeden Preis akzeptiert, wenn es nur der Genesung half. Täglich betete die kleine Hausgemeinschaft für Annas Gesundung. Auch Dr. Rosenberger schaute alle Tage nach der Patientin, modifizierte das eine oder andere Rezept oder verschrieb ein neues Medikament, wenn das bisherige nicht die gewünschte Wirkung zeigte. Mit großer Sorgfalt überwachte er den langsam voranschreitenden Heilungsprozess.

Am Weihnachtstag 1627 trug Hans Anna von ihrem Krankenlager im ehelichen Schlafzimmer in die gute Stube, wo sich die Familie zur Andacht versammelt hatte. Anna sollte nicht ausgeschlossen sein von der Feier des Christfests. Die Magd hatte auf der Bank ein bequemes Lager gerichtet, wo Hans die Kranke behutsam bettete. Es war mittlerweile das sechste Jahr, dass er es in Ermangelung eines Pfarrers selbst übernehmen musste, den Hausgenossen die frohe Botschaft des Weihnachtsfests zu verkünden. Traditionell las Hans zuerst die Weihnachtsgeschichte nach Lukas in der deutschen Übersetzung von Martin Luther vor. Anschließend stimmte er Luthers „Vom Himmel hoch, da komm ich her“ an, und bald war der Raum feierlich erfüllt vom hellen Klang der Kinderstimmen und dem tieferen Ton der Erwachsenen. Da, plötzlich, öffnete Anna die Augen. Wie aus einem fernen Traum langsam erwachend, erkannte sie die Gesichter ihrer Lieben, erkannte, dass sie nicht mehr im Kerker war, sondern zu Hause bei den ihren. Ein warmes Gefühl unendlichen Glücks durchströmte sie, und sie atmete tief den vertrauten Geruch von Kerzenwachs, süßem Gebäck und Tannenzweigen ein. Sie schloss wieder die Augen. Aber ihre

Lippen bewegten sich so, als würde sie mitsingen. Martin sah es als erster, er tippte die Magd an, die neben ihm stand, und die flüsterte es Hans ins Ohr. Bald sahen es alle, aber sie unterbrachen ihren Gesang nicht, sondern sangen nur mit umso mehr Inbrunst, und als die letzte Strophe verklungen war, hängten sie noch die sechs Strophen des Weihnachtslieds „Vom Himmel kam der Engel Schar“ an, gerade so, als befürchteten sie, dass sich das, was sie da sahen und was ihre Herzen mit so großer Freude erfüllte, als Trugbild erweisen könnte und gar nicht wahr wäre, wenn sie zu singen aufhörten. Ein Wunder war's, ein Weihnachtswunder! „Was kann euch tun die Sünd und Tod? Ihr habt mit euch den wahren Gott. Laßt zürnen Teufel und die Höll, Gotts Sohn ist worden eur Gesell. Er will und kann euch lassen nicht, setzt ihr auf ihn eur Zuversicht. Es mögen euch viel fechten an: dem sei Trotz der's nicht lassen kann.“ Hans sang mit lauter, fester Stimme und ließ Anna dabei nicht aus den Augen. Erst als alle 21 Strophen gesungen waren, trat Hans zu seiner Frau ans Krankenlager, kniete bei ihrem Kopf nieder und beugte sich ganz dicht an ihr Ohr. „Anna, hörst du mich?“ Anna öffnete ihre Augen und blickte Hans fest an. Fast unmerklich nickte sie, und es schien fast, als umspiele ein Lächeln ihre Lippen. Hans streichelte mit zitternder Hand über ihren kurzen Haarflaum. Anna versuchte etwas zu sagen, doch sosehr sich Hans konzentrierte, er konnte sie nicht verstehen. Anna probierte es wieder und wieder, aber es kostete sie zu große Mühe. Ihr Hals war rau, und die Zunge klebte an ihrem Gaumen. Schließlich gab sie es auf und schloss erschöpft die Augen. Hans wartete eine Zeit lang und wandte keinen Blick von Anna, doch sie war bereits wieder eingeschlafen.

Hans erhob sich vom Boden und straffte sich. Mit feierlicher Stimme sagte er: „Heute ist ein Tag der Hoffnung, denn heute ist uns der Heiland geboren, unser Tröster und Erlöser. Er hat uns seine Gnade bewiesen an diesem unschuldigen Lamm Gottes, das er aus größter Bedrängnis errettet hat. Manchmal müssen wir durch ein finsteres Tal gehen, aber wie sprach Jesus: ‚wer nicht sein Kreuz auf sich nimmt und mir nachfolgt, der ist meiner nicht wert‘. Deshalb lasst uns fest sein im Glauben und niemals wanken, was auch immer auf Erden uns begegnet.“ Dann breitete Hans die Arme aus und sprach den Weihnachtssegen über Anna und die Versammelten.

Dank der aufopferungsvollen Fürsorge wurden die Augenblicke, in denen Anna wach war, allmählich länger und ihr Bewusstsein immer klarer. Hans saß weiterhin an ihrem Bett, und wenn er ihre Hände in den seinen hielt, kam es vor, dass sie seinen Händedruck sacht erwiderte. Wenn sie wach war, schaute sie ihn an, und ein Ausdruck tiefer Dankbarkeit und Liebe stand in ihrem Gesicht. Sie versuchte immer wieder zu sprechen, doch noch viele Tage lang war sie nur zu einem unartikulierten Krächzen in der Lage. Dann endlich fand sie auch ihre Stimme wieder. „Gelobt sei Gott, dass ich lebe", waren ihre ersten verständlichen Worte. Hans nickte und drückte Anna fest die Hand. „Und du sollst, du musst noch lange leben! Ich gebe dich niemals wieder her!" Anna lächelte, doch dann verdüsterte sich ihr Gesicht: „Gutterer", flüsterte sie mühsam, „Anne, ihre Mutter, ihre Schwester … leben sie auch?"

„Ja, sie leben, Hans-Jakob, Anne, Jakobea. Sie leben alle drei. Sie wurden noch vor Jahresfrist entlassen, nur wenige Tage nach dir." Hans erinnerte sich mit Schaudern an den grausigen Anblick von Jakobeas verrenktem Körper an der Strecke. Dass die beiden Frauen dem Tod noch immer näher waren als dem Leben verschwieg er ebenso wie die Tatsache, dass Margarete, ihre betagte Mutter, am 5. Januar als geständige Hexe auf dem Scheiterhaufen verbrannt worden war. Anna verstand es auch so.

An einem der ersten sonnigen Frühlingstage des Jahres 1628 gelang es Anna zum ersten Mal, für einen kurzen Moment auf eigenen Beinen zu stehen. Es war, als beflügelten die warmen Sonnenstrahlen, die durch das Fenster auf ihr Krankenlager fielen, ihren Lebenswillen, und sie übte von nun an jeden Tag. Wie ein Kleinkind musste sie das Gehen wieder lernen, aber dank ihres zähen Willens gelang es. Bald konnte man Anna wieder im Garten auf ihrer Lieblingsbank in der Sonne sitzen sehen. Meistens war sie umgeben von einer zahlreichen Kinderschar, denn sowohl Martins als auch Susannas Kinder liebten es, in der Nähe der Großmutter zu sein, die so viel Zeit für sie hatte. Da Anna zur Mithilfe im Haushalt noch nicht wieder fähig war, gab sie gerne die Kindsmagd und freute sich, sich wenigstens auf diese Weise nützlich machen zu können. Außerdem tat das fröhliche Lärmen der Enkelkinder ihrer geplagten Seele gut und half, die schlimmen Erinnerungen an die Haft ein wenig zu vergessen.

Es war Hans ein tief empfundenes Bedürfnis, Maria Salome Aschmann für ihre Unterstützung zu danken. Er war überzeugt davon, dass sich das Reichskammergericht ohne ihre Vermittlung nicht so schnell zu dem Mandat an den Markgrafen herabgelassen hätte, und dass Anna ohne dieses Mandat nicht hätte gerettet werden können. Deshalb ließ er sich ein weiteres Mal bei der Hofmeisterin anmelden und machte sich an einem freundlichen Apriltag erneut auf den Weg hinaus zum Gut Wachenhofen.

Maria Salome empfing ihren Gast mit derselben Freundlichkeit wie ein halbes Jahr zuvor. „Ich freue mich, Euch zu sehen, und noch dazu mit so fröhlichem Gesicht", begrüßte sie ihn. Hans lächelte. „Ich habe allen Grund, fröhlich zu sein. Meiner lieben Hausfrau geht es mit jedem Tag besser. Dass sie dem sicheren Tod noch einmal entronnen ist, verdanke ich nicht zuletzt Eurer Hilfe. Ich bin gekommen, um Euch für Eure Unterstützung zu danken. Wie viel leichter war mir mein heutiger Gang im Gegensatz zum vorigen Herbst, als Kummer und Sorge mich niederdrückten!", und mit einem schelmischen Augenzwinkern fügte er hinzu: „Ich bin so guter Laune, dass ich sogar dem Jesuitenpater, der mir auf dem Weg begegnete, von Herzen einen ‚Guten Tag' wünschte." Maria Salome lachte. „Da seid Ihr dem Pater Superior höchstpersönlich in die Arme gelaufen. Der war nämlich gerade eben bei mir und ist gegangen, kurz bevor Ihr kamt", sagte sie belustigt. Doch dann verflog der Schalk in ihren Augen, und mehr zu sich selbst fuhr sie fort: „Es war ein seltsamer Besuch. Muster ist schon lange nicht mehr hier gewesen. Jetzt ist er gekommen, um mir zu erzählen, welch gute Entwicklung es mit den Jesuiten in Baden nimmt, insbesondere seit der Markgraf dem Orden sein Stadtpalais überlassen hat. ‚Jetzt fehlt nur noch ein schmuckes Landgut, ein Tusculum, wie es jede anständige Jesuiten-Residenz ihr eigen nennt.' So hat er gesagt und mich mit einem Blick angesehen, als meine er damit mein Hofgut. Ich bin wirklich erschrocken. Ich habe nie daran gedacht, meine Güter zu veräußern. Solange im Reich nicht Frieden herrscht, kann man nie wissen, was einem im Leben noch begegnet und ob ich womöglich mein Vermögen selbst verzehren muss. Ich war ganz verwirrt und habe ihm eine recht unverbindliche Antwort gegeben. Wenig später ist er dann auch schon aufgebrochen … Aber was rede ich da! Ihr seid sicher nicht gekommen, um Euch mit einer alten

Frau über einen katholischen Orden zu unterhalten!", unterbrach sie sich selbst. „Kommt doch auf ein Gläschen Wein herein." Hans folgte der Einladung gerne. Drinnen überreichte er Maria Salome ein Sortiment erlesener Gewürze als Dank für ihre Unterstützung. Eine ganze Weile unterhielten sie sich über das unverwechselbare Aroma frischen Korianders, die Unterschiede zwischen heimischem und persischem Safran sowie die verschiedenen Senfsorten und deren Verwendung. Es war, als seien beide froh, ein unverfängliches Thema gefunden zu haben und die unsäglichen Hexenprozesse nicht ansprechen zu müssen. Erst als Hans Anstalten zum Aufbruch machte, erkundigte sich Maria Salome, mehr der Höflichkeit halber, nach Annas Befinden. Hans antwortete ausweichend: „Es geht ihr, wie gesagt, täglich besser. Sie ist noch etwas matt, aber ich bin mir sicher, dass sie bald völlig wiederhergestellt sein wird." Was er nicht sagte war, dass im Gegensatz zu den körperlichen die seelischen Verletzungen noch lange nicht verheilt sein würden. Dass Anna beinahe jede Nacht von Alpträumen geplagt erwachte, dass sie manchmal aus nichtigem Grund in Zorn geriet und ein andermal in Tränen ausbrach und sich kaum mehr beruhigen ließ. Dass sie oft tagelang in sich versunken und kaum ansprechbar war. Dass sie zurückschreckte, wenn er sie berühren wollte, was ihn besonders schmerzte. All diese Dinge beunruhigten ihn sehr, denn das war nicht mehr die Anna, die er kannte. Doch darüber zu reden war ihm unmöglich. Er versuchte stattdessen, seiner Stimme einen zuversichtlichen Klang zu geben: „Das Schlimmste haben wir jedenfalls überstanden."

Hans war schon lange gegangen, da klangen seine Worte Maria Salome noch in den Ohren: „Das Schlimmste haben wir überstanden."

„Ich wünsche es euch", dachte Maria Salome, und das Herz wurde ihr schwer. „Aber ich fürchte, es ist ein Irrtum." Sie sah Matern Eschbach vor sich und den zerstörerischen Hass in seinen Augen, als er am Tag von Annas Entlassung in der Stube seines Hauses tobte. Sie hörte wieder die Worte, mit denen er Anna auf übelste Weise beschimpft, sie eine Hure und Hexe genannt hatte. Wie er immer wieder gedroht hatte, sie und die ihren zu vernichten. Eschbach war besessen, und er würde sich nicht stoppen lassen, ehe er nicht sein Ziel erreicht hatte.

# XII

Auch nach Annas Entlassung gingen die Hexenprozesse mit unverminderter Härte weiter, brannten weiterhin beinahe wöchentlich die Scheiterhaufen draußen am Richtplatz an der Straße nach Oos. Und viele der zum Tod Verurteilten bestätigten in ihren unter grausamster Folter erzwungenen Geständnissen, was ihnen die Hexenrichter in den Mund legten, nämlich dass die Würzkrämerin bei ihren Hexentänzen und Teufelshochzeiten dabei gewesen war. Hans wollte nicht wahrhaben, was vor seiner Haustür geschah. Martin und Susanna aber bedrängten den Vater, ihre Mutter an einen sicheren Ort zu bringen, wo ihr keine Gefahr mehr drohte. Doch Hans Weinhag wollte davon nichts wissen. „Dr. Eschbach und Dr. Krebs haben bei der Entlassung versichert, dass sich Anna von allen gegen sie erhobenen Vorwürfen befreit hat und wir keine Sorge zu haben brauchen, dass sie sich noch einmal vor Gericht verantworten muss. Ich vertraue auf das Ehrenwort der markgräflichen Beamten. Und wohin sollten wir auch gehen? Wir sind alte Leute, wie sollten wir uns eine neue Existenz aufbauen? Zumal in Zeiten wie diesen, wo aller Handel und Wandel am Boden liegt. Eure Mutter ist sehr krank, sie braucht ärztlichen Beistand, und diesen kann sie nirgendwo besser bekommen als hier in Baden. Abgesehen davon, dass sie eine weite und gefährliche Reise womöglich gar nicht überleben würde. Die Straßen sind voller Räubergesindel, dem man sich nicht ohne Not aussetzt. Wir sind hier zu Hause, hier haben wir unser Auskommen, und es gibt keinen Grund zu gehen. Nicht zuletzt haben wir einen Eid geschworen, dass Anna das Haus bis auf weiteren gütlichen Befehl des Markgrafen nicht verlässt.“ Martin hatte sich die Worte des Vaters mit wachsendem Unverständnis angehört und ihn nur aus Hochachtung nicht unterbrochen. Nun aber schnaubte er verächtlich. „Du fühlst dich dem Eid an einen Tyrannen gebunden, der Recht und Gesetz mit Füßen tritt? Du vertraust dem Wort eines Despoten? Du fürchtest eher die Straßendiebe als den Räuber auf dem Thron? Das ist doch, das ist doch …“ Hans sah seinen Sohn scharf an, und der verstummte sofort. Es war nicht oft vorgekommen, dass sein Vater ihn mit diesem Blick bedacht hatte, doch immer hatte es bedeutet, dass jede weitere Diskussion zwecklos war. Martin erhob sich mühsam, und eine Entschuldigung murmelnd verließ er kopfschüttelnd den Raum.

Nur wenige Zeit später, an einem lauwarmen Frühsommertag Mitte Mai, stürmte Susanna mit aufgelöstem Haar und noch in Pantoffeln in die Stube ihres Elternhauses. Dort saßen Hans und Anna gerade beim Frühstück und blickten überrascht auf, als die Türe lautstark auffuhr. Ohne einen Gruß stieß Susanna atemlos hervor: „Stellt euch vor, sie haben die Amelay geholt! Heute morgen sind sie gekommen, es war noch nicht einmal hell! Wir glauben, dass sie eigentlich Hans-Jakob wollten, aber der war schon außer Haus. Da haben sie eben seine Frau genommen. Hört das denn niemals auf? Zuerst Jakob, dann Anne, Dorle und Martin – Gott hab sie selig! – dann Hans-Jakob und du, und jetzt die Amelay. Wer von uns ist als nächster dran?“ Susanna trat an den Tisch und ergriff die Hände ihres Vaters, der bei ihren Worten blass geworden war. Ihre Stimme wurde drängend. „Vater! Mutter! Wir alle sind in größter Gefahr. Wir müssen fliehen. Jetzt. Sofort. Wenn wir bleiben, werden wir die nächsten Wochen nicht überleben! Denn sie werden nicht ruhen, bis sie unsere ganze Familie ausgelöscht haben!“ Susanna sah ihre Mutter verzweifelt an und begann zu weinen. „Ich bin nicht so standhaft wie du! Ich habe schreckliche Angst vor der Folter, und ich bin sicher, ich würde sie nicht überstehen! Ich will den Feuertod nicht sterben!“

„Was sind das bloß für Zeiten!“, stöhnte Anna. „Hört denn die Raserei niemals auf?“ Traurig sah sie zuerst ihre Tochter, dann ihren Mann an. „Bleibt denn wirklich nur die Flucht?“ Ihre Stimme brach. Hans legte ihr beruhigend einen Arm um die Schultern. Er versuchte, zuversichtlich zu klingen. „Nein, Anna! Wir haben das Wort der Hofräte, du bist sicher!“ Dann wandte er sich an seine Tochter: „Die Nachricht, die du uns bringst, ist schrecklich und fast nicht zu begreifen. Ich müsste ein Narr sein, wenn ich ignorieren würde, wie dünn das Eis geworden ist, auf dem wir stehen.“ Hans senkte den Kopf, sein Herz wurde schwer. Leise sagte er: „Anna und ich, wir vertrauen auf die Garantien, die man uns gegeben hat, und legen unser Schicksal in Gottes Hand. Was aber dich betrifft, mein Kind, so hast du Recht: Es wäre fahrlässig, hier zu bleiben.“ Mühsam stand er auf und holte Feder, Tintenfass und ein Blatt Papier aus dem Sekretär. Hastig warf er einige Zeilen auf das Blatt, faltete und adressierte es und drückte zuletzt sein Siegel darauf. „Es fällt mir schwer, dich ziehen zu lassen … Es wird das Beste sein, wenn ihr nach Straßburg geht. Hier hast du ein Empfehlungsschreiben an meinen guten Freund Tobias Zetzner. Du kennst ihn, aber du warst noch ein kleines Mädchen, als wir zuletzt bei ihm waren. Ich habe ihn um den Freundschaftsdienst gebeten, euch zu unterstützen, soweit es seine Mittel zulassen. Es ist schwierig geworden, in Straßburg unterzukommen, denn nach allem was man hört ist die Stadt ziemlich überlaufen, aber vielleicht kann er euch ein Quartier vermitteln. Auf jeden Fall aber habt ihr in ihm einen Menschen, auf den ihr euch in der Fremde verlassen könnt.“ Susanna küsste ihren Vater auf die Wange. „Ich danke dir von Herzen. Das wird uns den schweren Weg ein wenig leichter machen.“ Unentschlossen blieb sie stehen. Auch sie hatte wie Martin die Erfahrung gemacht, dass es zwecklos war, ihren Vater von einem einmal gefassten Entschluss abzubringen. Jetzt aber brach es beinahe ihr Herz, seine Entscheidung zu akzeptieren. Sollte sie nicht doch noch einen Versuch unternehmen, Vater und Mutter dazu zu bringen mitzukommen? „Warte noch!“, unterbrach Hans ihre Gedanken und verließ die Stube. Nach wenigen Minuten kehrte er zurück. Er brachte ein prall gefülltes Geldsäckchen und reichte es Susanna. Schon am Gewicht des Säckchens spürte Susanna, dass es eine große Summe sein musste, die ihr Vater ihr gab. „Vater, das kann ich nicht …“ Hans ließ sie nicht ausreden. Stumm umarmte er seine Tochter und küsste sie seinerseits auf die Wange. „So, und nun geh!“ Seine Stimme klang rau, und beinahe grob schob er Susanna zur Tür. Susanna schluchzte auf. Sie machte sich von Hans los und rannte zu Anna, so, wie sie es als Kind oft getan hatte, wenn sie nach einer Unartigkeit die strenge Hand des Vaters fürchtete und Zuflucht bei der Mutter suchte. „Mutter! Wie könnte ich euch beide alleine lassen!“ Anna rannen Tränen die Wangen hinab. Sie hielt die Hände ihres Kindes und mochte es nicht loslassen. Endlich sagte sie mühsam: „Geh, mein Kind, es ist das Beste. So Gott will, werden wir uns in einer glücklicheren Zukunft wiedersehen. Dafür bete ich.“

Noch am selben Nachmittag holperte ein einachsiger Ochsenkarren durch das Ooser Tor, beladen mit Hausrat und vier kleinen Kindern. Eine junge

Frau mit verweinten Augen führte das Zugtier, und ein Mann folgte dem Gespann mit gesenktem Blick. Weder Wilhelm noch Susanna schauten noch einmal zurück, als sie ihre Heimatstadt für immer verließen.

## XIII

Das Schreckliche geschah. Am 28. Juni 1628 holten sie Anna erneut.

Barbara Selter, eine einfältige und geschwätzige Magd, hatte seit ein paar Tagen rote Flecken am Arm. Sie war damit zum Bader gelaufen, der die Stirn gerunzelt und gemeint hatte, dass seines Dafürhaltens die Erkrankung keine natürliche Ursache haben könne und Gefahr bestehe, dass eine Hexe sie angegriffen habe in der Absicht sie zu töten. Daraufhin hatte das dumme Ding ihrem Meister, dem Schuhmacher Bartl Vogel, erzählt, sie sei im Laden des Gewürzhändlers Hans Weinhag gewesen, um für einen Pfennig Pfeffer zu holen. Dort habe sie eine Frau am Arm angegriffen. Sie sei sich sicher, dass die roten Flecken von diesem harten Griff herrührten. Mit dieser Nachricht war Vogel sofort zu Matern Eschbach gerannt und hatte Anna denunziert. Bartl Vogel hatte allen Grund, Anna schaden zu wollen. Denn er selbst hatte nur wenige Wochen zuvor seine Ehefrau auf dem Scheiterhaufen verloren. Im Verhör hatte sie zu Protokoll gegeben, dass es Anna Weinhag gewesen war, die sie im vorigen Frühjahr bei einem Hexentanz vor dem Ooser Tor zur Hexerei verführt und damit ins Unglück gebracht hatte.

Die Misshandlungen, die Todesangst, die Verzweiflung, die grausamen Verletzungen an Leib und Seele: Wie in einem nicht enden wollenden Alptraum wiederholte sich alles.

Anna schwieg.

# XIV

Eschbach legte dieses Mal besondere Eile an den Tag. Er ließ Hans keine Chance, wie beim ersten Mal gegen die Verhaftung und Folter vorzugehen. Zwar wandte sich Hans sofort an Anwalt Goll, aber als das von ihm ungewöhnlich rasch erwirkte Mandat des Reichskammergerichts am 1. Juli in Baden einging, saß Anna bereits auf dem Wachstuhl. Als man sie am 2. Juli nach drei Tagen losband und sie wie ein leerer Sack in sich zusammensank, so dass man sie tragen musste, wurde sie nicht etwa entlassen, sondern Eschbach ließ sie wieder ins Gefängnis werfen. Erst nach zwei Tagen durfte Dr. Rosenberger sie untersuchen, und von ihm erfuhr Hans, dass Anna lebte und in welchem Zustand sie war.

Hans saß am Abendbrottisch, das Essen, das ihm die Schwiegertochter zubereitet hatte, lag unberührt auf dem Teller. Er verbarg sein Gesicht in den Händen, sein ausgezehrter Körper, dem man die Strapazen der letzten Monate ansah, bebte. Hans merkte nicht, dass sein Sohn leise in die Stube getreten war. Martin ertrug es beinahe nicht, seinen Vater so zu sehen. Er trat zu ihm hin, setzte sich auf einen freien Stuhl und legte ihm sacht die Hände auf die Schultern. „Ach, Vater!", sagte er teilnahmsvoll. „Was sind das nur für Zeiten."

Hans blickte kurz auf, seine Augen waren tränenverschleiert. Dann sank er wieder in sich zusammen. Lange saßen sie schweigend da. Endlich sagte Hans tonlos: „Wie viele Abende sitze ich nun schon alleine so da. Ich vermisse Anna jede Stunde, jede Minute am Tag, aber am Abend wird es mir besonders schwer. Es waren immer die schönsten Momente, wenn wir nach getaner Arbeit so beieinander saßen und noch ein bisschen über dies und jenes plauderten. Ich verstehe einfach nicht, warum sie Anna nun schon seit Wochen festhalten." Wieder stiegen ihm Tränen in die Augen. „Und alles nur, weil ich halsstarriger alter Esel dem Wort eines Mörders und Lügners vertraut habe, anstatt auf meine Freunde zu hören."

„Du hast das beste gewollt. Mach dir keine Vorwürfe." Martin räusperte sich. „Ich verstehe, dass du in Mutters Nähe sein möchtest. Aber die Leute auf der Straße reden, dass du der nächste sein könntest, den sie holen."

„Ich hätte nichts anderes verdient. Hätten sie doch mich geholt anstatt ihrer!" Martin schüttelte vehement den Kopf. „Nein, Vater! Wenn sie womöglich auch dich noch verhaften, ist nichts gewonnen. Und die Gefahr besteht, schließlich hast du dich durch deine zweimalige Intervention beim Reichskammergericht bei Hofe nicht gerade beliebt gemacht!" Er zögerte, weiterzureden. Er hatte ja schon einmal erlebt, wie sein Vater auf den Vorschlag zu emigrieren reagiert hatte. Aber damals war die Gefahr nicht so akut gewesen wie jetzt. Er hatte sich vorgenommen, nicht locker zu lassen, bis sein Vater in Sicherheit war, und er hatte sich die Argumente gut zurechtgelegt. „Von hier aus kannst du ohnehin nichts mehr ausrichten. Du hast alles getan, was in deiner Macht stand, und was hat es bewirkt? Nichts! Wenn du wirklich etwas für Mutter erreichen willst, dann geh zu Susanna nach Straßburg. Dort bist du in Sicherheit, und in der Großstadt gibt es gute Anwälte, an die du dich wenden kannst." Als Martin merkte, dass Hans ruhig blieb und ihm sogar zuhörte, setzte er nach: „Sollte es die Sorge um unseren Familienbesitz sein, die dich hindert zu fliehen, so verspreche ich dir, die Geschäfte in deinem Sinne weiterzuführen und das Vermögen zusammenzuhalten, so dass du in diesem Punkt nichts zu befürchten brauchst."

„Und was ist, wenn sie dich holen?"

„Mich?" Martin lachte bitter. „Da besteht keine Gefahr. Meiner Frau sei Dank bin ich ja zum Katholiken mutiert!" Da blickte Hans seinem Sohn fest in die Augen, und wider Erwarten sagte er: „Du hast Recht. Ich wäre töricht, deinen Rat noch einmal in den Wind zu schlagen. Lass uns jetzt schlafen gehen, und morgen werden wir alles in Ruhe vorbereiten."

Und so verließ am 17. August 1628 auch Hans Weinhag Baden, um sich in Straßburg in Sicherheit zu bringen.

## XV

Schreiben des Hans Weinhag an den Anwalt Johann Ernst Leitersperger, Straßburg, den 7. Sept. 1628

*Hochgelehrter, großgünstiger Herr Doktor,*
*Eurer Ehren zu schreiben kann ich mich nicht enthalten, weil ich*

*in der Sache meiner armen gefangenen Ehefrau Eurer geneigten Hilfe bedarf. Trotz zweier vom Reichskammergericht ausgebrachten Mandate hat man sie nämlich nicht nur bereits zum zweiten Mal grausam gequält, sondern hält sie bis auf den heutigen Tag gefangen, obwohl sie alle Marter ausgestanden hat und man ihr nicht nachweisen konnte, dass sie mit dem Laster der Hexerei behaftet sei. Folgendes schreibe ich, damit Ihr Euch ein Bild machen könnt:*

*Nachdem meine Ehefrau vorigen Herbst unter dem Vorwurf, eine Hexe zu sein, verhaftet und unter der Folter verhört worden war, aber alle Beschuldigungen hatte von sich weisen können und endlich nach fünf Wochen entlassen werden musste, ist sie am 28. Juni wider alles Verhoffen und zugesagte Sicherheit erneut festgenommen worden, weil eine leichtfertige, hergelaufene Magd von zweifelhaftem Ruf sie bezichtigt hat, ihr im Laden einen zauberischen Griff zugefügt zu haben (obwohl jeder weiß, dass das gelogen ist, denn meine Frau war seit ihrer letzten Verhaftung niemals mehr im Laden gewesen). Nichtsdestoweniger aber hat man meine Ehefrau um dieses liederlichen Geschwätzes willen verhaftet, und Eschbach und der Schreiber haben sie mit diesen ungestümen Worten angeredet, sie sei die größte Hure in Baden und dazu eine Hexe, und sie habe solche Hexerei von ihren Eltern (welche wie meine Frau lutherisch waren) gelernt, sie soll es nur nicht leugnen, sondern rund heraus bekennen. Sie aber hat wiederholt geantwortet, man tue ihr vor Gott und aller Welt Unrecht. Da hat man sie noch an demselben Vormittag ohne jede Barmherzigkeit an die Strecke gehängt und eine lange Zeit daran hängen lassen. Nachmittags hat man sie grausam gequält, indem man sie auf eine Leiter legte, ihre Beine festband und die Arme wie Weidenzweige durch die Sprossen flocht. Zur Steigerung der Qual hatte diese Leiter in der Mitte ein quer liegendes, scharfkantiges Brett. Den ganzen Nachmittag war sie an diese Leiter gefesselt. Am Abend hat man sie zwar losgebunden und die Nacht über ruhen lassen, aber am Donnerstag ist sie wieder den ganzen Tag mittels besagter Leiter gefoltert und gepeinigt worden. Am Freitag wie auch am Samstag und selbst am Sonntag, was es bisher noch nie gab, hat man sie auf einer Art Hocker sitzen lassen, ein neu erdachtes Folterinstrument, mit einem scharfkantigen Loch in der Mitte. Ihre beiden Schenkel und Arme hat man auseinandergespreizt und ihre großen Zehen und Daumen mit Stricken so stark gebunden, dass sie völlig zerquetscht wurden. Um den nackten Hals hat man ihr einen Kragen mit spitzen Nadeln angelegt. Drei volle Tage und Nächte musste sie so sitzen, nackt, wie Gott sie schuf, und der Henkersknecht hat sie die ganze Zeit bewacht und die Fesseln je länger je stärker angezogen. In diesen drei Tagen bekam sie keinen Bissen zu essen und nichts zu trinken, sie konnte auch ihren Urin nicht von sich lassen. Mit der Zeit ist ihr ob dieser Qual der Darm heraus gegangen. Zuletzt ist sie dermaßen verschmachtet und so kraftlos und schwach geworden, dass die Wächter nicht anders vermeinten, als dass sie unter dieser Marter ihren Geist aufgeben und sterben werde. Sie haben solche Angst bekommen, dass sie noch am Sonntag in der Nacht den Doktor Krebs alarmiert haben. Der ist eilends in Pantoffeln zu ihr gelaufen, hat sie wie beschrieben vorgefunden und sofort losbinden lassen. So hat sie überlebt, denn andernfalls wäre sie gestorben. Daraufhin hat man sie am Montag um Mitternacht auf einem Sessel in den Spitalturm getragen, denn sie konnte nicht mehr gehen. Zwei Tage lang hat man sie hilflos liegen lassen, in einem engen Holzverschlag, in dem sie auch jetzt noch erbärmlich gefangen liegt. Ich habe in derselben Sache bereits dem Doktor Goll in Straßburg geschrieben, der mir aber mitgeteilt hat, vor Ende der Hundstage nichts unternehmen zu können. Ihr könnt Euch vorstellen, wie sehr mich diese Antwort betrübt hat, denn das Leben meiner Frau steht auf dem Spiel und die Sache duldet keinen Aufschub. Deshalb beende ich dieses Schreiben mit der bescheidenen Bitte, ihn zu kontaktieren oder selbst tätig zu werden, damit möglichst schnell ein weiteres Mandat des Reichskammergerichts ergeht und meine arme Ehefrau ihres harten Gefängnisses entledigt wird.*

## XVI

Wie jeden Montag besprach Maria Salome Aschmann mit dem Haushofmeister den Speiseplan für die kommende Woche. Es gehörte zu ihren

Aufgaben, die Mahlzeiten des weiblichen Hofstaats zu planen und mit dem des übrigen Hofstaats abzustimmen. Als die Einkaufsliste zusammengestellt war, fragte der Hofmeister beiläufig, ob sie auch gelegentlich zu den öffentlichen Urteilsverkündigungen in den Hexensachen gehe. Überrascht sah Maria Salome ihn an. „Sollte ich denn?"

„Nun ja, es sind manchmal recht unterhaltsame Schauspiele. Da war zum Beispiel neulich diese Magdalena Tschann, die zuerst gestanden, dann alles widerrufen und zuletzt doch wieder gestanden hat. Das war wirklich ein bravouröses Verwirrspiel. Das Publikum hat getobt ob dieser Posse. Ich habe mich königlich amüsiert!"

„Das ist nicht die Art von Unterhaltung, die ich bevorzuge", sagte Maria Salome kühl. „Und im Übrigen habe ich besseres zu tun als an derlei Volksbelustigungen teilzunehmen."

„Da wäre ich mir nicht so sicher. Man erfährt dort nämlich so manch Interessantes." Der Haushofmeister fixierte Maria Salome mit triumphierendem Blick. „Zum Beispiel, dass auch die Hofmeisterin der Markgräfin neulich zur Walpurgis auf einem Hexentanz gesehen wurde. Oder dass sie den Weg von hier zu ihrem Hofgut nicht immer auf natürliche Weise zurücklegt." Er senkte die Stimme und flüsterte verschwörerisch: „Sie soll ge-flo-gen sein!"

Maria Salome schaute den Haushofmeister an, als zweifle sie an seinem Verstand. „Genau aus dem Grund gehe ich nicht zu diesen Rechtstagen. Weil dort eine Menge Mist erzählt wird!"

„Oha! Das lasst mal nicht den Dr. Eschbach hören!", erwiderte der Haushofmeister drohend. Aber Maria Salome ließ ihn einfach stehen. Kopfschüttelnd verließ sie den Raum.

Diese unseligen Hexengeschichten. Sie mochte davon wirklich nichts mehr wissen. Sie hatte in letzter Zeit nicht einmal mehr ihre Freundin Barbara besucht, weil sie Eschbachs Prahlereien über seine Erfolge bei der Vernichtung der angeblichen Hexensekte nicht mehr hören konnte. Mit Abscheu erinnerte sie sich daran, wie er sich bei ihrem letzten Besuch der abermaligen Verhaftung Anna Weinhags gebrüstet hatte. Sie konnte nicht verstehen, warum er diese Frau mit solch gnadenlosem Hass verfolgte. Es gab durchaus Stimmen, die es für Unrecht hielten, sie zweimal derselben Straftat anzuklagen. Aber es war zwecklos, mit

Eschbach diskutieren zu wollen. Der Herr Hofrat wähnte sich unfehlbar und unantastbar. Sobald er sich angegriffen fühlte, wurde er in einer Weise ausfällig, die eines erwachsenen Mannes nicht würdig war. Der Gedanke, dass die Würzkrämerin erneut inhaftiert worden war, machte Maria Salome wütend. Schließlich war sie vor einem Jahr auch dank ihrer Unterstützung freigekommen.

Und jetzt das: sie, die Hofmeisterin ihrer fürstlichen Durchlaucht der Markgräfin, der Hexerei bezichtigt? Das war nachgerade lächerlich! Doch mit einem Mal verstand sie, warum die Hoffräulein sie in letzter Zeit mit so furchtsamen Blicken bedachten. Nicht etwa, weil sie ihre strenge Erziehung fürchteten, sondern weil sie sich ängstigten, sie könne eine Hexe sein. Und neulich, als Philippine Knebel von Katzenellenbogen sich geweigert hatte, sich von ihr zeigen zu lassen, wie man das Kleid richtig schnürt, hatte sie das für eine ungezogene Albernheit der jungen Dame gehalten. Plötzlich ergab es einen ganz anderen Sinn! „Dumme Kinder", dachte Maria Salome verärgert. „Nur sie können so einen Unsinn glauben!" Sie erinnerte sich an die Aufregung, die das Flugblatt vom Markt seinerzeit bei ihnen ausgelöst hatte. Lag es nicht noch in der Schublade ihres Sekretärs? Maria Salome öffnete das Fach. Richtig, da war es. Sie nahm das Papier zur Hand, faltete es auf und strich es glatt. Aufs neue betrachtete sie die abstoßende Darstellung des Teufels und seiner Buhlinnen lange und nachdenklich.

Plötzlich wurde ihr heiß und kalt. Vielleicht sollte sie die Denunziation ernster nehmen? Was, wenn ihr jemand böse wollte? Ein eisiger Schrecken durchfuhr sie. Eschbach! Hatte er erfahren, dass sie sich für Anna Weinhag eingesetzt hatte? Hatte der Haushofmeister sie vorhin deshalb so hämisch angesehen und den Namen Eschbachs absichtsvoll erwähnt? Kalter Schweiß trat auf ihre Stirn, und sie atmete schwer. Sie begann am ganzen Körper zu zittern. Sie hielt das Flugblatt noch in ihren Händen und konnte den Blick nicht von der Hexe wenden, die auf dem Scheiterhaufen brannte. Täuschte sie sich, oder trug die Hexe ihre Gesichtszüge? Sie starrte auf das Bild, schloss die Augen, öffnete sie wieder, schloss sie wieder, öffnete sie. Die Hexe auf der Abbildung war sie selbst, Maria Salome Aschmann geborene Welsinger. Der Boden unter ihren Füßen begann zu wanken, die Zimmerwände tanzten im Kreis. Maria Salome stöhnte. Sie wurde ohnmächtig.

Nur wenige Tage später hieß der Haushofmeister sie in sein Gemach kommen. Mit den schlimmsten Vorahnungen folgte Maria Salome der Vorladung. Wortlos überreichte er ihr einen versiegelten Brief. Maria Salome öffnete ihn mit klopfendem Herzen und überflog hastig die Zeilen. Es war ihre Entlassung. Da sie in Verruf gekommen sei, sei sie als Hofmeisterin fürterhin nicht mehr tragbar. Maria Salome starrte auf die Buchstaben, die vor ihren Augen verschwammen. Aus weiter Ferne drang die Stimme des Hofmeisters an ihr Ohr. „Der Markgraf lässt Euch seinen verbindlichen Dank für Eure geleisteten Dienste ausdrücken, befiehlt aber ernstlich, Euch binnen dieser Woche vom Hof zu verfügen und ihn künftig ganz und gar zu meiden."

Maria Salome grüßte mechanisch mit einem Hofknicks. „Danke", sagte sie tonlos. Dann kehrte sie wie in Trance zurück in ihre Kammer. Sie setzte sich aufs Bett und starrte ins Leere. Stundenlang war sie nicht in der Lage, einen vernünftigen Gedanken zu fassen. „Aus, vorbei!", nur diese beiden Worte drehten sich pausenlos in ihrem Kopf.

## XVII

Maria Salome schreckte hoch. Was war das eben für ein Lärm gewesen? Es hatte geklungen, als ob jemand auf Metall geschlagen hätte. Irritiert schaute sie sich um. Wo war sie? Richtig, in der Stube ihres Gutshauses. Sie musste auf ihrem Stuhl eingeschlafen sein. Hatte sie nur geträumt oder war das Geräusch echt gewesen? Voll Furcht sprang sie auf. Wenn sie kämen ... Sie eilte zur Tür, öffnete sie, lauschte angestrengt ins Treppenhaus. Alles war still. „Georg?", rief sie und versuchte, die aufkommende Panik niederzuringen.

Aus der Küche im Erdgeschoss ließ sich der Knecht vernehmen. „Ja, gnädige Frau?" Gott sei Dank, er war in der Nähe, die treue Seele.

„Georg, was war das?", fragte Maria Salome mit zitternder Stimme.

„Was?"

„Dieses Geräusch!"

„Geräusch? – Ach so!“ Georg lachte albern. „Mir Tölpel ist der Stapel mit den Zinntellern vom Bord gefallen. Das hat vielleicht gescheppert!“ Maria Salome klammerte sich am Treppengeländer fest, dass die Knöchel ihrer Hände weiß hervortraten. Nur Geschirr, Gott sei Dank. Und sie hatte schon gedacht … Sie atmete tief ein und aus. Ganz langsam beruhigte sich ihr wild schlagendes Herz. Georg war aus der Küche getreten und stand unten im Flur. Besorgt schaute er nach oben zu seiner Herrin, die leichenblass am Treppenabsatz stand. „Ist alles in Ordnung?“

„Ja, danke“, antwortete Maria Salome mit belegter Stimme. „Ich fürchtete, sie kommen mich holen.“

„Oh, es tut mir leid, wenn ich Euch erschreckt habe“, entschuldigte sich Georg zerknirscht, und bei sich dachte er: „Die Angst macht sie noch verrückt. Seit sie aus dem Schloss ausgezogen ist, ist sie nicht mehr die Alte. Sie ist mit den Nerven am Ende und erschrickt bei jeder Kleinigkeit.“ Er beruhigte Maria Salome: „Niemand kommt hier herein. Alle Tore und Türen sind fest verschlossen, ganz so, wie Ihr es befohlen habt.“ Er zeigte auf den massiven Balken, der die Eingangstür des Hauses sicherte. „Auch die Hofeinfahrt ist fest verrammelt. Das ganze Gut gleicht einer Festung. Da müsste schon einer über die Mauern steigen und durchs Fenster klettern“, versuchte sich Georg mit einem Scherz.

Maria Salome rang sich ein Lächeln ab. „Danke, Georg. Ist schon gut.“ Müde schleppte sie sich in ihre Kammer zurück. Sie sackte wieder auf ihren Stuhl, schloss die Augen. Lange saß sie so in sich zusammengesunken. Doch plötzlich straffte sie sich, setzte sich aufrecht. Regungslos verharrte sie, bis ihre Glieder einzuschlafen begannen und das harte Holz der Stuhlfläche ihr Sitzfleisch marterte. Verzweifelt dachte sie: „Du hältst es nicht einmal eine halbe Stunde aus. Dabei stechen dir weder die Nadeln einer Dornenkrause in den Hals noch sind deine Hände und Füße gefesselt. Wie willst du da drei Tage lang die Qualen des Wachstuhls durchstehen?“ Sie hörte Eschbachs Stimme, wie er ihr mit sadistischer Lust jede einzelne Form der Folter detailliert ausmalte, und sie wollte sich die Ohren zuhalten. Aber die Stimme ließ sich nicht vertreiben, sie wurde nur lauter und höhnischer. Sie sah sich an der Strecke, auf der Leiter, spürte glühende Zangen auf ihrer Haut und die Beinschrauben an ihren Beinen, und sie wusste, sie würde die Schmerzen nicht aushalten. Kein Mensch konnte das aushalten! Anna Weinhag kam ihr in den

Sinn. Sie hatte alle Grade der Folter sogar zweimal überstanden. Es war unvorstellbar. Aber sie war nicht Anna Weinhag. Sie hatte einfach nur unbeschreibliche Angst, und diese Angst war schlimmer als alles andere, schlimmer als die gesellschaftliche Ächtung, als der Verlust ihrer Ehre und ihres guten Rufs. Diese Angst drohte sie aufzufressen.

In dieser verzweifelten Situation kündigte plötzlich und völlig unerwartet der Superior der Jesuiten-Residenz, Pater Wilhelm Muster, seinen Besuch an und versetzte Maria Salome damit noch mehr in Aufruhr. Was hatte es zu bedeuten, dass er sie gerade jetzt, in ihren schwärzesten Stunden, besuchen wollte, nachdem er monatelang nicht mehr bei ihr gewesen war? An seine wenigen Besuche zuvor erinnerte sie sich mit einem gewissen Unbehagen. Sie hatte einfach nie ein vertrauensvolles Verhältnis zu dem Pater gefunden. Andererseits konnte sie sich nicht beschweren, dass er jemals unhöflich zu ihr gewesen wäre. Selbst in den letzten Tagen vor ihrem Auszug aus dem markgräflichen Schloss war er einer der wenigen gewesen, die sie am Hof noch grüßten. Sie konnte es sich nicht verhehlen, dass die Aussicht auf ein wenig Unterhaltung und Abwechslung sie freute. Es war so still geworden in ihrem Leben, sie sehnte sich so sehr nach ein wenig Gesellschaft! Hier, in ihrem einsamen Exil, waren nur Simon, ihr treuer Verwalter, der Knecht und die Magd sowie die Vögel in den Bäumen ihre Gesprächspartner. Doch schon im nächsten Moment schlug die leise Freude in Furcht um. Pater Muster war ein Repräsentant des Hofs, von dem man sie gerade erst wie eine Aussätzige fortgejagt hatte, und er saß den Hexenprozessen bei. Konnte sein Kommen da etwas anderes bedeuten, als dass ihr Schicksal besiegelt war? Maria Salome wollte den Gedanken nicht zu Ende denken und verscheuchte ihn schnell. „Nein, nein!“, sagte sie laut zu sich selbst. „Sein Besuch ist der Beweis, dass er ein mitfühlendes Herz hat, dass er eine arme, alte Witwe nicht alleine lässt in ihrem Unglück. Es ist nicht recht, wenn ich ihm böse Absichten unterstelle. Womöglich habe ich ihn die ganze Zeit verkannt. Es gibt nun einmal Menschen, die offen, und andere, die verschlossener sind. Deshalb müssen sie nicht schlechter sein. Die wahre Qualität eines Menschen tritt immer erst dann ans Licht, wenn es darauf ankommt. Ich muss einfach aufhören, ihn an dem warmherzigen, gemütvollen Freund Zinner zu messen.“ Sie hörte Zinners

Stimme sagen: „Wenn Ihr es in Eurem Herzen zulasst, dann wird der neue Superior mir nicht nur in meinem Amt nachfolgen, sondern auch als Euer Ratgeber und Tröster."

„Ach, Philipp!" Maria Salome seufzte. „Wärst du noch hier! Dann wäre ich niemals in eine solche Lage gekommen." Plötzlich keimte Hoffnung in ihr auf: „Wenn der Superior höchstpersönlich mich besucht, bedeutet das vielleicht, dass ich nicht mehr in Ungnade bin. Womöglich bringt er mir sogar die Nachricht, dass sich alles als ein Missverständnis erwiesen hat und ich an den Hof zurückkehren kann!" Und so erwartete sie das Kommen des Jesuiten in einer Mischung aus Hoffen und Bangen.

Maria Salomes Herz pochte, als ihr Gast, begleitet von Georg, die Stube betrat. Sie erhob sich von ihrem Stuhl und ging dem Jesuiten ein paar Schritte entgegen. Wilhelm Muster begrüßte sie mit einem Handkuss. „Meine liebe, verehrte Aschmännin! Wie freue ich mich, Euch zu sehen!" Keine harschen Worte, kein vorwurfsvoller Unterton. Die freundliche Begrüßung bestärkte Maria Salome in ihrer Hoffnung auf gute Neuigkeiten.

Sie lächelte unsicher und deutete einen Knicks an. „Seid willkommen, hochwürdiger Vater. Die Freude ist ganz meinerseits!" Mit einer einladenden Handbewegung bot sie ihrem Gast ihren gepolsterten Armstuhl an. Georg schenkte zwei Weingläser ein und verließ das Zimmer.

Nachdem Muster einen großen Schluck genommen hatte, sagte er: „Ich soll Euch herzlich grüßen von Barbara Eschbach. Sie war am Boden zerstört, dass sie sich nicht persönlich von Euch verabschieden konnte, aber ihr Mann hat es ihr förmlich verboten."

„Die treue Freundin", dachte Maria Salome gerührt und schämte sich, dass sie geglaubt hatte, selbst Barbara habe sich von ihr abgewandt. Es hätte ihr klar sein müssen, dass wieder einmal Eschbach, dieses Ungeheuer, dahinter steckte. „Das freut mich sehr. Grüßt sie vieltausendfach zurück!"

„Sie ist sehr besorgt um Euch. Und auch ich finde nicht eher Ruhe als bis ich weiß, dass es Euch an nichts fehlt! Deshalb habe ich mich nicht abhalten lassen, Euch persönlich aufzusuchen. Sollen die anderen denken, was sie wollen." Maria Salome zuckte zusammen. So war Muster also nicht in offiziellem Auftrag bei ihr? Aber sie schluckte ihre Enttäuschung schnell hinunter. Muster war demnach aus eigenem Antrieb gekommen, und das, obwohl er fürchten musste, auf dem Weg zu ihr gesehen zu werden und womöglich selbst in Verruf zu geraten! Welch Beweis seines unbescholtenen Charakters! Maria Salome schenkte Muster einen dankbaren Blick.

„Ich soll Euch ausrichten, dass sie Euch vermisst. Und es stimmt ja auch, Ihr fehlt am Hof! Ihr habt mit sicherem Gespür immer alles in die rechten Bahnen gelenkt. Nie hat es an irgendwas gefehlt. Jetzt ist alles sehr in Unordnung geraten, soweit ich es beurteilen kann. Den jungen Fräuleins fehlt die strenge Hand. Und der Haushofmeister scheint mir mit der Aufgabe überfordert zu sein, auch die Frauenzimmer zu versorgen."

Das versteckte Lob freute Maria Salome über die Maßen. „Geschieht euch recht!", dachte sie grimmig und nicht ohne Genugtuung. „Glaubt Ihr", wagte sie vorsichtig zu fragen, „dass es einen Weg für mich zurück an den Hof gibt?"

Muster wiegte bedenklich den Kopf. „Ich will Euch keine falschen Hoffnungen machen. Es ist noch nicht ausgestanden. Das Problem ist, dass nicht nur eine, sondern gleich mehrere überführte Hexen ausgesagt haben, dass Ihr bei Hexentänzen und beim Wetterkochen dabei gewesen seid."

„Aber das ist doch Unsinn!", rief Maria Salome aufgebracht. „Ich bin eine ehrenwerte Frau. Jeder weiß das! Ich war immer treu katholisch, niemals hatte ich etwas mit Zauberei zu schaffen!"

Pater Muster legte ihr beschwichtigend die Hand auf den Arm. „Ich persönlich glaube auch gar nicht, dass etwas daran ist. Wäre ich sonst zu Euch gekommen? Aber Dr. Eschbach muss als Hexenrichter seine Aufgabe sehr ernst nehmen und jedem Verdacht nachgehen. Es ist wahrhaftig kein leichter Beruf!" Maria Salome erstarrte. Eschbach, immer wieder Eschbach! Warum nur war dieser Dämon in ihr Leben gekommen!

Ihr Herz begann zu zittern, und mit bebender Stimme bat sie: „Pater Muster, ich flehe Euch an! Sagt es mir ehrlich: bin ich in Gefahr? Seid Ihr gekommen, um mich zu warnen?"

„Ich will aufrichtig zu Euch sein. Euer Name steht mehrfach in den Protokollen, da besteht eine gewisse Wahrscheinlichkeit, dass die Hofräte Euch zum Verhör einfordern."

Maria Salome meinte, den Boden unter den Füßen zu verlieren. Leise und voller Angst fragte sie: „Und da kann man gar nichts machen?"

„Das Gesetz muss für alle gleichermaßen gelten", erwiderte Muster ernst. Lange schaute er aus dem Fenster. Er schien intensiv zu überlegen.

Maria Salome meinte, das Herz müsse ihr zerspringen. Nach endlos langer Zeit sagte er schließlich: „Es gäbe da vielleicht eine Möglichkeit … Es ist nämlich so, dass mir der Stadtschreiber nach Abschluss eines jeden Verhörs das jeweilige Protokoll übergibt, damit ich mit den Malefikanten noch einmal die Personen durchgehe, die sie als Komplizen angegeben haben. Viele werden nämlich nur aus Neid oder Hass oder durch die Einflüsterungen des Satans belastet. Ich rede den Delinquenten ins Gewissen, ihre ohnehin verdammten Seelen nicht noch mit einer Lüge zu beladen, und sie revidieren dann oft noch in letzter Minute den einen oder anderen Namen, den ich dann aus dem Protokoll streiche. Zwar sind die Verfahren derjenigen Personen, die Euch belastet haben, schon längst beendet und die Unholde samt und sonders verbrannt, aber keiner würde es merken, wenn ich Euren Namen nachträglich aus den Protokollen tilgte. Und damit fehlte die Grundlage für eine Anklage."

Maria Salome fühlte sich wie eine Ertrinkende, der man plötzlich ein Rettungsseil zugeworfen hat. Sie würde nach ihm greifen und es nicht mehr loslassen! Sie umfasste Musters Hand und flehte: „Wenn Ihr das für mich tun würdet! Sagt, was erwartet Ihr von mir? Ich würde alles dafür geben, wenn mir nur die Höllenqualen der Folter erspart blieben. Niemals könnte ich Euch Eure Hilfe vergelten!"

„Ich weiß ja, dass Ihr eine ehrbare Frau und nur durch Missgunst in die Protokolle gekommen seid. Es ist also nur recht und billig, wenn ich Euren Namen streiche. Ihr müsst mir dafür nicht danken." Wieder schaute Muster lange aus dem Fenster. „Andererseits …, auch ich würde mich über einen Gefallen freuen. Nicht für mich persönlich natürlich, sondern für meinen Orden, dem ich mein Leben gewidmet habe. Ihr wisst, dass der Markgraf die Gesellschaft Jesu sehr schätzt und es gerne sähe, wenn wir uns dauerhaft in seinem Lande niederließen. Es gibt ja auch noch eine Menge zu tun. Allein es fehlen ihm die Mittel, um uns zu unterstützen. Der leidige Krieg und der Diebstahl der Durlacher Vettern hat sein Vermögen aufgezehrt. So sind wir auf uns selbst zurückgeworfen, und fast täglich denke ich darüber nach, woher wir die notwendige Basis für ein Kollegium bekommen könnten."

„Wenn Ihr Geld braucht, so sagt es mir! Nennt mir jede Summe, Ihr wisst, ich bin keine arme Frau!"

„Es geht mir nicht um Bargeld. Der Wert des Geldes ist flüchtig. Heute scheint es noch ein Vermögen, und morgen schon ist es nichts mehr wert. Das Fundament eines jeden Klosters hingegen ist ein gewinnbringender Immobilienbesitz. Ich habe Euch schon früher einmal angedeutet, dass dieses Hofgut", Muster machte eine ausladende Handbewegung, „ideal für uns wäre. Es verfügt über fruchtbare Äcker, Wiesen, Reben, Weiden und Wald in ausreichender Größe und Zahl, und die Lage ist einzigartig. Es wäre für uns nicht nur ein einträglicher landwirtschaftlicher Betrieb, sondern auch ein Rückzugs- und Erholungsort."

„Wachenhofen?", entfuhr es Maria Salome. „Aber das ist das Erbe meiner Vorväter!" Sofort biss sie sich auf die Zunge. Sie konnte es sich jetzt nicht leisten, den Pater zu erzürnen. Erschrocken blickte sie ihn an, doch Muster schien den Einwand gar nicht gehört zu haben.

„Ihr habt keine direkten Erben. Ist es da nicht eine Überlegung wert, das Gut dem Orden zu vermachen?"

„Aber", stammelte Maria Salome, „wo soll ich dann wohnen?"

„Ihr könnt ein Wohnrecht behalten bis zu Eurem Tod", erklärte der Jesuit. „Aber es wäre günstig, wenn Ihr es uns schon jetzt überschreibt, denn davon hängt viel für den Orden ab. Wenn ein Anfang gemacht ist, sind vielleicht auch andere bereit, uns zu unterstützen. Und sicherlich ist es ja auch Euch ein Herzensanliegen, die katholische Sache zu fördern."

„Ja, natürlich", bestätigte Maria Salome schnell. Nur nicht jetzt noch sich verdächtig machen!

„Jetzt ist es an mir, Euch zu danken!", sagte Muster überschwänglich. „Ich lasse gleich nach meiner Rückkehr in die Stadt einen Text aufsetzen und einen Termin beim Notar vereinbaren. Ihr braucht Euch um nichts weiter zu kümmern, nur noch zu unterschreiben." Maria Salome hatte nicht den Mut zu widersprechen. Sie fühlte sich völlig überrumpelt. „Was geht hier vor?", dachte sie verzweifelt. Wieder wurde die Angst vor den unmenschlichen Qualen der Folter übermächtig. Was bedeutete angesichts der Gefahren für Leib und Leben schon materieller Besitz! Wollte sie ihr Leben retten, blieb ihr gar nichts anderes übrig, als Musters Vorschlag zuzustimmen.

Als befürchtete er, die Aschmännin könne sich doch noch anders besinnen, legte Wilhelm Muster große Eile an den Tag. Und so fand sich

Maria Salome nur zwei Tage später in der Amtsstube des Notars wieder. Der Notar Elogius Schwarz verlas den Entwurf einer Willenserklärung, den der Pater wie besprochen entworfen hatte. Maria Salome, bleich und übernächtigt, versuchte angestrengt den Worten des Juristen zu folgen. Als Schwarz seinen Vortrag beendet hatte, nahm sie beinahe hastig die Feder. Mit zitternden Fingern setzte sie ihre Unterschrift unter das Dokument. Sie hatte nur einen Wunsch: die Angelegenheit so schnell wie möglich zu beenden. Wilhelm Muster hatte hochkarätige Zeugen aufgeboten, die der Errichtung des Testaments beiwohnten: Pfarrer Ottmar Hüglin, Dekan Heinrich Alfons, Amtsarzt Christian Gebler, Hofrat Adolf Krebs und Bürgermeister Simon Gering bestätigten mit ihrer Unterschrift, dass Maria Salome Aschmann geborene Welsinger das ihr gehörige, in Oosscheuern am Hang bei der Straße nach Sinzheim gelegene Landhaus, genannt Welsingerschlösschen oder Wachenhofen, einschließlich allem Zubehör mit wohlbedachtem Mut, Wissen und Willen ungezwungen und ungedrungen den wohlehrwürdigen Herren Patres der Sozietät Jesu unwiderruflich und beständiglich zu Eigentum vermachte.

Erst als es zu spät war, wurde Maria Salome in voller Tragweite bewusst, welches Spiel der Jesuit mit ihr gespielt hatte. Ein ungeheuerlicher Verdacht keimte in ihr: Hatte man den drohenden Hexenprozess womöglich absichtlich lanciert, nur um sie um ihr Hab und Gut zu bringen? Sie verbot sich, diesen Gedanken weiterzudenken. Doch eines stand ihr plötzlich glasklar vor Augen, nämlich dass sie auf den Schutz Pater Musters nicht bauen konnte. Zu keinem Zeitpunkt war es ihm um sie gegangen, sondern nur um ihren Besitz. Das bittere Gefühl hilfloser Wut erfüllte sie, sie fühlte sich von aller Welt verlassen. Niemand würde ihr helfen. Sie musste sich selber helfen.

Noch am selben Abend packte sie das Nötigste in eine Reisetruhe und nähte 300 Goldgulden in ihrem Rocksaum ein. Dann ließ sie den Verwalter Simon kommen und teilte ihm in knappen Worten mit, dass sie für einige Zeit nach Freiburg verreisen würde, wo sie aus ihrem väterlichen Erbe noch ein Haus besaß. „Ich weiß mein Eigentum bei Euch in guten Händen. Haltet alles gut beisammen und gebt besonders Acht, dass niemand vor der Zeit versucht, in seinen Besitz zu kommen. Schreibt mir alle Monate, wie es um das Hofgut steht."

„Wann werdet Ihr zurückkehren?“, wollte der Verwalter wissen, überrascht von dem spontanen Entschluss seiner Dienstherrin.

„Das weiß nur Gott. Sobald ich in meiner Vaterstadt nicht mehr um mein Leben zu fürchten brauche.“

„Niemals“, dachte sie resigniert, „hätte ich geglaubt, dass auch ich eines Tages mein Heil in der Flucht suchen muss.“

## XVIII

„Und bist du nicht vor drei oder vier Wochen bei einem Hexentanz auf dem Tummelplatz gewesen, bei dem auch die Zäpflins Margret und der Bäcker Tempel waren?“, fragte Matern Eschbach mit drohender Stimme den Metzger Matthis Kuon, der kreidebleich und zitternd auf einem Schemel saß und immerfort mit dem Kopf schüttelte. „Willst du es gütlich gestehen, oder muss dich der Meister wieder an die Strecke binden? Hast du noch nicht …“

In diesem Moment öffnete sich die Tür zur Gerichtsstube, und ein schmaler Junge trat ein. Es war der kleine von Andlaw, Page des Markgrafen. Unwillig ob der Unterbrechung des Verhörs herrschte Eschbach ihn an: „Was willst du hier?“ Rasch trat der Bursche an den Richtertisch, jeden Blick auf die Folterinstrumente krampfhaft vermeidend.

„Der Markgraf lässt Euch in einer dringenden Angelegenheit zu sich bitten. Er erwartet Euch in einer halben Stunde.“ Dann, aufatmend, seinen Botengang erledigt zu haben, entfernte er sich schnell wieder.

Eschbach runzelte die Stirn. Was mochte diese Vorladung bedeuten? „Bringt den Unhold zurück ins Gefängnis“, befahl er den Gerichtsdienern. „Wir führen das Verhör morgen fort.“

Eschbach sah missmutig an sich herab. Er war nicht in einem Staat, um dem Markgrafen seine Aufwartung zu machen. Aber es blieb keine Zeit, sich umzuziehen. Er musste sich beeilen, wenn er den Weg vom Gemminger Turm bis zum Markgräflichen Schloss, das hoch über der Stadt thronte, überhaupt in der kurzen Zeit bewältigen wollte. Er fluchte, denn er hatte auch seinen Kutscher nach Hause geschickt, so dass er zu allem Überfluss auch noch zu Fuß gehen musste. Was konnte es bloß so Eiliges geben, das keinen Aufschub erlaubte?

Verschwitzt und außer Atem stand Eschbach wenig später vor dem Markgrafen. Unruhig trat er von einem Bein aufs andere und fühlte sich sehr unwohl in seinem Aufzug. Der Markgraf saß erhaben auf einem gepolsterten Armstuhl mit vergoldeten Lehnen. Er begrüßte seinen Hofrat freundlich, und Eschbach atmete auf. Wilhelm reichte ihm ein Blatt Papier. „Lies das. Ein Schreiben des Reichskammergerichts in der Angelegenheit dieser Würzkrämerin."

Eschbach griff nach dem Papier und überflog rasch die wenigen Zeilen. Sein Blick verdüsterte sich. Hans Weinhag hatte vor dem Reichskammergericht in Speyer förmlich Klage gegen den Markgrafen und seine Beamten erhoben, weil sie mit dem Prozess gegen seine Frau gegen geltendes Reichsrecht verstoßen hätten. Das Gericht hatte die Klage zugelassen.

„Euer fürstliche Gnaden, die Vorwürfe sind einfach zu entkräften", entrüstete sich Eschbach. „Es ist eine ganz und gar falsche Unterstellung, dass die Würzkrämerin zweimal aufgrund desselben Vorwurfs verhaftet worden sei, ohne dass neue Indizien vorlagen. Durch die Aussagen der Selterin haben sich sehr wohl neue Anhaltspunkte ergeben, denen wir nachgehen mussten. Ein zweites Verhör war unumgänglich. Auch die Anschuldigungen, dass die Folter über die Maßen streng und unverhältnismäßig gewesen sei, ist leicht zu widerlegen. Niemand wird bestreiten können, dass die verhandelten Taten so schwerwiegend waren, dass eine harte Behandlung absolut gerechtfertigt und angemessen war. Über ein Dutzend überführter Hexen hat ausgesagt, dass Anna Weinhag ihre Meisterin gewesen sei, die sie zum Laster der Zauberei überhaupt erst verführt hat. Bei dieser erdrückenden Anzahl von Zeugen wäre Milde fehl am Platze. Ohnehin ist bei einem so außerordentlichen Vergehen wie der Hexerei ein außerordentliches Verfahren selbst eine Ordnung, und es muss in diesen Fällen dem Richter freistehen, allein nach der Billigkeit und seinem Gewissen vorzugehen. Ich bin im Übrigen nach wie vor überzeugt davon, dass Anna Weinhag die Wahrheit vor uns verbirgt. Ich habe nur noch nicht durchschaut, mit welch teuflischen Mitteln sie dies zuwege bringt. Es liegt doch auf der Hand, dass sie die Hauptanstifterin für Aufruhr und Feindschaft gegen Euer fürstliche Gnaden ist. Man muss das Übel bei der Wurzel packen. Erst wenn die Wurzel herausgerissen ist, wachsen der Saat des Ungehorsams keine neuen Triebe mehr. Ich bin mir sicher, dass mir mit Gottes Hilfe eines nicht mehr fernen Tages der endgültige Beweis ihrer Schuld in die Hände fällt und sie ihrer gerechten Strafe zugeführt werden kann. Und deshalb kann ich mich nicht dazu verstehen, sie jetzt aus dem Gefängnis zu entlassen."

Der Markgraf unterbrach den Wortschwall seines Beamten. „Mein lieber Eschbach, ich weiß es sehr zu schätzen, was du für das Wohlergehen meines Landes bis heute geleistet hast und noch immer leistest. Auch mir wäre es lieber, wenn die Hexensekte eher heute als morgen ausgerottet wäre. Es ist äußerst misslich, dass das Reichskammergericht uns Fesseln anlegen will. Mehr als einmal schon mussten wir es uns gefallen lassen, auf die Halsgerichtsordnung Karls V. verwiesen zu werden. Dass man sich jetzt sogar dazu versteigt, uns einen Prozess anzudrohen, bedeutet eine gefährliche Eskalation, über die wir nicht mehr hinwegsehen können. Es käme mich hart an, durch ein Gerichtsverfahren womöglich meinen guten Ruf aufs Spiel zu setzen. Es muss daher die Sache mit äußerster Umsicht und Bedacht behandelt werden." Ernst blickte Wilhelm den Hofrat an. „Habe ich es richtig verstanden, dass diese Maria Weinhag, oder wie auch immer sie heißt, seit über drei Monaten gefangen liegt, obwohl sie alle Grade der Tortur überstanden hat, ohne zu gestehen?"

„Ja, das stimmt", gab Eschbach zu. „Aber ich sagte ja bereits, dass ..."

Mit einer Handbewegung bedeutete der Markgraf seinem Hofrat zu schweigen. „Keinesfalls darf etwas vorfallen, was den Gegnern in die Hände spielt. Die Frau muss sofort auf freien Fuß gesetzt werden. Natürlich muss sie Urfehde schwören. Und um die Gefahr zu bannen, dass sie weiterhin Unfrieden sät, ist sie unter strengen Hausarrest zu setzen. Bis auf weiteren Bescheid hat sie sich in ihrer Wohnstube aufzuhalten und nicht über die Stiegen herabzukommen. Und beim geringsten Indiz, das sich wider sie findet, ist sie sofort wieder in Verhaft zu nehmen."

Matern Eschbach war blass geworden. Konnte es wahr sein, dass der Triumph so kurz vor dem Ziel zerrann? Unbändiger Zorn wallte in ihm auf. Mühsam presste er hervor: „Unser gehorsamer und williger Dienst sei Eurer Gnaden jederzeit zuvor." Markgraf Wilhelm nickte ihm wohlwollend zu und bedeutete ihm, dass die Audienz beendet sei.

Dieses Mal trat Martin den schweren Gang ins Gefängnis alleine an. Sein Vater und seine Schwester weilten nicht mehr im Lande, und von Seiten der Familie seiner Frau durfte er nicht auf Unterstützung hoffen. Obwohl er wusste, was ihn erwartete, war es für ihn kaum auszuhalten, als man ihm die Mutter übergab, abgemagert und ausgezehrt. Wie ein Kind trug er sie auf seinen Armen nach Hause, und er achtete nicht auf die Blicke der Passanten, die auf der Straße stehen blieben und ihm nachstarrten. Zuhause hatte diesmal die Magd bereits das Badewasser zubereitet und ein Lager gerichtet. Auch die Medikamente standen parat. Jetzt war es an Martin, Tag und Nacht an Annas Bett zu wachen. An ihrem Lager sitzend, kreisten seine Gedanken nur um eines: „Sie kann nicht hierbleiben", dachte er voll Sorge. „Schon einmal haben die Hofräte ihr Wort gebrochen, und eine weitere Verhaftung würde sie nicht überleben." Martin zermarterte sich den Kopf, wie er seine Mutter in Sicherheit bringen konnte. Am Hauseingang war eine ständige Wache postiert, es war also unmöglich, den angeordneten Hausarrest zu übertreten. Und durch den Garten zu flüchten, so wie es einst Pfarrer Daler und seine Familie getan hatten, war bei Annas körperlicher Verfassung unmöglich. Sie konnte ja nicht einmal ohne Hilfe stehen. Er musste eine Möglichkeit finden, eine offizielle Ausnahme von dem strengen Hausarrest zu erreichen. Was könnte es geben, wofür der Hof das Verlassen des Hauses nicht verweigern konnte? Ein wichtiger Termin bei einer Behörde? Keiner würde es abschlagen können, wenn Anna beispielsweise ein Testament aufsetzen wollte. Bei ihrem Zustand wäre der Wunsch nur allzu verständlich. Andererseits müsste sie dazu nicht zwingend die Wohnung verlassen, der Notar könnte auch ins Haus kommen. Und zudem half es nichts, wenn Anna zwar das Haus, aber nicht die Stadt verlassen konnte. Eine Familienfeier? Martin verwarf auch diesen Gedanken. Es war schließlich nicht damit zu rechnen, dass man ihr gestatten würde, ausgerechnet zu den geflohenen Verwandten zu reisen, um mit ihnen Feste zu feiern. Was konnte es aber dann sein? Eine wichtige medizinische Behandlung, eine Kur? Das war es! In Annas Zustand war nichts glaubwürdiger als das! Doch sogleich kamen Martin wieder Zweifel. Dr. Rosenberger war ein ausgezeichneter Arzt, da wäre der Wunsch nach einem anderen wenig glaubwürdig. Und eine Kur, ja, die war nirgends besser zu erhalten als in Baden selbst. Martin seufzte schwer. Plötzlich kam ihm der rettende Gedanke: Bei Annas Zustand war es ihr nicht zuzumuten, in Baden die Kur zu gebrauchen, wo jeder sie kannte. Wie sollte sie nackt in eine Wanne steigen, ohne dabei vor Scham zu vergehen? Überhaupt war eine Badekur völlig ausgeschlossen. Jeder würde sich bei ihrem Anblick erschrecken. Dagegen würde eine Trinkkur gute Dienste leisten. Martin wurde ganz aufgeregt. Ja, das war die Lösung! Der Sauerbrunnen in Griesbach war in den letzten Jahren sehr in Mode gekommen. Und Griesbach gehörte nicht mehr zur Markgrafschaft, sondern zum Hochstift Straßburg. Wenn sie erst einmal dort wäre, wäre es ein Leichtes, sie über den Rhein nach Straßburg zu Vater und Schwester zu bringen. Dann wäre sie gerettet! Martin zögerte nicht länger. Er nahm Feder und Papier und verfasste eine Bittschrift an den Markgrafen, in der er demütig darum bat, seiner Mutter zur Herstellung ihrer Gesundheit den Sauerbrunnen zu erlauben. Er legte das Schreibzeug zur Seite und schaute hinüber zu Anna, ob sie wach sei. Sie hatte ihn die ganze Zeit beobachtet. Er trat an ihr Bett, kniete sich zu ihr nieder und las ihr vor, was er geschrieben hatte. Dann erklärte er ihr seinen Plan.

Mit schwacher Stimme sagte Anna: „Es ist ein guter Plan. Ich sehne mich nach Hans, und ich wäre glücklich, bald bei ihm zu sein." Das Reden bereitete ihr große Mühe. Nach einer längeren Pause ergänzte sie: „Auch für dich und deine Familie wäre es besser, wenn ich nicht mehr hier wäre. Ich bin nur eine Last für euch." Martin wehrte ab, doch auch er dachte in diesem Moment an seine Frau, die durch Annas Anwesenheit sehr unruhig war.

Gleich anderntags brachte er die Supplik zur markgräflichen Kanzlei. Nachdem er dem Kanzleidiener ein kleineres Säckchen mit Gulden für ihn und ein größeres für den Kanzler in die Hand gedrückt hatte, war der auch sofort willig, das Schreiben an die entsprechende Stelle weiterzuleiten.

Mit bangem Herzen wartete Martin auf eine Antwort. Zu gut erinnerte er sich noch daran, wie man seinen Vater hingehalten hatte. Umso überraschter war er, als bereits am nächsten Tag der Stadtschreiber und der Amtmann vor der Türe standen. Martin bat den unerwarteten Besuch in die Stube, wo auch Anna auf ihrem Ruhebett lag. Sie war wach, und Martin richtete sie ein wenig auf, so dass sie das Gespräch besser verfolgen konnte. Ohne Umschweife sagte der Amtmann: „Wir kommen auf deine Supplik hin. Ihre hochfürstliche Gnaden der Markgraf haben gnädig bewilligt, dass Anna Weinhag die Sauerbrunnenkur genießt, doch unter der Bedingung, dass sie sich nach Beendigung besagter Kur sofort wieder hier einstellt, dass sie sie auf eigene Kosten tut und insbesondere, dass sie den Prozess beim Reichskammergericht fallen lässt." Martin, der sich bei den ersten Worten des Amtmanns seines Siegs schon sicher gewesen war, erstarrte. Mit einer solchen Auflage hatte er nicht gerechnet. Die Verpflichtung, dass Anna wieder nach Baden zurückkehre – die hätte er ohne schlechtes Gewissen ignoriert. Hatten doch auch die markgräflichen Beamten ihre Zusage gebrochen. Aber eine schriftliche, unterzeichnete Erklärung, den Prozess zu sistieren, würde jedes gerichtliche Vorgehen gegen die unrechtmäßige Haft und Folter für immer unmöglich machen. Martin dachte an die vielen Mühen und hohen Kosten, die sein Vater in die Sache bereits investiert hatte. Konnte er über seinen Kopf hinweg entscheiden? Wenn er ihn nur fragen könnte! Doch ihn in Straßburg zu konsultieren hätte einige Tage gekostet, und womöglich wäre in der Zwischenzeit die günstige Gelegenheit ungenutzt verstrichen. Amtmann und Stadtschreiber sahen Martin auffordernd an.

„Ich weiß nicht, ob ich diese Entscheidung treffen darf", sagte Martin zögernd. „Aber warum fragen wir nicht meine Mutter, denn um sie geht es ja schließlich."

Alle Blicke richteten sich auf Anna. Diese nickte fast unmerklich. „Es ist vollkommen in Ordnung so." Ihre gebrochenen Worte waren kaum vernehmlich.

Der Schreiber kramte eine vorbereitete Erklärung aus seiner Tasche. Suchend blickte er sich um. „Gibt es eine Unterlage?"

„Wofür?" Martin schaute ihn verständnislos an. „Sie soll die Erklärung mit ihrem eigenen Handzeichen bezeugen. Und an den Tisch wird sie sich nicht begeben können."

Martin lachte bitter. „Sie kann nicht nur nicht zum Tisch gehen." Er nahm die Hände seiner Mutter und hielt sie hoch. „Sie kann auch nicht schreiben. Wie sollte das gehen mit solchen Fingern?" Der Stadtschreiber wandte sich angeekelt ab. Der Anblick der zerquetschten Daumen stieß ihn ab. Fragend sah er zum Amtmann hinüber.

„Wenn sie nicht schreiben kann, so wird sie doch Handtreu erstatten können. Halte ihr die Hand", forderte der Martin auf, und an Anna gewandt: „Sprich mir nach: ‚Ich, Anna Weinhag geb. Schaller, gelobe und verspreche an Eides statt, dass ich mich nach Beendigung der mir gnädiglich bewilligten Badekur allhie gebührlich wieder einstelle, die Reise auf meine eigenen Kosten unternehme und ich das, was im Gefängnis mit mir vorgenommen wurde, neque de iure, neque de facto räche, vielmehr den angefangenen Speyerischen Prozess gänzlich fallen lasse.'"

Mühsam und kaum hörbar sprach sie Wort für Wort nach.

„Schreib das ins Protokoll", befahl der Amtmann dem Stadtschreiber. Der tat wie ihm geheißen und machte eine entsprechende Notiz auf der vorbereiteten Erklärung, nämlich dass Anna Weinhag das Gelöbnis in Anwesenheit Martin Weinhags, des Amtmanns Johann Jakob Datt von Tiefenau und des Stadtschreibers Petrus Sebalthover in rechtskräftiger Form abgelegt hatte, und alle drei Zeugen zeichneten das Protokoll mit ihrem Namen ab.

Noch am selben Abend begann Martin mit den Vorbereitungen für die Reise. Er wollte keine Zeit mehr verlieren und seine Mutter so schnell wie möglich außer Landes bringen. Das Wetter war noch günstig, doch wer konnte wissen, wann die ersten Herbstregen einsetzten und die Straßen unpassierbar machten. Das Gepäck war schnell beisammen. Allzu viel konnte man nicht mitnehmen, es sollte ja nach einem Kuraufenthalt aussehen. Große Sorge bereitete es Martin, wie Anna die beschwerliche Fahrt bewältigen sollte. Zuerst die hohen Geldstrafen, weil man nicht konvertieren wollte, dann die lange Haftzeit Annas, für deren Unkosten laut Gesetz die Angehörigen aufzukommen hatten, und zuletzt die Kosten für Arzt und Medikamente hatten das Familienvermögen nach und nach aufgezehrt. Hinzu kam, dass das Geschäft fast nichts mehr abwarf. So hatte der Vater nach und nach alles versilbert, wofür sich ein Käufer fand. Unter anderem hatte er die bequeme Reisekalesche verkauft, mit der man stets die Fahrten zur Straßburger Messe unternommen hatte. „Bevor sie die Soldaten konfiszieren, mache ich sie lieber zu Geld", hatte Hans damals gesagt, und damit ja nicht unrecht gehabt. Jetzt besaßen sie nur noch einen alten, ungefederten Karren, in dem Anna aber unmöglich die weite Reise antreten konnte. Adam Fortenbach, der Sohn des ehemaligen Bürgermeisters und einer der letzten Freunde, die noch in Baden lebten, fiel ihm ein. Er war noch stolzer Besitzer eines Reisewagens, ihn würde er bitten, ihm das Gespann für eine halbe Woche auszuleihen. Fortenbach gab nicht nur den Wagen, er erklärte sich auch bereit, nach Straßburg zu reiten und Annas Kommen anzukündigen.

Als alles bereit war für die Abfahrt, rief Martin seine Familie in die Stube. Die Kinder nahmen in Reih und Glied Aufstellung vor Anna, dann traten sie eines nach dem anderen zu ihrer Großmutter hin und verabschiedeten sich artig. Anna strich jedem liebevoll durch das Haar und flüsterte: „Der Herr segne dich und behüte dich, Amen." Zuletzt kam die Reihe an Euphrosina. Sie zögerte einen Moment, doch dann machte sie einen Schritt auf Anna zu. Freundlich streckte diese ihrer Schwiegertochter die Hand entgegen.

Aber Euphrosina schreckte zurück und sagte hastig: „Ich wünsche dir eine glückliche Reise und ein gutes Ankommen. Und eine baldige Genesung." Dann wandte sich sich schnell um, befahl ihre Kinder zu sich und führte sie aus dem Zimmer.

Anna schaute ihnen nachdenklich nach. „Sie ist froh, dass ich weggehe", sagte sie traurig. Martin stand der Unmut über das Verhalten seiner Frau ins Gesicht geschrieben, aber er sagte nichts.

Er trat an Annas Lager, um sie auf seine Arme zu heben und zum bereitstehenden Wagen zu tragen. Da bedeutete sie ihm, noch kurz zu warten. „Ich möchte Abschied nehmen von diesem Haus. Wer weiß, ob ich es je wiedersehe. Seit meiner Kindheit habe ich hier vor allem glückliche Stunden verbracht. Da kann ich nicht so einfach gehen." Sie sah sich um, als wolle sie jeden Winkel, jedes Detail in ihrer Erinnerung einbrennen. „Nun muss ich also doch noch das saure Brot des Exils essen." Der Wunsch ihrer Mutter, dass ihr diese Demütigung erspart blieb, erfüllte sich nicht. War ihr Kampf vergebens gewesen? Anna verbot sich diesen Gedanken. Sie war am Leben, das war das Wichtigste, und sie war standhaft bei ihrem Glauben geblieben.

Nach einer Weile sagte sie: „Bitte, Martin, trage mich auch noch ins Schlafzimmer."

Gerne erfüllte er ihr den Wunsch. Im Schlafzimmer fiel ihr Blick auf ein hölzernes Kästchen. Den Deckel zierte eine Einlegearbeit vom Straßburger Münster. Sie zeigte darauf.

„Ich möchte es mitnehmen. Es ist eine Erinnerung an meinen Vater und an meine glückliche Kindheit. Es enthält meinen Brautschmuck, den ich als Notgroschen vielleicht noch gebrauchen kann.“ Nachdenklich betrachtete sie das Motiv auf dem Deckel. „Wenn alles gut geht, werde ich das Münster bald im Original sehen.“

Selbst in dem vergleichsweise komfortablen Reisewagen Fortenbachs war die Fahrt für Anna eine Qual. Jede Unebenheit der Straße verursachte ihr schier unerträgliche Pein. Tapfer biss sie die Zähne zusammen. Sie sagte sich, dass dies hoffentlich die letzte Folter sei, die sie zu überstehen hatte. Trotzdem entfuhr ihr ab und zu ein Schmerzensschrei, was Martin jedes Mal in die Seele schnitt. Er hätte behutsamer fahren können, doch er trieb die Pferde zur Eile an. Mit jeder Meile, die sie sich von Baden entfernten, wurde es ihm wohler. Als sie Bühl hinter sich gelassen hatten und die Grenze zur österreichischen Landvogtei Ortenau überschritten, atmete Martin auf. Erst jetzt fühlte er sich einigermaßen in Sicherheit und gönnte seiner Mutter, sich und den Pferden eine ausgiebige Pause.

Anstatt in Renchen ostwärts Richtung Griesbach abzubiegen, lenkte Martin den Wagen nach Westen, dem Rhein zu. Er kannte diesen Weg in- und auswendig. Noch einmal trieb er die Pferde zur Eile an. Immer wieder schaute er sich um, als fürchte er verfolgt zu werden. Schließlich befanden sie sich jetzt nicht mehr auf der vorgeschriebenen Route. Er hoffte, dass niemand sie anhielt und kontrollierte. Denn auf ihrem Pass war selbstverständlich Griesbach als Reiseziel angegeben. Auf der Straße herrschte reger Betrieb. Aus allen Richtungen strömten die Fuhrwerke Straßburg zu. Zum Glück schenkte niemand ihnen besondere Beachtung.

Die Rheinniederungen kamen in Sicht. Bald darauf erreichten sie beim Städtchen Kehl die hölzerne Brücke. Hier stauten sie die Wagen, denn sie konnten nur einer nach dem anderen übersetzen. Das war eigentlich fast immer so, und Martin kannte diese Situation. Normalerweise hätte er sich jetzt mit anderen Reisenden auf ein kleines Schwätzchen eingelassen. Doch heute war ihm nicht nach Konversation. Er blieb auf dem Kutschbock hocken und stellte sich schlafend. Wenn ihn bloß keiner anspräche! Das Warten machte ihn fast wahnsinnig. Das rettende Ufer lag so nahe, und jetzt diese Verzögerung! Endlich war die Reihe an ihm, und er steuerte den Wagen auf die Brücke. Gleichmäßig ging das

Klapp-klapp der Pferdehufe auf den Holzbohlen, und es war wie eine beruhigende Meditation. Martin fühlte die schwere Bürde abfallen, die seit dem Aufbruch in Baden auf ihm gelastet hatte. Am Abend des 10. Oktober 1628 standen sie nach einer beinahe zehnstündigen Reise endlich vor den Mauern Straßburgs.

Hans und Susanna, die durch Adam Fortenbach von der baldigen Ankunft benachrichtigt waren, erwarteten die Reisenden ungeduldig am Neuen Tor. Auch sie hatten den Tag in bangem Warten verbracht, in großer Sorge um die Gefahren einer so beschwerlichen Reise. Als Martin und Anna schließlich eintrafen, konnte Hans sein Glück kaum fassen. Die Formalitäten am Neuen Tor waren schnell erledigt. „Nur herein", sagte der Torwächter freundlich, als er hörte, dass es sich bei den Ankömmlingen um Glaubensflüchtlinge aus der Markgrafschaft Baden handelte. „Die Stadt ist schon randvoll mit Flüchtlingen. Da kommt es auf eine Person mehr oder weniger nicht an!" Hans legte ihm ein Schreiben des Straßburger Stadtrats vor, das bescheinigte, dass er über genügend Vermögen verfügte, um seine Familie zu ernähren. Da nickte der Wächter wohlwollend und erlaubte dem Wagen mit einer ausladenden Handbewegung die Weiterfahrt.

Als sich die Tür hinter der kleinen Behausung schloss, die Hans in der Nähe der Kirche Alt St. Peter angemietet hatte, war Anna endlich in Sicherheit.

Weihnachten 1628 sah die Familie glücklich in Straßburg vereint. Niemand ahnte, dass es das letzte gemeinsame Christfest sein sollte. Im Frühjahr 1629 raffte die Pest Susanna und Wilhelm dahin. Die hinterlassenen Waisen wurden daraufhin nach Baden zu ihrer Tante zurückgebracht. Hans und Anna verbrachten noch drei weitere Jahre im Straßburger Exil. 1632 eroberten Schwedische Truppen Baden. Markgraf Wilhelm von Baden-Baden floh nach Breisach. Baden und die obere Markgrafschaft fielen wieder den Markgrafen von Baden-Durlach zu. Wilhelms Beamte, darunter Matern Eschbach mit seiner Frau und seinen fünf Kindern, wurden in die Verbannung geschickt, die Jesuiten aus der Stadt vertrieben.

Anna und Hans ergriffen die Gelegenheit, in die Heimat zurückzukehren. Sie bezogen wieder ihr altes Haus in der Hauptgasse, allerdings nicht mehr die Zimmer im Hauptgeschoss, die nun Martin mit seiner Familie bewohnte, sondern die Großelternkammer. Dort lebten sie zurückgezogen das Leben alter Leute. Hans hatte alle Lust an der Politik verloren. Ab und zu half er seinem Sohn in der Gewürzhandlung, doch war seine Unterstützung eigentlich nicht nötig, denn die Geschäfte gingen immer schlechter. In die Gaststuben ging er nur mehr selten. Er wollte seine Frau nicht alleine lassen; wer wusste, wie lange sie einander noch haben würden. Anna konnte das Haus nicht mehr verlassen. An guten Tagen half sie in der Küche mit, doch meistens saß sie in der Stube, oft in der Gesellschaft eines ihrer Enkelkinder. Das wenige, was zu tun sie noch in der Lage war, war, ihre Enkel zu einem redlichen und christlichen Leben anzuhalten.

1633 schied Hans still und friedlich aus dem Leben, seines Alters im vierundsechzigsten Jahr. Er starb in der glücklichen Meinung, dass der Protestantismus endgültig obsiegt habe.

Doch das launische Kriegsglück wandte sich erneut. Nach der Niederlage der Evangelischen in der Schlacht von Nördlingen kehrte Markgraf Wilhelm 1634 aus seinem Breisacher Exil in die Markgrafschaft zurück. Auch die Jesuiten fanden sich wieder in der Residenzstadt ein, ebenso wie die markgräflichen Beamten, die beim Schwedeneinfall die Stadt verlassen hatten, darunter Matern Eschbach und Adolph Krebs.

Wieder brach eine schwere Zeit für die Evangelischen an, von neuem sahen sie sich Repressalien und Zwang ausgesetzt. Anna Weinhag blieb davon unbehelligt. Niemand nahm mehr von ihr Notiz. Vielleicht erinnerte man sich gar nicht mehr an sie, so zurückgezogen lebte sie in ihrem Haus. Oder man hatte schlicht kein Interesse mehr daran, einer alten gebrechlichen Frau nach dem Leben zu trachten.

# Epilog

## 1644

Pater Josef Baumann, Rektor des Freiburger Jesuitenkollegs, hatte Tisch und Stuhl näher an den Kachelofen gerückt. Es war ein eiskalter Wintertag, seit Tagen fiel draußen unaufhörlich der Schnee. Im sechsundzwanzigsten Kriegswinter war Brennholz rar geworden, so dass das Feuer nur auf Sparflamme brannte. Der Jesuit rieb die Hände aneinander und klopfte auf seine Schenkel, damit das Leben in die kalten Glieder zurückkehrte. Leider war es noch viel zu früh, um sich ins warme Bett zu legen. Außerdem lag noch ein Stapel Briefe auf seinem Tisch, die gelesen werden wollten. Seufzend nahm er den ersten zur Hand, erbrach das Siegel und überflog den Inhalt. Wieder eine Aufforderung der Universität an den Orden, einen Beitrag zu den Kontributionen der Hochschule an die schwedisch-französische Besatzung zu leisten. „Jeden Monat dasselbe. Wann hört dieser Wahnsinn endlich auf", dachte Baumann bitter. „Da hat man nicht mal genügend Holz zum Heizen und soll noch Kriegskosten bezahlen!" Ärgerlich legte er den Brief zur Seite. Er würde morgen mit dem Pater Prokurator nach einem Weg suchen, um diese erneute Geldforderung wenn nicht abzuwehren, so doch zumindest zu mildern. Er griff zum nächsten Brief. Er war an ihn persönlich adressiert. Es war nicht notwendig, nach dem Absender zu schauen. Die akkurate Schrift hätte er unter hundert anderen sofort erkannt. Sie gehörte seinem alten Studienfreund Philipp Fehnle. Wie Soldaten, die sich zur Schlacht formierten, standen die schlanken, schnörkellosen Buchstaben in Reih und Glied. Sie widerspiegelten quasi die Bedeutsamkeit der Worte, die sich aus ihnen bildeten. Denn Fehnle schrieb niemals nur zum Vergnügen – Kunst und Poesie oder die belanglose Plauderei waren seine Sache nicht. Wenn er zur Feder griff, verfolgte er stets einen Zweck. Baumann war gespannt, was es diesmal sein würde. „Mein lieber Freund", überflog

Baumann die Anrede. „Wie du sicherlich weißt, ist es der Sozietät vor zwei Jahren gelungen, aus der bescheidenen Jesuitenmission, die nach der Rückkehr des hochedlen und wohlgeboren Herren Markgrafen Wilhelm in seine Stammlande im Jahre des Herrn 1622 zur Wiederaufrichtung der einzig wahren und allein seligmachenden katholischen Religion in der Residenzstadt Baden gegründet wurde, ein Kollegium zu etablieren." Baumann nickte. Natürlich hatte er von der förmlichen Gründung des Jesuitenkollegs in Baden gehört, und er hatte sich sehr für den Freund und die Gesellschaft Jesu über diesen schönen Erfolg gefreut. In diesen harten Kriegszeiten war die Neugründung eines Kollegs eine beachtliche Leistung, und er konnte sich leicht ausmalen, welchen Anteil der Freund daran hatte. Er kannte kaum einen Menschen, der so zielstrebig und findig war wie er.

Fehnle berichtete ausführlich über die gute Entwicklung, die das Kolleg seit seiner Errichtung genommen hatte. „Leider", schrieb er weiter, „ist es trotz aller beharrlicher und vielfältiger Bemühungen bis jetzt nicht gelungen, die reguläre Anzahl an Personen und insbesondere die vorgeschriebenen finanziellen Mittel zu erreichen. Nur ausnahmsweise und in Ansehung der schwierigen Zeiten waren die Ordensoberen bereit, ihre Zustimmung zur Fundation zu geben. Umso härter würde es uns treffen, wenn wir von dem wenigen, was wir besitzen, einen Teil wieder hergeben müssten. Eben dieses steht jedoch drohend im Raum. Eine vornehme Dame hat nämlich vor nunmehr 16 Jahren der Gesellschaft ein Landgut in der Nähe der Stadt in feierlicher Form vermacht und sich nur auf Lebenszeit das Nutznießungsrecht vorbehalten. Der Ort ist sehr nett und gesund; er liegt nur eine halbe Stunde von der Stadt entfernt. Er ist deshalb vorzüglich geeignet, um unseren Leuten, die mit dem Unterricht der Schuljugend beschäftigt sind, als Erholungsort zu dienen. Das dreistöckige Gebäude ist schön und gut gebaut. Es hat eine Kapelle, und auch ein Garten mit Obstbäumen gehört dazu, ebenso einige Wiesen und Reben sowie ein Fischteich. Das Ganze wird auf mindestens achttausend Gulden geschätzt. Allerdings haben einige übelgesinnte Leute nicht ohne Erfolg versucht, sie von der Schenkung wieder abzubringen, und sie hat vor acht Jahren mit Hilfe eines Professoren der Universität Freiburg ihr Legat kassieren wollen. Gleichwohl der Markgraf mit Urkunde vom 30. Dezember 1636 die

Rechtmäßigkeit der Schenkung bestätigt und uns in unseren Belangen zu unterstützen zugesichert hat, scheint es mir doch sicherer, eine erneute Ratifizierung des Testaments durch die Schenkgeberin selbst zu erhalten. Es handelt sich um die edle und ehrsame Maria Salome Aschmann geborene Welsinger, die, wie ich vernommen, inzwischen hoch betagt in Freiburg lebt. Meine freundliche Bitte an dich, verehrter Baumann, geht nun dahin, ob du womöglich eine solche Testamentsbestätigung bei der adeligen Dame erwirken und uns damit aus einer misslichen Lage salvieren kannst. Denn der Verlust eines so wertvollen Besitzes käme uns doch gar zu schmerzlich an. Die Dankbarkeit unseres Hauses und des gesamten Ordens wären dir gewiss."

Baumann ließ den Brief sinken und überlegte. „Aschmann geborene Welsinger?" Der Name sagte ihm nichts. Unter den Schäfchen, die regelmäßig in seinem Haus die Kommunion empfingen, war ihm die Frau nie begegnet. Doch er würde Forschungen anstellen lassen, das war er seinem Freund Fehnle schuldig.

Es brauchte ein paar Tage, doch dann hatte Pater Baumann alle Informationen beisammen, die er benötigte. Maria Salome Aschmann lebte zurückgezogen und bescheiden in einem Stadtpalais in der Großen Gasse. Ein Kapuzinermönch war ihr Seelsorger. Dies war der Grund, warum in der Gesellschaft Jesu niemand ihren Namen kannte. Man erzählte sich, dass die alte Dame auf die Jesuiten nicht gut zu sprechen sei. „Na, das sind ja beste Voraussetzungen, um sie zu einem Testament zugunsten der Sozietät zu bewegen", dachte Baumann sarkastisch. Doch es war noch lange kein Grund, es nicht dennoch zu versuchen. Im Gegenteil: Baumann liebte die Herausforderung, denn sie stachelte ihn zur Höchstleistung auf. „Man muss nur gut präpariert sein, wenn man das Ziel erreichen will", sagte er sich. Es hatte bisher selten seine Wirkung verfehlt, wenn er die Menschen in seinen Predigten zu tätiger Buße aufgefordert hatte, um die Qualen des Fegefeuers zu verkürzen. Nicht umsonst stand er in dem Ruf, ein mitreißender Redner zu sein, der mit seinen plastischen Schilderungen seine Zuhörer in den Bann schlug und ihre Seelen rührte. „Es würde mich wundern", dachte er sich, „wenn dies nicht auch bei der alten Frau verfängt."

Und so machte er sich an einem Nachmittag Anfang Februar 1644 auf den Weg in die Große Gasse. Eine dürre Magd öffnete ihm die Tür. Er stellte sich als Pater eines in der Stadt ansässigen Ordens vor, der der ehrwürdigen Frau Aschmännin die Nachricht eines Freundes überbringen wolle. Obwohl das Hausmädchen ihn schüchtern darauf hinwies, dass die Hausherrin in schlechter Verfassung und auf Besuch nicht vorbereitet sei, wollte er sich partout nicht abweisen lassen. Und so lief sie schließlich, um den Besuch zu melden. Baumann wartete nicht ab, bis er hereingebeten wurde, sondern folgte der Magd augenblicklich in die Stube.

Maria Salome Aschmann lag mit geschlossenen Augen auf einem Sofa. Sie schien den Besucher überhaupt nicht zu bemerken. Erst als dieser an ihr Bett trat, öffnete sie die Augen und sah ihn mit trübem Blick an. Plötzlich erhellten sich ihre Züge. „Pater Zinner?", hauchte sie mit schwacher Stimme.

Baumann wollte abwehren, doch einer plötzlichen Eingebung folgend schwieg er. Vielleicht war es gar nicht schlecht, wenn die alte Dame ihn für einen anderen hielt. Deshalb ergriff er nur ihre Hände und drückte sie freundschaftlich.

„Pater Zinner, dass Ihr gekommen seid! So oft habe ich an Euch gedacht, mich nach Eurem väterlichen Rat gesehnt. Warum habt Ihr mich damals verlassen. Ich hätte Eure Hilfe seitdem so oft nötig gehabt! Jetzt bin ich ein armes, altes Weib und habe niemanden mehr auf dieser Welt. Aber Ihr habt mich nicht vergessen. Wie freue ich mich darüber!"

„Ich freue mich auch", sagte Baumann unbestimmt. Mit einem Mal wusste er nicht mehr, wie er es einfädeln sollte, das Gespräch auf das Hofgut zu lenken. Und so fiel er mit der Tür ins Haus. „Ihr habt vor vielen Jahren ein großherziges Geschenk an meinen Orden, die Sozietät Jesu, gemacht, ein Gut in der Nähe von Baden."

Als Baumann das Hofgut erwähnte, huschte ein Lächeln über Maria Salomes Gesicht. „Ihr meint mein Schlösschen Wachenhofen? Ja, es ist ein prächtiges Landgut. Ich habe dort einen Großteil meines Lebens verbracht, und ich habe es immer geliebt. Die frische Luft, der Gesang der Vögel, der Duft des nahen Waldes." Maria Salome schloss wieder die Augen und schwieg eine Weile lächelnd. In ihrer Erinnerung saß sie am Fenster in der Großen Stube ihres Hauses am Waldrand und blickte hinaus, so wie sie es früher oft und gerne getan hatte. Leise sagte sie: „Ich vermisse es sehr in dieser stinkenden, lauten Stadt. In Freiburg habe ich mich nie zuhause gefühlt. Aber es ist ja egal. Ich kann sowieso nicht mehr hinaus. Ihr seid auch immer gerne da gewesen, nicht wahr?"

„Ich bin gekommen, um Euch dafür zu danken", sagte Baumann ausweichend.

Plötzlich zuckte Maria Salome zusammen, und ihr Blick verfinsterte sich. „Aber es stimmt ja gar nicht! Ich habe dem Jesuitenorden mein Schlösschen nicht geschenkt. Es gehört mir immer noch. Dr. Hochherr hat es mir bestätigt." Ihre Stimme klang trotzig wie die eines ungehorsamen Kindes. „Aber ich weiß gar nicht …" Verwirrt blickte sie sich um und rief: „Simon? Simon?" Sie sah Baumann fragend an. „Ist Simon nicht hier? Ich habe ihn ja noch gar nicht gefragt, ob es heuer eine gute Ernte gegeben hat!" Maria Salome machte Anstalten, sich zu erheben, doch es gelang ihr nicht. Matt ließ sie sich nach drei, vier vergeblichen Versuchen in die Kissen zurückfallen. Wieder schloss sie die Augen, und Pater Baumann fürchtete schon, sie sei eingeschlafen.

Vorsichtig sagte er: „Mit Eurer Großzügigkeit habt Ihr die Strafe gemildert und abgekürzt, die jede christliche Seele nach diesem Leben im Fegefeuer ausstehen und darin die täglichen oder lässlichen Sünden bis auf den äußersten Grad abbüßen muss."

„Heilige Maria, Mutter Gottes, bitte für uns Sünder jetzt und in der Stunde unseres Todes", murmelte Maria Salome.

„Außerdem werdet Ihr in den Annalen des Ordens für alle Zeiten als Wohltäterin eingeschrieben sein. Denn für das junge Jesuitenkolleg in Baden ist das Hofgut der Grundstock seiner Ausstattung. Ohne diesen Besitz wäre seine Zukunft ungewiss, könnte es in Eurer Heimatstadt nicht mehr segensreich wirken. Das könnt Ihr in Eurem Herzen nicht wollen. Ich weiß, dass Ihr Euer Leben lang eine glaubensfeste und unbeirrbare Katholikin wart, der das Wohl der heiligen katholischen Kirche immer ein Anliegen war."

Maria Salome nickte, ohne die Augen zu öffnen. Ihre Lippen formten das Ave Maria.

Baumann fuhr fort: „Es wäre für das Kollegium eine große Erleichterung, wenn es die Sicherheit hätte, dass Euer Testament von damals noch gilt." Maria Salome sah den Pater mit großen Augen an, Verzweiflung im Blick.

„Aber ich habe es widerrufen!“

„Das macht nichts“, erwiderte Baumann beruhigend. „Ihr könnt es aufs Neue ratifizieren, jetzt und hier. Ich will Euer Zeuge sein.“

„Ach Zinner, guter Zinner. Mein Kopf ist so schwer. Ich bin ein altes einfältiges Weib. Ich bin froh, dass Ihr gekommen seid. So sagt Ihr mir, lieber Freund, was ich tun soll!“

„Ihr habt keine direkten Erben. Wenn ein Fremder das Gut erbt, ist diesem einen gedient. Wenn Ihr es den Jesuiten vermacht, der ganzen Christenheit.“

„Ja, das ist wahr.“

„Also darf ich meinem Orden mitteilen, dass Ihr von Neuem denjenigen Kontrakt und Handlung bestätigt, welche Ihr vor Jahren mit den Herren Patres der Sozietät Jesu zu Baden gepflogen und getroffen habt?“

„Wenn Ihr es gutheißt, dann soll es so sein.“

Baumann ergriff erneut Maria Salomes Hände und küsste sie. „Maria Salome Aschmann, ich danke Euch von ganzem Herzen.“ Er breitete seine Hände über ihr aus. „Es segne dich der himmlische Vater, der dich geschaffen, es stehe dir bei der eingeborene Sohn Jesus Christus, der dich erlöst, und es erleuchte dich die Gnade des Heiligen Geistes, der dich geheilt hat. Amen“

„Amen.“

# Die Autorin

Bild: Christiane Krause-Dimmock

Dagmar Rumpf (Jg. 1970), verheiratet, ein Kind, ist seit 1999 Stadtarchivarin von Baden-Baden.

Sie hat sich sowohl beruflich als auch privat intensiv mit der Zeit der Glaubensauseinandersetzungen in der kleinen Residenzstadt der Markgrafen von Baden-Baden beschäftigt und bereits mehrfach zu diesem Thema publiziert. Bei ihren Aktenrecherchen ist sie auf die erschütternden Schicksale Anna Weinhags und Maria Salome Aschmanns gestoßen, die sie bald nicht mehr losließen. Sehr schnell wurde der Wunsch wach, die Geschichte der beiden Frauen einem breiteren Publikum bekannt zu machen.

Im Roman – dem ersten der Autorin – sind die historisch verbürgten Tatsachen mit Fiktion zu einer schlüssigen Geschichte verwoben.

In der Markgrafschaft Baden-Baden waren die religiösen Verhältnisse nach der Reformation lange unklar. Nachdem Markgraf Eduard Fortunat 1594 von seinen evangelischen Verwandten aus Baden-Durlach vertrieben worden war, erlebte der Protestantismus eine Blüte. Doch Wilhelm, der Sohn des abgesetzten Markgrafen, beanspruchte sein Erbe. Kriegsglück verhalf ihm 1622 auf den Thron, und für die evangelischen Einwohner Baden-Badens begann eine Zeit der Repressalien. In diesem Zusammenhang stehen die Hexenprozesse, denen über 250 Frauen und Männer zum Opfer fielen. Anna Weinhag überstand gleich zwei Mal grausamste Folter, ohne sich der ihr zur Last gelegten Taten schuldig zu bekennen. Dass auch katholische Einwohner verfolgt wurden, wenn es für die Mächtigen vorteilhaft war, zeigt Maria Salome Aschmanns Schicksal.

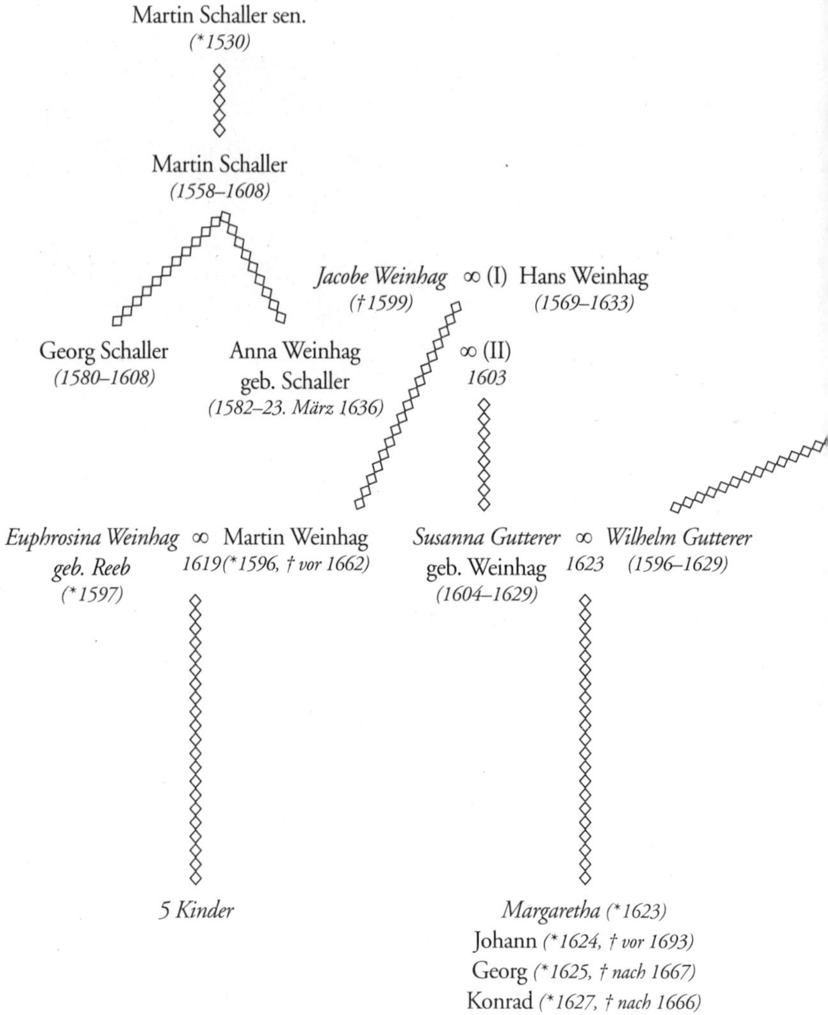


recto: historisch belegte Personen und Daten

Jakob Gutterer
(* ca.1557, Selbstmord in Haft 14. Okt. 1627)

Dorothea Kachel
geb. Gutterer
(* ca. 1579, hingerichtet
29. Nov. 1627)

∞

Martin Kachel
Baldreitwirt
(* ca. 1577, hingerichtet
vor 13. Nov. 1627)

Martin Kachel jr.
*(† 1622 Pfaffenhofen)*

Maria Haug
geb. Gutterer
(hingerichtet Juli 1628)

∞

Jonas Haug
Spießwirt

Hans Jakob Gutterer
(aus der Haft entlassen
31. Dez. 1627)

∞

Amelay (Anna)
(hingerichtet Mai 1628)

Anne Gebhard
geb. Gutterer
(hingerichtet
29. Nov. 1627)

∞

Matthias Gebhard
Schuhmacher

(Brüder)

Simon Gebhard
Schuhmacher

∞

Anne Marie Gebhard
geb. Cost
(aus der Haft entlassen
23. Dez. 1627)

Franz Cost
Zitherspieler

∞

Margarete Cost
(hingerichtet Jan. 1628)

Jakobea Knörr
geb. Cost
(aus der Haft entlassen
31. Dez. 1627)

∞

Ulrich Knörr
Eisenhändler

## Außerdem im **verlag regionalkultur** erschienen:

**Sabine Maucher**

# Hoffnungslos

***Liebe und Tod am Hofe Herzog Ulrichs von Württemberg***

Das Herzogtum Württemberg, um 1500: Drei Frauen aus der konfliktgeladenen Epoche zwischen Mittelalter und Früher Neuzeit erzählen aus ihrem bewegten Leben am Hofe des als aufbrausend bekannten Herzogs Ulrich von Württemberg, der später die Reformation einführen sollte. Elisabeth von Brandenburg-Ansbach ist seine umschwärmte Jugendliebe, Ursula Thumb von Neuburg, die Tochter seines Vormunds, seine langjährige Vertraute und Geliebte. Und schließlich ist da noch Sabine von Bayern, seine Ehefrau, die ihn so leidenschaftlich hasst, wie ihm die beiden anderen zugetan sind …

368 S., Broschur. ISBN 978-3-89735-735-8. € 14,90

**Urs Unternährer**

# Trudperts Vermächtnis

***Ein historischer Roman aus dem ältesten Schwarzwaldkloster***

Wir schreiben das Jahr 1539. Das ehrwürdige Benediktinerkloster St. Trudpert im Münstertal südlich von Freiburg herrscht gemeinsam mit den Burgherren von Staufen über das Land und seine Silberschätze. Doch die Fassade bröckelt. Der nur mühsam unterdrückte Bundschuh als Freiheitsbewegung der Bauern schwelt im Verborgenen. Der renitente Alchimist Johannes Faust spioniert. Ein vorwitziger Novize namens Valérian folgt der rätselhaften Fährte, die der Gründer des Klosters selbst gelegt hat. Urs Unternährer verwebt historisch verbriefte Personen, Ereignisse und Schauplätze zu einer spannenden Paraphrase über den moralischen Niedergang der kirchlichen Macht in den Wirren der beginnenden Neuzeit. Und über allem schwebt der Zauber einer magischen Berglandschaft.

240 S., fester Einband. ISBN 978-3-89735-756-3. € 15,90

**Corinna Müller**

# Um Kopf und Kragen

***Historische Kriminalfälle der Frühen Neuzeit im heutigen Württemberg***

Es geht um Kopf und Kragen – und jeder der Angeklagten hat allen Grund, um sein Leben zu fürchten.
In zehn spannenden Erzählungen werden historisch fundierte Kriminalfälle des 16. und 17. Jahrhunderts beschrieben, die sich in den Dörfern und Städten des heutigen Württembergs zugetragen haben.
Auf der Grundlage alter Gerichtsakten wird hierbei nicht nur auf die Straftaten selbst eingegangen, sondern auch die Struktur des einstigen Gerichtswesens mit Folter und Leibesstrafe sowie die vielschichtigen Funktionen des Scharfrichters werden eindrucksvoll veranschaulicht.

216 S. mit 56 Abb., fester Einband. ISBN 978-3-89735-698-6. € 17,90

**verlag regionalkultur**
Bahnhofstraße 2 76698 Ubstadt-Weiher
Tel. 07251 36703-0 Fax 07251 36703-29
www.verlag-regionalkultur.de kontakt@verlag-regionalkultur.de